Barthle B. Boss

Ölfritten

Gelobt seien die hohe Kunst der Politik und Diplomatie sowie unsere Staatsdiener, die sich stets bemühen, den in sie gesetzten Erwartungen gerecht zu werden. Wir haben die besten Politiker, die man für Geld bekommen kann. Ich hörte gelegentlich die Vermutung, dass jemand mehr zahlen würde als wir. Doch das kann nur ein Irrtum sein. Oder?

Barthle B. Boss

Barthle B. Boss

Ölfritten

Bibliografische Information der Deutschen Nationalbibliothek: Die Deutsche Nationalbibliothek verzeichnet diese Publikation in der Deutschen Nationalbibliografie; detaillierte bibliografische Daten sind im Internet über http://dnb.dnb.de abrufbar.

© 2016 Barthle B. Boss
Homepage/Kontakt: www.B-B-Boss.jimdo.com

Illustration: Barthle B. Boss & Clara Yasumi
Kreative Covergestaltung: Kurai & Barthle B. Boss

Herstellung/Verlag: BoD – Books on Demand, Norderstedt

ISBN 9 783741 299339

Der Reichskanzler biss wütend in sein Kissen. Alles hätte so schön sein können, wenn da nicht die allnächtlichen Ruhestörungen gewesen wären. Und schon wieder zersägte die laut pöbelnde Stimme seine nächtliche Ruhephase:
„*Öl- Öl- Ölkopfgerd...eigner Herd ist Goldes wert...*" ertönte es spottend von draußen. „*Geht es ums Öl, dann nimmt Kohle er eiiiin...!*" brüllte die Stimme, die auf reichlichen Alkoholgenuss schließen ließ.
Der erfolgsverwöhnte Kanzler des Reiches, Graf Gerhard, stöhnte auf und krallte die Finger in die zerwühlten Laken.
„*Öl- Öl- Ölkopfgerd...der Mann ist äußerst ehrenwert...!*" schallte es hochprozentig durch die tiefe Nacht. „*Der Weg nach Osten erwies sich als feiheiiin...!*"
Der Kanzler brüllte wütend auf und läutete nach seiner Zofe.
„Doooorschen! Verflucht...wo steckt diese Person, wenn man sie mal braucht?"
„*Hochgeschätzt ist so ein alter Knabe...voller Macht und voller Geld!*" spottete es. Und weiter ging es. Der Sänger verfügte über eine beachtliche Kondition. „*Pleite ist dafür der dumme Bürger...belacht vom Rest der Welt!*"
„Weiber!" fluchte der Kanzler und quälte sich aus dem Bett. „Alles muss man selber machen!"
Er stürmte zum Fenster seines Schlafgemachs und brüllte in die tiefe Nacht: "Halte endlich Dein Lästermaul, Du...Du...Du blöder Zwerg, Du!" und schlug es zu, dass die Scheiben nur so klirrten.
Die Tür wurde aufgerissen und eine hagere, blonde Frau mit beeindruckendem Gebiss stürmte herein. „Ich bin ja schon da, mein Landesherr!" Sie verdrehte entnervt die Augen. „Hat er wieder gesungen?" erkundigte sie sich.
„Jede verfluchte Nacht grölt er mich aus dem Schlaf!" fluchte der Kanzler. „Jede...aber auch jede Nacht. Warum tut er mir das nur an?"

Die Zofe krabbelte unter die Decke des entnervten Landesherrn. „Ich werde Euch mal auf andere Gedanken bringen, mein Herr", giggelte sie.

Doch der hohe Herr war gerade nicht in Stimmung.

„Wir waren doch Verbündete, der Graf Oskar und ich. Wir haben uns immer gut verstanden. Und der Rudolf auch."

„Vielleicht haben sich die Herren ja mehr von der Zusammenarbeit erhofft?" mutmaßte die Dienerin. „Hattet Ihr ihnen nicht versprochen, gemeinsam regieren zu wollen? Wie nanntet Ihr das doch gleich? Troika oder so?"

„Ach…Schnickschnack!" begehrte der Kanzler auf. „Ich war mehr als großzügig. Graf Oskar sollte als Ratsherr die Finanzen übernehmen. Aber er hat ja quasi sofort das Handtuch geworfen. Und Graf Rudolf war als Herr der heldenhaften Ogersheim-Armee auch kein Quell der Freude. Von einem Hurenhaus zum nächsten. Ewig diese Weibergeschichten."

Fräulein Dorschen tätschelte seine Hand.

„Vielleicht könntet Ihr Euch ja doch noch verständigen, mein Herr?" versuchte sie zu schlichten.

„Von wegen. Ich verhandle nicht mit Verrätern, Wortbrüchigen oder notorischen Störenfrieden. Wo kämen wir denn dahin, hä?" zeterte der Reichskanzler.

„Gute Frage", erwiderte seine Gesprächspartnerin. „Was die Weibergeschichten betrifft, mein Herr", sie gönnte ihm einen durchdringenden Blick, „sollte niemand mit Steinen werfen. Glas bricht so schnell."

Sie hatte ihren Platz in der Dienerschaft hart erarbeitet und wusste um das Schicksal ihrer Vorgängerinnen.

„Weiber!" motzte der Herr über Ogersheim inbrünstig aus tiefster Seele. Dann drehte er sich auf die Seite, brummelte vor sich hin und schlug wieder den Pfad ins Land der Träume ein.

Im Geschlechterturm des Grafen Oskars herrschte heilloses Chaos. Zerbrochene Flaschen, Geschirr, Pergamentrollen mit Pamphleten und Spottliedern, Rüstungsteile, Bratenknochen und des Zwergenherrschers Lieblingsaxt…alles lag kunterbunt verstreut herum und bildete ein inspirierendes Gesamtbild kreativen Chaos.

„Mistkerl!" fluchte der hochstirnige kleine Mann und schnappte sich eine Buddel *„Kleiner Jagdgehilfe"*. Er köpfte die grüne Flasche und stürzte den klebrigen Kräutersud die Kehle hinab. Dann spülte er mit reichlich Bier nach. Früher hätte er sich auf Zwergenart seine Axt geschnappt und jedem Widersacher gezeigt, aus welcher Art Hartholz er geschnitzt war. Aber auch bei ihm hatte die Zeit ihre Folgen gezeigt. Und so saß er voller Wut und Hass auf den ehemaligen Weggefährten in seinem Turm und gab sich einem Leben als bezechter Spottdrossel hin. Ratsherr für Wirtschaftsfragen und Finanzen? Was für ein schlechter Witz. Gemeinsam, als gute Freunde und Kämpfer für die Gerechtigkeit, hatten sie regieren wollen. Und kaum hatte Graf Ölkopf die begehrte Ogersheimer Wurstkrone errungen, waren alle Absprachen hinfällig gewesen. Soweit also zum Thema Freundschaft. Herr Oskar suchte nach seiner Schreibfeder. Es war an der Zeit für ein neues Spottlied. Solange man ihn nicht aus seinem Turm vertrieben haben sollte, würde er jede kommende Nacht zu einem Splitter im Fleische des Regenten werden und ihm das Leben zu einer ganz besonderen kleinen Hölle voller gemeiner Verse gestalten. Letztendlich war es die Rache des kleinen Mannes, der einmal an den Hebeln der Macht gesessen und selbst nach der Krone gegriffen hatte. Doch nichts war so alt wie der Ruhm von gestern. Er schmiss die leere Flasche Jagdgehilfen aus dem Fenster und lauschte dem Klirren des zerspringenden Glases. Und dann kratzte wieder die Feder über das Pergament.

An einer der schönsten Stellen vom Strand von Gran Mallorbiza ließen es sich vier junge Urlauberinnen gut gehen. Der Blick aufs Meer war einfach phantastisch. Eine Flasche Schaumwein kreiste und das Gekicher und Gegacker zeugte von großer Heiterkeit.

„Saaach mal, Clari…willste nicht endlich mal aus dem Schatten rauskommen?" erkundigte sich Emmi.

Die Angesprochene saß unter einem großen, schwarzen und reichlich mit Rüschen behangenen Sonnenschirm entspannt im Strandstuhl. Sie fächelte sich frische Luft mit einem schwarzen Fächer zu, der mit lustigen Hasenmotiven verziert war.

„Den Teufel werde ich tun", erwiderte sie entsetzt. „Oder soll ich mir meinen schönen, blassen Teint versauen, wie?"

„Na ja…aber braun ist doch schick. Und außerdem sieht doch keiner, dass wir im Urlaub gewesen sind, oder?" entgegnete ihre Freundin Emmi.

„Ach…Unfug. Solange wir ausreichend Cava haben, ist doch alles hübsch, oder? Und nun gib mal die Flasche rüber."

„Sag erst das Zauberwort!"

„Endoplasmatisches Reticulum!"

„Neee…sag was anderes!"

„Sofort!"

Die Damen kicherten und die Flasche zog weiterhin ihre Kreise, bis sie durch die nächste ersetzt wurde.

„Brutal waaaarm", stöhnte Iris und wischte sich die Schweißperlen von der Stirn. „Ich muss mich abkühlen. Kommt wer mit rein?" Sie deutete aufs herrlich blaue, kühle Nass.

Mimi kicherte und stürmte los. „Die letzte im Teich ist eine olle Hexe!" kreischte sie und verschwand in den Fluten.

Emmi und Iris stürmten hinterher und stürzten sich ebenfalls ins nasse Vergnügen. Nur die junge Dame in Schwarz blieb im Schatten sitzen und schmökerte in der aktuellen Ausgabe des Hexen-Almanachs, spendierte ab und an pikierte Blicke, schüttelte gelegentlich missbilligend den Kopf und blätterte weiter. Während sich ihre Reisegefährtinnen mit Wasser bespritzten, gönnte sie sich lieber etwas Unterhaltungslektüre.

„Hola Senorita!" ertönte es plötzlich neben ihr. Ein bis auf eine äußerst knappe Strandhose mehr oder weniger unbekleideter, braungebrannter, schwarzhaariger junger Mann war plötzlich wie aus dem Boden geschossen. Er hielt eine kleine Flasche in der Hand und spendierte ein strahlendes Grinsen aus zwei makellosen Zahnreihen. „Solle ich Diche eineööölen, Senorita?"

Die Angesprochene verdrehte entnervt die Augen.

„Stell Dich irgendwo hinten an, Hombre! Du bist heute bereits der siebenundzwanzigste Kandidat für die Ölung!"

„Aber, aber Senorita…wo Du doch so hübsche bisse! Sei doch niche so ungnädig zu Juanito! Iche binne gudd inne Ölen!"

Emmi, Mimi und Iris hatten das Badeparadies wieder verlassen und blickten dem jungen Mann mit einem gewissen klinischen Interesse auf die minimalistischen Beinkleider.

„Watt will der denn schon wieder, he? Kann man hier nicht mal für fünf Minuten seine Ruhe haben?" motzte Mimi.

„Ne ne…das ist schon wieder ein anderer", bemerkte Iris.

„Hallo Hübscher", schmachtete Emmi. „Was haste denn im Angebot?"

„Also, Senorita…iche kann für Diche…" setzte die maskuline Strandschönheit an, wurde aber abrupt von Fräulein Claricorn abgewürgt.

„Ja…ne…ist schon klar. Wieder so ein öliger Spaßvogel, der nur über junge Damen herfallen will. Verzieh Dich, Papagallo…aber pronto. Sonst setzt es was!"

Plötzlich legte der Abgewiesene seine Hand auf ihre Schulter, blickte ihr tief in die Augen, spendierte einen schmachtenden Blick und hauchte ihr ein paar Worte ins Ohr.

„**Was** willst Du, Du Ferkel? Nun ist aber Schluss mit lustig!", ertönte die harsche Antwort. „Na warte…Dir werde ich was von wegen **Spaß haben**, Du Schmutzfink!"

Die empörte junge Dame schnippste mit den Fingern und aus heiterem Himmel fuhr ein kleiner, aber heftiger Blitz in des aufdringlichen Strandcasanovas Gesäßbacken.

„Und wo das herkommt, Du Lümmel…da ist noch viel mehr. Und nun hau ab, bevor Du richtig Funken schlägst."

Die Damen kicherten und der in seine Schranken gewiesene junge Mann verschwand voller gekränkter Eitelkeit, verletztem Stolz, fluchend und Beleidigungen ausstoßend.

„Also so was. Nicht mal in Ruhe lesen kann man. Alle paar Minuten so ein Kasper. Strunzdoof und so aufdringlich wie Fliegen auf der Sch…!"

„Aber der war doch ganz niedlich", hachte Emmi.

„Klappe, Frollein Fee. Der war ja wohl das Hinterletzte. Du musst nicht gleich bei jedem Knackarsch dahinschmelzen. Die wollen eh nur das Eine!"

Mimi und Iris kicherten, währen Emmi leicht errötete.

„So die Damen: Mir wäre nach einem großen Kaffee und einem leckeren Stückchen Torte. Wer macht mit?" fragte die Junghexe in Schwarz.

Alle stimmten zu.

„Na los, Fräulein Zuckerfee. Unternimm was", forderte sie ihre Freundin auf.

„Immer diese Wünsche", brummelte die Angesprochene, malte mit den Fingern einige Schnörkel in die Luft und schon stand das Gewünschte in Form einer mächtigen Marzipantorte mit beeindruckenden Sahnetupfen und Geleekirschen auf der Stranddecke bereit.

„Eigentlich will ich das nicht mehr mit dem Zuckerhexenzeugs", beschwerte sie sich. „Ich werde Fee…basta."

„Jaaa doch", nölten die anderen. „Immer dieselbe alte Leier. Dein Zuckerzeugs ist einfach zu lecker, als dass Du Dein Talent verschwenden solltest. Schuster bleib bei Deinem Leisten."

Die Damen ließen sich den Kuchen schmecken, schlürften ihren Mokka und ließen es sich gut gehen.

„Sagt mal…was ist denn das da hinten schon wieder für ein Affenzirkus?" erkundigte sich Fräulein Claricorn entnervt.

Einige Meter entfernt pflügte sich eine Menschenmenge via Polonaise durch den Sand. Sie trugen lustige Partyhütchen, tröteten in bunte Hörner und intonierten den Strandschlager der Saison. Nicht schön, aber laut und offensichtlich mit mehr als nur guter Laune gefüllt.

„Alles Deppen. So langsam wird das mir hier echt zu heftig. In unserem Wald ist es eigentlich gar nicht so schlecht, oder?" bemerkte Iris und Mimi stimmte weise nickend zu.

„Wir sollten demnächst wirklich wieder aufbrechen. Auf Dauer ist das nichts für mich", stellte Clari fest.

Sie musterte die alkoholisierte Schar kritisch und stutzte.

„Sagt mal, meine Damen. Die zwei da in der Mitte…kommen die Euch nicht auf irgendwie bekannt vor?"

Die Urlauberinnen inspizierten die Tänzer im Zielgebiet und zogen die Stirn in Falten.

„Das ist doch…na hole mich doch dieser und jener", feixte Emmi. „Das ist doch dieser dynamische Jungzauberer aus Dingsbums…äh Ogersheim. Bernie oder so."
„Bernward meinste bestimmt. Und dieser Typ da hinter ihm, der die Blondine so begrabbelt…ist das nicht der DAX?"
„Echt ey…die Welt ist ein Dorf!" stellte Clari überrascht fest.
„Aber das hier ist doch eine ganz andere Welt. Wie unwahrscheinlich ist das denn, hä?"
„Wir sollten bei der nächsten Urlaubsbuchung besser Erkundigungen einziehen", stellte Iris fest. „Wer weiß, was sonst noch passiert?"
„Die nächste Reise, die wir buchen, nehmen wir jedenfalls nicht mehr aus den Hexen-Almanach-Billig-Angeboten. Erst die ganzen Einöl-Fuzzis und dann auch noch alte Bekannte. Das ist völlig inakzeptabel."
„Juhuuuuu!" ertönte es lautstark. Emmi hopste auf der Stelle und wedelte mit allem, was sie hatte. „Juhuuu Bernieeee! DAAHAAAX! Juhuuuuu!"
„Tsch sch sch sch…biste närrisch, Emmi?" motzen die anderen.
„Ach was…die sind doch nett. Und außerdem…ohne die hätten wir doch niemals die Kohle für die hübsche Reise und den ganzen Luxus hier zusammengehabt!" entgegnete die Zuckerhexe.
„Stimmt auch wieder", stellte Clari fest. „Na ja…was solls."
Mittlerweile hatten Bernward und DAX die jungen Hexen wahrgenommen und kamen leicht torkelig durch den Sand auf sie zu gestapft.
„Na so was", grinste DAX, magisch gut getarnter Beraterdämon des dynamischen Jungzauberers Bernward, der seinerseits als Assistent des Hofzauberers von Ogersheim, Meister Aegidius, sein Dasein fristete. „Was in aller Welt hat Euch denn

ausgerechnet hierher verschlagen? Hattet Ihr die Nase voll vom großen Forst? Auf Dauer recht öde, wie?"
„Von wegen. Der Wald ist total schön. Aber wenn man schon mal die Taschen voller Goldstückchen hat, dann sollte man sich auch was gönnen!"
„Aber warum hier? Gran Mallorbiza ist doch als Dimension ziemlich weit außerhalb von Ogersheim, oder nicht?" fragte Bernward.
„Sonderangebot aus dem Hexen-Almanach. Wer konnte da schon nein sagen?" stellten die Damen fest.
„Wir auch nicht", grinste der Zauberlehrling des Ogersheimer Hofzauberers. „Echt toll, diese Angebote. Wenn es das Blatt nicht geben würde, dann müsste man es erfinden."
So plauderten sie miteinander über die vielen Reiseangebote und nostalgierten nebenbei die gemeinsamen Erlebnisse von vor kurzer Zeit, als sie erfolgreich gemeinsam gegen die „Tote Armee" angetreten waren.
„Was macht Ihr denn heute Abend, meine Damen?" erkundigte sich DAX. „Da ist eine Strand-Party mit dem größten Sangria-Fass der Welt, Musik und Limbo-Wettbewerb."
„Och nööö", nörgelten die Damen. „Da treiben sich nur wieder die Einöl-Deppen rum und grabschen. Das müssen wir nicht haben. Abgesehen davon endet unser Urlaub morgen. Und wir wollen doch nicht total verpeilt im großen Forst landen. Das ist schlecht für den Ruf von grundsoliden Hexen, wisst ihr?"
„Das ist eindeutig ein Argument", stimmten die Herren zu.
„Schade eigentlich. Wir hätten gern mit Euch unseren Erfolg von neulich begossen."
„Das können wir gern nachholen. Im großen Forst. Bei einer schönen Tasse Tee und Kuchen. Das ist auch besser für den Kopf und überhaupt", bemerkte Fräulein Claricorn.
„Wie gedenken die Damen denn den Rest des Tages zu gestalten?" fragte DAX.

„Also zuerst müssen wir natürlich packen. Anschließend wollen wir noch Souvenirs shoppen gehen. Danach geht es früh ins Bettchen. Und dann nichts wie zurück ins Heimatland."

„Das ist übersichtlich", meinte DAX. „Wir haben noch eine Woche Zeit zum Feiern. Männerdinge tun. Man wird ja nicht jünger. Apropos…was wollt ihr denn so alles einkaufen?"

„Na ja…an Geld herrscht ja kein großer Mangel seit der Ogersheim-Schlacht", stellte Iris fest.

„Da hinten haben wir ein Schuhgeschäft entdeckt. Hexenstiefelchen vom Allerfeinsten. Und magischen Schmuck."

„Ja…die haben hier eine ganze Menge Krams. Aber lasst Euch nicht den Touristenkitsch andrehen. Ramsch gibt es hier mehr, als man sich vorstellen möchte", kommentierte DAX.

„Habt Ihr denn einen guten Tipp für Hexen in Kauflaune?"

„Es gibt hier eine P.A.G.A.N.-Boutique. Vielleicht solltet Ihr da mal hingehen?" schlug der Dämon vor.

„Haben wir schon probiert. Es hat eine Ewigkeit gedauert, bis wir den Laden gefunden hatten. Wahrscheinlich finden wir den auch nie wieder. Und dann kamen wir nicht mal rein. Der ist anscheinend nur für Mitglieder."

„Kein Problem", meinte DAX. „Herr Bernward und ich begleiten Euch. Außerdem bekomme ich Sonderkonditionen."

Und so verabredete man sich für die frühen Abendstunden auf einen gemeinsamen Shopping-Ausflug mit anschließender Paella und gepflegten Getränken.

„Schoooooco! Trrrrrüffiiii!" ertönte es.

Fräulein Claricorn sah sich suchend um. Direkt neben der Decke unter dem schwarzen Sonnensegel tauchten vier Hasenlöffel und zwei kleine Hasennasen aus einem Sandloch auf.

„Na los, Ihr kleinen Müffelstücke! Wir müssen zurück ins Hotel. Schließlich sind wir nicht zum Vergnügen hier. Oder…ach ne…eigentlich ja doch."

Die junge Hexe sammelte ihre beiden Familiare ein und verstaute sie in einem Hasenkörbchen mit Henkel.
„So, die Herren, Wir treffen uns dann später zum Shoppen. Und immer schön sauber bleiben."
Die Junghexen brachen kichernd das Lager ab und verschwanden.
„Echt schon irre, wen man hier so trifft", sinnierte DAX. „Besser, wir bleiben bis morgen abstinent, Herr Bernward. Wie lautet Deine zustimmende Antwort?"
„Würde ich jemals meinem Beraterdämonen widersprechen?" antwortete dieser.
„Das fehlte gerade noch", antwortete DAX. „Aber...ach egal ...einer geht noch", stellte er fest und köpfte die letzte noch vorhandene Flasche Cava, die er aus seiner Umhängetasche gezogen hatte. Schließlich war man im Urlaub.

Die alte, in Lumpen gehüllte, inzwischen eher grau- als rothaarige Frau hockte mürrisch vor ihrer baufälligen Hütte im Sumpfland weit hinter dem großen Forst. Sie hatte alles verloren, was ihr lieb und teuer gewesen war. Seit ihrem gescheiterten Versuch, Ogersheim mit der *„Toten Armee"* zu erobern, war ihr nichts mehr gelungen. Sie hatte Rache geschworen, aber nicht die kleinste Idee, wie sie es bewerkstelligen sollte. Damals, als graue Eminenz hinter Eric dem Roten, als sie noch die Fäden der Macht gezogen hatte... ja, das waren Zeiten gewesen. Die Wiedervereinigung der West- und Ostlande allein war schon ein Schlag ins Kontor gewesen. Aber der Verlust ihrer Macht als Großinquisitorin der Jasoistengemeinschaft und die Vertreibung aus Ogersheim hatte ihr endgültig das Leben zerstört.

Sie haderte mit sich selbst und stellte sich immer wieder die Sinnfrage. Wozu das alles? Sie sollte sich mit dem Schicksal bescheiden und einfach alles laufen lassen. Es war die Mühen wirklich nicht wert. Die Rote Margot gönnte sich ein Stück Kautabak und biss mürrisch darauf herum. Dann spuckte sie den Saft ins Gebüsch und blickte finster auf die sumpfige Welt und die Mückenschwärme. Ausgerechnet ein Ende als Sumpfhexe…das war mehr, als sie ertragen konnte. Keine Hoffnung, keine Perspektive und kein Wohlstand. Nur Sumpf, Schmutz und wieder Sumpf. Und Mücken, die sie piesackten. Potz Pestilenz. Sie hasste ihr Leben.

„Bampf!"

Es musste wieder Monatsanfang sein, denn vor ihr lag plötzlich die aktuelle Ausgabe des Hexen-Almanachs, der allmonatlichen Postille für magisch Praktizierende und Freunde der arkanen Künste. Das Anzeigenblättchen für Magietreibende erschien kostenlos und das war gut so, da sie sich ein Abonnement derzeit kaum hätte leisten können. Jede noch so kleine Münze war in Essen besser investiert. Die rote Margot überflog die Zeilen. Nichts von Wert. Klatsch und Tratsch ohne Sinn und Verstand. Sie blätterte und stellte fest, dass selbst die billigsten Sonderangebote von den Werbeseiten des Blattes für sie schier unbezahlbar waren. Sie blätterte weiter und plötzlich stutzte sie. Die alte Frau las die Zeilen noch einmal und dann stellte sich ein immer breiter werdendes, boshaftes Lächeln ein.

Nach einer langen, schlafarmen Nacht hatte es einen noch längeren Tag gegeben. Reichskanzler „*Gerhard der Prächtige*", den das einfache Volk nur den Grafen „*Ölkopf*" nannte, hatte feststellen müssen, dass die Staatsfinanzen noch erbärmlicher als erwartet ausgefallen waren. In der eilig anberaumten Sondersitzung des Pfalzrates war es zu harschen Worten gekommen. Man war sich allerdings spontan einig gewesen, wer Schuld an der Misere war: Sein Amtsvorgänger natürlich. „*Helmut der Stattliche*", der sich aufs Altenteil zurückgezogen hatte, war somit offizieller Urheber des Unheils. Nach dessen damaliger, salbungsvoller Rede zur Wiedervereinigung hätte der Vorgang der Symbiose der zwei Staaten niemanden auch nur einen einzigen Goldoger kosten sollen. Einige höchst kontroversen Debatten später zog sich der Kanzler mit seinen engsten Beratern in die Taverne zurück.
Und da saß nun die neue politische Elite des Reiches im Gesellschaftszimmer 2 in der „*königlichen Dunggrube*" und blies Trübsal bei etlichen Kannen Pfalzwein.
„Also los, meine Herren. Ich erwarte von Euch keine Probleme…ich erwarte Lösungen!"
Die Anwesenden blickten betreten und mit sorgenvoller Stirn nach unten. Niemand wollte die Aufmerksamkeit des neuen Landesherren auf sich lenken.
„Es muss doch irgendeine Möglichkeit geben, die leeren Kassen wieder voll zu kriegen?" grübelte der Kanzler laut.
„Euer Vorgänger hatte da mal eine Idee gehabt", erinnerte sich Ratsherr Müffelhering.
„Was meinst Du damit, Franzl?" hakte der Kanzler nach.
„Währungsreform. Weg mit dem Goldoger!"
„Und was hilft uns das?"
„Ganz einfach. Wir machen neues Geld. Aber nicht mehr aus Gold oder so. Wir nehmen Papier und drucken es einfach."

„Papier? Was für ein Unfug ist das denn? Das macht doch keiner mit. Die kommen mir aufs Haupt, die Ogersheimer!"
„Euer Vorgänger, Helmut der Stattliche, hatte überlegt, einfach neues Geld zu schöpfen. Sozusagen aus dem Nichts. Irgendwelche Bankenkontakte aus dem Ausland hatten das vorgeschlagen. Die Veräußerung der Ogersheimer Staatsbank an private Investoren. Und die machen dann das Geld für uns. Gegen Zinsen natürlich."
„Aber…das kann man doch nicht machen. Und warum sollten wir die Staatsbank verhökern?" empörte sich der Kanzler.
„Weil wir Geld dafür bekommen", erklärte Leichenhans, der ehemalige Schullehrer und einstmalige Bestatter der Gemeinde, der in der Politik Karriere gemacht hatte.
„Aber das ist doch grober Unfug, Hans. Oder vielleicht doch nicht?" Graf Gerhard kam ins Grübeln. „Und was machen wir dann mit den sich im Umlauf befindenden Goldogern?"
„Die verbieten wir einfach als Zahlungsmittel. Der Bürger muss sie in der Ogerbank umtauschen. Gegen bunt bedruckte sogenannte Banknoten. Er darf dann nur noch damit bezahlen!"
„Ist das denn legal? Mal abgesehen von Ethik und Moral?"
„Sicher, sicher", brummelte der Advocat der illustren Runde, Herr Triefig Schielauge. „Man muss nur die Gesetze ändern und alles ist so, wie es sein soll."
„Und wenn das Volk auf die Barrikaden geht?"
„Ach…alles überbewertete Befürchtungen. Wir schmeißen einfach eine Party, ein Volksfest oder so. Und die Oger-Gazette bewirbt das neue Geld als die tollste Idee des Jahrhunderts. Das machen wir so lange, bis es die Deppen von der Straße glauben. Und wenn das noch nicht reicht, dann machen wir ein paar Steuererleichterungen fürs Volk. Dann jubeln die Euch zu, Herr Kanzler! Und wer nicht mitspielt, wandert ins Arbeitslager oder Gefängnis. Tauschpflicht eben."
Dem neuen Machthaber begann der Gedanke zu gefallen.

„Wie wollen wir die neue Währung denn nennen?"
„Wir nehmen was Traditionelles mit Bezug auf Ogersheim. Und natürlich auf Euren Vorgänger. Denn dem schieben wir einfach die Schuld an der Misere in die Schuhe. Das müssen wir dann öffentlich immer wieder hartnäckig betonen, bis es ebenfalls alle glauben. Die Macht liegt in der Wiederholung."
„Aber…was wird denn dann aus all dem Gold, das dann in der neuen Ogerbank zwangsgetauscht werden wird?"
Leichenhans grinste breit. „Na was schon? Das ist dann natürlich unser Gold. Und wenn sich das Pack erst mal an die neuen Geldscheine anstelle der Münzen gewöhnt hat, dann schlagen wir richtig zu. Da gibt es noch ungeahnte Möglichkeiten!"
„Grundgütiger, Hans. Du bist wirklich ein durchtriebener Lumpenhund. Lehrer, Leichenbestatter…und jetzt auch noch Staatsbediensteter der besonderen Art. Was ist denn dann der nächste Schritt?" erkundigte sich der Kanzler neugierig.
„Aktien…ich sage nur Aktien. Hört nur auf mich und wir machen den Reibach unseres Lebens. Aber dazu kommen wir später!" Leichenhans grinste noch breiter.
Nach etlichen gewechselten Worten und Namensvorschlägen einigte sich die Gemeinschaft auf das schöne Wort „*Kohlblatt*" als Bezeichnung für die neue Papier-Währung, auf deren Blättern das Konterfei des vorherigen Kanzlers zu sehen sein sollte.
„Also gut, die Herren", stellte der neue Reichskanzler fest. Dann müssen wir das nur noch durch den Pfalzrat boxen! Das kann einige Wochen dauern. Aber was machen wir mit unserem Regenten, dem gütigen Herzog Roman?"
„Wollte der nicht dem alten Kanzler aufs Altenteil folgen?" mutmaßte Müffelhering. „Man sollte dringend mit ihm reden."
Die Herren grinsten und prosteten einander lautstark zu. Und die Bürger ahnten nichts vom sich zusammenbrauenden Unheil.

Der Hofzauberer Ogersheims und Lehrherr Bernwards, Meister Aegidius, hatte sich sehr auf ein geruhsames Leben im Staatsdienst gefreut. Regelmäßige Bezüge, freie Kost und Logis, die großzügigen Räumlichkeiten der magischen Gilde, für die man ihm seinerzeit das ehemalige Jasoistenkloster anvertraut hatte…alles war einfach zu schön, um wahr zu sein. Der Sieg über die *„Tote Armee"* war der Glückstreffer schlechthin gewesen, obwohl andere die Arbeit gemacht hatten. Aber nun war Sand ins Getriebe der Bequemlichkeit und Behaglichkeit gekommen. Seit Graf Gerhard, den das Volk wegen seiner fettigen, schwarzen Haarmähne als *„Ölkopf"* verspottete, den Posten des Reichskanzlers errungen hatte, waren die Zahlungen der monatlichen Apanage ausgeblieben. Nicht, dass ihn das sehr strapaziert hätte. Er hatte noch ausreichende monetäre Reserven durch die damalige Belohnung in seiner privaten Schatzschatulle. Aber die anderen Mitglieder und Dozenten der magischen Gilde begannen zu murren.

Gerüchte gingen um, dass es um die Staatsfinanzen mehr als schlecht bestellt sei. Er schenkte sich einen ordentlichen Schluck *„Kleiner Jagdgehilfe"* ein. Soeben hatte er Mägerlein, den Magier aus seinem Studierzimmer geschmissen, als dieser allzu unziemlich auf die Zahlung seines Gehaltes beharrt hatte. Er selbst hatte dem gütigen Herzog Roman schon mehrere Briefe geschickt, in denen er um eine klare Aussage bezüglich der Gelder für die Gilde gebeten hatte. Doch leider kam und kam keine Antwort zurück. Der Herzog schien für ihn unerreichbar zu sein.

„Klippklapp!"

Die kleine Haustierklappe, die der Zauberer kürzlich an seiner Studierzimmertür hatte anbringen lassen, öffnete sich einen

Spalt...dann noch ein Stückchen...und eine kleine, nasse schwarze Schniefnase kam zum Vorschein. Dann folgten zwei verdreckte Pfoten und schließlich der Rest des inzwischen etwas mopsig gewordenen Neuzuganges der magischen Gilde. Sir Wauzelot, Herrscher der Ogersheimer Gassen und Mülleimer, betrat seine inzwischen liebgewonnene neue Heimat. Er war bei neutraler Betrachtung ein kleiner, verwuschelter Mischlingshund aus Rauhaardackel, Steppenwolf und anderen Abkömmlingen der Canidae. Diese besondere Form des besten Freundes des Menschen war ein Geschenk der Herzogin gewesen. Ihrer Ansicht nach war diese Form der Gesellschaft genau das Richtige für einen alleinstehenden Herren älteren Datums. Sie ahnte nicht, dass der Magier Stammkunde der weiblichen Fachkräfte des Ogersheimer Badehauses war. Dort nahm er oft und gerne mehr als nur das konventionelle Körperpflegeprogramm in Anspruch. Aber als der Meister das erste Mal in die treudoofen Augen des zerrauften Fellbündels geschaut hatte, war es um ihn geschehen gewesen. Die Kreatur hatte ihn abgeschlabbert, als ob er mit Honig getüncht gewesen wäre und mit allem gewedelt, was ihr zur Verfügung stand. Dann hatte der kleine Kerl den Teppich inspiziert und gründlich vollgepinkelt. Es war der Beginn einer wunderbaren Freundschaft gewesen.

„Klippklapp!"

Das Geräusch ertönte es erneut und die Klappe schloss sich wieder. Der kleine Hund beäugte und beschnupperte die Umgebung, trottete zum Teppich vor der meisterlichen Lagerstatt und markierte sein Revier mit einem kräftigen Strahl. Dann schüttelte er sich kurz, blickte erst seinen Fressnapf und dann den Zauberer vorwurfsvoll aus großen Hundeaugen an. Die raue Hundestimme bellte ein kurzes Kommando und braune Kulleraugen beäugten wieder den leeren Napf. Danach stupste er sein Allerheiligstes mit der Nasenspitze in Richtung Zauberer und ließ ein erneutes Bellen vernehmen.

„Ja so ein feiiiines Hundi", begrüßte der Magier sein inzwischen liebgewonnenes Familiar. „Sooo ein feiner Hund!"
Sir Wauzelot übte seinen durchdringendsten Blick und bewegte erneut den Fressnapf in Richtung Zauberer. Ein Napf ohne Fressi und Leckerlis war im Universum des Schreckens der Ogersheimer Straßen und Mülltonnen nicht vorgesehen.
„Na...was habe ich denn hier für meinen kleinen Liebling? Ja...was habe ich denn hier?" verlegte sich der Zauberer auf eine Art Kleinkindsprache. „Ja...sooo ein feines Fressi, mmm?"
Sir Wauzelot starrte gierig auf die Würstchen, die der Magier plötzlich in den Händen hielt. Auch ein Hund von Format kam gelegentlich nicht darum herum, niedlich sein zu müssen. Innerlich an seiner Wolfsehre zweifelnd, machte der kleine Hund Männchen und wurde hochkalorisch belohnt. Fettige ogersheimer Wurstwaren ließen keinen Kompromiss zu. Beim Fressen war sich jeder selbst der Nächste. Das rechtfertigte sogar ein vorrübergehendes Männchenmachen. Hofzauberer Aegidius schaufelte den Rest seiner höchstpersönlichen, beträchtlichen Frühstücksration vom Teller in den Napf. Würstchen, Eier und Speck standen hoch in der Gunst der verwuschelten, vierbeinigen Cholesterinsüchtlings.
Der Hund stürzte sich enthusiastisch auf die neue Zwischenmahlzeit, die jeden anderen Kläffer über den ganzen Tag gebracht hätte. Es ertönte ein gieriges Schlingen und Schlabbern. Als sich des Magiers Hand anschickte, den Schrecken der Ogersheimer Gassen wieder zu tätscheln, ertönte ein besser zu beachtender knurrender Warnhinweis. Die Vielfraßanteile der kleinen Kreatur liebten keine Störungen und machten dem kleinen Happen zwischendurch schnell den Garaus.
Nach dem eilig verschlungenen Imbiss war es dann an der Zeit für eine kleine Siesta und Sir Wauzelot verschwand in seinem

Hundekörbchen neben dem Kamin, um über die Welt zu meditieren und zu dösen.

Meister Aegidius, Hofzauberer von Ogersheim und offizieller Bezwinger der *"Toten Armee"*, wechselte in seinem Lehnstuhl, gönnte sich seinen morgendlichen Pfalzweinschoppen und hoffte auf etwas Lektüre zur allgemeinen Erbauung. Er rechnete minütlich mit dem Eintreffen des Hexen-Almanachs.

"Bampf!"

Wie zu jedem Monatsbeginn erschien der Hexen-Almanach in den wenigen magischen Haushalten und Einrichtungen der Großraum-Region Ogersheim. Die Postille war hochbegehrt und bot kurzweilige Unterhaltung, allerlei Klatsch und Tratsch, Stellenangebote, Nachfragen sowie aktuelle Berichte der Stiftung Zaubertest über dies und das und jenes. Besonders beliebt waren die Angebote des Monats, das Kreuzworträtsel, die Schnippel-Gutscheine für Gratisproben und die Preisausschreiben. Der Magier freute sich auf die Lektüre und inspizierte die Startseite auf interessante Themen. Anscheinend bot der aktuelle Beitrag der Stiftung Zaubertest Frohsinn.

„Stiftung Zaubertest" mit der Beilage „Der gute Rat".

Liebe Leserschaft. Heute erreichte uns ein Brief von Abraxa X. aus Galgengesäß mit folgender Frage:

„Liebes Team vom „guten Rat". Als arme Hinterwaldhexe verfüge ich nur über begrenzte Mittel und kann mir nicht jeden neumodischen Schnickschnack leisten. Nun hörte ich von einem neuen Zauberstab, mit dem man in Verbindung mit einem Pergament-Tablett Dinge sowohl zeichnen als auch in einen plastischen Zustand umwandeln könne. Da das Produkt sehr teuer ist, möchte ich Sie um Ihren Rat bitten.

Lohnt sich für eine nicht gutbetuchte Landhexe ein solcher Kauf? Was soll ich tun?"

Die Antwort von „Der gute Rat":

„Liebe Abraxa X. Der Potter-Plotter ist nach seinem Erfinder Archibald Potter dem Älteren benannt. Potter verstarb hochbetagt in England auf irgendeiner Burg, als er mit den selbstentwickelten Miracle-Wings, einem Satz Umschnallflügeln aus Eisen, einen Flugversuch von Bergfried unternahm. Es wird gemunkelt, dass er stark unter dem Einfluss von selbstgeplottertem Met gestanden haben soll. Eine Erbengemeinschaft mit Namen Potter, Winky und Dinky vermarktet nun die Entwicklungen des Verblichenen, wobei jetzt auf die Qualität dieses Produktes näher eingegangen werden soll. Die Verheißungen bezüglich der Funktionen dieses magischen Wunders sind natürlich geeignet, die Herzen höher schlagen zu lassen. Man zeichnet sich zum Beispiel eine Flasche Met auf das Pergament und soll dann laut Herstellerangaben ein köstliches Getränk voller ungeahnter geschmacklicher Wonnen erhalten, wenn die Zeichnung mit dem Stab ins dreidimensionale übertragen wird.
Voller Vorfreude machte sich unsere Expertenkommission ans Werk und nahm sowohl Tablett als auch Stab in Augenschein. Beim Grafik-Tablett handelt es sich um magisches Pergament mit einer durchaus guten Dicke und Robustheit, das allerdings einen Mangel aufweist: Das Material ist anscheinend magisch versiegelt und nimmt kaum Farbe an. Unsere Testperson wurde nahezu hysterisch, bis es ihr gelang, mit einer Art Stoßtechnik eine Zeichnung in das Pergament zu tätowieren. Die mitgelieferte magische Schreibfeder knickte alle paar Sekunden ein und musste immer wieder angespitzt werden. Vermutlich benötigt man pro Zeichnung mindestens

eine Feder. Diese Federn müssen sehr teuer nachbestellt werden und sind so sicherlich ein Quell der Freude für den Hersteller. Auf unsere Anfrage an Potter, Winky und Dinky, warum dies so sein müsse, haben wir bis jetzt leider keine Antwort erhalten. Allerdings weist die Bedienungsanleitung ausdrücklich darauf hin, dass es unumgänglich ist, die Zeichnung in höchster Qualität nur mit den Originalfedern aufs Tablett zu bringen, da ansonsten bei der Umwandlung ins Plastische mit einem gewissen Qualitätsverlust des Endproduktes zu rechnen sei.

Unser Test mit der Originalfeder ergab dann ein leidlich vertretbares Endprodukt mit durchschnittlicher Qualität, dass zwar trinkbar war, aber einen Nachgeschmack von Rübensaft und Eselsdung hatte. Als wir auf eine Alternativ-Feder zurückgriffen, produzierten wir statt Met eine Art Versteinerungstonikum, welches unserem Mitarbeiter zwar hervorragend schmeckte, aber leider nicht bekam. Es ist uns bisher nicht gelungen, den Probanden wieder in seinen Originalzustand zu versetzen. Die Klage gegen Potter, Winky und Dinky ist in Vorbereitung.

Laut Anleitung lässt sich über das Tablett jeglicher Gegenstand aus jedwedem Material herstellen. Also versuchte es unser nächster Tester verständlicher Weise mit Gold-Ogern. Bei genauer Betrachtung erwies sich das Endprodukt durchaus als golden...allerdings nur in Form einer dünnen Beschichtung mit vergoldeter Folie. Das Innenleben bestand aus einer sehr leckeren Schokolade. Wir versuchen, die Zusammensetzung zu analysieren, um damit demnächst mit diesem Erzeugnis über eine konventionelle Herstellungsmethode selbst auf den Markt zu gehen. Die Herstellung von echten Goldmünzen hingegen muss als gescheitert angesehen werden.

Der Versuch, ein Lebewesen zu „plottern" erwies sich als Fiasko. Wir entschieden uns auf Grund der übersichtlichen Größe des Tabletts zuerst für einen Salamander. Er sah eher kruckelig aus und torkelte bei der Fortbewegung, konnte aber beeindruckende Stichflammen von bis zu drei Metern spucken. Die Renovierung unserer Räumlichkeiten wurde Potter, Winky und Dinky bereits in Rechnung gestellt. Auch die Haltbarkeit des Salamanders war unerwartet kurz, da er sich selbst nach dem 4. Flammenstoß durch eine Explosion feinstofflich verteilte. Der nächste Versuch betraf ein höher entwickeltes Lebewesen. Wir haben das Resultat „Frankenkatz" getauft und sind tatsächlich sehr zufrieden. Es ist das effektivste Wachtier, welches wir jemals hatten und hat bereits drei Postboten, zwei Zeitungsverkäufer und einen Meinungsforscher gefressen. Seit Katzi in unser Leben gezeichnet worden ist, haben auch keine Mitarbeiter mehr um eine Gehaltserhöhung nachgesucht. Allerdings sieht „Frankenkatz" wirklich erschreckend aus und erinnert nur minimalistisch an die ursprüngliche Zeichnung. Nun zum Zauberstab: Es...

Es klopfte laut an die Tür des Studierzimmers. Aus dem Hundekörbchen ertönte postwendend ein leises Knurren.
„Herein, wenn es kein Schneider ist!" polterte der Zauberer.
Die Tür wurde aufgestoßen und eine ihm nur allzu bekannte, eher kleine Gestalt mit ölig-schwarzer Haartolle stürmte herein. Der Magier stöhnte innerlich laut auf.

„Seid mir willkommen, Herr Reichskanzler", dienerte er. „Wie kann ich Euch zu Diensten sein?"
Der Reichskanzler schob sich durch den Türrahmen, schnappte sich einen Scherenstuhl und setzte sich unaufgefordert an des Meisters Tisch.
„Geld!" sagte er bestimmend.
„Geld?" fragte der Magier. „Das ist gut. Der Hof Ogersheims schuldet uns inzwischen beträchtliche Summen. Und Ihr wollt uns jetzt endlich entlohnen, wenn ich Euch richtig verstehe, Herr Reichskanzler?" Hoffnung flackert in ihm auf.
„Davon kann nicht die Rede sein", antwortete der eher kleine Mann mit der schimmernden Haartracht. „Ganz im Gegenteil!"
„Wie meint Ihr das?" erkundigte sich der Zauberer erbleichend.
„Nun...ich will Geld von Euch, Herr Aegidius!"
„Ahahahahaaaa...", lachte der Zauberer schallend. „Da habt Ihr mich aber drangekriegt, Herr Kanzler. So viel Humor...DAS zeichnet einen Mann aus...fürwahr! Ahahahahaaaa!"
„Wenn es nur so wäre", entgegnete der Kanzler. „Wir sind definitiv pleite. Und ohne Geld zur Überbrückung, bis wir wieder Einnahmen haben, sieht es böse aus."
Meister Aegidius wurde bleich, obwohl ihn schon seit geraumer Zeit Befürchtungen geplagt hatten.
„Könntet Ihr uns aus der Verlegenheit helfen, Herr Zauberer? Ihr hattet doch damals eine fürstliche Belohnung nach der Befreiung unserer schönen Stadt von der *„Toten Armee"* erhalten." Es war dem Kanzler sichtlich peinlich.
„Wie sollte ich? Die magische Gilde musste renoviert und die Dozenten bezahlt werden. Ich habe alles aus eigener Tasche vorfinanziert und warte noch heute auf die mir zugesagten Mittel", beschwerte sich der Zauberer. „Da ist nichts mehr. Alle. Futsch. Weg. Ausgegeben. Finito!"

„Mist!" fluchte der Kanzler. „Aber Ihr seid doch ein berühmter Zauberer. Könntet Ihr uns nicht wenigstens etwas Gold herbeihexen? Oder Alchemie? Habt Ihr Ahnung von der Alchemie?"
„Alchemie und Goldmachen ist eine reine Illusion", erklärte der Zauberer. „Wenn es so einfach wäre, dann gäbe es unser Gespräch nicht, Herr Kanzler!"
Der Kanzler sank in sich zusammen. „Ich hörte mal von einer Jungfer, die Stroh zu Gold spinnen können soll", murmelte er. „Ob das vielleicht ginge?"
„Macht doch das, was alle machen, Herr Kanzler. Verkauft das Tafelsilber und was noch so da ist, erhöht die Steuern, presst das Volk aus", riet der Hofzauberer.
„Das wird sicherlich passieren. Aber das dauert eben seine Zeit", antwortete der Kanzler.
„Graf Öööölkopf!" tönte es von der Straße. „Vernehmet die Kunde vom Grafen Öööölkopf, Ihr Leute!"
Ein schlanker, lang- und dunkelhaariger Bänkelsänger hatte sich auf der Straße eingefunden. Er hatte eine Tafel mit bunten Bildern aufgebaut und stimmte seine Laute an. Schon nahten die ersten Schaulustigen und bildeten eine Menschentraube.
Der Kanzler starrte entsetzt zum Fenster hinaus.
„Und nun lauschet dem Liedlein, ihr guten Leute! Gedichtet von mir in Persona, dem Barden Andreas Palomas!"

„Es gibt hier im Land einen Grafen
Das Volk hält ihn für einen Braven
Erst tut er ganz lieb
Dann kommt Hieb auf Hieb
Er wütet wie'n Wolf unter Schafen!"

Kichern, Applaus, zustimmendes Gemurmel…das Volk war ganz und gar auf des Künstlers Seite.

„Der Graf ist am Kopfe stets ölig
Sein Weib dafür hässlich und nölig
Will er mal was sagen
Muss um Erlaubnis er fragen
Vielleicht ist er deshalb nie fröhlich?"

Das Gelächter des Pöbels nahm zu.
Der Reichskanzler riss das Fenster auf. Die Menschenmenge wuchs und wuchs. Und dann sah er seine beiden Wachen, die er zur Begleitung mitgenommen und vor dem Tor der magischen Gilde zurückgelassen hatte. Die zwei Stadtwächter hielten sich die Bäuche vor Lachen.
Der Sänger deutete auf eine Zeichnung und intonierte:

„Der Kanzler, der liebt alle Frauen
Von manchen lässt er sich verhauen
Dafür zahlt er Geld
Was den Damen gefällt
Welche würde ihn sonst schon anschauen?"

„Aber aber aber…", stammelte der der Kanzler. „Das geht doch nicht! Das darf der nicht. Das soll der nicht! Der lügt! Pöbel! Aufruhr! Unterbindet das, Herr Aegidius!"
„Wozu habt ihr denn Wachen dabei, Herr Kanzler?" Der Zauberer deutete auf die Straße, wo die beiden Wächter kurz davor waren, sich vor Lachen die Rüstung einzunässen.
„**Wache!**" brüllte der Reichskanzler auf die Straße. „Packt den Kerl…und sperrt ihn weg!"
Die Leibgarde des Kanzlers machte sich missmutig ans Werk. Sehr zum Unwillen des nun murrenden Volkes. Aber wer wollte schon gegen bewaffnete Stadtwachen antreten? Der Sänger drückte dem einen Soldaten die Bildtafel in die Hand und reichte dem anderen die Laute.

„Haltet Ihr das bitte mal kurz, ihr Herren?"
Dann nutzte er die Gunst des Augenblicks für eine rasante Flucht durch die Menschenmenge, hinter der er irgendwo verschwand. Zurück blieben zwei verwirrte Soldaten und ein fassungsloser Graf.
„Das wird Folgen haben!" zeterte Herr Gerhard, zitternd vor Wut. „Den kriege ich. Und dann ist Schluss mit Lustig. Politik der eisernen Hand. Die werden mich noch kennenlernen!"
Schluss mit Lustig war auch bei Sir Wauzelot, der sich in seiner Ruhe empfindlich gestört fühlte. Er verließ sein Allerheiligstes, trottete zum Besucher, beschnüffelte dessen Fußgelenk, winkelte ein Hinterbein an und sanktionierte des Reichskanzlers unmanierlichen Lärm angemessen mit einem kräftigen, aromatischen Strahl. Der Kanzler fluchte laut und warf giftige Blicke. Der kleine Hund trottete unbeeindruckt wieder zu seinem Körbchen, drehte sich dreimal um die eigene Achse und betrachtete die Geschichte als vorerst erledigt.
„Wertet das als Kompliment, Herr Kanzler. Er macht das nicht bei jedem. Ein Zeichen von ganz besonderer Zuneigung", kommentierte der Zauberer den Zwischenfall beschwichtigend. Meister Aegidius grinste innerlich vor sich hin, verkniff sich aber diplomatisch jegliche weitere Bemerkung. Dann begab er sich zu seinem Schrank und förderte aus dessen unergründlichen Tiefen eine kleine Flasche zu Tage.
„Nehmt dies, hoher Herr. Das bringt die strapazierten Nerven wieder ins Lot. Drei Tropfen sollten reichen."
Der Reichskanzler schüttete sich ein paar Tropfen auf den Handrücken und leckte sie ab. „Ist ja widerlich", stellte er fest und schüttelte sich. „Was in aller Welt ist das für ein Gift"?
„Das wollt Ihr gar nicht wissen, mein Herr", entgegnete der Magier. „Hauptsache es hilft, oder?"
„Was bekommt Ihr dafür, Herr Aegidius?"

„Ach...nehmt es als Geschenk des Hauses an einen geplagten Menschen. Allerdings wäre es schön, wenn Ihr Euch für die Begleichung der aufgelaufenen Rechnungen einsetzen könntet. Bei uns drückt der Schuh nämlich auch mächtig."
„Ich werde alles unternehmen, was in meiner Macht steht. Anscheinend müssen wir einige Ideen schneller umsetzen, als ich gedacht hatte."
Der hohe Herr erhob sich, steckte die kleine Flasche ein und verabschiedete sich förmlich. Ein kleiner befellter Blitz sprang aus dem Körbchen und biss den scheidenden Besucher in die Hacken, was der Kanzler mit lautem Fluchen quittierte. Zurück blieb ein nachdenklicher Zauberer, der sich die eine oder andere Frage über die Zukunft seiner Forderungen stellen musste und ein zufriedener kleiner Hund, der sich wieder in sein Körbchen trollte und gründlichst das Gemächt beleckte.

Laute Flamenco-Klänge schallten durch das nächtliche Gran Mallorbiza. Anscheinend bestand die Inselwelt nur aus Party, Krawall, Alkohol und unternehmungslustigem Jungvolk aus allen möglichen Welten. Bernward war sichtlich angetan vom ganzen Trubel. Nach all den Jahren im ländlichen Ogersheim genoss er das Partyleben und tobte gemeinsam mit DAX von Fete zu Fete. Doch am heutigen Abend war ein ruhiges Abendessen mit amüsantem Geplauder angesagt. Damengesellschaft hatte eindeutig etwas für sich.
Die Lokalität des Vertrauens hieß *„Cava Negra"* und ließ zu Recht auf eine ausreichende Getränkeversorgung schließen.

Doch zuerst hatte man sich in der Inselmetropole auf eine gemeinsame Shopping-Tour verabredet.
„Sieh nur…Schuuuuhe!" qietschte Emmi vergnügt, klatschte in die Hände und hüpfte vor Freude auf der Stelle. Die drei anderen jungen Damen waren da eher zurückhaltend, doch die interessierten Blicke, die sie aufs Schuhwerk warfen, straften sie Lügen. Und so arbeiteten sie sich von Schuhgeschäft zu Schuhgeschäft, von Schmuckladen zu Schmuckladen, ließen kein Kleidungsgeschäft außen vor und hatten Frauenspaß. Die beiden Begleiter, DAX und Bernward, hatten Zuflucht in einem Straßencafé gefunden und harrten der Dinge, die da kommen sollten. Und richtig…alle paar Minuten tauchte eine der Damen auf und präsentierte stolz ihre neueste Errungenschaft. Irgendwann griff DAX ein und verordnete einen Kaufstopp, da die Mädels sonst schneller pleite gewesen wären, als sie zaubern konnten.
„Um Gottes Willen…beherrscht Euch!" fuhr er sie an. „Ich hatte Euch doch vor dem ganzen Touristennepp gewarnt."
Die jungen Damen blickten schuldbewusst auf die Tischplatte.
„Wir wollten doch noch zur P.A.G.A.N-Boutique und ein paar wirklich gute Sachen kaufen. Schon wieder alles vergessen?"
„Es ist einfach mit uns durchgegangen."
„Kontrollverlust", sinniert DAX. „Kenne ich. Heißt bei mir *„Kleiner Jagdgehilfe"*.
Bernward nickte zustimmend.
„Wie auch immer…P.A.G.A.N.-Zeit. Wollen wir?" erkundigte sich DAX.
Die Junghexen stimmten zu und sie brachen gemeinsam auf. Bernwards Beraterdämon machte den Wegweiser. Es ging durch verschlungene, labyrinthartige Pfade immer tiefer und tiefer in die Altstadt von Gran Mallorbiza.
„Puha…müffelt das hier!" beschwerte sich Iris.

„Ist echt voll eklig", stimmte Fräulein Claricorn zu, während sich Emmi die Nase zuhielt und nur noch durch den Mund atmete. Auch Mimi wirkte unglücklich.

„Da müssen wir durch, meine Damen. Wir bewegen uns gerade außerhalb der ausgetretenen Touristenpfade. Die P.A.G.A.N.-Gruppe legt keinen Wert auf den Besuch von Ahnungslosen."

Plötzlich standen sie am Ende einer dunklen Sackgasse. Das schmale, moosgrüne Haus, vor dem sie standen, hatte eine seltsam schimmernde Tür, deren Rahmen an ein Omega erinnerte und keinesfalls einladend wirkte.

„Das soll so sein", erläuterte DAX. „Reine Abwehr…aber nicht für uns!" Der selbst auserkorene Fremdenführer zog einen Anhänger aus seinem Hemd. „Das ist mein Aura-Chamäleon. Und zugleich die Eintrittskarte. Ihr solltet Euch auch so etwas zulegen."

DAX öffnete die Tür.

Die kleine Gruppe trat ein und sowohl Bernward als auch den Damen traten die Augen aus dem Kopf. Das Gebäude war innen eindeutig erheblich größer als außen. Alles war in ein schummeriges, andeutungsweise rötliches Licht getaucht. Überall standen Truhen, Vitrinen, Schränke, Fässer, Regale und Tische voller seltsamer Waren und Artefakte. Kräutergebinde, getrocknete Schlangen, Eidechsen, Hörner und andere Kuriositäten schmückten die Wände. Es roch nach Gewürzen und ungewöhnlichen Aromen von Räucherwerk, Tabak und exotischen Blumen. In einer Nische befanden sich als Kontrast Bilder und Prospekte der P.A.G.A.N.-Tours und in einer anderen Ecke Aufsteller der P.A.G.A.N.-Financial-Group.

Inmitten der Halle befand sich ein fröhlich plätschernder Springbrunnen mit einem riesigen marmornen Wasserspeier, aus dessen Mund unentwegt grünblaues Wasser sprudelte. Die Besucher waren angemessen beeindruckt.

„Die sind hier ja echt vielseitig", stellte Emmi fest. „Und schaut Euch mal das Gesicht von dem Spuckerchen da an. Und dann diese riesigen Fledermausflügel. Gruselig, oder wie seht Ihr das?"
Ein Ruck ging durch den Wasserspeier. Die Figur drehte den Kopf und die sprudelnde Fontäne versiegte.
„Stimmt. Das sind wir. Vielseitig. Seid gegrüßt, meine Gäste!"
DAX grinste vor sich hin, als den Damen und Bernward jeweils der Unterkiefer nach unten sackte.
„Ach Du je. Das ist mir jetzt aber peinlich", murmelte Emmi und errötete von einem Ohr zum anderen.
„So etwas höre ich von nahezu jeden, der sich zum ersten Mal hierher verirrt", grinste die riesige Marmorgestalt. „Allerdings wüsste ich gern, mit wem ich das Vergnügen habe. Hier kommt nicht jeder rein, wie ihr sicherlich wisst. Unser Eingang ist magisch gut geschützt."
„Gizmo, alter Felsbrocken!" ertönte es. „Lange nicht mehr gesehen, gell?"
„Die Stimme kenne ich doch irgendwoher", grübelte der Gargoyle und legte die Stirn in Falten. „Tarnzauber, wie?"
DAX legte sein Aura-Chamäleon ab, beseitigte den Tarnzauber und auf des Wasserspeiers Gesicht wurde das Grinsen noch breiter, als die Damen es jemals für möglich gehalten hätten. Den Junghexen fielen die Kinnladen noch weiter herunter, als sie ihren Fremdenführer zum ersten Mal ohne Tarnung, spitzohrig, grünlich, schuppig und mit langen Fängen, sahen.
„DAX, Du alter Schwerverbrecher. Seit der legendären Jubiläumsfeier der P.A.G.A.N hätte ich nicht mehr gedacht, Dich so schnell wiederzusehen. Hattest Du nicht damals diese obermiesen Kobolde angeschleppt? Diese Alpenwichtel?"
DAX stöhnte gequält auf.
„Erinnere mich bloß nicht an die. Ein Fiasko. Das wird mir noch ewig nachhängen!" fluchte er.

„Nun stell mir doch mal Deine Begleiterinnen vor. Die müssen mich ja für einen völlig ungehobelten Klotz halten."
DAX stellte die Junghexen und den Lehrling förmlich vor und spendierte seinem Gesprächspartner einen kurzen Einblick in die damaligen Geschehnisse um Ogersheim und die *„Tote Armee"*, während seinen Begleitern noch immer eine gewisse Überforderung durch die Situation ins Gesicht geschrieben stand. Man traf eben nicht alle Tage einen um die zwei Metern großen, charmant plaudernden Wasserspeier namens Gizmo.
„Donnerwetter!" meinte dieser. „Das war wirklich eine Meisterleistung. IHR seid das also gewesen. Die Geschichte hat sich inzwischen selbst bis hierher verbreitet. Ihr seid quasi prominent, meine Damen. Chapeau!" Gizmo zog einen imaginären Hut und setzte ihn wieder auf.
Bernward schwieg betreten und musste feststellen, dass der Ruhm wieder einmal an ihm vorbeigaloppiert war. Irgendwie schienen sein Leben und die Gerechtigkeit stets getrennte Wege zu beschreiten. Ohne seinen Fund des Petrovic-Zauberbuchs und des Amuletts, welches die *„Tote Armee"* beherrschte, wäre es niemals dazu gekommen. Aber so hatte er zumindest ein kleines Geheimnis, das ihm vielleicht eines Tages von Vorteil sein würde.
„Also Ladies", hub Gizmo an, "Wie kann ich Euch behilflich sein? Sucht Ihr etwas Bestimmtes?"
Die Junghexen waren von der reichhaltigen Auswahl förmlich erschlagen. Egal ob magischer Schmuck oder Zauberstäbe, Kristallkugeln oder Hexenbesen und Kessel…anscheinend gab es hier einfach *alles*.
DAX mischte sich wieder in die Unterhaltung ein.
„Wenn ich etwas empfehlen dürfte", hub er an, „dann würde ich mal über wirklich wichtige Dinge nachdenken. So etwas wie Com-Kugeln zum Beispiel. Auch ein Aura-Chamäleon ist stets von Vorteil. Und ein Tarnzauber kann echt ein Lebensret-

ter sein. Ich habe bisher nur die besten Erfahrungen damit gesammelt. Und vielleicht noch das eine oder andere Zauberbuch? Bildung hat was."
Gizmo stimmte zu.
„Womit wollen wir denn anfangen? Kennen die Damen die betreffenden Artikel schon und haben vielleicht konkrete Vorstellungen?"
Doch die Hexen standen nur staunend da.
„Bring uns doch mal eine kleine Auswahl, Herr Gizmo! Dieses Aura-Dingens auf jeden Fall", regte Fräulein Claricorn an.
Der Gargoyle stapfte los und bei jedem seiner Schritte vibrierte der Boden leicht, aber spürbar und verschwand irgendwo in den weitverzweigten Räumlichkeiten.
„Wieso das, Clari?" fragten ihre Kolleginnen.
„Na ja...wäre doch toll, wenn wir in so einen Laden auch alleine reinkämen, oder?"
„Klingt irgendwie logisch", ertönte Iris Antwort.
Aus den Tiefen der P.A.G.A.N.-Räumlichkeiten ertönte ein lautes Kreischen, Fluchen, Scheppern und Peitschenknallen.
„Grundgütiger", sprach Bernward erbleichend. „Was in aller Welt war das denn?"
„Anscheinend hat Gizmo etwas Stress in der Haustierabteilung", mutmaßte DAX. „Die können ziemlich fies sein, die Biester!"
„Aber was in aller Welt haben die denn hier für *Haustiere*?" fragte Bernward, der ein wenig bleich um die Nase geworden zu sein schien.
„Das variiert...je nach Saison und Verfügbarkeit!" erklärte DAX. „Vom Salamander über Schlangen bis hin zu echten Drachen ist da einiges erhältlich!"
„Ob die wohl auch Einhörner haben?" grübelte Emmi.
„Denk da mal lieber nicht drüber nach. Sonst kommt Dir Wallemähne noch aufs Haupt", grinste Clari.

„Ich weiß nicht. Manchmal scheint der Zosse keine rechte Lust mehr zu haben. Na ja...egal...könnte ich eh nicht bezahlen. Vermute ich zumindest", stellte die Zuckerhexe fest.

Stärker werdende Bodenvibrationen kündigten Gizmos Rückkehr an. Der Wasserspeier kam um die Ecke eines Torbogens und schien leicht versengt zu sein. Seine Flügel qualmten ein wenig und überall auf dem Marmor waren Rußspuren.

„Nichts als Nerverei", brummelte er und stellte einen Metallkorb auf den Verkaufstresen. „Kaum kriegen die mal kein Leckerli, ist auch schon die Hölle los."

Bernward und die Damen stürzten sich auf die mitgebrachten Dinge.

„Uiii...ein Zauberstab", schmachtete Emmi. „Was kann der denn?" Sie hatte sich einen etwa 30 Zentimeter langen Holzstecken mit Glimmer und Sternchendekor geschnappt und fuchtelte damit herum. Gizmo zog den Kopf ein und DAX wich schnell einige Schritte zurück.

„Finger weg! Bitte! Nicht schüt...!"

Kazischhhhh!

Eine lodernde Flamme gleich einem Drachenhauch hüllte den Gargoyle ein und fügte noch mehr Ruß hinzu.

„Und darum wird hier ohne Erlaubnis und Anleitung *bitte* nichts angefasst!" keuchte er. „Das Zeug hier ist in ungeübten Händen wirklich *gefährlich*."

Emmi legte schuldbewusst das magische Utensil zurück und blickte betreten auf ihre Fußspitzen.

„Schulligung", flüsterte sie.

„Echt ey, Emmi. Du bist immer so fix bei der Sache", motzten die anderen Damen. „Irgendwann passiert vielleicht doch mal was. Neugier bestraft sich selbst!"

Auf Gizmos Antlitz hatte sich wieder das breite Lächeln eingestellt. „Ist ja nichts passiert. Ich bin mehr oder weniger unverwüstlich. Aber ich möchte nicht, dass Kunden Schaden nehmen. Und natürlich auch nicht, dass hier jemand den Laden abfackelt. Safety first!"

„So, meine Damen", sprach DAX. „Lasst ihr Euch mal von Gizmo diese netten Spielzeuge erklären, während ich mit Herrn Bernward einen kleinen Rundgang mache. Und legt nicht alles in Schutt und Asche."

Dann zog er Bernward am Ärmel hinter sich her in den nächsten Raum.

Ein frustrierter Reichskanzler saß zu Ogersheim in seinen Amtsgemächern. Es klopfte an der Tür. Und dann kam, ohne ein „Herein" abzuwarten, des Kanzlers Ratgeber Müffelhering in das Allerheiligste gestürmt.

„Nun mal immer langsam mit den jungen Pferden", rügte ihn der gestresste Ratsvorsitzende.

„Probleme, Herr Kanzler!" keuchte der Besucher.

„Was in aller Welt ist den jetzt schon wieder?" stöhnte Graf Gerhard und verdrehte die Augen. Seinerzeit, beim Kampf um die Macht und die Ogersheimer Wurstkrone, hatte er sich das Leben als Ratsoberhaupt anders vorgestellt. Einen Moment lang flackerte der damalige Triumph vor seinem inneren Auge auf. Er nostalgierte kurz den Moment, wo er beim Wettkochen seinen Amtsvorgänger besiegt und dessen Saumagen durch sein eigenes Gericht, die gelbgepuderte Wurst in roter Soße mit öligen Fritten, aus der Bahn geworfen hatte.

„Geld!" keuchte der Ratsherr.

„Wieso schon wieder Geld?" fragte der Kanzler erbleichend.

„Forderungen. Nichts als Forderungen. Soeben kamen lauter Brieftauben aus dem Ausland an. Zuerst die schlimmste Nachricht. Präsident Büschel aus *„Far Far Away"* fordert weitere Reparationszahlungen wegen des blöden Krieges von damals. Man scheint sehr ungehalten in Jollywood zu sein. Dann der Regent von *„Gaullia"*. Ebenso. Und dann auch noch die Inselaffen von den *„Great-Ale-Islands"*. Alle fordern und fordern und fordern unaufhaltsam. Nur die Leute aus *„Borscht"* halten die Hacken zusammen. Lang lebe der Zar."
„Grundgütiger!" fluchte der Kanzler. „Wie in aller Welt sollen wir das alles bezahlen?"
„Keine Ahnung", entgegnete Müffelhering. „Wir sind noch nicht soweit, dass wir die Währungsreform umsetzen können. Ein paar Tage dauert das noch. Wir haben noch nicht einmal die Druckerpressen für die neue Währung bekommen."
„Ja…wieso denn nicht, Müffel?"
„Wir konnten die Rechnungen nicht bezahlen. Die wollten eine hohe Anzahlung. Es gibt einfach kein Vertrauen mehr unter den Menschen! Leichenhans rauft sich schon die Haare aus."
„Wieso nerven denn die *„Far Far Away"*-Leute? Haben die nicht unsere gesamten Goldreserven in Verwahrung?"
„Schon, mein Kanzler. Aber deren letzte Antwort war folgende: „Geschenkt ist geschenkt und Wiederholen ist gestohlen!" Und dann soll Büschel ziemlich fies gelacht haben."
Der Kanzler stöhnte erneut auf. „Haben denn die alle keine Ehre im Leibe? Dieser doofe Krieg unter *„Adolar dem Braunen"* ist doch Ewigkeiten her. Und keiner von uns war jemals daran beteiligt. Die sind doch schon längst alle weggestorben!"
„Da haben wir wohl Pech gehabt, Herr Kanzler. Laut Verträgen müssen wir noch knapp 100 Jahre löhnen, zu allem Ja und Amen sagen und Sklavendienste verrichten."
„Wie hat man denn auf unsere Anregungen bezüglich Friedensverträgen geantwortet?"

„Brüllendes Gelächter. Anscheinend kommen wir aus der Nummer nicht mehr raus. Büschel hat auch angedeutet, dass man gern in den Krieg gegen das Volk von Bosniakistan ziehen wolle. Und wir sollen unsere Streitkräfte dafür klarmachen. Unentgeltlich natürlich."
„Grundgütiger", stöhnte der Reichkanzler erneut. „Wie in aller Welt sollen wir das nur hinbekommen?"
„Wir haben keine Möglichkeit, uns dem zu widersetzen. Ansonsten müssten wir gegenüber dem Volk die Hosen runterlassen. Und dann hätten wir wahrscheinlich eine Revolution noch vor dem Nachmittagsmokka."
Die beiden Vollblutpolitiker legten die Stirn in Falten und litten still. Und plötzlich hatte der Kanzler eine Eingebung.
„Los, Müffel. Hol mir zwei Brieftauben. Aber fix. Die eine schicken wir nach Borscht und verkaufen dem Zarenhof die Neuigkeit mit Bosniakistan. Vielleicht können wir da was rausschinden. Und die andere schicken wir in meine Grafschaft. Dort sitzt mein alter Kumpel „*Raffi*" Raffgeyer. Der hat eine ziemlich wilde Kloppertruppe, die dem Volk das Geld für nichts aus der Nase ziehen kann. DAS sind genau DIE Leute, die wir jetzt brauchen können."
„Aber…verkaufen wir da nicht unsere Seele an den Toifel?" fragte Müffelhering sorgenvoll.
„Das haben andere Leute schon für viel weniger getan", spottete der Kanzler. „Wer an der Macht sitzt und dort bleiben will, der muss auch mal unkonventionelle Wege gehen. Und jetzt hol mir den Leichenhans und unseren Herold. Ich habe eine Aufgabe für die beiden!"

DAX hielt Bernward eine kleine Standpauke.
„Halte Dich da bloß raus. Wenn Frauen *„Shoppen"* wollen, dann sei möglichst wo anders. Die fragen Dich nach Deiner Meinung, ohne sie wirklich hören zu wollen. Vor allem bei Frisuren, Klamotten und Schuhen endet das stets tragisch. Egal was Du sagst…Du hast verloren. Kümmern wir uns lieber darum, ein paar Dinge für Dich zu finden, die Dir das Leben einfacher machen."
„Aber die sind doch nett, die Mädels. Und die mögen uns!"
„Lass Dich nicht blenden und vertraue auf Deinen Ratgeber. Es ist ganz egal, wie niedlich die aussehen. Frauen sind und bleiben Raubtiere. Klar?"
Bernward schluckte und kam zu der Erkenntnis, dass er wohl noch einiges über das andere Geschlecht zu lernen hatte.
„Was in aller Welt kann ich denn nur tun, um mehr über Frauen zu erfahren?" wollte der Lehrling wissen.
„Komm mal mit in die Literaturabteilung, Herr Bernward", meinte Dax und zog ihn zu einem Bücherregal. „Da finden wir bestimmt etwas Geeignetes."
DAX studierte die Auslage. „Na…da haben wir es ja schon!" triumphierte er. „Das musst Du unbedingt gelesen haben! *„Echte Männer essen keinen Tofu"* von B.B.B. Pflichtlektüre für jeden Kerl. Frauen mögen keine Milchbubis."
Bernward beäugte kritisch das blaue Buch mit dem roten Warnzeichen.
„Was in aller Welt ist ein Tofu?"
„Ist doch Wurscht. Beziehungsweise eben nicht. Iss einfach keinen, wenn er Dir mal begegnet!"
Bernward schnappte sich das Buch und legte es in einen kleinen Einkaufskorb.
„Und nun?" wollte er wissen.
Der Dämon grübelte einen kleinen Moment.

„Nun kaufen wir Dir ein paar Basics. Ein Aura-Chamäleon und einen Tarnzauber. Damit Du nicht immer so rumlaufen musst, wie Du es normalerweise machst!"
„Was in aller Welt ist denn daran auszusetzen?" empörte sich der Jungzauberer.
„Erspar mir die Antwort und höre einfach auf mich, Herr Bernward. Es ist besser für Dich!"
Als sie zum Verkaufstresen zurückgekehrt waren, hatten sich die jungen Damen bereits reichlich mit Tragetaschen, Tütchen und Krams behangen.
„So…diese Kleinigkeiten noch…und dann lass uns mal über den Preis reden, Herr Gizmo", sprach DAX und setzte das freundlichste Vertreterdämonengesicht auf, das man sich nur vorstellen konnte. Er legte Bernwards Körbchen mit dem Aura-Chamäleon, Tofu-Buch und Tarnzauber auf den Tisch und versuchte einen unschuldigen Blick. Und nun konnten die Damen tatsächlich den Gargoyle zum ersten Mal mit weit heruntergezogenen Mundwinkeln sehen. Bernward, der wusste, wie sich die Verhandlungen jetzt entwickeln würden, nahm sich der Junghexen an und schlug vor, schon einmal vor die Tür zu gehen. Er wollte ihnen und vor allem sich selbst das Gefeilsche ersparen. Vielleicht könnte er schon einmal seinen neu erworbenen Tarnzauber ausprobieren. Aber wahrscheinlich war es doch besser, auf seinen Berater zu warten. So harrten sie gemeinsam vor der seltsam geformten Tür der P.A.G.A.N-Boutique, bis DAX breit grinsend herauskam.
„Ha", sagte er. „Ich wusste doch, dass da was geht."
Die Hexen und der Zauberlehrling blickten ihn fragend an.
„25% Nachlass auf alles, meine Lieben. Na, wie war ich?"
Die Freude war groß und DAX sonnte sich in seinem Ruhm.
„Als kleine Revanche für meine Bemühungen sollten wir uns mal über etwas wirklich Wichtiges unterhalten. Habt Ihr schon eine Hexen-Haftpflicht-Versicherung? Falls mal was schief

gehen sollte bei der Hexerei? So etwas kann schnell teuer werden. Apropos teuer…ich bekomme noch Kleingeld von Euch!" Berward grinste innerlich. Er wusste, was nun folgen würde und freute sich lieber auf das Abendessen in charmanter, weiblicher Gesellschaft.

Riesige schwarze Wagenräder ratterten über das holprige Kopfsteinpflaster vor der Ogersheimer Kanzler-Residenz. Zwei Lakaien, die auf der großen Gepäckkiste an der Rückseite standen, hielten sich mit Müh und Not an den Haltegriffen der Reling, die das Dach der Kutsche umrundete, fest. Wer wollte schon während voller Fahrt absteigen? Der Kutscher versuchte derweil, die sechs dampfenden und schweißtriefenden Rappen zum Stehen zu bringen.
Die gigantische schwarze Kutsche mit dem pompösen Wappen des RWD hinterließ bei den Schaulustigen einen nicht unerheblichen Eindruck. Eindeutig: Der Eigentümer des Vehikels schien gut betucht zu sein. Die schwarzgewandeten Lakaien sprangen ab und rollten einen schwarzen Teppich mit Gold-Oger-Motiven aus. Dann öffneten sie die Kutschentür und stellten eine kleine Treppe bereit, um ihrem Herrn den Ausstieg so komfortabel wie möglich zu gestalten.
Ein schlanker, anscheinend blondierter, ondulierter und ziemlich blasiert um nicht zu sagen schnöselig wirkender, vornehmer Mann mit schmalem Oberlippenbärtchen stiegt aus der Kutsche. Er sah sich um und gönnte der Umgebung einen herablassenden Blick.

„So so!" kommentierte er den Anblick des Marktplatzes und der wenigen anwesenden Ogersheimer. „Das also soll das berühmte Ogersheim sein? Ziemlich ärmlich, wie?" spöttelte er. Dann wendete er sich an seinen Kutscher.

„Heda, Knecht! Bringe er in Erfahrung, wo der Reichskanzler sein Domizil hat. Und dann melde er mich an. Aber hurtig!"

Der Kutscher, der die herablassende Art seines Herrn gewohnt war, trabte los, eilte die Treppen hinauf und betrat den Palast. Einige Minuten später kehrte er aus dem Palast zurück, einen hageren und faltenreichen Herrn im Schlepptau.

„Müffelhering, zu Diensten hoher Herr", dienerte der Ankömmling. „Wir hatten Euch nicht so früh erwartet. Verzeiht den nicht standesgemäßen Empfang."

„Nun ja." kommentierte der frisch eingetroffene Gast des Ogersheimer Hofes. „Ich hatte es eigentlich auch nicht anders erwartet. Höchste Zeit, dass hier mal so richtig Zug reinkommt."

Er gönnte seinem Einpersonen-Empfangskomitee den herablassendsten Blick, den er entbehren konnte. „Was habt IHR denn für eine Funktion hier am Hofe meines alten Freundes Schroderick?"

„Wie meinen?" fragte Müffelhering, der mit dem Namen nichts anfangen konnte.

„Ach ja...anscheinend seid Ihr nicht der Hellsten einer!" spöttelte der vornehme Gast. „Ich...Audienz...bei Eurem Reichskanzler...Graf Gerhard. Verstanden? Ihr...wer?"

Des Kanzlers Mitarbeiter reagierte so freundlich, wie es ihm nach der Abkanzlung möglich war.

„Müffelhering, zu Diensten. Ich bin Ratsmitglied und Vertrauter unseres geliebten Kanzlers. Bitte nehmt meine untertänigste Entschuldigung an, Herr Raffgeyer. Der Kanzler erwartet Euch schon und Eure Gemächer werden gerade bereitet."

„Na...geht doch. Und nun trab mal ab, Herr Stinke-Hering. Zeit ist Gold."
„Müffel!" empörte sich der Ratsherr.
„Mief ist Mief...und damit Basta!" wies ihn der Staatsgast zurecht. Dann folgte er dem Geschmähten die Treppe hinauf in den Palast.

Es klopfte an des Reichskanzlers Tür.
„Herein, wenn es kein Schneider ist!"
Müffelhering betrat das Gemach, gefolgt von Herrn Raffgeyer, der die Räumlichkeit abschätzig begutachtete.
„Raffi, Du oller Schwerenöter!"
„Schroderick, alter Verbrecher!"
Man fiel sich in die Arme.
„Danke...Du darfst dann gehen, Müffel", komplimentierte der Kanzler seinen Vertrauten hinaus. Der Geschmähte verließ die Szene.
„Nenn mich hier bloß nicht Schroderick. Schließlich bin ich kein Bürgerlicher mehr!"
„Wieso denn das nicht? Bist Du doch!" meinte Raffgeyer.
„Hier nicht. Die Ogersheimer stehen auf pompöse Titel und Adel. Die wollen das so." Der Kanzler zuckte die Achseln.
„Ah...die Welt will betrogen sein. Na ja...so ein Titel kostet ja nicht allzu viel", stellte sein Gast fest.
„Genauso ist es. Aber damit kennst Du Dich mit Deinem RWD ja bestens aus, alter Gauner!" Der Kanzler wirkte ein wenig neidisch. „Hätte ich damals nur auf Dich gehört und wäre nicht

in die Politik gegangen. Als freier Unternehmer hätte es sich bestimmt mehr gelohnt. Aber immerhin...Reichskanzler ist ja auch nicht wenig. Vielleicht kommt der große Segen ja noch hinterher."

„Das kann man nie wissen", grinste der Gast.

„Meine Rede", grinste der Gastgeber zurück. „So unverschämt, wie Du Deine Schäfchen mit dem Raffgeyer-Wirtschafts-Dienst über den Leisten gezogen hast...Respekt. Darauf heben wir jetzt einen." Der Reichskanzler schellte nach dem Personal und nur wenige Augenblicke kam sein persönliches Zimmermädchen mit wehenden Röcken hereingestürmt.

„Dorschen...bring uns Wein...viel Wein...vom Besten!" befahl der Kanzler.

Nach einigen Schoppen und dem Austausch alter Geschichten und Erinnerungen kam der Moment der Wahrheit.

„Alter Freund...Du hast mich doch nicht ohne Grund eingeladen? Dazu kenne ich Dich entschieden zu gut."

„Nun ja...", brummelte der Reichskanzler. „Das trifft in der Tat zu. Wir haben hier in Ogersheim nämlich ein kleines Problem, weißt Du?"

„Lass mich raten. Ein monetäres Problem?"

„Steht mir das ins Gesicht geschrieben?"

„Die Spatzen pfeifen es von den Dächern. Ogersheim soll pleite sein...völlig ausgeplündert." Raffgeyer grinste süffisant.

„Der alte Kanzler hat einen ziemlichen Scherbenhaufen hinterlassen. Von wegen mit: „Die Einheit kostet keinen auch nur einen Oger!" Da hat sich anscheinend jemand völlig verrechnet, oder auch verrechnen wollen", murrte Graf Gerhard.

Man schwieg einen Moment und leerte einen weiteren Schoppen.

„Und? Was kann ich für Dich tun? Du willst mich doch nicht etwa anschnorren, mein Freund?"

Der Reichskanzler fühlte sich ertappt.

„So würde ich das nicht nennen. Meine Bezeichnung wäre eher eine Zusammenarbeit auf der Basis einer Beuteteilung."
„Wie muss ich mir das vorstellen?" fragte Raffgeyer.
„Eigentlich ganz einfach. Wir haben hier einen kleinen Engpass. Und da kommst Du als Helfer in der Not ins Spiel. Es soll Dein Schaden nicht sein."
„Und wo ist mein Vorteil beim großen Spiel?"
„Ich räume Dir die Gründung eines OWD ein. Meine Ratsherren Müffelhering und Leichenhans hatten da einige nette Ideen. Wir verhökern unser Tafelsilber und beteiligen den Bürger an den Kosten." Der Kanzler grinste breit.
„Beteiligen? Wie muss ich mir das vorstellen?"
„Er trägt seinen Teil dazu bei. Letztendlich wie immer. Das Volk zahlt stets alles, was die Politik versaubeutelt hat. Wir machen wir dem Volk klar, dass alles teurer als erwartet geworden ist und mein Vorgänger an allem die Schuld trägt. Und das sämtliche Steuergelder verfrühstückt sind. Somit kann der Staat nicht helfen, wenn der Bürger alt und klapprig ist. Also muss er selbst Vorsorge betreiben. Da kommst Du ins Spiel."
„Exklusivrechte?" ließ Raffgeyer dezent anklingen.
„Unbedingt. Aber Beuteteilung. Ich will meinen Teil abhaben."
Beide grinsten.
„Ich habe hier zwei Experten im Rat. Walli Gierig und Berti Raffrupf. Die wären gut geeignet. Mit dem richtigen Konzept ziehen die dann dem Volk das letzte Kleingeld aus der Tasche und die Dorfdeppen bedanken sich noch dafür. Sehr innovativ, was wir da im Rat ausgeheckt haben." Der Kanzler grinste.
„Was für ein Zauberkunststück soll das denn werden?"
„Wie nennen es Förderrente. Ein Taschenspielertrick allererster Güte."
„Wie soll das gehen?" hakte Herr Raffgeyer nach.
„Der Staat ist pleite. Deshalb lassen wir den Bürger sparen. Und das Geld verwalten WIR. Dafür bekommt der Pöbel eine

Förderung. Dafür müssen wir allerdings die Steuern erhöhen und die Renten senken. Der Walli erleichtert den Pöbel und Raffrupf die Händler. Und doof, wie die alle sind, jubeln die vor Freude, weil sie Geschenke bekommen, die sie selber bezahlen müssen. Natürlich bekommen sie die nicht heute ...sondern irgendwann in 30 Jahren oder so. Dann kann sich da eh keiner mehr erinnern, wer sich den Quatsch ausgedacht hat. Und dann...nehmen wir ihnen einfach alles wieder weg. Das heißt dann nachgelagerte Besteuerung."
„Klingt ja genial. Da hätte man doch schon bedeutend früher drauf kommen müssen", bemerkte der Besucher.
„Ach...besser spät als nie. Und dann war da noch was. Aktien hat er es genannt, der Leichenhans. Aber dazu später", sprach der Kanzler.
„Ich bin wirklich gespannt auf Deine Wunderknaben", grinste Raffgeyer. „Darauf heben wir jetzt einen, Schroderick!"
„Pssst! Nenn mich nicht so, Raffi. Diskretion ist alles. Schließlich haben wir noch einiges vor. Und nun hoch die Tassen!"
Man prostete sich gut gelaunt zu und grinste.

Die Rote Margot stopfte ihre Habseligkeiten in einen alten Sack und verabschiedete sich bereits gedanklich vom Leben im Sumpf. Nie wieder Armut...da war sie sich gewiss. Ein Artikel im Almanach hatte ihr die notwendige Erleuchtung gebracht. In den Tiefen der Ostlande, in der *„Arme-Schlucker-Mark"*, einer Gegend, wo sich Fuchs und Elster gute Nacht sagten, vermutete man ein altes magisches Artefakt aus der Regentenzeit des roten Erics. Wie hatte sie nur so vergesslich sein können. Die Hexe schnappte sich eine Runkelrübe und jagte im Anschluss zwei Ratten hinterher, die in der Hütte nach Nahrung gesucht zu haben schienen.

„Bleibt Ihr wohl hier, ihr blöden Biester?" fluchte sie und hetzte mit wehenden Lumpen hinter den Nagern her, bis sie ihrer habhaft geworden war. „Ich tue euch schon nichts."

Die Magierin schnappte nach Luft. Dann atmete sie tief durch, hockte sich hin und meditierte einen Moment über der Rübe. Ihre gesamten Zauberbücher waren in Ogersheim zurückgeblieben und das Gedächtnis ließ mit den Jahren offenbar nach. Es hatte diesen Feen-Zauberspruch gegeben. Sie konnte Feen nicht ausstehen, aber anscheinend war es unvermeidlich. Eine prunkvolle goldene Kutsche…zwei edle Rösser…genau das war es, was sie jetzt als Fortbewegungsmittel brauchte. Aber wie war das doch gleich gewesen? Sie sammelte sich und wagte den Versuch:

„Salagadula, menschikabula, bibidibobbidibuh! Füg' es zusammen und was kommt heraus? Bibidibobbidi…äh…Busch?"

Es knallte laut, stank furchtbar nach Schwefel…und da stand sie, die prunkvolle Kutsche mit den zwei prächtigen Zugtieren. Die alte Hexe fluchte laut. „Buh! Nicht Busch! Buh! Dreck!"

Doch es war zu spät. Ein kleiner, wackliger Karren mit zwei angespannten Ziegen und eine Peitsche…für mehr hatte es nicht gereicht. Fehler bei Zaubersprüchen waren niemals gut. Für einen weiteren Versuch fehlte ihr die Energie. Aber wer nicht bekam, was er wollte, musste eben nehmen, was es gab. Die Hexe warf ihr Bündel auf den Karren, kletterte hinterher, griff die Zügel, schnalzte mit der Zunge und ließ die Peitsche knallen. Die Ziegen, die noch eben Ratten gewesen waren, blickten sich verwirrt um, setzten sich aber dann langsam und meckernd in Bewegung. Die *„Arme-Schlucker-Mark"* rief.

Nach einer langen Nacht mit vielen geleerten Bechern Pfalzweins erwachte der Reichskanzler gleich mit mehreren Ölköpfen. Er stöhnte verhalten und schellte nach seiner Bediensteten.
„Guten Moooorgen!" erschallte es, als Dorschen hereinstürmte.
„Moooorgenstund hat Gold im Mund!"
Der Kanzler fluchte leise. „Schmerzpulver. Viel davon", murmelte er leidgeprüft und stöhnte leise. „Ich muss sterben."
„Ach was...davon stirbt man doch nicht. Männer!" konstatierte das Dienstmädchen, grinste in sich hinein und entschwand.
Nach ein paar Beuteln Pulver, einem Glimmstengel Rauchkraut und einem Morgenschoppen war der Ogersheimer Ratsvorsitzende wieder auf dem Wege der Besserung. Nach einem kräftigen Katerfrühstück warf sich der Reichskanzler in seine prunkvollste Robe und machte sich auf dem Weg zum Rathaus der Stadt. Es war höchste Zeit. Sitzungszeit. Und der Kanzler legte stets Wert auf Pünktlichkeit. Auf dem Wege traf er auf einen ähnlich verkaterten Raffgeyer.
Als die beiden Herren den Ratssaal betraten, waren bereits alle Mitglieder der Ogersheimer Regierung anwesend. Die Zusammensetzung des Rates hatte sich stark verändert. Etliche Vasallen des vorherigen Kanzlers wären Ihrer Ämter enthoben worden. Nur Rädle rollte sauertöpfisch durch die Hallen und vermieste allen die Laune. In seinem Gefolge hatte er stets die burschikose „M" und Herrn Gauckler, den Verwalter der Ost-Stapo-Akten. „M" war in ihre Rolle beim neuen Geheimdienst, der „GEVOSI", hineingewachsen und ließ ganz Ogersheim bis in die letzten Winkel bespitzeln. Sie hatte es in der Tat damals bei der Ost-Stapo von der Pike auf gelernt.

Die Augen der Ratsmitglieder lagen erwartungsvoll auf dem Grafen Ölkopf. Was würde er an Lösungen für die Misere aus dem imaginären Zylinder ziehen? Plötzlich erhob sich ein Gemurmel. Die Ratsmitglieder deuteten auf des Kanzlers Kopfbedeckung, die legendäre Ogersheimer Wurstkrone.

„Was in aller Welt ist denn mit unserer ehrbaren Krone geschehen, Herr Kanzler?" entsetzte sich Rädle.

„Was soll damit sein?" fragte der Kanzler.

„Aber…da sind ja lauter kleine Stäbchen mit drin. Das…das… das geht doch nicht!"

„Doch…und wie das geht. Das ist nämlich *meine* Krone. Also habe ich sie modifizieren lassen."

„Ja…aber warum denn nur? Die war doch goldrichtig, so wie sie war. Sie hatte Tradition!" empörte sich der alte Mann.

„Schnickschnack!" patzte der Kanzler zurück. „Das war nötig. Veränderung nennt man das. Auf meine Krone gehören neben der Wurst eben noch die öligen Fritten aus Kartoffelstäbchen. Das ist eine sogenannte kunsthandwerkliche Anerkennung für das köstliche Gericht, dem ich meine Kanzlerschaft zu verdanken habe. Und damit basta!"

Der Kanzler war ungehalten. Kritik hatte er noch nie zu schätzen gewusst. Der Rat stöhnte geschlossen auf. Aber für mehr Widerstand reichte es nicht. Der Ogersheimer Untertanengeist war stark ausgeprägt.

„Mit Verlaub, Herr Kanzler", grummelte Rädle. „Wen habt Ihr denn da im Gefolge?" Er deutete auf *„Raffi"* Raffgeyer.

„Das ist mein guter, alter Freund, der Herr Raffgeyer. Er hat einige Vorschläge, wie wir uns aus der Misere befreien könnten", erklärte der Kanzler.

„Mit Verlaub…es ist ungewöhnlich, Außenstehende zu einer geheimen Ratsversammlung mitzubringen, mein Herr!" protestierte Rädele unter den beifälligen Blicken der „M" und des Gauclers.

„Wer regiert hier eigentlich, Herr Rädle? Ihr oder ich?" empörte sich der Kanzler und hieb mit der Faust auf den Tisch.
Die Blicke des alten Mannes im Rollstuhl hätten nicht tödlicher sein können. Aber er entschied sich als erfahrener Diplomat für die Kunst des Schweigens und beschränkte sich aufs Zähneknirschen.
Da Graf Gerhard seinen Begleiter bereits vorgestellt hatte, begann man zügig mit der Ratsbesprechung.
„*Raffi*" Raffgeyer stellte sich und sein Unternehmen, den RWD vor und avisierte die Gründung eines neuen Konzerns für den Vertrieb sogenannter Finanzdienstleistungen.
„Meine Damen...meine Herren!" proklamierte er. „Mit dem OWD, dem „*Ogersheimer-Wirtschafts-Dienst*", gehören alle Sorgen und Nöte des Landes der Vergangenheit an. Wir nehmen es den Armen und geben es den Reichen. Aber auf eine Art und Weise, für die Euch das Volk die Füße lecken wird."
Der hohe Rat war sprachlos.
Die Tür des Ratssaales wurde plötzlich aufgerissen und des Kanzlers private Dienerin Dorschen stürmte herein, eine Brieftaube des Ogersheimer Grenzschutzes in den Händen haltend.
„Alarm, Herr Kanzler", keuchte sie. „Da sind hohe Gäste an der Landesgrenze gesichtet worden. Aus dem Ausland sogar!"
„Ja aber...wer denn? Wie denn? Und warum denn nur?" schnappte der Kanzler empört nach Luft. „Geschieht denn hier im Reich nichts mehr nach Planung?"
„*Raffi*" Raffgeyer neigte sich dem Kanzler zu und flüsterte ihm einige Worte ins Ohr.
Dieser runzelte die Stirn und grübelte einen Moment. „Eine Überraschung, meinst Du? Ich HASSE Überraschungen!"

In der Kemenate des Advocatus Gregorius ging es hoch her. Graf Oskar, der Zwergenherrscher, hatte seiner Einladung auf ein konspiratives Gespräch Folge geleistet. Man trank den einen oder anderen Schoppen Pfalzwein und fluchte auf den amtierenden Kanzler. Es hatte genügend Absprachen und Versprechungen gegeben, die nicht eingehalten beziehungsweise schon gebrochen worden waren, noch ehe man überhaupt einen Atemzug hätte getan haben können.

„Mistkerl", fluchte der Zwerg.

„In der Tat", stimmte Gregorius zu und legte die Stirn in Falten. „Man sollte ihm Einhalt gebieten. Wer weiß, was der Lümmel sonst noch so alles aushceckt?"

„Der ölige Mistkerl", giftete der Zwerg erneut. „Frittenfresser!"

Es klopfte an der Tür.

„Herein, wenn's kein Kanzler ist", spöttelte der Advocat.

Eine hübsche, schlanke junge Dame betrat die Kemenate. Neben ihren züchtig hochgesteckten Haaren wirkte das grellrote Kleid, das sie trug, wie ein Leuchtfeuer auf den Gast. Der Zwergengraf stutzte, staunte, nahm höflich den Helm ab und bekam plötzlich das Verlangen, die wenigen Haare, die er noch sein Eigen nennen konnte, in eine augengefällige Position zu zupfen. Dann erhob er sich ein wenig schwankend und deutete eine Verbeugung an, während er kaum den Blick von der Besucherin abwenden konnte.

„Meine Dame", brummelte er und spürte, wie sein Gesicht eine dezente Röte entwickelte. „Ich…äh…ja…äh…öhm…", stotterte er und kämpfte gegen eine gewisse Verlegenheit an."

„Das, mein lieber Gast", erklärte Gregorius, „ist meine hochgeschätzte Assistentin, Fräulein Mara Kutscherstochter. Sie verdient mein vollstes Vertrauen und ich habe sie hinzugebeten, um gemeinsam mit Ihr einige politische Dinge mit Euch zu besprechen. Ich kann mir gut vorstellen, dass es zwischen uns zu einer Allianz kommen könnte, die uns allen nur Vorteile bescheren würde."

Graf Oskar konnte seine inzwischen schon leicht glasigen Blicke nach wie vor nicht von der hübschen, jungen Frau abwenden. Er knibbelte unruhig mit den Fingern an seiner Axt.

„Äh…ja", stammelte er. „Wie meintet Ihr doch gerade? Ich war gerade…äh...ja, wo war ich denn nur?"

„Politik, Herr Graf. Es ging um Politik. Einen Pakt, wie ich gerade erwähnte", erläuterte Gregorius.

„Äh…Pakt?" fragte der Zwergengraf nach, ohne wirklich bei der Sache zu sein. Ihm war…so anders.

„Ja. Ein Pakt!" stellte Gregorius nun schon bestimmter fest. „Ihr erinnert Euch noch? Kanzler? Graf Gerhard? Absprachen? Gebrochen? Pakt? Zwischen Euch und uns?"

Fräulein Kutscherstochter lächelte den Grafen erst an und dann kicherte sie.

Gregorius empfand sich plötzlich als Fremder in der eigenen Kemenate. Zugleich wusste er, dass es mit der Vereinbarung zwischen ihm und seinem Besucher wohl keinerlei Schwierigkeiten mehr geben würde.

„Ich habe hier ein paar Unterlagen vorbereitet, Herr Oskar, die Ihr nur noch signieren müsstet. Wenn Ihr wohl so freundlich sein würdet?" Er legte einige dicke Pergamente direkt vor des Grafen Nase auf den Eichentisch und stellte ihm ein Tintenfass mit einer großen, roten Schreibfeder bereit.

„Hmm?" meinte der Zwerg.

Gregorius drückte ihm die Feder in die Hand und nichts geschah. Doch da griff Fräulein Kutscherstochter ein, nahm des Grafen Hand, führte sie samt der Feder über die Schriftstücke und giggelte.

Der Graf kicherte zurück.

Gregorius verließ kopfschüttelnd, aber zufrieden den Ort der eitlen Harmonie und verfügte sich in die Schenke.

Während dessen hatte Meister Aegidius den Weg zu seiner Schlafstatt gefunden. Nach einigen Gläschen vom *„Jagdgehilfen"* hatte er die nötige Bettschwere entwickelt und würde nach ein paar Seiten Bettlektüre den wohlverdienten Schlaf antreten. Sir Wauzelot lag friedlich in seinem Körbchen, zuckte nur ab und an mit Ohren und Schwanz und pflegte Hundeträume. Das Traumhühnchen war nicht leicht zu fangen und flatterte infamer Weise immer wieder hoch in die Luft. Doch der geheime Herrscher der Ogersheimer Gassen gab nicht auf. Jagd war Jagd. Er ließ ein leises Knurren hören.

Der Zauberer lag zünftig mit Nachtmütze und Nachthemd gekleidet unter den dicken Decken und entzündete die Kerze auf dem Nachttisch mit einem Fingerschippen. Gelernt war gelernt, so dachte er sich und grinste zufrieden. Was bot denn die Stiftung Zaubertest an Neuigkeiten?

Stiftung Zaubertest mit der Beilage: „Der gute Rat"
„Plage ade...Scheiden macht Spaß."

Unlängst erreichte uns die Zuschrift von Herrn Mägerlein, dem Magier, Dozent bei der magischen Gilde von O.

„Liebes Team der Stiftung Zaubertest.
Unsere hübsche Stadt wird immer mehr zum Opfer einer Nagetierplage wahrlich mystischen Ausmaßes. Unlängst haben Ratten meine gesammelten Ausgaben des magischen Almanachs gefressen und nur Papierkrümel zurückgelassen. Mein Schuhwerk besteht ausschließlich aus Löchern, die um die Rattenbisse herumreichen.

Nicht einmal den Abort verschonen sie. Nichts ist störender als Angst vor lädierten empfindsamen Körperteilen beim alltäglichen Gang auf die Stallungen.
Ich weiß mir keinen Rat mehr. Was soll ich tun?"

In der Tat: Ein fortwährendes Problem zu den Zeiten der wachsenden Städte besteht im rasanten Zuwachs von Schädlingen jeglicher Art. Wir haben uns die Mühe gemacht, verschiedene Anti-Plagen-Zauber für unsere geneigte Leserschaft auf ihre Wirksamkeit zu überprüfen.
„Berti Buggles Beastkiller" steht derzeit im einschlägigen Fachversand hoch im Kurs. Laut Herstellerangaben muss die magische Tinktur aus der beeindruckenden und nachts unheimlich fluoreszierenden, lila Flasche mit den noch beeindruckender wirkenden Skelettmotiven vorsichtig auf dem Boden verstrichen werden. Lästige Schädlinge mit sechs Beinen oder mehr würden beim Kontakt mit Buggles Substanz rückstandslos verpuffen.
Unser erster Eindruck vom Mittel war eher indifferent. Unmittelbar nach dem Öffnen des Behälters verströmte das Mittel einen üblen, süßlichen, nahezu klebrigen Geruch, der an eine Mischung aus verfaulendem Aas, Hanfblüten und Himbeermarmelade erinnerte. Unsere Tester schützten beim Auftragen des Mittels die Hände gemäß den Warnhinweisen des Beipackzettels mit Handschuhen aus dicker Drachenhaut, was sich als durchaus sinnvoll erwies. Die Tinktur ist stark ätzend und beseitigt organisches Material auf beeindruckende Art und Weise. Allerdings wäre ein Atemschutz noch sinnvoller gewesen. Nachdem das Team die Mahlzeiten der letzten vier Tage erbrochen hatte, war von der Buggles-Boden-Beschichtung nichts mehr übrig. Zum Vorteil gereichte der Mixtur, dass sich die Überreste des „Brecherchens" unserer Tester tatsächlich rückstandslos sozusagen in Nichts auflösten. Beschichtungsversuche an Hausecken, die sonst von Hunden heimgesucht wurden, sowie an Latrinen und öffentlichen Stallungen erwiesen

sich als durchaus sinnvoll, weil alle üblen Substanzen und Gerüche (bis auf den der Tinktur) effektiv beseitigt werden konnten. Allerdings zeigte sich auch hier, dass der Erfolg eher mäßig war, weil sich kein wirkungsvoller Atemschutz für das Personal finden ließ und das Team ungeahnte Mengen an Mageninhalt erbrach. Leider äußerte jedes Mitglied des Teams nach einem primären Versuch, das Mittel „niemals...aber auch wirklich niemals" wieder verwenden zu wollen.

Fazit: Das Mittel hilft tatsächlich gegen Insekten, Ratten und andere Plagegeister. Allerdings liegt das daran, dass selbst Küchenschaben den Gestank nicht ertragen können und bei Anwendung sofort die Flucht ergreifen. Nach längeren Gesprächen mit der Firma „Buggle" und der Übernahme eines Consulting-Vertrages konnten wir einen konstruktiven Verbesserungsvorschlag machen. Da unser Testteam seit der Anwendung über keinerlei Hungergefühle noch Geschmackssinn mehr verfügt, werden wir demnächst eine neue Testreihe beginnen, die den Namen „Berti Buggles Wunderdiät" tragen wird. Wir sind diesbezüglich begründet optimistisch.

Unsere nächste Testreihe galt einem Service-Institut für „ökologisch einwandfreie hygienische Schädlingsbekämpfung". Die „Magic-Piper-Cooperation" aus einem Ort mit Namen „Hamelyn" erbot sich, Herr der Plage vermittels Musik zu werden. Ein buntgekleideter Schädlingsbekämpfungsexperte erschien vor den Toren der Stadt, um auf einer Art Oboe oder Flöte eine Marschmusik anzustimmen. Erstaunlicherweise versammelten sich tatsächlich die Nager und Käfer in Scharen, nahmen Formation an und marschierten, dem Musikus folgend, aus der Stadt heraus. Anscheinend inspiriert durch die Scharen der Nager kamen die Katzen der Stadt, um sich ein Festmahl zu gönnen. Das wiederum rief Meuten von Straßenhunden auf den Plan.

Im allgemeinen Chaos scheint neben den Ratten auch der magische Pfeiffer vertilgt worden zu sein, denn außer seiner Kappe und dem Blasinstrument fanden sich keinerlei Spuren von ihm auf dem zu exterminierenden Areal wieder. Wir haben uns daher die Freiheit genommen, die Rechnung NICHT zu bezahlen, da die „Magic Piper Cooperation" keinen Beweis erbringen konnte, am Erfolg beteiligt gewesen zu sein. Wir empfehlen allerdings dieser Firma, das Personal über eine Lebensversicherung der PAGAN-Gruppe abzusichern. Sollten sich die Arbeitsbedingungen herumsprechen, dann dürfte dieser Schädlingsbekämpfer mangels Mitarbeitern in absehbarer Zeit der Vergangenheit angehören.

Unsere Erkenntnis: Leute...züchtet Katzen! Die kleinen Fellbündel machen einen guten Job und den quasi unentgeltlich, haben Kuschelfaktor, sorgen noch dazu für gute Laune und im Fall der Felle (ein Wortspiel, das in der Redaktion noch heute für schallendes Gelächter sorgt) können sie auch noch als Rheumadeckchen reinkarnieren. Das bietet Euch mit Verlaub kein bekannter Zauber.

Der Zauberer lächelte, rollte sich ein und machte sich auf den Weg in Richtung Traumland. Schädlinge…einfach spaßig. Und bald darauf ertönte lautes Schnarchen.

Der Kanzler wälzte sich unruhig hin und her. Wie jede Nacht wartete sein Unterbewusstsein ängstlich auf den einsetzenden Spottgesang des ehemaligen Weggefährten. Der Zwerg hatte inzwischen, nach allerlei charmanten Plaudereien mit Fräulein Kutscherstochter über Gott, die Welt und die hohe Kunst der Politik, hochgradig bezecht den Weg zu seinem Turm angetreten. Er war die Stiegen und Leitern hinaufgewankt und überlegte, ob es nicht an der Zeit für ein Schläfchen wäre. Doch nein...er fühlte wie ein neues Lied in seiner Seele aufstieg. Er griff zur silberbesaiteten Harfe. Und dann erscholl es sogleich aus voller Seele und tiefster Inbrunst vom Turm hinab.

„Des Ölkopfs Haar...so schwarz wie Kohle
Ist koloriert zu seinem Wohle!"

Graf „Ölkopf" knirschte mit den Zähnen und krallte sich in seine Laken. Sein Gegner kannte keine Gnade. Und weiter ertönte es:

„Oh Eitelkeit, Du starke Macht
Du färbtest seine Lockenpracht!"

Wenn der Reichskanzler etwas nicht duldete, dann Kritik an seinem Äußeren. Da war er zartbesaitet, ganz so wie alle anderen eher kleinwüchsigen Männer.

„Der Mähne Farbe ist erlogen
So wie er mich dereinst betrogen!"

Der Reichskanzler stopfte seine Finger in die Ohren. Es half nichts. Auch wachsgetränkte Pfropfen aus Wolle bewirkten nichts. Inzwischen hatte er jedes Hausmittel erfolglos probiert.

„Ein Haderlump ist Ölkopf Gerd
Wer sich nicht wehrt, der lebt verkehrt!"

„Es reicht! Endgültig!" brüllte der geschmähte Reichskanzler. „Doooorschen!"
Die Tür wurde aufgerissen und die Gerufene stürmte herein.
„Dasselbe wie jede Nacht, Herr Kanzler?"

„Nein! Ganz bestimmt nicht!" brüllte es vom Lager her.
„Los...eile Sie und hole sie die Wachen. Aber hopp. Und dann wird der gottverdammte Turm von dem gottverdammten Lästermaul gestürmt!"
„Aber Herr?" fragte sie. „Haltet Ihr das für eine weise Entscheidung? Schließlich seid Ihr doch früher beste Freunde und Weggefährten gewesen."
„Schnickschnack", zeterte der Kanzler. „Wir waren niemals Freunde. Immer nur Konkurrenten. Und er hätte an meiner Stelle ebenso gehandelt und mich ausgebootet. Es kann eben nur einen geben. Und der bin ich!"
Der Kanzler verdrehte die übernächtigten, blutunterlaufenen Augen. Er war am Ende seiner Leidensfähigkeit angelangt.
„Also hopp. Veranlasse sie das Notwendige. Und danach bringe sie mir Wein. Viel Wein!"
Dorschen stürmte los und alarmierte die Wachmannschaft der Nachtbereitschaft, während sich Graf Gerhard aus dem Bett quälte und einen Stuhl an das Fenster seiner Kemenate schob.
„Na warte, Du Lumpenhund", brummelte er. „Gleich hast Du auskrakeelt. DAS war Dein letzter Spottvers!"
Er stützte die Ellenbogen auf und beugte sich aus dem Fenster, um einen besseren Ausblick auf das beginnende Spektakel zu haben. Die Wachen hatten gerade den Sturm auf den Turm begonnen. Sie versuchten mit einem Rammbock die Tür aus bester Ogersheimer Mooreiche zum Zerbersten zu bringen. Doch Mooreiche war ein wirklich hartes Holz. Wieder und wieder rannten die Wächter gegen die Pforte an. Mittlerweile war der Ogersheimer Gefängniskarren mit einem Käfig aus robusten Eisengittern eingetroffen. Ein Wächter lud Ketten, Seile, Handfesseln und Fangnetze ab.
„Geht das mal schneller, Ihr Trottel?" ertönte es lautstark aus der Höhe. „Wozu habe ich Wachen, wenn die nicht einmal eine Tür aufbekommen, he?"

Die Wachmannschaft ignorierte des Kanzlers Geschrei und steckte die Vorwürfe zu denen aus der Vergangenheit. Ihr neuer Brötchengeber war für sein aufbrausendes Temperament bekannt und ein Ekel vor dem Herrn, wenn es nicht nach seiner Nase ging.
Die Tür begann zu splittern und nach einigen weiteren Anläufen hatte der Rammbock sein vernichtendes Werk beendet. Die Wachen stürmten mit Hurra in den Turm. Und dann…herrschte Stille.
„Ja…was denn? Geht das nicht mal schneller?" kollerte es aus der Höhe.
Ein Wächter steckte seinen Kopf zur Tür hinaus. „Moment, mein Herr Kanzler. Der Zwerg hat die Turmstiege zerstört. Ohne Leiter kommen wir da nicht hoch!"
„Muss ich denn alles selber machen? Holt eine! Ihr blöden Bauerntölpel! Na los! Macht schon! Hopp hopp!"
Der Wächter verdrehte die Augen und stürmte los, um einige Minuten später mit der Leiter zurückzukehren.

„Wachen hört die Signale…auf zum letzten Gefecht", erscholl es vom Zwergen Turm aus luftiger Höhe. **„Zerreißt die Sklavenketten…empört Euch gegen Lug, Trug und Tyrannei! Der ist ein Betrüger übelster Art, der Ölkopf!"**
Es ertönte ein lautes Scheppern.
„Hilfe…er schmeißt mit Nachtgeschirr!" klagte ein Wächter.
„Na und?"
„Mit vollen Nachtgeschirr!"
„Ihhh…Zwergendreck!"
„Stellt Euch nicht so an!" brüllte der Kanzler von oben herab.
„Kunststück!" motzte jemand aus dem Zwergenturm. „Der hat gut reden! Wer bekommt den Mist denn ab? Der oder wir?"

„Das habe ich genau gehört. Ich werde das Lästermaul gnadenlos zur Rechenschaft ziehen!" keifte der Kanzler mit sich überschlagender Stimme.
Dann ertönte wieder klirrendes Geschirr und der Klang umstürzender Möbel.
„Vorsicht!" brüllte es. „Er schmeißt mit Stühlen!"
„Härter als Eure Holzköpfe können die auch nicht sein", kollerte der Kanzler.
„Aber Herr. Mäßigt Euch", rügte ihn Dorschen, die inzwischen wieder zurückgekehrt war. „Was soll denn der Pöbel von Euch denken?"
„Ist mir völlig wurscht, was der Pöbel denkt. Darum ist der Pöbel ja auch nur Pöbel!"
„Aber Herr…beruhigt Euch doch bitte!" flehte die Dienerin.
„Hat Sie den Wein mitgebracht?"
„Aber ja, Herr!"
„Na dann her damit!"
Sie stellte die Flasche zum Kanzler in die Fensternische. Dieser stürzte sich darauf wie der Wolf aufs Schaf und leerte sie in einem Zug.
„Besser", stöhnte er und rülpste wie ein Schankknecht. Dann konzentrierte er sich wieder auf die Auseinandersetzung im gegenüberliegenden Turm.
„Vorsicht!" brüllte jemand. „Er hat eine Axt!"
„HEIHOOOOO!" ertönte des Zwergengrafens Schlachtruf.
„Das Netz. Nun werft doch endlich das Netz!" brüllte eine der Wachen.
„Autsch! Der beißt!"
„Nun haltet ihn doch im Zaume!"
„Nimm DIES, Ölkopfknecht…Kanaille!" brüllte der Zwerg und machte reichlichen Gebrauch von seiner Streitaxt.
„Knebelt ihn. Autsch!"
Und dann herrschte, abgesehen von leisem Stöhnen, Ruhe.

Eine zerschlagen wirkende Wachmannschaft schleppte ein sich windendes Bündel aus Zwerg, Netzen, Stricken und Ketten aus dem Turm und warf es in den vergitterten Gefängniswagen.
„Was sollen wir jetzt damit tun, oh Herr?" fragt der Wachhabende in Richtung Kanzler.
„Na was schon…schickt den Wagen fort. Bis ins Land der Kohlenhügel. Soll der kleine Drecksack in seiner eigenen Grafschaft herumstänkern. Und der Knebel bleibt solange drin!" ordnete der Kanzler an. Dann schleuderte er die Weinflasche aus der Höhe auf das sich windenden Bündel.
„Ha! Nimm DAS, Du kleine Pestbeule! Und lass Dich niemals wieder hier blicken!"
Die Flasche zersprang klirrend an den Gitterstäben in tausend Scherben. Protestlaute erklangen aus dem Wagen, gingen aber im allgemeinen Chaos unter.
„Und nun", grinste der Kanzler, „ist Schicht im Zwergenschacht! Kanzler ein Punkt – Zwerg null Punkte."
Von unten erklang das Rumpeln der eisenbeschlagenen Wagenräder auf dem Kopfsteinpflaster der Ogersheimer Hauptstraße.
Der Reichskanzler stürzte voller Genugtuung eine weitere Flasche Wein die Kehle hinunter und sich selbst dann auf seine Dienerin, die voller Freude giggelte. Diese Nacht nahm endlich den Verlauf, den die anderen Nächte vorher eigentlich hätten gehabt haben sollen. Es tat wieder gut, Kanzler zu sein.

Advocatus Gregorius hatte vom Sturm auf den Zwergenturm Kunde bekommen und die hohe Stirn tief in Falten gelegt. Konnte es nicht einmal ruhig und friedlich von statten gehen? Musste es immer unerwartete Zwischenfälle geben? Eigentlich hätte doch alles so einfach sein können, wenn der tumbe Eisenhelm- und Axtträger nicht so eine Saufnase gewesen wäre. Wenn die Botschaft seiner Zuträger stimmen sollte, war der Zwerg im eiserenen Gefängniswagen wohl verwahrt auf der Heimreise ins Land der Kohlenhügel.

Gregorius hatte nicht umsonst lange fest im politischen Sattel der Ostlande gesessen. Er ließ sich nicht die Butter vom Brot nehmen und wusste, worauf es ankam. Man hatte einen Pakt geschlossen und der beinhaltete auch gegenseitige Hilfe in Krisenzeiten. Er seufzte und griff zu Schelle. Es dauerte nur wenige Augenblicke und das rot bekleidete Fräulein Kutscherstochter betrat den Raum.

„Ich habe es schon gehört", sprach sie, noch bevor ihr Dienstherr das Wort auch nur erhoben hatte. „Und dabei war alles so schön im Lauf!"

„Es ist ein Elend", stimmte Gregorius zu. „Ich habe einen Auftrag für Dich, Hübsche. Also zieh Dich flugs um, schnapp Dir ein Pferd und dann schnell wie der Wind hinterher. Und vergiss die Ausrüstung nicht. Volles Programm!"

Sie nickte zustimmend und verließ ohne weitere Worte die Kemenate. Mara Kuscherstochter war nicht neu im Geschäft und wusste, was zu tun war. Einige Minuten später saß sie, in Leder gewandet, mit Schwert, Armbrust und Wurfmessern bewaffnet im Sattel und folgte im gestreckten Galopp der Gefängniskutsche in Richtung Kohlenhügelland.

Die alte Frau fluchte, als der Ziegenkarren über den teils matschigen, teils buckligen Weg holperte und schlitterte. Es war mittlerweile dunkel geworden und schüttete wie aus Eimern. Ihr zerlumptes Gewand hatte sich mit Regenwasser vollgesogen und klebte am Körper. Der kalte, nasse Wind peitschte Ihr ins Gesicht. Sie wischte sich die nassen und strähnigen, roten Haare von der Stirn und aus den Augen. In den früheren Tagen ihres Lebens hatte es durchaus komfortablere Reisen gegeben. Aber jetzt? Die Ziegen waren störrisch, langsam, gefräßig, köttelten alles voll und entwickelten bei jeder sich bietenden Gelegenheit Eigenheiten. Aber wenigstens fraßen sie absolut alles und das machte zumindest die Fütterung einfach. Wenn ihr Plan aufging, dann würde sie in wenigen Tagen beim Tempel auf dem See angelangt sein und sich ans Hexenwerk machen können. Und dann, mit etwas Hilfe der Mächte der Finsternis, wäre sie endlich wieder dort, wo sie hingehörte. Herrscherin über alles und jeden. Wie damals beim roten Eric, den sie mit der schlichten Magie, die alle Frauen innehatten, bei der Stange gehalten hatte.
Mittlerweile stellte sich bohrender Hunger ein. Sie hatte seit Beginn ihrer Reise nur einen kleinen, alten und angeschimmelten Kanten Brot zu sich genommen. Hoffentlich begegnete ihr bald irgendein Bauerntölpel, den sie mit etwas Billigmagie um Essen oder Kleingeld erleichtern konnte. Wie tief war sie doch gesunken. Die Hexe fluchte erneut. Und dann sprang der Karren über einen Stein, landete mit einem Rad in einem tiefen Schlagloch. Es ertönte ein lautes Knacken. Die Rückfront des Vehikels setzte auf dem Boden auf und blockierte, während die Lenkerin nach vorne überschlug, durch den Schlamm schlitterte und kreischte. Achsenbruch. Das war es dann wohl gewesen. Die einstmals mächtigste Frau der Ostlande saß im Schlamm fest und Tränen der Wut und Verzweiflung strömten ihre Wangen hinunter. Die Welt war ein einziges Jammertal und Frau

Margot mit ihren strapazierten Nerven völlig am Ende. Sollte sie jemals wieder aus diesem Schlamassel herauskommen, dann würde jemand büßen müssen. Zuerst dieser Zauberer. Und dann dessen Lehrling. Und die Hexen. Und der hohe Rat Ogersheims. Und überhaupt alle. Sie erhob sich mühsam, ließ den Karren einfach Karren sein und humpelte mühsam den Weg entlang. Und dann erblickte sie, nur wenige hundert Schritte entfernt, ein Licht.

Die Schmerzen machten ihr zu schaffen, doch die Aussicht auf ein trockenes und vielleicht sogar warmes Nachtlager verlieh Kraft. Sie hinkte fluchend den Weg entlang, bis sie tatsächlich an einem Gasthaus mit Postkutschenstation ankam. Die Laterne, die sie gesehen hatte, beleuchtete Hof und Eingangstür zumindest so ausreichend, dass sie sich ein ungefähres Bild machen konnte. Über der Tür baumelte ein hölzernes, einstmals bestimmt prachtvolles Wirtshausschild, das sich allerdings kaum entziffern ließ. Ein verwitterter Weinkrug war erkennbar darauf abgebildet.

Die rote Margot klopfte energisch an die Pforte. Eine Luke öffnete sich und ein grauhaariger, leicht gelockter Kopf spähte vorsichtig hinaus.

„Ach herrje", ertönte es und die Tür wurde geöffnet. „Was macht Ihr denn bei dem Mistwetter und dann auch noch völlig allein zu nachtschlafender Zeit da draußen? Kommt nur herein, bevor Ihr Euch noch den Tod holt, Mütterchen."

„Danke", stammelte die alte Frau…und dann brach sie noch auf der Türschwelle zusammen.

Ein wunderschöner Morgen brach an. Der Reichskanzler hatte nach einer angenehmen Nachtruhe endlich wieder ein Gefühl der Zufriedenheit in sich. Nach einem leichten Frühstück mit gepuderter Wurst und Kartoffelstäbchen…was hätte da schon Schlimmes passieren können? Nun gut. In wenigen Minuten würde er sich wieder dem Pfalzrat widmen müssen. Aber auch, wenn das Gezeter der Ratsmitglieder keine Ohrenfreude werden würde, so wäre es nach dem Erfolg mit der Deportation seines ehemaligen Weggefährten ein Zuckerschlecken. Und so begab der Ogersheimer Ratsvorsitzende gut gelaunt in die Hallen der Politik. Natürlich würde es wieder ums liebe Geld gehen. Er mochte Geld. Aber nicht die Diskussionen. Doch heute sollte sein alter Freund Raffgeyer neue Wege vorschlagen. Das Hauptthema, die angeschlagenen Finanzen, stand als erster Tagesordnungspunkt auf der großen Schiefertafel.

Des Kanzlers Herold, Bello Sagnix, trötete in seine Fanfare. „Der Kanzler!" rief er. „So merket denn auf, Mitglieder des Rates und lauschet seinen weisen, wohlgesetzten Worten. Vernehmet den Wohlklang seiner güldenen Stimme! Lauschet ergriffen und zeiget die gebührende Anerkennung." Dann schnappte er nach Luft. „Der Kanzler!"

Die gebannten Blicke der sich erhebenden Ratsmitglieder lagen auf dem Angekündigten, der mit Herrn Raffgeyer im Gefolge den Saal betrat.

„Setzen", befahl der Kanzler mit gutgelaunter Stimme. „Meine lieben Freunde. Ich habe hier die Lösung unserer Probleme. Unser hochgeschätzter Gast, Herr Raffgeyer, wird dem Rat nun in Sachen Finanzen gründlich auf die Sprünge helfen. Also gut zugehört und nicht unterbrechen."

Raffgeyer stellte sich hinter das Pult.

„Hoher Rat der Stadt Ogersheim", hub er an. „Wie Ihr vielleicht wisst, leite ich ein respektables Unternehmen, welches sich mit Geld, noch mehr Geld und nichts als Geld beschäftigt.

Man kann mich als mit Fug und Recht als Experten bezeichnen. Ich habe hier ein paar Vorschläge und Anregungen, die der Stadt Ogersheim aus der Misere helfen werden. Also…"
Doch gerade, als der geladene Gast Raffgeyer die Vorschläge unterbreiten wollte, sprang die Tür des großen Saals auf und ein kreidebleicher Müffelhering kam hereingestürmt.
„Herr Kanzler! Herr Kanzler!" keuchte er. „Ganz hoher Besuch!" Dem Ratsherrn war die Aufregung anzusehen.
Auf dem Platz vor der Residenz waren mehrere große Kutschen vorgefahren, die dem Modell des Herrn Raffgeyer in nichts nachstanden.
„Grundgütiger!" schluckte der Kanzler. „Raffi zu mir!"
„Geldadel, mein Kanzler! Die Creme de la Creme!" japste Müffelhering. „Die sind richtig wichtig!"
„Nun…ich gehe davon, dass es die „Überraschung" ist, die mir von Herrn Raffgeyer avisiert wurde", mutmaßte Graf Ölkopf.
„Mit Verlaub…genau das ist es!" ertönte die Stimme von Raffgeyer aus dem Hintergrund. „Dort finden sich gerade die Lösungen für die Ogersheimer Finanzprobleme ein."
Ein blasiert wirkender alter Mann kletterte auf wackligen Beinen aus dem grünen Vehikel mit pompösem Wappen.
„Das ist Baron Grünschildt!" kommentierte Raffgeyer. „Keine Bank auf dieser Welt, die ihm nicht gehört. Mit einer Ausnahme…der Ogersheimer Nationalbank!"
„Und der aus der roten Kalesche?" fragte der Kanzler und starrte auf einen noch älteren und noch wackligeren Greis, der ächzend auf den Platz vorm Rathaus gewankt war.
„Der ist ebenso wichtig…der alte Rocketfellow. Uralter Geldadel von den *„Great-Ale-Islands"*. Fehlt eigentlich nur noch einer."
Mit lautem Gerumpel kam eine weitere Kutsche vorgefahren. Sie war höchst ungewöhnlich koloriert.
„Rotweiße Streifen? Blaues Wappen mit Sternchen?"

Graf Gerhard erbleichte. Der Schrecken war ihm in alle Glieder gefahren.

„Das ist die persönliche Staats-Kutsche des Präsidenten Büschel vom Inselreich *„Far Far away"*! Direkt aus der Hauptstadt Jollywood."

„Bitte nicht auch noch das", stöhnte der Kanzler. „Der alte Büschel will uns doch nicht wirklich heimsuchen, oder?"

„Nicht der alte Büschel. Nein…anscheinend ist es der Spross seiner Lenden. Büschel Junior!"

Ein schlaksiger, dümmlich wirkender blonder Halbstarker stieg aus der Kutsche, schlug lang hin und verlor dabei die Flasche, die er eben noch in der Hand gehalten hatte. Er versuchte mühsam, sich wieder aufzurappeln. Offensichtlich war er volltrunken. Mithilfe des Kutschers gelang es ihm, wieder in einen senkrechten Zustand überführt zu werden.

„Howdieeeee!" kreischte er. Dann fiel er wieder um.

Eine dickliche, klotzköpfige Matrone mit Hamsterbacken folgte ihm und warf missbilligende Blicke auf das Drama, das sich soeben vor ihren Augen abgespielt hatte.

„Autsch! Das wird heftig. Er hat seine Aufpasserin dabei. Fräulein Immerhell. Schlimmer hätte es nicht kommen können."

Der Kanzler suchte hinter einer der Palastsäulen Deckung.

„Los, Müffel! Raffi! Begrüßt die irgendwie. Und bringt sie irgendwo im Palast unter."

„Wollt Ihr nicht selbst…?"

„Mir geht es gerade gar nicht…so irgendwie…äh…nun macht schon!"

Unauffällig schlich der Reichskanzler von Deckung zu Deckung, wohlbedacht darauf, nicht ins Blickfeld der Besucher zu geraten. Kaum war er den spottliederdichtenden Zwerg losgeworden, nahte bereits die nächste Katastrophe.

„Bampf!"
In der Bibliothek der magischen Gilde Ogersheims tauchten zwei erschöpfte, aber glückliche Ex-Touristen, die noch wenige Augenblicke zuvor den Blick auf das Meer von Gran Mallorbiza hatten genießen können. Sah man von den dunklen Ringen unter den Augen ab, war alles so, wie es hatte sein sollen.
„Wahnsinn", meinte Bernward. „Das sollten wir unbedingt wieder machen."
„Habe ich Dir doch gleich gesagt", antwortete DAX. „Die sind gar nicht so schlecht, diese Discount-Urlaube. Und so hattest Du auch noch genug Geld für ein paar kleine Souvenirs aus dem P.A.G.A.N. Shop."
„Stimmt", freute sich der aufstrebende Jungzauberer. „Die muss ich gleich dem Meister zeigen."
„Vielleicht solltest Du erst mal baden und frische Klamotten anziehen", schlug sein persönlicher Beraterdämon vor. Du müffelst, Herr Bernward!"
Der Gerügte neigte seine Nase zu den eigenen Achseln und im Anschluss zur Zustimmung.
„Stimmt. Ich hüpfe mal kurz in den Zuber", stimmte er zu.
„Und ich werde inzwischen mal kurz meiner Heimatdimension einen Besuch abstatten. Sonst vernachlässige ich Dinge, die ich besser im Auge behalten sollte. In ein paar Stunden bin ich wieder da", verkündete DAX.
„Bampf!"
Bernwards Berater war verschwunden. Der Lehrling des großen Aegidius hatte sich mittlerweile an die Selbständigkeiten seines Beraters gewöhnt. Seit der Schlacht um Ogersheim gegen die *„Tote Armee"* war ihre beschwörungsbasierende Ge-

schäftsbeziehung zu einer Partnerschaft geworden. Demnächst wollte er sich wieder einmal dem Zauberbuch des Petrovics widmen, getrieben von der Hoffnung, sein magisches Können auszubauen. Doch nun war es an der Zeit für die angeratene Körperpflege.

Als er eine Stunde später frisch gereinigt und wohlduftend dem Waschzuber entstiegen und neu eingekleidet war, eilte er, mit seinen Souvenirs versehen, zu der meisterlichen Kemenate, ohne jedoch seinen Lehrherrn anzutreffen. Irgendwo in der Ferne hörte er Gebrüll, Tumult und Aufruhr. Eine gewisse Vorahnung machte sich in ihm breit und er eilte zum Auditorium. Im großen Lehrsaal der magischen Gilde tobte eine Mischung aus Diskussion und offener thaumaturgischer Schlacht. Man tobte, schrie und verfluchte, dass es nur so krachte. Anscheinend befand sich der gesamte Lehrkörper der magischen Gilde in einem Zustand des Aufruhrs und der Raserei.

„Äh…Meister?" wagte Bernward den Vorstoß.

Die Meute drehte sich um und starrte auf den Neuankömmling wie ein hungriges Wolfsrudel auf ein Schaf. Doch dann schien sich ein gewisses Gefühl der Peinlichkeit einzustellen. Lady Morgana, die sich ins Fußgelenk von Mägerlein, dem Magier verbissen hatte, löste sich mit dem peinlichen Gefühl, bei etwas Unartigem ertappt worden zu sein, von ihrer Beute.

„Bernward!" rief Aegidius mit nur bedingt glaubwürdiger Begeisterung. „Das nenne ich aber eine Freude. Hattest Du einen angenehmen Urlaub?"

„Meister. Was in aller Welt geht denn hier von statten?"

„Ach…nur eine kleine Unterredung zwischen Kollegen."

Die Anwesenden wirkten peinlich berührt und blickten betreten zu Boden.

„Nichts von Bedeutung", stimmte Wigald der Wunderbare zu.

„Von wegen", zeterte Hühnerharald. „Dieses Ogersheim kommt nicht aus der Tasche. Pleite sind sie. Und seit wir da-

mals diese blöde Wette an Herrn DAX verloren haben, geht es uns ebenso. Und außerdem war das Betrug. Jawoll!"
Und wieder ging das Gekreische, Gezeter und Gebrüll los. Nur gab es jetzt ein neues Opfer. Bernward wünschte sich zurück in den Urlaub. Und dabei hatte er sich durchaus auf die Rückkehr gefreut.
„Ruhe!" donnerte Meister Aegidius Stimme. Die Mauern erbebten, als sich die Wut des Zauberers erdbebengleich entlud und es kehrte erneut relative Ruhe ein. „Ich weiß auch, dass wir ein Problem haben. Aber nachdem, was mir aus dem Rat zugetragen worden ist, könnte es sein, dass unser Problem bald gelöst sein wird. Es gab Gespräche, die eine Währungsreform ankündigten. Auch von sogenannten Aktien war die Rede. Was auch immer das sein mag. Also geduldet Euch einfach noch ein paar Tage!"
„Wir gedulden uns schon viel zu lange!" keifte Mütterchen Wurmwarz. „Es reicht, Aegidius. Wir wollen unser Geld. Ansonsten sind wir hier verschwunden. Aber nicht, ohne ein paar passende Flüche hierzulassen."
Der oberste Zauberer und Leiter der magischen Gilde verdrehte die Augen.
„Die paar Tage werdet ihr auch noch überstehen. Und nun erspart mir Euer Gejammer und Gezeter. Lasst uns lieber alle irgendwie zur Lösung des Problems beitragen, anstatt hier Klagegesänge anzustimmen. Und so etwas will die magische Elite des Abendlandes sein."
Der große, dicke Magier verdrehte die Augen.
Die Dozenten der magischen Gilde verließen missmutig brummelnd den Saal.
„Und…wie war es denn nun im Urlaub, Herr Bernward? War alles hübsch? Hattet Ihr Spaß, der DAX und Du?" Der Meister versuchte es mit einem Lächeln, welches aber keinen wirklich überzeugenden Anschein machte.

„Es war interessant, Meister. Ich weiß gar nicht, wo ich anfangen soll. Und…" hub Bernward an.
„Erzähl mir das gleich", unterbrach ihn der Zauberer.
„Aber…", startete Bernward den nächsten Versuch und konnte sich des Eindrucks nicht erwehren, dass dem Meister seine Erlebnisse vielleicht doch nicht so wichtig gewesen wären.
„Ich muss zu Hundi! Wir wollen den kleinen Draufgänger doch nicht hungern lassen, oder?" stellte der Magier fest und verfügte sich zielstrebig in Richtung seiner Räumlichkeiten. „Lass uns nachher plaudern."
Manche Dinge schienen sich nie zu verändern, stellte der Jungzauberer fest. Einmal Lehrling…immer Lehrling. Er zuckte mit den Achseln und zog sich auf ein Schläfchen zurück. Nichts war schöner, als das eigene Bett. Auch nicht die Betten von Gran Mallorbiza.

Der Herold der Stadt Ogersheim, Bello Sagnix, stand flankiert durch zwei Trommler auf einer kleinen Tribüne auf dem Marktplatz der Stadt und produzierte quäkende Geräusche auf seiner Fanfare, während das wilde Getrommel seiner Begleiter jeglichen Rhythmus vernichtete. Vereinzelte Bürgerinnen und Bürger versammelten sich und harrten der Dinge, die da kommen mochten.
„Volk an der Stätten…merket auf!" brüllte der Herold. „Der hohe Rat der Stadt verordnet hiermit, dass künftig nur noch in der neuen Währung, dem Kohlblatt zu bezahlen ist!"

Der Herold hielt einen grünlichen Papierlappen in die Höhe und wedelte damit herum.
Das Volk stutzte und verstand nicht.
„Jedwede andere Währung wird nicht…ich betone es noch einmal…nicht mehr angenommen."
„Und was ist mit unseren Goldogern?" ertönte es merklich ungehalten.
„Die müssen umgetauscht werden. In unserer schönen Ogersheimer Staatsbank. Gegen das Kohlblatt!" erläuterte der Herold, dem die Blicke des Volkes zu missfallen begannen.
„Und warum sollten wir uns von unserem Gold trennen? Für Papierzettel?"
„Weil es Regierungsbeschluss ist!" proklamierte Sagnix. „Das ist Gesetz. Punkt. Aus!"
„Und wenn wir das nicht wollen?"
Anscheinend stellte sich eine gewisse Form von Aufruhr ein.
„Es ist nur zu Euer aller Wohl. Und wer das nicht glauben will, der kommt in das Loch!"
Das Volk murrte lauter. Immer mehr Bürger stürmten auf den Marktplatz und begannen, eine kritische Masse zu bilden. Bela Sagnix spürte, wie ihm gleichzeitig heiß und kalt wurde. Anscheinend war die Idee des Rates so nicht gut wie erhofft beim Volk angekommen. Schweißperlen bildeten sich auf seiner Stirn, rannen langsam nach unten und tropften von der Nasenspitze auf die Pergamentrolle mit der neuen Verordnung. Die Sonne stach ihm in die Augen und das lauter werdende Gemurre und Gemurmel missfiel seinen Ohren. Plötzlich verfinsterte sich der Sonnenschein minimal. Ein Schatten kam auf ihn zugeflogen. Sagnix kniff die Augen zusammen. Und genau in diesem Moment zermatschte die erste überreife Tomate auf seiner Stirn.

Der Ogersheimer Gefängniswagen holperte über den mit Wurzeln durchzogenen Waldweg. Die beiden Wachen, die den Gefangenen in ihrer Obhut hatten, waren froh, dem Ogersheimer Alltag unter dem Grafen Ölkopf zumindest vorübergehend entkommen zu sein. Unter dem alten Kanzler, Helmut dem Stattlichen, war es nicht wesentlich besser, aber zumindest geruhsamer zugegangen. Allerdings hatte der auch das Glück der Wiedervereinigung, die zwar nicht auf seine Kappe gegangen, aber ihm vom Volke zugeschrieben worden war. Seine nassforsche Ansage, dass eine Wiedervereinigung der beiden Landeshälften keinen auch nur einen Oger kosten sollte, war ihm nachgesehen worden. Niemand hatte auch nur andeutungsweise damit gerechnet, dass dieses Versprechen werthaltig gewesen sei. Als es dann aber um Ungereimtheiten in der Staatskasse gegangen war, erinnerte man sich der einen oder anderen Angelegenheit und zitierte den Altkanzler vor ein Gericht. Dort lächelte er freundlich, wies darauf hin, sein Ehrenwort zu schweigen gegeben zu haben und verschwand unbehelligt und weiterhin dezent lächelnd von der Gerichtsbarkeit. Der in Ketten geschlagene und auch sonst gut vertäute Zwergengraf, der im Käfig auf dem Karren sein Dasein fristete, erinnerte sich nur zu gut an den Vorgang. Auch das Mysterium um die magische Schublade des Kanzler-Beraters Rädle erinnerte er sich. Anscheinend war dieses Artefakt magischer Möbelbaukunst in der Lage, aus fremden Dimensionen Geld auftauchen lassen zu können. Schublade auf…100.000 Oger drin, Geld entnommen, Schublade zu, Schublade wieder auf…und wieder 100.000 Oger drin…ein Wunder eben. Im Gegensatz zum Kanzler hatte Rädle niemandem sein Schweigen via Ehrenwort zugesichert. Er hatte einfach nur spontan sein Gedächtnis verloren; anscheinend eine Folge des fortgeschritten Alters.

Und dann war da noch die „kleine M", die sich von allen jetzt nur noch „M" nennen ließ. Anscheinend war sie trotz ihrer dubiosen Tätigkeiten für Eric den Roten und die Ostlande die Karriereleiter hinaufgefallen. Es machte den Eindruck, ihre geheimen Stapo-Akten seien wohlwollend durch die Hände des Gauclers, der die Obhut über die sensiblen Unterlagen hatte, gegangen. Auch nach einer privaten Unterlagenprüfung der Gauckler-Papiere durch seine eigene Person war es zu einem rätselhaften Seitenschwund gekommen. Aber wo kein Kläger, da waren auch keine Beklagten.

„Quis custodit custodes?"

Wer bewacht die Wächter? Niemand. Zumindest nicht im guten, alten Ogersheim. Dort herrschte Diskretion. Ohne Wenn und Aber. Sie galt nur nicht für das gemeine Volk, das Tag und Nacht vom neuen Staatsschutz, der GEVOSI bespitzelt wurde. Seit die „kleine M" den OND, den Ogersheimer Nachrichtendienst und die Ost-Stapo fusioniert hatte, war ein Spitzel-Moloch entstanden, der seinesgleichen suchte. Die „GEheime-VOlksSIcherheit" arbeitete perfekt mit ostländischer Infamie und Ogersheimer Akribie. Die Ogersheimer Straßen waren voll von patroullierenden, kleinen, unschuldig wirkenden, schnauzbärtigen dicken Männern im grünen Lodenmantel und Filzhüten mit Gamsbart. Ihnen entging im wahrsten Sinne des Wortes NICHTS. Die GEVOSI war überall. Die totale Überwachung war ihre Maxime. Und so verwandelte sich die ehemals so freiheitsliebende und fröhliche Stadt in einen Ort, wo sich Unsicherheit und Misstrauen wie eine üble Krankheit ausbreiteten. Auch die permanenten Steuererhöhungen trugen ihren Teil dazu bei. Immer mehr Bürger hatten immer weniger zum Leben. Und nun war der Moment gekommen, wo ein paar Meis-

terstücke in Sachen Enteignung des Volkes, beginnend mit der Abschaffung der Goldwährung, anstanden.
Doch davon war dem Zwergen-Grafen nichts bekannt. Er hockte im vergitterten Wagen und wurde deportiert. Er grübelte vor sich hin. Seine musische Ader, die all die schönen Spottgesänge erdacht hatte, litt momentan an einem Mangel an Inspiration. Der Zwerg war vergrätzt. Er weilte in Gedanken bei Fräulein Kutscherstochter. Kaum lief mal wieder etwas richtig in seinem Leben, da macht ihm das Schicksal einen dicken, schwarzen Pinselstrich durch die Rechnung.
Die Wachmannschaft gönnte sich inzwischen den einen oder anderen lustigen Scherz auf seine Kosten. Wann hatte man als einfacher Bürger die Gelegenheit, einen der ehemals Mächtigen direkt zu verspotten, ohne Sanktionen fürchten zu müssen?
„Was sagt ein Zwerg, der über die Heide läuft?" feixte ein Wachmann. „Na…ist doch einfach. Der sagt *„Lass das, Erika!"* Harr harr harr", lachte er.
Der Insasse des Wagens knirschte mit den Zähnen.
Die Wachen brüllten vor Lachen. Und dann kam auch schon der nächste Brüller.
„Ich kenne einen ähnlichen", stellte der nächste fest. „Wisst Ihr warum Zwerge beim Fußballspielen immer so lachen müssen? Na…weil ihnen die Grashalme an den Eiern kitzeln!"
Wieherndes Gelächter.
„Wirf mich…ich bin ein Zwerg!"
„Gute Güte", keuchte es. „Nicht noch mehr davon."
Die Wachen hielten sich die Bäuche vor Lachen.
Aus einem Gebüsch nahe der Straße ertönte plötzlich eine Frauenstimme: „Wisst ihr auch, wie Zwerge sterben?"
Die Soldaten blickten sich plötzlich sehr verunsichert um.
„Sie beißen ins Gras!"
Und da platzte es wieder laut aus den tapferen Angehörigen der Ogersheimer Streitkräfte heraus.

Und wieder ertönte es aus dem Gebüsch: "Wisst Ihr schon, wie Soldaten sterben?"
Der Wachmannschaft blieb das Lachen im Halse stecken und plötzlich geschahen „Dinge".

„Skandalös!" zeterte der Kanzler.
Ein von oben bis unten mit faulem Obst und Gemüse bedeckter Herold stand vor ihm. Ein vergammelter Apfel glitschte langsam dessen Ärmel hinab und produzierte einen interessanten Farbeffekt im Wechselspiel mit der Tomate, die eine neue Heimat im Gürtelbereich gefunden hatte.
„Aber ich habe doch nur getan, was Ihr mit befohlen habt, mein Kanzler!"
„Einfühlungsvermögen, Herr Sagnix. Ich sagte doch eindeutig „Einfühlungsvermögen"!"
„Aber ich habe doch nur vorgelesen, was auf dem Pergament stand, mein Kanzler!"
„Trottel!"
„Ja Herr."
„Idiot!"
„Ja Herr."
„Nullhirn!"
„Ja Herr." Sagnix war mental ebenso vernichtet wie sein Heroldsgewand obst- und gemüseverziert worden war.
„Anscheinend brauchen wir eine neue Strategie", bemerkte Leichenhans, der teilweise amüsiert auf das tropfende und triefende Bild des Jammers blickte.

„Gehe er und reinige er sich!" raunzte der Kanzler den Herold an. „Er bekleckert den ganzen Ratssaal. Was für ein Schmutzfink er ist. Na los. Raus mit ihm!"
Sagnix schlich gesenkten Hauptes aus der Halle.

Es war nur ein kleines Scharmützel gewesen. Ein paar Armbrustpfeile aus dem Hinterhalt...und die stolze Wachmannschaft, die den Ogersheimer Gefängniskarren geleitet hatte, war in die Flucht geschlagen gewesen. Wächter waren keine Elitesoldaten und nicht gut genug bezahlt, um den Kopf zu Markte zu tragen. Dafür hatten sie Sprinterqualitäten und fußelten eilig die Straße entlang in Richtung Ogersheim. Man lebte schließlich nur einmal.
Die Vertraute des Gregorius lächelte zufrieden, sondierte noch einmal kritisch das Gelände, um nicht doch noch in eine unschöne Situation zu geraten. Doch anscheinend hatte sie das Gelände ordnungsgemäß von Wächtern gereinigt. Dann begab sie sich zum Wagen, durch dessen Gitterstäbe der Zwergengraf das Geschehen wie gebannt verfolgt hatte.
„Da laust mich doch ein Affe", murmelte er. Und dann schmolz er wieder dahin wie ein Schneemann unter der heißesten Sommersonne, als er gewahr wurde, wer ihn da gerade aus der misslichen Situation befreit hatte.
„Dann mal nichts wie raus mit Euch aus diesem scheußlichen Wagen", sprach seine Befreierin und zerschlug kurzer Hand mit einer Axt das Türschloss des Karrens. Und in diesem Moment war es endgültig um den Zwerg geschehen.

„Sie kann auch noch mit der Axt umgehen", hachte er und bekam rote Wangen und leuchtende Ohren.

Er kletterte aus dem Wagen, sank auf die Knie, ergriff ihre Hand und blickte ihr ergriffen aus der Zwergen-Perspektive tief in die Augen.

„Sei mein, holde Mara", brummelte er. Romantik war keine Zwergensache. Damit kannte er sich nicht aus. Doch er war sich sicher, dass „Sie" die Eine war. Für immer und ewig.

Seine Befreierin kicherte verlegen, drückte ihm seinen Helm auf den Kopf und die Axt in seine Hand.

„Nichts wie weg hier", sprach sie, ohne auf seinen Antrag einzugehen. Gut Ding wollte eben Weile haben.

„Sag an, Herr Zwerg. Wo soll es hingehen? Ich vermute, dass Ogersheim vielleicht derzeit etwas ungeeignet wäre?" fragte sie und lächelte.

„Zuerst in meine Grafschaft, dem Land der Kohlenhügel. Und dann…ja dann denke ich mir eine Rache aus, dass diesem öligen Hobbyregenten die gelb gepuderte Wurst quer im Halse stecken bleiben wird."

„Können Zwerge eigentlich gut reiten?" erkundigte sie sich.

„Öhm…" nuschelte der Zwerg und bekam wieder leuchtrote Backen. „Äh…wie meint ihr das?"

„Na…reiten eben. Pferd. Sattel."

„Äh…ach so…eigentlich habe ich das nie probiert." Dem Zwerg war die Sache peinlich. Seine Gedanken waren erst in eine andere Richtung gegangen. „Wir Zwerge sind eher Fußgänger. Also Infanteristen. Aber nicht unbedingt gut auf schnellen Wegen. Allerdings gelten wir als sehr ausdauernd."

„Probieren wir es einfach", meinte Fräulein Kutscherstochter. Dann spannte sie die Pferde des Karrens aus und suchte das Beste davon heraus. „Die hohe Kunst fängt vor allem damit an: Oben bleiben!"

„Und wie in aller Welt komme ich da rauf?" Graf Oskar stand ein wenig hilflos vor der für ihn riesenhaften Kreatur. Ein paar Minuten später hatte seine Retterin in der Not aus Ästen und Stricken eine kleine, mobile Leiter zusammengebaut, um dem bodennahen Mann die Peinlichkeit direkter Hilfestellung zu ersparen. Dann holte sie Ihr eigenes Pferd aus dem Gebüsch. In ihrer Satteltasche fand sie ein zweites Zaumzeug für das Reittier ihres Begleiters. Nach wenigen Minuten saß der Zwerg dann auf dem Zossen, der beim ersten „Hüh" spontan mit seinem Reiter durchging und diesen in ein Nesselgebüsch warf.

Die große, schwarze Reisekutsche der P.A.G.A.N.-Tours hatte auf Gran Mallorbiza die Reisenden des Inselurlaubvergnügens mit an Bord genommen. Es war faszinierend, um wie viel das Vehikel innen größer war, als es von außen den Anschein hatte. Gran Mallorbiza war international. Die Reiseveranstalter achteten peinlich darauf, dass die Reisenden auf der Insel jeweils in Komfortzonen mit Touristen aus der eigenen Hemisphäre untergebracht waren. Doch im Beförderungssektor konnte es durchaus zu Kontakten zu anderen Lebensformen kommen. Fräulein Claricorn, Mimi, Iris und Emmi rümpften nicht nur die Nasen, sondern kämpften massiv gegen eine geruchsbedingte Übelkeit an. Vor wenigen Minuten war noch alles angenehm gewesen. Sie hatten eben noch interessiert die Schemen der wechselnden Dimensionen durch die Kutschenfenster verfolgt, als ein neuer Reisegast zustieg. Ab diesem Moment verlor die Reise erheblich an Komfort, nahm aber an Unterhaltungswert zu.

Beim neuen Gast handelte es sich um ein fast drei Meter großes, kaum zu identifizierendes Gebilde, das eher an einen dicken Batzen grünlich-bräunlichen-müffelnden Wattenmeer-Schlicks erinnerte. Herr *„Blurpsnschlummmps"* oder so ähnlich, so stellte er sich höflich vor, war Weltenbummler aus Passion, war seines Zeichens *„Schlickgurgler"* und hatte einen insgesamt eher schlichten Humor, den die jungen Damen nicht nachvollziehen konnten. Seine bizarre Vorliebe für den Verzehr von sich wild windenden, stets flüchtenden Würmern mit Borsten, Wiederhaken und Fühlern empfanden sie eher als befremdlich. Auch war sein Geruch nach Sumpfgas und Schwefel insgesamt unschön. Scheußlich waren die Schlick-Klumpen, die er überall absonderte, so dass die Kutsche immer mehr verschlammte, bis allen der Schmadder bis zu den Fußknöcheln reichte. Die Polster fingen an durchzuweichen. Alles war einfach nur noch eklig. Und so freuten sich die Damen, als die Glocke der Kutsche bimmelte und eine Stimme scheinbar aus dem Nichts erschallte.

„Nächster Halt...Ogersheim. Großer Forst. Wir danken den hier Aussteigenden für Ihre Reise mit der P.A.G.A.N-Gruppe und hoffen, Sie bald wieder als unsere Gäste begrüßen zu dürfen."

Drei dynamische Junghexen und eine Fee in spe waren der P.A.G.A.N-Tours Reisekutsche entstiegen und befanden sich wieder im Heimatland in Mitten des großen Forstes. Im Gegensatz zu DAX beherrschten Sie die Teleportation nicht und mussten den konventionellen Rückreiseweg mit der Dimensionskutsche nutzen. Doch es reiste sich darin schnell und unkompliziert. Lästig nur waren Mitreisende aus anderen Welten mit zum Teil gewöhnungsbedürftigen Angewohnheiten. Allein die unfeinen Ernährungsmethoden eines *„Schlickgurglers"* aus

„*Flatschen*" waren gewöhnungsbedürftig bis unerträglich. Sie hofften, den ansonsten durchaus sympathischen Passagier nie wieder als Reisegefährten anzutreffen.

„Endlich, ey", röchelte die Fee Emmi und fächelte sich mit einem rosa und mit Erdbeeraroma beduftetem Taschentüchlein frische Waldesluft zu. „Nie wieeeeder Schlickis…never!"
Die drei Hexen stimmten aus tiefster Seele zu.
„Wenn wir mal wieder so etwas machen, dann nur, wenn wir telehoppsen können…so wie der DAX!" meinte Iris.
„Aber so was von", stimmte Mimi zu. „Oder Ausschlussklauseln bei bestimmten Passagieren in der Kutsche. Die Hinfahrt war doch eigentlich ganz nett!"
„Mir ist das egal. Ich will nur noch baden und dann ab in die Federn. Die letzte in der Falle ist eine faule Hexe!"
Und damit verschwand Fräulein Claricorn in Hütti, ihrem kleinen Hexenhaus auf Hühnerbeinen, das ihr letztendlich auch schon gefehlt hatte. Emmi nahm sie als geschätzten Dauergast gleich mit. Seit dem bedauerlichen Unfall mit ihrem Zuckerhexenhaus, das seitdem nur noch ein einziger großer Klumpen Karamell war, schlief sie in Gesellschaft Ihres beinahe echten Einhorns Wallemähne je nach Wetterlage im Wald oder bei ihrer Freundin. Iris und Mimi waren auch froh, wieder in ihren mobilen Hexenhäusern schlafen zu können. Und so kehrte auf der Lichtung im großen Forst Nachtruhe ein.

Am Tage darauf stand der Reichskanzler unter mentalem Druck sondergleichen. Ausgerechnet zu DEM Zeitpunkt, als

sich die mächtigsten Männer der Welt in Ogersheim ihr Stelldichein gaben, rottete sich das Volk auf dem Marktplatz zusammen, um lautstark gegen die Reform des Währungssystems und den Zwangsumtausch Gold gegen Kohlblatt zu protestieren. Der Pöbel war höchst ungehalten. Graf Ölkopf befand sich in einer Privataudienz beim Herren der Banken, dem Baron Grünschildt, einem der heimlichen, um nicht zu sagen besonders unheimlichen Herrscher der Welt.
Grünschildt musterte ihn und bedachte ihn mit spöttischen Blicken. Der alte Mann hatte einiges erlebt, noch mehr überlebt und musste wieder einen Teil seiner kostbaren Lebenszeit einem Politiker opfern. Er hatte schon viele von ihnen kommen und gehen sehen, ebenso wie seine Ahnen. Letztendlich hielt der Grünschildt-Clan etliche Teile der Welt bereits in den gierigen Fingern. Wer die Macht über das Geld hatte, hatte auch den Schlüssel zu allumfassender Macht. Es hatte ihn nicht gewundert, dass sein Freund Rocketfellow ebenfalls eingetroffen war. Dieser war in Industrie und Handel das, was Grünschildt in Geld-Dingen war…ein Beherrscher der Herrscher über die Staaten und Länder.
Es war an der Zeit, Ogersheim und den Rat richtig einzuordnen, bevor irgendein popeliger Provinzherrscher auf dumme Gedanken kam und Unfug anstellte.
„Nun, werter Graf Gerhard? Das hat ja alles wunderschön geklappt mit Eurer Kandidatur. Euer Kochrezept mit den Ölfritten und der gepuderten Wurst soll ja förmlich eingeschlagen haben wie ein Komet", plauderte der alte Mann.
„Ja. Das hat es", erwiderte der Kanzler. „Allerdings glaube ich, dass Eure finanziellen Zuwendungen an das eine oder andere Ratsmitglied seinen Teil dazu beigetragen haben könnte."
Der alte Mann grinste.
„Wir gehen da besser keine Risiken ein. Wenn wir alle bezahlen, dann arbeiten auch alle für uns. Und das tumbe Volk

denkt, dass es eine Wahl gäbe, die seine Chancen verbessern würde. Das Volk akzeptiert den Rat, den wir vorbestimmt haben, der Rat Euch und somit einen der Kandidaten, die wir ausgewählt haben. Eigentlich possierlich, die Menschen mit ihren Illusionen."

„Ja, Herr Grünschildt!" dienerte der mächtigste Mann Ogersheims. „Wie seid Ihr eigentlich damals ausgerechnet auf meinen stattlichen Vorgänger gekommen? Letztendlich war der doch eher schlichten Gemütes und es mangelte ihm am Blick fürs wesentliche Geschäft."

„Verwandtschaft. Ziemlich entfernt und doch so nahe. Aber schweigen wir lieber darüber." Grünschild trank einen Schluck Tee aus dem prunkvollen Ogersheimer Porzellan. „Wie Ihr wisst, Herr Kanzler, habe ich große Dinge mit Euch vor. Und wenn Ihr Euch auch nur annähernd so geschickt anstellt, wie beim Ausbooten der Grafen Rudolf und Oskar, dann sollte Eurer Karriere nach dem Kanzleramt nichts im Wege stehen." Der Kanzler hörte diese Worte nur zu gern, wusste er doch, dass niemand auf Dauer Kanzler bleiben würde. Es war nur ein weiterer Schritt nach oben in Bereiche der Wirtschaft, die anderen auf ewig verschlossen blieben.

„Nun...anscheinend zetert das Volk auf dem Marktplatz, Herr Kanzler. Was ist der Grund für das Aufbegehren? Wir wollen doch Ruhe beim Pöbel. Sonst kommen die noch auf Gedanken."

„Das Problem liegt in der mangelnden Einsicht, Herr Baron."

„Mangelnde Einsicht und Volk gehen immer Hand in Hand. Was will der Pöbel denn nicht verstehen?"

„Wir versuchen gerade, dem Volk zu vermitteln, dass wir die Goldwährung nicht mehr brauchen und das *„Kohlblatt"* die Lösung vieler Probleme sei", berichtete der Kanzler. „Und da hat Herr Raffgeyer Euch als...ich sage mal Joker...ins Spiel gebracht."

Der alte Mann lächelte dezent.

„So…hat er das, der Raffi? Er ist ein guter Junge."

Die beiden Herren schlürften ihren Tee.

„Ich kann Euch natürlich helfen, Herr Kanzler."

„Oh…das höre ich gern, Herr Baron: Wie kann ich mir Eure Hilfe vorstellen?"

„Mir fehlt die Ogersheimer Staatsbank in meiner Sammlung. Und da kommt ihr ins Spiel."

Graf Ölkopf erbleichte. Das war in der Tat starker Tobak.

„Grundgütiger. Unsere Staatsbank. Wie in aller Welt soll das von statten gehen? Das Volk wird mich umbringen!"

„Aber nein, aber nein. Dummer Junge. Das Volk wird Euch sogar lieben."

Der alte Mann verdrehte die Augen und ließ den Kanzler dezent die Arroganz wahrer Macht spüren.

„Also…eigentlich ist alles ganz einfach", setzte Baron Grünschildt die Rede fort. „Die Lösung Eures kleinen Problems heißt…"

In diesem Moment flog die Tür auf und des Kanzlers persönliches Zimmermädchen stürmte herein. Der Baron zog die linke Augenbraue nach oben und der Kanzler wurde puterrot im Gesicht. Es hasste Unziemlichkeiten dieser Art. Doch bevor er die Stimme erheben konnte, kam schon ein hektischer Wortschwall über Dorschens Lippen Gesprudelt.

„Verzeiht, die Herren. Bitte…darf ich Euch kurz nach draußen bitten, Herr Kanzler?"

„Wenn das nicht wirklich seinen guten Grund hat, dann ist sie die längste Zeit bei Hofe gewesen!"

Die Gerügte nahm keine Notiz davon und plapperte weiter.

„Schnell, Herr…nun kommt doch. Bitte!"

„Geht nur, Herr Kanzler", kam Baron Grünschildt dem Grafen entgegen. „Wir setzen uns Gespräch später fort. Ich genieße inzwischen meinen Tee."

„Danke, Herr Baron. Vielen Dank", katzbuckelte der Reichskanzler und stürmte hinter seiner Bediensteten her.
Auf dem Gang angelangt packte er sie am Arm.
„Bist Du wahnsinnig, Du dumme Pute? Direkt vorm Grünschildt so einen Aufmarsch zu machen?"
„Herr…bitte. Autsch!"
Der Kanzler ließ etwa Druck nach.
„Herr…eine weitere Kutsche ist eingetroffen. Sie ist weiß-rot-blau…und hat ein Emblem mit einem doppelköpfigen Adler darauf. Wenn das mal nicht…!"
„Himmel. Borscht. Ach Du je. Wenn das der Büschel sieht, dann komme ich in Toifels Küche", fluchte der Kanzler. „Schnell, Dorschen. Wir müssen uns was einfallen lassen!"
Und die beiden stürmten den Gang entlang, die Treppen hinab und auf den Marktplatz, wo das Prunkgefährt des Zaren von Borscht bereits auf sie wartete. Die Tür der Kalesche wurde geöffnet und ein hochgewachsener, drahtiger, blonder Mann kam herausgestiegen. Zwei merkwürdig aussehende, kanisterköpfige Damen in Schwarz begleiteten ihn.
„Grundgütiger. Der Zar persönlich", zischelte der Kanzler seiner Bediensteten zu. „Nun aber keinen Fehler gemacht…bemühe Sie sich."
Dorschen legte den perfekten Hofknicks hin und schenkte dem Zaren von Borscht ihr bezauberndstes Lächeln.
„Willkommen, mein Freund", dienerte der Kanzler. So langsam schmerzte der Rücken vom ewigen Buckeln.
„Briedärchän!" erwiderte der Besucher anscheinend hoch erfreut und ließ seinen Blick über den Marktplatz schweifen. „Iiist nääätt hier bei Diiir! Laaass uuuns Wässärchän trinkän!"
Der blonde Regent von Borscht schnippste mit den Fingern und eine seiner beiden Mitarbeiterinnen zauberte eine Flasche voll glasklarer Flüssigkeit aus den Tiefen ihres schwarzen Mantels.

„Triiink, Briedärchän! Läbänswässärchän! Vladimora...schänk ein! Wiiir haaabän Durst!"
Des Zaren Bedienstete förderte einen Schwung kleiner Gläser zutage und füllte sie bis zum Überlaufen.
„Wollän wiiir sähän, ob Du Stiefelchän värtragän kaaannst, Kaaanzlär!" lachte der blonde Mann. Er ließ den Blick wandern, bis er bei Büschel Junior angelangt war.
„Du auuuch, jungär Maaann? Du siehst duuurstig aus, hä?"
„Howdieee...", jubelte der Sprössling des Präsidenten von Far Far Away unter den ungnädigen Blicken seiner Aufpasserin, die sich schon vor langer Zeit von der Hoffnung auf Abstinenz ihres Schützlings verabschiedet hatte.
„Vitalia", brüllte der Zar. „Däm jungän Burschän da auch eins!"
Büschel griff mit zittrigen Fingern nach dem Glas, verschüttete die Hälfte und spülte den Rest die Kehle hinunter. Niemand wusste einen guten Schluck mehr zu schätzen als Jollywood Junior persönlich. Cheers.

Die alte Frau erwachte in einem Bett. Tatsächlich...in einem echten Bett. Mit Federkissen, Daunendecken und einem Stuhl sowie einem Nachttisch daneben, auf dem eine Kerze, eine Schale Obst und eine Schelle standen. Ein wahrhaftiges, warmes und bequemes Bett. Und sie trug ein Nachthemd. Ihre Lumpen waren fort. Aber auf dem Stuhl war ein sauberes Kleid bereitgelegt. Anscheinend war ein Wunder geschehen. Oder sie träumte. Wie auch immer. Die rote Margot stürzte sich gierig auf die Früchte. Essen. Endlich.

Nach der frugalen Mahlzeit verließ sie das Bett und kleidete sich an. Sie mochte lieber nicht darüber nachdenken, wie sie aus ihren Lumpen in das Nachthemd gekommen war. Aber mit fortschreitendem Alter waren Menschen weniger heikel. Als sie angekleidet war, warf sie einen Blick in einen kleinen Spiegel an der Wand und fühlte sich zum ersten Mal seit langer Zeit wieder *komplett*. Es war ein kleines Wunder, was saubere Kleidung und ein satter Bauch alles bewirken konnten. Sie öffnete die Tür und humpelte einen schmalen Gang entlang, bis sie zu einer Stiege kam, die nach unten in den Gastraum führte. Und als sie unten angekommen war, was wegen des lädierten Knöchels seine Zeit benötigt hatte, erwartete sie eine wirkliche Überraschung.

„Echt? Da kann man diese netten Spielzeuge kaufen? Einfach so?" erkundigte sich der Meister bei der Besichtigung von Bernwards Souvenirs aus dem P.A.G.A.N.-Shop. „Ich sollte mehr reisen!"
„Und dann gab es da noch die größte Sangria aller Dimensionen. DAS war erst mal beeindruckend, Meister", berichtete der Jungzauberer voller Begeisterung. „Irgendwie war es da viel schöner als hier."
„Was ist denn das für ein Buch? Und was ist ein Tofu?"
„Keine Ahnung, Meister. Empfehlung von DAX."

„Mmmm...offensichtlich kein Zauberbuch", stellte der Chef der magischen Gilde fest. „Ich schaue da später mal rein."
Der Zauberer blickte um sich. Jemand fehlte.
„Apropos reinschauen? Wo bleibt eigentlich Sir Wauzelot? Das ist doch seine Imbiss-Zeit?" sprach er zu sich selbst.
„Seine was? Meister...Ihr füttert ihn inzwischen fünf Mal am Tag. Irgendwann wird er Euch noch überrunden!"
„Frechling! Ich werde Dir..."
Doch da unterbrach das schon bekannte *„Klippklapp"* des Zauberers beginnende Tirade.
„Wuff", ertönte es und der Schrecken der ogersheimer Gassen betrat die Szene. Sein Herrchen war von einer Sekunde auf die nächste wie ausgewechselt.
„Feiiiiiiiner Hund!" begeisterte sich der Magier.
„Klippklapp"
„Ja...sooooo ein feiner Hund." Sir Wauzelot kannte und schätzte diese Geräusche. Das deutete Fressi an. Bernward hingegen verdrehte die Augen und versuchte, den meisterlichen Hunde-Betüddelungen nicht allzu viel Aufmerksamkeit zukommen zu lassen. So langsam ging ihm das Affentheater mit dem Kind-Ersatz des Zauberers gegen den Strich. Aber immerhin hatte der Magier ein Hobby und das lenkte vom Jungzauberer ab. Der schnappte sich die frische Ausgabe der *„Stiftung Zaubertest"*, lümmelte sich in des Meisters Ledersessel und begann zu schmökern, während Berge von Lebensmitteln erst im Fressnapf und dann im Bauch des kleinen Hundes landeten.
„Feeeeiner Hund", ertönte es erneut.
„Schlappschlapp", kam die passende Antwort, dicht gefolgt von einem leisen Knurren, das immer lauter wurde, je näher die Hand des Meisters der Promenadenmischung kam. Sir Wauzelot legte keinen Wert auf eine Unterbrechung der Mahlzeit. Auch nicht durch Streicheleinheiten. Da war er eigen. Bernward blätterte sich derweil zur Beilage „Der gute Rat" durch.

Was gab es denn aktuell im Angebot? Als Zauberer musste man ja schließlich auf dem Laufenden sein.

Stiftung Zaubertest mit der Beilage: „Der gute Rat"
Mein Freund, der Golem.

Ein Thema, das die Welt bewegt: „Die Automatisierung...Fluch oder Segen?"

„Liebes Team vom Zaubertest...die Arbeitskräfte von heute sind auch nicht mehr das, was sie früher einmal waren. Fehlzeiten mit vollem Lohnausgleich, großzügige Urlaubszeiten, Weihnachtsgeld und andere Zulagen, das teure Kantinenessen...das alles bringt mich noch an den Bettelstab. Meine Wagenmanufaktur steht am Abgrund. Nun wurde mir von einem Consultingunternehmen der Einsatz von Golems als preiswerte Alternative zu herkömmlichen Produktionskräften nahegelegt. Könnten Golems wirklich die Lösung des Problems sein?

Beste Grüße von der Wolfsburg....Euer treuer Leser Ferdi.

Liebe Leser unseres Magazins, Wie wir immer wieder darauf hinweisen, ist es ausdrücklich NICHT gestattet, unsere Informationen Nichtmagiern zur Verfügung zu stellen. Allerdings freuen wir uns natürlich sehr, wenn wir auch bei der nicht mit den arkanen Künsten arbeitenden Bevölkerung Anerkennung finden. Trotz allem müssen wir auf angemessene Diskretion bestehen. Und nun zu unserem treuen Leser von der Wolfsburg, dessen Unternehmen landesweit für seine Qualität berühmt ist.

Lieber Leser Ferdi von der Wolfsburg,
Vielen Dank für Deine für sicherlich alle unserer Leser wichtige Recherche-Frage. Wir waren so frei, Dich nach Deiner großzügi-

gen Spende an unsere Redaktion in Form der neuesten Sportpferdewagenmodelle aus Deiner Manufaktur zum Magier ehrenhalber zu ernennen. Die Ernennung ist leider zeitlich auf 4 Jahre befristet, kann aber kostenpflichtig verlängert werden. Das löst das Problem mit dem Reglement auf charmante Art und Weise und wird dazu beitragen, außerhalb der Reihe und ausnahmsweise einmal mechanische Artikel zu testen. Daher ist es uns eine große Freude, in einer der nächsten Ausgaben das Thema „Fortbewegung ohne Besen oder Teppich und doch wie auf Wolken" neutral und unvoreingenommen wie immer zu behandeln.

Doch nun zum Thema „Mein Freund, der Golem".
Bevor wir über den Sinn des Einsatzes eines Golem reden, einige wissenschaftliche Dinge für den uninformierten Leser:
Der Himmel gab dem Erschaffer des Golems, einem Geistlichen namens Joschele „Schmulchen" Schamottstein, Mitglied des Koscha-Tempels (sozusagen den Vorläufern der Jasoisten), im Traum den Gedanken ein, aus Ton das Bild eines Menschen zu formen, um so der Menschen Last erträglicher zu machen. Aus feuchtem Lehm fertigte er als Urtypus eine drei Ellen hohe Figur an, der er menschliche Züge verlieh. Als dies geschehen war, ging er siebenmal um den Golem herum und rezitierte dabei eine geheime Formel. Hierauf begann die Tonfigur zu glühen, als sei sie dem Feuer ausgesetzt und es öffneten sich ihre Augen. Zum eigentlichen „Leben" erweckt wird der Golem erst durch ein Ritual, bei dem ihm ein magischer Zettel, in den Kopf gelegt wird. Eine Alternative zum Zettel bietet das „Siegel der Wahrheit", das der Golem auf der Stirn tragen muss. Die Entfernung des Siegels oder des Zettels stellt die einzige Möglichkeit zur Deaktivierung des Golems dar.

Und damit haben wir das Problem, ganz nach dem Motto: "Einmal gepoppt...nie mehr gestoppt!" Doch mehr dazu später.

Das erste Fachunternehmen für Golemtechnik, die „Der perfekte Ton GmbH", lieferte uns eine sündhaft teure, acht Fuß große Tonskulptur mit beeindruckenden Ausmaßen. Wer auch immer einmal einen guten Bodyguard sein Eigen nennen mag, ist hier zumindest formattechnisch gut beraten. Der beigelegte Zettel mit der Formel ist offensichtlich in Alt-Shalom geschrieben und für unser Team vollkommen unverständlich. Nach den obligatorischen sieben Runden um unseren neuen Freund und dem sogenannten „Booten" (Bedienungs-Anleitungs-Fachbegriff für das Einfügen des Zettels) startete „Golle", wie das Team ihn liebevoll getauft hat, zu einer persönlichen Stippvisite der Innenstadt. Türen scheinen ihm unbekannt zu sein. Die Schäden in unserem Verwaltungsgebäude, den Mauern der umliegenden Häuser und der Stadtmauer sind Streitthema zwischen der „Der perfekte Ton GmbH" und unserem Anwaltskollegium.
Auch, wenn wir alle „Golle" ins Herz geschlossen haben, weil wir ihn zum Leben erweckt haben und uns als seine Familie empfinden...er hat uns verlassen. Und wenn er heute noch marschiert ...wovon wir ausgehen, dann bis in alle Ewigkeit.
Der nächste Testkandidat stammte aus den fähigen Händen der Mitarbeiter der „Potty-Factory" und hörte auf den Namen „Anton". „Anton" war bedeutend kleiner als „Golle", dafür weniger freiheitsliebend oder fluchtorientiert, jedoch erheblich schneller.
„Anton" fand seinen Einsatz in der städtischen Tretmühle und verhielt sich äußerst kooperativ. Leider gab es Schwierigkeiten mit der Regulierung seines Arbeitstempos. Zugegeben: „Antons" Beschleunigungswerte waren beeindruckend. Als das Rad der Mühle heiß lief und aus der Führung sprang, ahnten wir bedingt Übles. Es bohrte sich in und durch den Boden abwärts und beschleunigte immer mehr. Anscheinend machte „Anton" seine Arbeit hingebungsvoll und wird mutmaßlich in fünf Tagen den Mittelpunkt der Welt erreicht haben. Da gebrannter Ton sehr strapazierfähig und Antons Tempo beträchtlich ist, rechnen wir stündlich mit ernsten

Eruptionen und tektonischen Verwerfungen. Unsere Nachfrage bei der „Potty-Factory" nach einer Kostenübernahme wurde negativ beschieden. Man lehne jegliche Verantwortung in welcher Form, Farbe oder Erscheinung ab. Wir haben unseren Eintreiber in Begleitung von „Frankenkatz" entsandt und harren voller Erwartung einem Einlenken unseres uneinsichtigen Lieferanten.

Unser letzter Versuch galt den Produkten der „Minimonster AG", die in ihrem Lieferprogramm Nano-Golems als Sortiment „Legion" bietet. Zuerst der eindeutige Vorteil: Nano-Golems werden in einer ausbruchsicheren Hochsicherheitsverpackung und in bereits belebter Form geliefert. Die „Minimonster AG" gestaltet panitisch kleine Zettel mit Programmen nach Wünschen des Kunden und bootet bereits im Herstellerbetrieb. Soweit so gut. Der Nachteil: Wehe, wenn sie freigelassen. Die Minimonster aus Ton haben aus irgendeinem Grund eine unheimliche Leidenschaft: Sie konstruieren aus jedem Tonklumpen, den sie finden können, neue Nano-Golems und beleben sie mit einem Programm nach eigenen Vorstellungen.

Insider-Informationen zufolge stecken die Minimonster hinter den mysteriösen Bankeinbrüchen der letzten Monate. Die „Minimonster AG" ist unter der bekannten Adresse nicht mehr auffindbar...ebenso wenig wie die Goldvorräte der Nationalbank, die sich anscheinend in Luft aufgelöst haben. Unsre Recherche hat die Vermutung aufgeworfen, dass es sich bei den Minimonstern um Produkte der mysteriösen Grünschildt-Gruppe und des Rocketfellow-Konzerns handeln könnte. Allerdings handelt es sich dabei weitgehend um Spekulationen. Fazit: Toifelswerk.

Leute...lasst die Finger davon, ganz nach dem Motto: „Die Geister die ich rief...die werd' ich nicht mehr los." Für die Unverbesserlichen unter unserer Leserschaft empfehlen wir bei jedem Golem-Produkt eine fachspezifische Definition des bewussten Zettels, einer Verbesserung der Zugriffsmöglichkeiten auf Zettel und Golems sowie ein umfassendes Versicherungspaket der PAGAN-

Gruppe gegen Sachschäden, Personenschäden, Vermögensschäden und Vandalismus mit unbegrenzter Deckungssumme. Auf eine Herstellergarantie in Bezug auf die Ausführung kann verzichtet werden. Die Biester sind unverwüstlich.

Faszinierend. Golems. Bernward hatte beiläufig davon gehört, aber nie die Muße gefunden, weiter darüber nachzudenken. Er erinnerte sich an die „*Tote Armee*", die nicht allzu weit von den Stadttoren Ogersheim verscharrt lag und fragte sich, ob Petrovic, wenn ihm die Möglichkeiten von Golems bekannt gewesen wären, nicht die Tonvariante bevorzugt hätte. Allerdings schienen auch Golems ihre Tücken zu haben. Seine Erfahrungen aus der Vergangenheit hatten ihm gezeigt, dass sich Fehler insbesondere im magischen Bereich durch aus schnell und heftig bemerkbar machen konnten.
Inzwischen hatte der kleine Hund wieder sein Format erhöht und trat sein Schläfchen an. Körperzuwachs kam nicht von alleine. Der Lehrling verabschiedete sich vom Meister und bekundete, ihm am Folgetag gern in aller Ruhe zur Verfügung zu wollen. Doch nun wollte er der „*Dunggrube*" einen kurzen Besuch abstatten und einen gepflegten Mokka einnehmen. Als der Zauberer das vernahm, schloss er sich spontan an. Besuche im Gasthaus als auch im angeschlossenen Badehaus liebte er über alles. Und so schlenderten die beiden gemächlich über den Marktplatz zur Taverne.
Eine Frau kam ihnen entgegen. Bernward stutzte. Das Gesicht kam ihm verdächtig bekannt vor. Aber nein…absurd. Die Person, an die er dachte, musste weit entfernt sein. Er hatte sich bestimmt nur täuschen lassen. Bernward schüttelte den Kopf über sich selbst und lachte.
„Nanu? Was erheitert den jungen Herrn denn so?" hakte der Zauberer nach.

„Ach nichts, Meister. Stellt Euch vor, was ich soeben Albernes geglaubt habe. Ich habe doch tatsächlich…" sprach er und wurde abrupt unterbrochen, als der Reichskanzler mit kleinem Gefolge über den Marktplatz und an ihnen vorbei gestürmt kam, ohne sie zu bemerken. Anscheinend war der Vorsitzende des Pfalzrates gedanklich gerade in einer anderen Welt gewesen, denn er bemerkte niemanden um sich herum.

Der Kanzler eilte in die nächste Audienz beim nächsten Staatsgast. Auf dem Wege zu dessen Räumlichkeiten bedeutete er seinen Begleitern da zu bleiben, wo der Pfeffer wächst. Dieses Treffen bedurfte keinerlei Zeugen. Der alte Rocketfellow hatte nach ihm verlangt. So langsam ging ihm das ewige Katzbuckeln auf die Gesundheit. Aber mit den Mächtigen dieser Welt legte man sich nicht ungestraft an. Als er sein erstes Treffen mit den Mitgliedern der geheimen *„Gouda-Convention"*, einem Verband der Creme de la Creme des Geldadels, im Gasthaus *„WilderWürger"* gehabt hatte, war ihm noch alles so einfach vorgekommen. Er hatte ausreichend Devotion und Einsicht an den Tag gelegt und war zu des Altkanzlers Nachfolger gekürt worden. Rat und Bürger konnten nur DAS wählen, was ihnen vorgesetzt wurde. Eine Freiheit in der Entscheidung war nicht wirklich vorgesehen.
Der Bürger von der Straße wusste nicht, wie gefährlich das Leben für Politiker mit mangelnder Kooperationsbereitschaft war. Unlängst hatte Büschel Senior diverse Regenten der Teppichvölker, die noch kurz zuvor seine Günstlinge gewesen

waren, zu Schurken und ihnen in Folge den Krieg erklärt. Man kooperierte eben besser mit den Mächtigen. Außerdem zahlte es sich in klingender Münze aus. Es gab zudem ein Leben nach der Politik und das wollte vergoldet sein. Der Reichskanzler war gern der Diener mehrerer oder besser noch aller Herren, solange es sich für ihn bezahlt machte. Es durfte nur nicht allzu offensichtlich werden.

Der Kanzler klopfte an die Tür der Gastgemächer des hohen Besuchers. Der alte Rocketfellow war ein Geldsack sondergleichen und besaß unvorstellbaren Grundbesitz, Truhen voller Gold und war Eigentümer nahezu aller größeren Manufakturen und Landwirtschaftsbetrieben.

„Herein!" ertönte eine feste Stimme, die dem alten Mann kaum zuzutrauen gewesen wäre. „Na…da ist ja unser Gold-E…äh Goldjunge!" grinste Rocketfellow.

Kein Empfang hätte freundlicher gewesen sein können. Der vierschrötige, alte Mann legte höchst persönlich dem Kanzler die Hand auf die Schulter und vernichtete damit jegliche Distanzzone. Graf Gerhard, Reichskanzler zu Ogersheim, wusste die scheinbar gönnerhafte Geste wohl zu verstehen und war sich seiner Rolle als Geduldeter im eigenen Reich bewusst.

„Und? Läuft alles so, wie wir damals besprochen haben, Herr Kanzler? Ihr erinnert Euch doch sicherlich?"

„An jegliches, kleines Detail, mein Herr", erwiderte der Kanzler und spürte, wie sich kleine Schweißperlen auf seiner Stirn bildeten und langsam der Schwerkraft zu folgen begannen.

Rocketfellow entging das kleine Detail nicht und sein Grinsen wurde breiter.

„Nun mal keine Panik, mein junger Freund. Bisher läuft ja anscheinend alles so, wie wir es uns damals vorgestellt haben. Nur leiiiider…" zog er den Satz in die Länge und verharrte.

Der Kanzler erbleichte.

„Leiiiider…nicht schnell genug", beendete der alte Mann seinen Satz und schüttelte gönnerhaft und missbilligend zugleich den Kopf.
„Aber Herr Rocketfellow", dienerte der Ogersheimer Ratsvorsitzende. „Ihr müsst verstehen…manchmal gehen die Dinge eben nicht so leicht von der Hand, wie es geplant war. Doch ich versichere Euch, dass wir alles ganz genau, wie wir damals im *„WilderWürger"* besprochen haben, umsetzen werden."
„Oh…ich habe keinen Zweifel dran. Wir vertrauen Euch völlig, Herr Reichskanzler. Oder glaubt Ihr allen Ernstes, Ihr wäret noch an der Macht, wenn Ihr uns enttäuscht hättet? Hmm?"
Der Kanzler schluckte und sein Adamsapfel wanderte hektisch auf und ab.
„Was uns Sorge macht, mein Junge, das ist, dass Ihr die Prioritäten falsch setzt. Zeit spielt durchaus eine Rolle. Wir hatten doch eine Privatisierung der Ogersheimer Staatsbetriebe in unsere fähigen und gütigen Hände vereinbart, nicht wahr?"
Rocketfellow erwartete keine Antwort und fuhr fort: „Und? Was habt Ihr uns inzwischen übertragen? Naaa?"
Der Kanzler schluckte erneut.
„Nichts, mein Bester. Anscheinend seid Ihr mehr mit dem verramschen…äh verkaufen Eurer Staatsbank an den Kollegen Grünschildt beschäftigt. Ein wertvoller Bestandteil der Vereinbarung, aber meinen Geschäften nicht wirklich förderlich. Wie Ihr ja inzwischen wissen solltet, haben sich die Grünschildts und das Haus Rocketfellow schon vor vielen Jahren geeinigt. Er hat die Banken und die Macht über das Geld…und wir die Manufakturen und den Grundbesitz. Eigentlich ein faires Geschäft, nicht wahr?"
Der Kanzler nickte zustimmend, während ein Schweißtropfen die Stirn hinab zur Nase perlte. Rocketfellow spazierte im Raum auf und ab, die Stirn in Falten gelegt.

„Nun stellt Euch mal vor…weder die Ogersheimer Bergwerke, Oger-Stahl, die Wagenmanufaktur, die Alchemistenfabrik für Farben noch die Brennereien gehören inzwischen uns. Das kann doch nur ein unbeabsichtigter Ausrutscher sein, mmm?"
„Aber nein, aber nein, mein Herr. Wir bereiten gerade alles vor. Ratsherr Leichenhans ist schon dabei und Herr Raffgeyer ist behilflich. Aktien…das Zauberwort heißt Aktien", erinnerte sich der Staatsführer. „Wir machen das schon…alles wird gut!"
„Aber sicher wird es das", lächelte der alte Mann. „Alles wird gut. Und genau das wollen wir doch alle. Und schließlich wollen wir doch nicht, dass jemand zu Schaden kommt, mmm? Die Welt ist ja ach so schlecht."
Der Kanzler hatte den Wink mit dem Zaunpfahl verstanden.
„Ach ja, Herr Kanzler. Ein freundlicher Hinweis. Lasst besser die Finger vom Zarenhof. Es sei denn, es springt etwas für UNS dabei heraus. Kennt Ihr Euch mit Öl aus?"
Der Kanzler erbleichte. „Oh…äh…nein. Leider nicht", log er balkenbiegender Weise. „Das war bisher kein Thema für mich. Ich habe keine Ahnung davon."
„Wie Ihr meint", kommentierte Rocketfellow. „Ach ja…Ihr habt auch Besuch von Büschel Junior bekommen. Die Spatzen pfeifen es bereits von den Dächern, dass Büschel Senior den Bosniaken den Hintern versohlen will."
„Krieg? Ja…aber warum in aller Welt denn das?"
„Nun…die Lümmel haben doch tatsächlich ein Geldsystem ohne Schulden und Banken installiert. Das ist nicht gut für meinen doch sonst so umgänglichen Freund Grünschildt. Da kann er dann schon mal etwas ungehalten reagieren und seinen Wachhund von der Kette lassen."
Wieder einmal stellte der Kanzler fest, was für ein kleines Licht er doch im Spiel um die Macht war.

„Vielleicht bekommen wir ja hin, dass sich die Grilltellerkönige untereinander verhackstücken. Dumm genug dafür sind sie ja. Das würde uns viel Zeit und Geld sparen."

„Jaso hilf", murmelte der Kanzler.

„Jaso?" grinste Rocketfellow. „Bleibt mit fern damit. Herr Grünschildt und ich gehören der einzig wahren Religion an. Nur der Koscha-Tempel bietet Erleuchtung und Macht! Wir haben Tradition!"

„Ja aber..." hub der Kanzler an.

„Sollst Du *„Ja-abern"*, Jungchen? Tststs...", schnitt ihm Rocketfellow das Wort ab. „Nein...sollst Du nicht. Und nun sei ein braver Kanzler und geh wieder an Deine Arbeit." Der alte Mann kehrte ihm den Rücken zu und teilte so dem mächtigsten Manne Ogersheim mit, dass die Audienz aus seiner Sicht beendet war. Wenige Sekunden später stand Graf Gerhard auf dem Korridor und wischte sich den Schweiß von der Stirn. Dass konnte ja heiter werden. Und dabei hatte er noch nicht einmal seine Besprechung mit dem Zaren von Borscht gehabt.

„Bampf" machte es vor der Kemenate des Meisters. DAX war von seiner Stippvisite in seinen heimischen Gefilden zurückgekehrt und hatte sich diskret vor die Tür teleportiert. Er wusste, dass der Meister sehr ungehalten auf Störungen reagierte und wollte unnötigen Aufruhr vermeiden. Doch die Räumlichkeiten des Zauberers waren leer. Aber letztendlich war der große, dicke Mann immer einfach zu finden. Folge der Spur des Bieres. Und so verfügte er sich flinken Schrittes in Richtung Ta-

verne. Er eilte an einer Frau vorbei, stutzte, schüttelte den Kopf und wunderte sich über seinen Irrtum. Auf dem Marktplatz stürmte der Reichskanzler in eiliger Gangart an ihm vorbei, ihn keines Blickes würdigend. Anscheinend hatte er ihn nicht erkannt. Aber es war oftmals nur von Vorteil, nicht im Auge der Mächtigen aufzutauchen.

Wie vermutet traf er den Zauberer und Bernward im Biergarten der *„Dunggrube"* an.

„Seht nur, Meister, wer da kommt!" freute sich Bernward.

„Ich hab's befürchtet", brummelte der Meister. „Der Tag musste ja noch übel enden. Dämonen beim Bier. Das war doch nicht nötig, oder?"

„Aber Meister. Er ist doch gut getarnt. Niemand hier würde ihn erkennen können."

„Apropos „Erkennen", merkte DAX an während er Platz nahm. „Ich darf doch, die Herren?" Anscheinend setzte er Zustimmung voraus. „Stellt Euch nur vor…soeben hatte ich eine Erscheinung. Aber ich bin mir sicher, mich getäuscht zu haben."

„Ist nicht wahr", merkte der Lehrling an. „Ich auch".

„Du zuerst", meinte DAX.

„Nein…lieber Du", gab der Jungzauberer zurück.

„Könnte jetzt bitte irgendjemand von Euch beginnen, bevor ich mich von den Turmzinnen stürze?" tobte der Meister.

„Dann ich zuerst", legte Bernward fest. „Als ich eben mit dem Meister über den Marktplatz ging…was glaubst Du wohl, wen ich da gesehen zu haben dachte?"

„Den Kanzler, Tölpel", spottete der Magier.

„Aber nein, aber nein, Meister!"

„Lass mich raten", sagte DAX. „Mir kommt so ein gewisser Verdacht. „Weiblich? Klotzkopf? Ausland? Komischer Akzent?"

„Stimmt…woher weißt Du?" fragte der Lehrling und blickte ihn entgeistert an.

„Ich habe es auch nicht geglaubt, als ich sie sah. Aber anscheinend sind die Ditschdruv-Schwestern wieder in der Stadt. Kurz vor dem Kanzler ging sie über den Marktplatz. Und das kann nur Ärger bedeuten!"
Der Meister konnte dem Gespräch nur begrenzt folgen und beteiligte sich mit einem ungläubigen: „Häh?"
„Vitalia. Oder Vladimora. Eine von beiden Schwestern. Die Killernonnen von damals, Meister", erläuterte Bernward.
„Nicht schon wieder", stöhnte der Zauberer.
„Doch Meister", kommentierten DAX und Bernward unisono.
„Eben genau die."
Und alle drei verdrehten voller böser Vorahnungen die Augen.

Der Kanzler hetzte den Gang entlang. Man sollte den mächtigsten Mann der östlichen Hemisphäre besser nicht warten lassen. Er klopfte an die Tür der Gastgemächer, die den Zaren und seine beiden Mitarbeiterinnen beherbergten.
„Wär stööört?" ertönte eine harsche Frauenstimme.
„Sieh naaach, Schwästär", ertönte eine andere.
Die Tür öffnete sich nur ein wenig und eine der beiden kanisterköpfigen Mitarbeiterinnen des Zaren lugte durch den Türspalt.
„Iiiist sich Kaaanzlär!" verkündete sie lautstark.
„Kaaanzlär?" erkundigte sich eine Männerstimme aus dem hinteren Bereich der Gemächer. „Soooll reinkommän!"

Unter den durchdringenden Blicken der unheimlich wirkenden Schwestern betrat der Kanzler völlig frei von seiner sonst doch eher forschen und selbstbewussten Art die Räumlichkeiten.
„Brieeedärchän!" ertönte es. „Kooomm!"
Der Zar von Borscht war für drei Dinge berühmt…seine unkonventionell freundliche Art bei Menschen, die er mochte…seine diplomatische Weitsicht…und die eiserne Hand, mit der er seine Interessen durchzusetzen vermochte. Er war nicht als Zar zur Welt gekommen sondern hatte sich den Thron mit List, Tücke und der nötigen Härte erkämpft. Es gab niemanden, der ihm Brutalität unterstellt hätte…zumindest niemanden, der noch am Leben war. Auch seine jüngst unter Vertrag genommenen Mitarbeiterinnen ließen keine Zweifel daran zu, dass Widerspruch nicht wirklich opportun war.
„Vitali. Gieeeb däm Briedärchän vom Wässärchän. Wiiir habän Grund zuum Feiärn. Nicht waaahr, Kanzlär?"
Der Reichskanzler ahnte schon was passieren würde. Und er wusste, dass er am nächsten Morgen mit einem einzigen Beutel Schmerzpulver nicht auskommen würde.

Als die alte Frau den Gastraum betrat stutzte sie. Alles war in Rottönen gestaltet und an den Wänden hingen Fahnen mit goldenen Hammer und Zirkel-Motiven. Auch die Sichel wurde hier anscheinend gern gesehen.
An den Tischen saßen Scharen von alten Leuten, die, als die alte Frau eintrat ihre Blicke auf sie richteten, einen Moment verharrten und dann in euphorische „Hoch"-Rufe ausbrachen.

Und nach vielen und noch mehr „Hoch"-Rufen kam der Schankwirt hinter seinem Tresen hervor, neigte erst sein Haupt und machte dann den vollkommenen Diener.
Die Rothaarige musterte ihn, grübelte einen kleinen Moment und dann hatte sie eine Eingebung.
„Egon! Du?"
Und die ganze Schar der Gäste brüllte wieder ihr „Hoch" und stimmte ein Lied an.
„Baut auf, baut auf…"
Und dann gleich das nächste.
„Auferstanden…aus Ruinen…"
Und danach…herrschte ergriffenes Schweigen.
„Herzlichst willkommen im *„Krug zum grünen Krenz"*, Herrin", sprach der Gastwirt und lächelte. „Wenn Ihr wüsstet, wie sehr wir Euch hier vermisst haben. Doch nun, so hoffen wir in Vertrauen auf Euch…nun wird alles gut werden!"
Die alte Frau schwankte ein wenig vor Rührung. Und dann ging ein Ruck durch ihren Körper. Und plötzlich, anscheinend aus einer tiefen und unsichtbaren Quelle gespeist, fühlte sie, wie ihre alten Kräfte wieder zu strömen begannen. Sie war wieder zuhause. Endlich.

Der Kanzler stöhnte innerlich auf. Nachdem er die erste Flasche „Wässärchän" intus hatte, war seine Auffassungsfähigkeit stark gesunken. Und der verfluchte Borschtianer, der ihn immer wieder „Briedärchän" nannte, spülte das Zeug runter wie

Quellwasser. Der Mann strotzte anscheinend nur so vor Gesundheit und schien eine Leber aus Oger-Stahl zu haben.

„Kooomm! Einär gäht noch!" lachte der Zar jovial und ließ von einer der Schwestern nachschenken.

Der Kanzler schluckte…und die klare Flüssigkeit rann sowohl die überforderte Kehle als auch die Mundwinkel hinab.

„Isch", nuschelte er, „bin wohl nischt so Rescht in Übung, Herr Zar". Dann rülpste er verhalten.

„Du Naaahrung brauchst, Briedärchän! Naaahrung für ächtä Männär. Niiicht Weibärkrams!"

Der Zar wandte sich an ein der Schwestern.

„Na hopp, Vladi. Där Maaann hat Hungär. Eilä in Küchä. Wir wollän rotä Bätä-Suppä, Häringshäppchän, Blini, Pälmäni und fättigäs Zeugs. Späck. Schinkän. Ach jaaa…uuund gäpudärtäää Wuuurst miiit Frittän für Briedärchän. Na hopp!" lachte er.

Die Bedienstete des Zaren sputete sich. Der Kanzler wunderte sich durch den Alkoholdunst, der seinen Blick und sein Denken beeinträchtigte, über die Zielstrebigkeit der jungen Frau. Ganz so, als würde sie sich im Palast auskennen.

„Uuund nuuun trinkän wir maaal waaas!" meinte der Zar. „Los, Viti. Schänk ein. Abär niiicht zu geizig sein. Där Mann da drübän haaat Duurst!"

Der Kanzler stöhnte, erhob sich schwankend, torkelte zum Fenster und ließ der Natur ihren Lauf.

„An Kooondition arbeitän wir nooch!" lachte der Zar und ließ das Mädchen nachfüllen. „Und nach däm Ässän, Freund, rädän wir gämüüütlich übär Dingä wie Öööl und Pooolitik und Büschäl und sooo!"

Und der Kanzler entsorgte den Rest seines Mageninhaltes über das Fenster hinaus in die kalte Ogersheimer Nacht.

Der Ogersheimer Ratsvorsitzende und Träger der Wurstkrone verfluchte den Moment seiner Geburt und litt stumm. Dann stöhnte er mal laut, mal leise, suchte und fand die Schelle. Der laute, metallische Klang tötete ihn beinahe. Das Zimmermädchen stürmte herein, ein Tablett mit Eisbeutel, kühlen Kompressen und mehreren Beutelchen Schmerzpulvers und zwei sauren Gurken und Heringen vor sich hertragen.
„Morgääähn!" ertönte es fröhlich.
Während der Kanzler gedanklich bereits die Todesstrafe für seine Magd vorsah, riss diese die Vorhänge auf und ließ den gleißenden Schein der Ogersheimer Morgensonne herein. Der Schmerz durchzuckte die Augen und das zermarterte Hirn des Reichskanzlers. Er stöhnte erneut auf.
„Dafür lasse ich sie köpfen", murmelte er leise.
„Wie meint Ihr, Herr? Irgendwas mit Köpf? Wie soll ich das verstehen?"
„Nichts, nichts", röchelte das Opfer des Wässerchens, beugte sich über die Bettkante und spie die Schlechtigkeit der Welt in den dafür bereitgestellten Eimer.
„Na…da habt Ihr Euch ja gestern fröhlich einen gegönnt, wie?" spöttelte die schmerzfreie Zofe.
Der Kanzler litt still vor sich hin und dachte sich seinen Teil. Wenn er doch nur um Jaso Willen auch nur den Funken einer Ahnung gehabt hätte, was der Zar von Borscht nur von ihm verlangt hatte. Irgendetwas war da mit den Ölmühlen von Borscht gewesen. Mit Büschel und dem Krieg gegen die Grilltellerkönige. Grundgütiger.
Es durchzuckte ihn heiß und kalt die Erinnerung. Die Bosniaken. Konflikt. Waffen. Krieg. Intrigen. Büschel und Fräulein Immerhell. Man hatte ihm klar zu verstehen gegeben, was er

tun sollte…und was nicht. Er war verloren. Die eine Seite wollte mit aller Macht den Krieg…und die andere nicht. Ogersheim sollte daran teilnehmen…und gleichzeitig nicht. Warum in aller Welt ausgerechnet er? Warum nicht sein Vorgänger. Oder später sein Nachfolger? Wer auch immer das sein würde?
Der Kanzler war von einem Moment auf den nächsten stocknüchtern, sprang aus dem Bett, stürmte ins Waschgemach, schüttete sich einen Eimer kaltes Wasser über das Haupt, schüttelte den Kopf, dass die Tropfen nur so durch den Raum flogen und stürmte hinaus, durch das Schlafgemach und weiter bis in den Korridor.
„Herr Kanzler? Äh…Herr Kanzler?" ertönte die Zofenstimme.
„Was?" brüllte er zurück.
„Euer Nachthemd, Herr! Wollt Ihr wirklich…?"
Der Kanzler sah an sich herab, realisierte das nasse, an seinem Körper klebende Nachthemd, fluchte und stürmte zurück in seine Gemächer.
„Meine Amtsgewänder!" brüllte er. „Rasch!"
Und wenige Augenblicke stürmt er wieder, diesmal korrekt bekleidet und kein bisschen verkatert, wieder den Gang hinab. Es ging um alles oder nichts.
„Müffel!" brüllte er. „Müffelllllll?!"
Doch niemand antwortete.

Ratsherr Müffelhering saß mit seinen Ratsfreunden Leichenhans, Walli Gierig und Raffrupf vorm Gasthaus *„Dunggrube"* und genoss seinen morgendlichen Mokka aus dem Lande der

Teppichvölker. Er liebte das schwarze Gesöff und konnte nicht mehr ohne diesen Wundertrank sein. Dazu ein kleines Stück Backwerk oder Schokolade…und der Moment war perfekt.
„Müffel?" ertönte es lautstark aus dem Palast.
Müffelhering erbleichte.
„Wenn das mal nicht die Stimme unseres geliebten Reichskanzlers ist?" kommentierte Raffrupf das Geschehen.
„Der hat bestimmt wieder einen zu viel gebechert", mutmaßte Walli. „Das gibt bestimmt wieder Stunk."
„Nicht schon wieder", murmelte Leichenhans. „Das wird ja so langsam zur festen Angewohnheit."
Müffelhering wurde noch bleicher, als ein völlig desolat aussehender Kanzler über den Marktplatz gehetzt kam.
„Heda Wirt…einen Mokka…aber fix!" brüllte Raffrupf. Alfred Fingerhut, der Wirt der *„Dunggrube"*, hatte bereits Vorahnungen gehabt und trabte ebenfalls im Höchsttempo aus dem Gastraum, einen großen Becher glühendheißen schwarzen Sudes in den Fingern hin und her balancierend.
Reichskanzler, Gastwirt und Getränk kamen gleichzeitig an, prallten aufeinander und verursachten eine schwarze Überschwemmung auf der Prunkrobe des hohen Gastes. Der hohe Herr kreischte laut, als sich die siedend heiße Brühe auf ihm verteilte. Er machte auf der Stelle kehrt, stürmte zurück in den Palast, brüllte nach der Dienerin und seinem Zweitgewandt.
„Entsetzlich! Ich konnte doch nicht wissen…" rechtfertigte sich der Gastwirt und stotterte betroffen vor sich hin. „Jaso…ist mir das peinlich. Bitte legt ein gutes Wort für mich ein, Ihr Herren." Er versank trotz seiner riesigen Gestalt vor Scham fast im Boden.
„Lasst nur, Wirt", grinste Raffrupf. „Das hat ihm gut getan. Der kommt gleich wieder runter…hoffe ich zumindest. Besser, Ihr bereitet schon einmal eines der Gesellschaftszimmer vor.

Ich habe so den Verdacht, als ob wir gleich eine kleine, diskrete Miniatur-Ratsversammlung abhalten würden."
Mittlerweile hatten Passanten Kenntnis von dem Vorfall genommen und bildeten zischelnd und tuschelnd kleine Grüppchen, die das Geschehen argwöhnisch beäugten. Anscheinend passierten gerade wichtige Dinge in Ogersheim.

Im Badehaus herrschte eitel Freude. Der hohe Gast ließ es sich gut gehen und genoss die Gesellschaft aller Badehäuslerinnen, derer er habhaft werden konnte. Büschel Junior war von Beruf Sohn und hatte niemals wirklich arbeiten müssen. Aber Daddy hatte ihn als Nachfolger auserkoren und darauf bestanden, dass er sich in den diplomatischen Dienst zu begeben habe. Staatsbesuche waren ein fester Bestandteil des Programms und er absolvierte sie gern, war er doch fern der väterlichen Aufsicht.
„Hey Baby", jubelte er aus dem Waschzuber einem Schankmädchen zu und hielt ihr seinen leeren Becher entgegen. „Give it to me!"
Und wieder und wieder füllte sie nach.
Bald wäre es an der Zeit für die nächste Spezialmassage. Der zukünftige Regent von Jollywood freute sich bereits auf die kommenden Dienstleistungen der besonderen Art.
Die Tür flog plötzlich auf und er erschauerte. Dann sank er tiefer und tiefer ins Badewasser des Zubers, bis nur noch Augen, Stirn und Haare herausschauten.
Der tödlich missbilligende Blick der Matrone lag auf ihm und ließ das eben noch wohlig warme Wasser fast gefrieren. Wenn

Büschel Junior eines noch mehr fürchtete als Daddys entnervten Blick, dann war es der von Fräulein Immerhell.
„Hi Miss Maddie", blubberte es verschüchtert aus dem Nass.
Sie antwortete nicht, nahm ein Handtuch vom Haken und warf es ihm angewidert ins Gesicht. Den Bengel zu hüten war schlimmer als ein Sack Flöhe. Aber er war immer leicht aufzuspüren. Ob im Hurenhaus oder der Taverne…er entfernte sich niemals weiter als nötig vom Ort des Vergnügens. Da war sein Vater aus ganz anderem Holz geschnitzt. Der Senior hatte das Format eines Eroberers, ging über Leichen und war somit eine verlässliche Konstante im Leben von Fräulein Immerhell. Sie schnaufte und zog den Junior am Ohr aus dem Wasserparadies. Manchmal sehnte sie sich zurück in den Militärdienst. Aber das Leben war kein Wunschkonzert.
„Young man!" giftete sie. „We have a lot of work to do!"
Es stand eine inoffizielle Besprechung an. Die Mächtigen der Welt bevorzugten zwar die direkte Aussprache mit Büschel Senior, nutzen aber jede sich bietende Möglichkeit, um den potenziellen und letztendlich schon seit langem beschlossenen Nachfolger kompromisslos auf ihre Linie einzuschwören. Büschel Junior war ein echter Wunschkandidat…leicht lenkbar, noch leichter zu durchschauen und ein Befehlsempfänger, wie er im Buche stand.
Ogersheim war anscheinend gerade zum maßgeblichen Ort zur Planung des politischen Showdowns geworden und große Dinge standen an. Rocketfellow, Grünschildt, der Zar und einer der Büschels gleichzeitig an einem Ort? Das war der Garant für elementare Veränderungen in der Weltpolitik.
Fräulein Immerhell schleifte den hochgradig bezechten Büschel jr. zum Eiswasserzuber und hoffte, dass eine längere Anwendung von kaltem Nass ihren Schützling wieder halbwegs öffentlichkeitsfähig machen würde.

Ein halbe Stunde später war der Spross Büschel Seniors Lenden wieder soweit hergerichtet, um ihn der Welt präsentieren zu können. Fräulein Immerhell versuchte, ihren Frieden mit der Situation zu machen, da die Gespräche sowieso von ihr geführt werden würden. Büschel Junior hatte Sprechverbot, um keinen Schaden anrichten zu können. Aber als Gallionsfigur und angekündigter Thronerbe „*Jollywoods*" machte er Sinn. Also auf in die Schlacht, es würde anstrengend werden. Die Anwesenheit des Zaren von Borscht hatte alles unnötig kompliziert gemacht. Fräulein Immerhell akzeptierte jedoch keine Komplikationen…diesbezüglich war sie gnadenlos hart. Sie war kampferfahren und wusste stets, was sie tat.

Langsam hatte sich auf der kleinen Lichtung im großen Forst wieder Normalität eingestellt. Fräulein Claricorn saß im bequemen Lehnstuhl auf der Veranda Ihres Hexenhauses, baumelte mit den Beinen und las im Almanach. Emmi hatte sich verabschiedet und war auf dem Weg zum Mietstall, in dem sie Wallemähne für die Zeit des gemeinsamen Urlaubs untergestellt hatte. Danach wollte sie die erworbenen Souvenirs ausprobieren. Von nichts kam eben nichts.
Das hatte sich auch Fräulein Claricorn gedacht. Zuerst hatte sie sich an die gerade erworbene Com-Kugel gesetzt. Sie hatte schon immer den Wunsch nach einer Kristallkugel verspürt. Diese magischen Artefakte machten einen ungeheuer professionellen Eindruck. Allein für die Wahrsagekunst wirkten die Dinger pompös, auch wenn sie nicht wirklich weiterhalfen.

Aber für die Unterhaltung mit den Hexenkolleginnen und der Fee in spe waren die Dinger bestimmt Gold wert.
Die Junghexe konzentrierte sich. Sie hielt die Kugel in den Händen und fixierte sie mit ihren Blicken. Es geschah…nichts. „Froschkacke!" fluchte sie undamenhaft und stellte die Kugel auf dem kleinen Tischchen an ihrer Seite ab. Irgendetwas funktionierte nicht und sie hasste es, wenn sich Technik verweigerte. Aber da war ja noch die Verpackung. Sie schnappte sich die kleine Kiste, stöberte und fand einen Zettel.

Die „Magic Miracle" Com Kugel.

Ein Produkt der P.A.G.A.N-Gruppe.

Vielen Dank, dass Sie sich für den Kauf unserer hervorragenden Com-Kugel entschieden haben. Bevor Sie mit dem großen Vergnügen im w.w.w (Wirklich.Wunderbares.Weltennetz.) hingeben können, bitten wir Sie, den beiliegenden Aktivierungscode zu lesen und dann bei der Konzentration zu rezitieren.

Die junge Hexe schnappte sich wieder die Kugel, sichtete den Code, konzentrierte sich auf das Kristallgebilde und sprach den 13-stelligen Code aus Zahlen und Buchstaben aus. Und siehe: In der Kugel stiegen grünliche Schleier auf, ein freundlich lächelndes Gesicht manifestierte sich und sprach:

„Herzlichen Glückwunsch zu Ihrer Entscheidung, unser Produkt gewählt zu haben. „Magic Miracle" ist die Kristallkugel der Superlative und wird Ihnen viel Freude bereiten. Bevor Sie nun mit dem Wellenreiten auf den Meeren des w.w.w. beginnen, bestätigen Sie bitte noch einmal den Aktivierungscode. Danach haben Sie die Möglichkeit, ein Passwort einzugeben.

Ach Du lieber Vater. Auch das noch. Konnte man nicht einfach mal ein Ding kaufen, das sofort beim ersten Anlauf funktionierte? Sie widmete sich wieder der Anleitung, die darauf hinwies, dass es unvermeidlich sei, allen Schritten Folge zu leisten. Und so arbeitete sie sich eine gute Stunde von Punkt zu Punkt durch und war mehrere Male kurz davor gewesen, das Handtuch zu werfen. Aber Hexen konnten verbohrt, verbiestert und hartnäckig sein. Giftpilze durch und durch. Und so machte sie gute Miene zum bösen Spiel. Zwischendurch gönnte sie sich einen ordentlichen Schluck Apfelsaft und biss in den Schokoladenkuchen, den Emmi kurz vor ihrem Aufbruch noch schnell gehext hatte. Brownies halfen immer. Es gab *niemals* zu viel Schokolade.

„Erneut herzlichen Glückwunsch. Sie haben erfolgreich die Registrierung und Aktivierung abgeschlossen. Bitte sprechen Sie zur Bestätigung erneut den Zahlencode ein."

Fräulein Claricorn brüllte laut auf. Und dann schrie sie 13 Zahlen und Buchstaben aus tiefster Seele heraus.

„Es ist leider ein Fehler aufgetreten. Wegen eines weiteren Fehlers kann die Fehlermeldung nicht angezeigt werden!"

Es ertönte erst ein erneutes, heftiges und derbes Fluchen. Dann folgte ein lautes Schluchzen. Zwei kleine Kaninchen kamen neugierig um eine Ecke des Häuschens gehoppelt, um nachzusehen, was wohl passiert sein mochte.

„Die Anwendung wird wegen nichtjugendfreier Ausdrücke geschlossen. Aktivieren Sie bitte neu."

Und dann erschütterte ein Wutschrei die Lichtung, wie der Wald ihn noch nie vernommen hatte. Die Hexe sprang auf, rannte zum Brennholzstapel, schnappte sich eine Zweihandaxt und machte wutentbrannt Zahnstocher aus einem Holzscheit. Da ertönte eine neue Sprachmeldung.

„Der Nutzer hat seine Position verlassen. Die Sicherheitsabschaltung beginnt in 10...09...08...07...06...05...04...03..."

Ein fluchender, axtschwingender, wirbelnder schwarzer Schatten sprang vom Brennholzstapel zurück zur Kugel, schnappte und fixierte sie erneut aus blutunterlaufenen, bedrohlich flackernden Augen.

„Der Nutzer hat die Position wieder eingenommen. Die Sicherheitsabschaltung wurde aufgehoben. Das System hat festgestellt, dass der Arbeitsspeicher nicht ausreicht. Erforderlich sind 1,5 Kilo-Thaum. Ihnen stehen leider nur 32 Kilo-Thaum zur Verfügung. Bitte erweitern Sie die Speicherkapazität."

Was dann folgte, war unbeschreiblich. Zwei kleine Kaninchen versteckten sich vor Angst zitternd im nächsten Erdloch. Vögel verstummten. Bedrohliche, tiefschwarze Wolken zogen über der Lichtung auf. Und genau in diesem finsteren Augenblick ertönte eine Stimme: „Was in aller Welt treibst Du denn da? Man hört Dein Gebrüll ja am anderen Ende des Waldes."
Emmi und Wallemähne standen neben einer völlig frustrierten Hexe die nur noch hauchte: „Knuddel mich!"

Die rote Margot hatte Kleinigkeiten schätzen gelernt. Doch nach den Tagen der Entbehrung wähnte sie sich in einem relativen Paradies. Der Tisch vor ihr bog sich unter der Last der landestypischen Spezialitäten der Ostlande fast durch.
„Letscho! Prasselkuchen! Affenfett! Goldbroiler! Grilettas! Würzfleisch! Soljanka! Eierschecken!" staunte sie.
Der Wirt strahlte sie an. „Nur für Euch, Herrin! Wir haben Euch so sehr vermisst."
Eine Träne der Rührung rann den Augenwinkel der alten Frau hinab. „Das werde ich Dir nie vergessen, Egon", wisperte sie.
„Ja. Richtig genießen können nur wir Ostländler. Das ist doch was anderes als dieser bourgoise, dekadente Fraß der Kapitalisten und Ausbeuter aus dem Westen, nicht wahr?"
Die ehemalige Ostlandeherrin und spätere Großinquisitorin der Jasoisten nickte nur und fing an, sich durch das Essen zu arbeiten. Sie ließ sich dabei nicht stören. Als sie nach langer Zeit endlich das riesige Loch in ihrem Magen gefüllt hatte, lehnte sie sich entspannt zurück, gönnte sich zum Abschluss ein Bierchen und einen Klaren und rülpste undamenhaft.
„Wie können wir Euch noch helfen, Herrin? Wie ihr wisst, sind wir nicht gut auf die Ogersheimer zu sprechen, seit die unser Land ausgeplündert haben."
Sie legte die Stirn in Falten und schaute grimmig drein.
„Wohl gesprochen, Egon. Ich will Rache. Pechschwarze, gemeine und nachhaltige Rache. Und dabei könnte ich tatsächlich Hilfe gebrauchen."
„Woran mangelt es Euch denn, Herrin?"
„Ich brauche ein Transportmittel. Meines ist leider auf der Strecke geblieben. Und ich habe noch einen weiteren Weg vor mir. Ich muss in die *„Arme-Schlucker-Mark!"*
Der Schankwirt grinste.
„Kein Problem. Da draußen in der Scheune steht eine nagelneue Ogersheimer Postkutsche mit frischen Pferden zum

Wechseln. Die Kutsche aus Borscht erwarten wir erst für übermorgen. Verfügt darüber, Herrin."

Die alte Frau verspürte einen Anflug von Zufriedenheit. Anscheinend war sie dem Jammertal der Misserfolge endlich wieder entkommen.

„Aber was in aller Welt treibt Euch in jene entlegene Gegend, wo sich Fuchs und Elster „Gute Nacht" sagen? Die *„Arme-Schlucker-Mark"* heißt doch nicht umsonst so."

„Für eine passende Antwort an Ogersheim benötige ich einen wirklich starken Zauber. Erinnerst Du Dich noch an den *„Tempel im See"*?"

„Eine üble Gegend, Frau Margot. Da müsst Ihr den Weg zur Taverne *„Old-Temple-Inn"* nehmen und Euch der Prüfung stellen. Da wollt Ihr wirklich hin? Das Sumpfland bei der Seenplatte ist für seine Gefahren berüchtigt. Und der Tempel ist, wie man munkelt, verflucht!"

„Ja. Verflucht ist sie, diese Gegend. Aber sie wurde damals von Petrovic nicht umsonst verflucht. Dort liegt eine der mächtigsten Waffen der alten Ostlande vergraben. Und wenn es mir gelingt, diese Waffe an mich zu bringen und einzusetzen, dann ist das Ende der Kurpfalz besiegelt!"

„Ihr meint doch nicht etwa den gewissen…na ja…eben DEN?" stammelte der erbleichende Wirt.

„Doch. Genau DEN meine ich. Der *„Bunte Kessel"* der 1000 Qualen. Der Quell der Illusionen und Albträume. Wer diese Macht in seinen Händen hält, ist unbesiegbar."

Und dann brach die alte Hexe in ein infernalisches, kreischendes Gelächter aus, während der Wirt zusammenzuckte. Er erinnerte sich an den Kessel und erschauerte ein ums andere mal. Er erinnerte sich nur zu gut, wie damals ein ganzes Volk mit dem verfluchten Ding bei der Stange gehalten worden war. Ein wahrlich mächtiger Zauber lastete darauf. Die Geister des Kessels würden wahrscheinlich das Ende der Kurpfalz bedeuten. Und das wäre es sicherlich wert.

Kurze Zeit später saß die alte Frau, mit einem reichlichen Mundvorrat und Wein versorgt, in der Kutsche, während ein Kutscher aus ihrer treuen Gefolgschaft das Gefährt schnell wie der Wind über die holprigen Straßen jagte. Es ging voran. Rache für die Ostlande, Eric den Roten und die Rote Margot. Endlich!

Es klopfte an die Tür des ogersheimer Hofzauberers. Mürrisch öffnete Meister Aegidius die Pforte via Fingerschnippen. Eigentlich hatte er nicht mehr mit Besuch gerechnet und wollte keine Nervensäge mehr sehen. Sein Bedarf an „Vorfällen" war hinlänglich gedeckt. Aber es kam, wie es kommen musste. Der Reichskanzler kam hereingestürmt.
„Ich grüße Euch, Herr Zauberer" sprudelte es aus seinem Munde. „Ihr habt doch sicherlich einen Moment Zeit für mich? Habt Ihr? Ach…was frage ich? Natürlich habt Ihr."
„Wenn es um unsere Bezahlung geht, dann habe ich sogar alle Zeit der Welt für Euch, mein Kanzler!"
„Witzbold!" fluchte der Kanzler.
Der Zauberer verdrehte die Augen. Um der Wahrheit die Ehre zu geben, hatte er auch nicht damit gerechnet.
„Wo drückt Euch denn der Schuh, Herr Ö…Graf?"
Der Kanzler stutzte. Hatte er soeben das „Ö-Wort" vernommen? Doch dann verwarf er den Gedanken. Wichtigeres stand auf der Agenda.

„Büschel. Dieser verdammte Mistkerl. Und die Immerhell. Die haben mich soeben freundlich darauf hingewiesen, dass wir in den Krieg gegen die lustigen Bosniaken ziehen sollen. Gratis. Einfach so. Für *„Jollywood"*. Aber das können wir uns nicht leisten. Unsere Armee ist miserabel ausgerüstet. Schlimmer geht nimmer. Und Geld haben wir auch nicht."
„Eine böse Situation, Herr Kanzler. Aber was ist meine Rolle dabei? Ich kann schließlich nicht hexen. Na ja…kann ich schon. Aber eben kein Gold."
Der Kanzler starrte ihn an. „Ich will kein Gold von Euch, Herr Zauberer. Mir geht da etwas völlig anderes durch den Kopf. Ihr habt doch seinerzeit die *„Tote Armee"* besiegt. Und die müsste doch noch immer irgendwo da draußen verbuddelt sein, oder? Tote kosten bekanntlich nichts."
„Ach herrje", antwortete der Meister. „Ich hatte schon befürchtet, dass Euch ausgerechnet die *„Tote Armee"* einfallen würde. Aber da kann ich Euch leider nicht helfen!"
Der Kanzler erbleichte.
„Soll das heißen, dass Ihr mir die Treue verweigert, Herr Zauberer? Mir…Eurem Landesherrn?"
Meister Aegidius suchte innerlich händeringend nach einer Ausrede. Schließlich konnte er kaum zugeben, dass die Ruhmestat seinem damaligen Lehrling, dessen Beraterdämon DAX und den Junghexen zu verdanken gewesen war.
„Aber nein, Herr Kanzler. Grundgütiger. Das würde ich niemals im Leben. Aber mir fehlen die Mittel dazu."
„Ihr immer mit Euren „Mitteln". Was seid Ihr für ein geldgieriger, alter Mann, Aegidius."
„Ihr versteht mich da vollkommen falsch. Dazu benötige ich das Amulett. Und das habe ich derzeit nicht."
„Aber wer in aller Welt hat denn das verfluchte Ding?"
„Mein Lehrling, Herr Kanzler. Und der ist gerade auf Studienfahrt. Weit, weit weg von hier."

Der Zauberer log, dass sich die Balken bogen und hoffte, dass dem Kanzler Bernwards Rückkehr noch nicht aufgefallen war. Aber jetzt war Not am Mann.
Der Kanzler sank wie ein Häuflein Elend in sich zusammen. Doch dann ging ein Ruck durch seinen Körper. Er straffte sich wieder und warf einen durchdringenden Blick auf den Magier. „Dann schafft ihn herbei, Zauberer. Und ich dulde weder ein Nein noch einen Aufschub. Die innere wie auch äußere Sicherheit des Reiches hängt davon ab. Ihr habt Zeit bis morgen um...sagen wir 12.00 Uhr. Ansonsten muss ich ein Machtwort sprechen. Habt Ihr mich verstanden?"
„Jawohl, Herr Kanzler!" antwortete der Zauberer für seine Verhältnisse recht kleinlaut.
Graf Gerhard stürmte, die Tür laut hinter sich zuschlagend, aus der Kemenate und der Zauberer hörte ihn noch draußen im Flur Flüche ausstoßen. Die Überraschungen in Ogersheim nahmen langsam Überhand und er fragte sich, ob die Tätigkeit als Hofzauberer wirklich so werthaltig wie vermutet war.

Sir Wauzelot stromerte durch sein Revier. Oder vielmehr durch seine Stadt. Denn Ogersheim war ganz eindeutig der Privatbesitz des kleinen, vierbeinigen Herrschers. Er kontrollierte zuerst den Posteingang an den Straßenecken und Mülltonnen. An und für gab es keine wesentlichen Neuigkeiten, außer dass „*FrouFrou*", der rosagefärbte Pudel vom neuen Ratsmitglied, dem jungen Herrn Fönwelle, anscheinend gerade in Stimmung für Herrenbesuch war. Sir Wauzelot beschloss, sich diesem

Thema später ausgiebig zu widmen. Doch zuerst stand der Imbiss aus den Tonnen der Metzgerei Boyau an. Und richtig: Es gab sowohl frische Schlachtabfälle als auch ein Rudel Wettbewerber im Kampf um die Leckereien, die erst verstrieben werden mussten. Besonders lästig war der Dobermann *„Herkules"* vom Ratsherren Müffelhering. Doch als sich der erheblich kleinere Schrecken der Straße bei seinem missliebigen Konkurrenten in eine sehr empfindsame Stelle verbissen hatte, waren die Machtverhältnisse grundlegend geklärt gewesen. In Ogersheim gab es grundsätzlich zwei Sorten von Hunden. Die einen waren Aristokraten so wie er selbst und gehörten zur Oberschicht, also der städtischen Prominenz wie Ratsherren, Händlern, Bankiers, ehrbaren Handwerkern und den Schankwirten. Die anderen waren Straßenköter. Dumme Kläffer, die allerdings im großen Rudel durchaus zu einer Gefahr werden konnten. Nach seinem Sieg schnaufte Sir Wauzelot verächtlich und wollte sich wieder den Mülltonnen widmen. Doch leider waren die Straßenköter während seines Kampfes gegen Herkules nicht untätig gewesen und hatten die besten Happen vertilgt. Der kleine Hund war aus tiefster Seele heraus empört. SEINE Happen. Einfach verschwunden. Das verlangte nach Rache. Doch es blieb ihm nichts anderes übrig, als die Tölen voller Verachtung zu verbellen und ihnen in die Haxen zu beißen. Danach ging es ihm wieder ein wenig besser.

Er schüttelte sich, scharrte etwas Straßendreck nach hinten und trottete seines Weges in Richtung *„FrouFrou"*. Vielleicht konnten einige zwischenhündische Aktivitäten und etwas Nachwuchs in Bälde, um den Stammbaum zu erweitern, die Laune heben. Sir Wauzelot nahm die Abkürzung durch das Abflussrohr und über die Hinterhöfe.

Die Hinterhöfe boten viel Spaß. Hier ließ es sich hervorragend Ratten jagen, Katzen verprügeln und das Areal mit großen Hundehinterlassenschaften verschönen. Ein Paradies für einen

Hund. Nur die Geschichte mit der Mülltonne nahm er dem Schicksal übel. So etwas gehörte sich einfach nicht. Doch plötzlich nahm er Witterung auf. Ein nur für das olfaktorische Genie einer Hundenase feststellbares „Etwas", so lecker und unwiderstehlich wie die Wurstwaren, die sein Herrchen immer beim Metzger Boyau erwarb und gelegentlich mit ihm teilte, musste irgendwo in unmittelbarer Nähe sein. Zielstrebig folgte er der Duftfährte, die sich wie eine bunte Wolke durch die Luft schlängelte. Und kaum war er um die nächste Ecke gebogen, da sah er die Kiste. Sie stand mit der Öffnung nach vorn auf dem Boden. Und der Duft kam eindeutig aus dieser Kiste. Das wollte untersucht sein. Glücklicherweise war der Deckel des Behältnisses weit geöffnet. Sir Wauzelot schnupperte. Alles machte einen ungefährlichen Eindruck. Er kam näher und dann…ja dann sah er das Paradies. Würste, Schinken, Haxen…die Kiste war voll davon. Nun gab es für ihn kein Halten mehr. Er stürzte sich wie ein hungriger Wolf unter Schafen auf die Beute und fing an, sich langsam seinen Weg in die Tiefen der Kiste zu bahnen. Und als plötzlich der Kistendeckel leise seine Position veränderte und ihm den Rückweg verschloss, war es den kleinen Hund völlig egal. Er hatte nie zuvor einen ganzen, eigenen Schinken gehabt. Ganz zu schweigen von den leckeren Wurstwaren.
Er achtete nicht auf die Stimme außerhalb.
„So…habe ich Dich, kleine Mist-Töle."
Und dann fing die Kiste zu wackeln an. Der Hund knurrte nur kurz und schlang sich weiter voll, während irgendjemand das Behältnis auf einen Karren wuchtete. Kurz darauf rumpelte der Wagen langsam über das Kopfsteinpflaster der Ogersheimer Altstadt hinfort.

Die Zuckerfee hatte mittlerweile ihre Freundin getröstet.
„Ich hatte genau denselben Ärger mit der Kugel. Sonst wäre ich nicht persönlich vorbeigekommen, sondern hätte eine Nachricht geschickt. Aber dieses Ding macht einfach nicht das, was ich will", erklärte sie.
„Ob wohl Iris und Mimi denselben Ärger mit der blöden Technik haben?" fragte Fräulein Claricorn sowohl sich als auch ihre Freundin, die als Antwort nur mit den Achseln zuckte. Hinter beiden ertönte ein Knacken und Krachen, als sich die Hexenhäuslein *„Häusi"* und *„Kati"* der soeben erwähnten Hexen einen Weg zur kleinen Lichtung bahnten.
„Frag doch selbst. Da sind sie! Wie bestellt!"
Die Hexenzusammenkunft auf der Lichtung war eine feste Einrichtung, wenn auch mit variablen Terminen. In diesem speziellen Fall war es allerdings in der Technik der neuen Errungenschaft *„Com-Kugel"* begründet. Alle Hexen waren frustriert und hätten am liebsten die jüngst erworbenen, magischen Artefakt an die Wand geschmissen. Aber die Dinger waren einfach zu teuer gewesen.
Nach heftigem Gezeter, einigen Tassen Tee und etwas Kuchen war die Stimmung wieder gut genug für einen weiteren, gemeinsamen Versuch, die Kugeln zu aktivieren.
„Schaut doch einfach noch mal in die Bedienungsanleitung", schlug Emmi vor.
„Wie oft denn noch?", protestierte Iris.
„Bis es klappt?" fragte Emmi.
„Du bist echt voll die Optimistin, Zuckerschnute", polterte Iris.
„Sag nicht Zuckerschnute zu mir!" giftete Emmi zurück. „Oder ich sage Kristallstümper zu Dir!"
„Zuckerschnute, Zuckerschnute, Zuckerschnute!" ertönte es.

Und dann ging das Gezeter von neuem los. Nur lautstärker.
„Oh neeee…nicht schon wieder", fluchte die Gastgeberin.
„Contenance, meine Damen. Wir müssen irgendwie dieses Problem lösen."
„Gib das her", motzte Emmi und riss Iris die Bedienungsanleitung aus der Hand. Dann studierte sie die Broschüre.
„Habt Ihr den sogenannten Support mal angerufen? Das muss so eine Art von Hilfsdienst sein."
„Na womit denn, Zuckerschnute? Mit der Kugel? Die geht doch nicht, Fräulein Zahnfraß!"
Die Gescholtene verbiss sich jeglichen Kommentar.
„Da steht aber, dass es eine Extra-Verbindung zu denen geben muss. Habt Ihr das schon mal versucht?" grinste sie.
Iris riss der Zuckerfee die Blättersammlung aus der Hand.
„Echt jetzt? Tatsache…das steht da wirklich. Man muss das Ding starten und dann einfach die 666 verlangen!"
„Da kannste mal sehen", spöttelte Emmi, die eher selten Oberwasser hatte und sich kaum in die Belange anderer einmischte.
Die Hexen starrten gemeinsam auf die Claricorn-Kugel und konzentrierten sich. Eine freundliche, weibliche Stimme ertönte.

„Vielen Dank, dass Sie sich für den Kauf unserer hervorragenden Com-Kugel entschieden haben. Bevor Sie mit dem großen Vergnügen im w.w.w (Wirklich.Wunderbares.Weltennetz) hingeben können, bitten wir Sie, den beiliegenden Aktivierungscode zu lesen und dann bei der Konzentration zu rezitieren."

„Jetzt, Mädels", ertönte es. Und unisono brüllten drei Hexen und eine Fee: „Sechs Sechs Sechs!"

„Sie haben ein technisches Problem und wünschen unseren Support zu sprechen?"

„Ja, verdammt!" brüllte es.

„Nun beherrschen Sie sich mal. Wir sind nur ein kleines Serviceunternehmen und wir haben auch Gefühle. Da arbeitet man Tag und Nacht im Kundendienst und wie wird es einem gedankt?" Die Stimme begann zu schluchzen. „Überhaupt nicht. Wozu habe ich damals eigentlich höheres Zaubereiwesen studiert? Habe ich das nötig? Muss ich mir das antun? Gibt es eigentlich irgendjemanden, dem meine Gefühle wichtig sind?"

Die Junghexen und eine Fee in spe verdrehten die Augen.

„Letzte Woche hatte ich Geburtstag. Und...was habe ich von meinem Freund geschenkt bekommen? Habe ich Blumen bekommen? Na?"

„Nein?"

„Nein. Natürlich nicht! Bekam ich Konfekt?"

„Äh...nein?"

„Nein. Natürlich nicht! Nicht mal Konfekt!"

Da schien jemand ein ernstes Problem zu haben.

„Wurde ich wenigstens in ein schickes Lokal eingeladen? Dekadente Speisen, Champagner, Musik? Na?" Die Stimme schluchzte und näherte sich einem Heulanfall. „Nein. Natürlich nicht! Die ganze Welt ist ein Jammertal. Ich ertrage es nicht mehr. Ich will nicht mehr. Ich kann nicht mehr. Am besten gebe ich mir die Kugel."

Und da platzte es aus den Junghexen nur so heraus.

„Die Kugel?" brüllte es. „Aber bloß keine Com-Kugel Magic Miracle. Wer die hat, ist nämlich völlig am Ende! Klaro? Sechs, sechs, sechs! Sechs, sechs, sechs! Sechs, sechs, sechs!"

„Vielen Dank, dass Sie sich für den Kauf unserer hervorragenden Com-Kugel entschieden haben. Bevor Sie mit dem großen Vergnügen im w.w.w (Wirklich.Wunderbares.Weltennetz,) hingeben können, bitten wir Sie, den beiliegenden Aktivierungscode zu lesen und dann bei der Konzentration zu rezitieren."

Bei drei Junghexen stellte sich hysterisches Gelächter und Gekicher ein. Nur die Fee behielt die Fassung und versuchte es mit einem leisen, freundlichen: „Sechs sechs sechs."

„Bitte warten Sie einen Moment. Wir verbinden Sie sofort mit unserem Support. Inzwischen hören sie zur Unterhaltung die neuesten Stimmungslieder der „Die Fröhlichen Holzfäller"."

Und dann setzte alpenländisches Gedudel mit Akkordeon und Klarinetten ein, während die jungen Damen voller Erwartung auf die Kugel starrten.
„Oh mein Gott. Jetzt jodelt da wer", hauchte Mimi entsetzt.
„Gibt es einen Gott, der so etwas zulässt?" philosophierte Mimi und legte die sonst so faltenlose Stirn in Falten.
„Und was kommt danach? Schlager?" befürchtete Emmi.

„Hallo liebe Kundschaft. Wo drückt denn das magische Schuhwerk? Wie kann ich helfen?" ertönte eine eher jugendliche Stimme. Ein Blick auf die Com-Kugel zeigte ein nicht wirklich maskulines, aber freundliches, schwarz bebrilltes Gesicht, dessen Stirn von einer blühenden Pickelwiese übersät war und eine merkwürdige, zackige Narbe trug.

„Na ja", druckste Fräulein Claricorn. „Irgendwie klappt das hier mit der Aktivierung unserer Kugeln nicht. Fehlermeldungen. Immer wieder Fehlermeldungen. Und da war was mit 1,5 Kilo-Thaum Thaum…dabei haben wir doch 32. Und wir wissen nicht mal, was ein Thaum ist. Und jugendfrei waren wir auch. Und…und…und…"
„Na…ist ja alles gut. Wir bekommen das schon hin. Brauchen die Damen vielleicht Vor-Ort-Service?"
„Ja. Bitte. Das wäre wirklich hilfreich!"
„Kein Problem. Ich veranlasse das umgehend. Entspannen Sie sich, trinken sie ein Teechen und wir bekommen das schon in den Griff. Es kann sich nur um Minuten handeln!"

Musik ertönte. „Die schöne Maid von Ogersheim..."
„Och neee. Wie stellt man das ab? Verdammt!"
„*Bampf!*"
„Was in aller Welt geht denn hier wieder schief?" motzte jemand.

Es klopfte an die Tür der Gemächer des Barons Grünschildts.
„Herein!" forderte der alte Mann den Besuch auf, den er schon so dringend erwartet hatte. Dann musterte er die Person mit durchdringenden Blicken.
„Wer in aller Welt bist Du denn, junger Mann? Hast Du Dich vielleicht in der Tür vertan?"
„Mit Verlaub, Herr Baron. Wir haben einen Termin. Jetzt."
Der Herr der Banken war verdutzt und grübelte kurz.

„Grundgütiger...dann bist Du also...?"
„Richtig, Herr Baron. Ich bin es. „M". Chefin der GEVOSI"!
Sie betrat den Raum und schloss die Tür hinter sich.
„Du musst wirklich an Deiner Frisur arbeiten", meinte der alte Mann und schüttelte missbilligend den Kopf. „Und die Kleidung solltest Du vielleicht auch verändern. Damit kommst Du nicht aufs Siegertreppchen, Fräulein „M"."
„Wie Ihr meint, Herr Baron!"
„M" ließ sich keine Regung anmerken. Wer im Observationsgeschäft tätig war, ließ keinerlei erkennbare Regung zu. Emotionslosigkeit war eindeutig ein Vorteil. Und „M" verfügte definitiv über keinerlei lokalisierbare Emotionen.
„Aber genug, was modische Dinge betrifft. Es stehen wichtigere Dinge auf dem Tapet! Hast Du schon eine Idee, warum ich Dich zu mir bestellt habe, „M"?"
„Nein, Herr Baron. Aber da ich nicht neu im Geschäft bin, würde ich es nicht als Idee, sondern als begründete Vermutung bezeichnen. Ich bin mir nahezu sicher, dass Ihr mir ein Angebot machen werdet, dass ich nicht ablehnen kann."
Auf dem Antlitz der grauen Eminenz der Kapitalströme stellte sich ein breites Grinsen ein.
„In der Tat. Meine Zuträger haben nicht übertrieben. Du bist in der Tat durchtrieben, „M"! Und das mag ich."
„M" neigte das Haupt.
„Womit wir schon im Thema wären. Sagen Dir folgende Begrifflichkeiten etwas? „*Gouda-Convention*"? Gasthaus „*WilderWürger*"? „*Macht-Elite*"?
„Ich betreibe Informationsbeschaffung, Herr Baron. Das Wissen um die Macht und die Mächtigen ist mein Geschäft. Die Gruppe um den „*WilderWürger*"-Club sind die mächtigsten der Mächtigen. Den Herrschaften gehört sozusagen die halbe Welt. Und Politiker halten die sich als Haustierchen."

„Da hast Du völlig recht, junge Frau." Der Baron lächelte. Und dann fuhr er fort: „Ich wüsste nur zu gern, wer den Vorsitz dieser illustren Gesellschaft, von deren Existenz der gemeine Bürger nicht den Hauch einer Ahnung hat, innehaben könnte."
„M" grinste innerlich und dachte sich ihren Teil.
„Aber wie gesagt: Ich mache Dir ein Angebot, „M". Würde es Dir gefallen, bei nächsten Treffen der Gouda-Convention dabei sein zu dürfen?" fuhr der alte Mann fort.
„Womit hätte ich diese Ehre verdient, Herr Baron?"
„Ach…sieht man davon ab, dass Du über Leichen gehst, dann gibt es einen ganz profanen Grund, „M". Es liegt daran, dass Du, genau wie der Vorläufer des derzeitigen Kanzlers, zur Familie gehörst. Blutsbande. Blut ist eben dicker als Wasser."
Und da geschah etwas, was im Leben der „M" schon lange nicht mehr geschehen war. Sie errötete.
„Wir machen nach außen hin kein großes Aufhebens darum, „M". Das haben wir auch damals, bei Adolar Ösler, dem *„Größten Feldherrn aller Zeiten"*, nicht gemacht. Familiengeheimnisse müssen nicht breitgetreten werden. Immerhin wurde so das Reich gespalten und wir haben daran ein Höllengeld verdient. Manche Dinge hält man besser unter der Tischdecke. Aber Familie ist und bleibt eben Familie. Die Blutlinie bleibt immer gewahrt."
„Aber…", stotterte „M" etwas irritiert. „Wie konnte es dann zur Wahl vom „Ölkopf" kommen?"
„Ein Ausrutscher. Damals hat uns Borscht dazwischengefunkt. Aber so etwas passiert. Und wir konnten uns arrangieren. Jeder hat seinen Preis. Man muss ihn nur kennen. Ein wenig vom passenden Schmiermittel und alles flutscht. Davon abgesehen denken wir hier in größeren Maßstäben und Zeiträumen!"
Der Baron lachte unheilvoll und „M" entwickelte spontan eine veritable Gänsehaut. Sie wusste, dass nun der Moment ge-

kommen war, in dem sie die Möglichkeit für den Schritt nach ganz oben bekommen konnte.

„Also, junger M…äh Frau", fuhr der Baron fort. „Lass uns weiterplaudern."

Auf Ogersheim kamen eindeutig interessante Zeiten zu.

„DAX", jubelte Emmi. „Du hier?"

„Anscheinend", brummelte es zurück. „Die P.A.G.A.N. hat mich informiert, dass hier jemand Schwierigkeiten mit der Com-Kugel hat. Und da ich der einzige aus dem Club bin, der sich hier aufhält, hat es eben MICH erwischt."

Die anderen jungen Damen verdrehten nur die Augen.

„Du bist wohl so eine Art Mädchen für alles, wie?" erkundigte sich Iris und Mimi kicherte bei der Mädchen-Idee beifällig, während die Kugelbesitzerin giftige Blicke en gros spendierte. Dann warf sie Bernwards Beraterdämon die Kugel zu.

„Mach das heile, bevor ich die ganze P.A.G.A.N im Stück auffresse oder denen sonst was antue", fluchte sie undamenhaft.

„Ist Berni auch irgendwo?" erkundigte sich Mimi und blickte fragend um sich.

„Neee…Staatsgeschäfte", grinste DAX und ließ die Kugel zwischen den Händen hin- und herwandern. „Aber erledigen wir zuerst das Problem mit der Kugel."

Er konzentrierte sich kurz und wieder ertönte die freundliche, weibliche Stimme.

„Vielen Dank, dass Sie sich für den Kauf unserer hervorragenden Com-Kugel entschieden haben. Bevor Sie mit dem großen Vergnügen im w.w.w (Wirklich.Wunderbares.Weltennetz,) hingeben können, bitten wir Sie, den beiliegenden Aktivierungscode zu lesen und dann bei der Konzentration zu rezitieren."

DAX zitierte den Code und es geschah…nichts.
„Merkwürdig", murmelte er. „Bei meiner funktioniert das immer einwandfrei." Er grübelte einen Moment und versuchte es erneut mit einer Eingabe.
„Kugel…Fehlersuche!"

„Es wurde insgesamt ein Fehler gefunden. Wollen Sie das Ergebnis sortieren? Wenn ja, sagen Sie bitte ja, ansonsten nein!"

„Nein!" polterte DAX. „Kugel…Fehlerdokument überprüfen!"

„Das Dokument wurde überprüft. Null Wörter gefunden. Null Wörter korrigiert. Ein Fehler gefunden. Wollen Sie jetzt das Dokument überprüfen?"

Ein erneuter Aufschrei ließ die Lichtung erschüttern. DAX fluchte, tobte und brüllte, dass es nur so eine Freude war. Die jungen Damen verfolgten den Wutausbruch angenehm erheitert und kicherten verhalten.
„Ist doch gut, wenn man einen echten Fachmann hat, der sich auskennt", spöttelte Emmi.
Kreischendes Gelächter platzte aus den Mädels heraus und versah das technische Drama mit einer gewissen Heiterkeit.
„Pardon, meine Damen", grummelte DAX. Ich habe mich hinreißen lassen."
Dann starrte er wieder auf die Kugel.

„Sie erhalten in Kürze eine Nachricht vom Support!"

„Na…geht doch", grinste der Dämon.

„Der Zugriff auf diese Nachricht wird hiermit aus Datenschutzgründen blockiert! Wir bitten um Ihr Verständnis!"

Die nachfolgenden Szenen waren unbeschreiblich, lautstark und unschön. Die Hexen erfuhren höchst interessante Kraftausdrücke, Flüche und Beschimpfungen.
„Ihr lausigen Amateure, elende Sozialdemokraten, Rußfurzer, untalentierte Käsekacker, Hängeohren, strohdumme Holzköpfe, Knalltüten, Hosenpisser, Schwachköpfe und Mollusken! Oh Ihr Schlafmützen, Dummdödel, Sandhocker, feigen Hunde, Fettwänste, Schlappschwänze, erbärmliche Piesepampel, geldgierige Gewitterhexen, Pferdeapfeltreter und Knallhörner! Deppen! Dilettanten! Nullhirne!"
„Hosenpisser und Dummdödel kenne ich", stellte Iris fest. „Aber was bitte sind Sozialdemokraten? Und das mit den Gewitterhexen…da muss ich jetzt aber protestieren!"
Letztendlich beruhigte sich DAX wieder, wischte sich den Schweiß von der Stirn, griff in sein Köfferchen, förderte eine Flasche *„Kleiner Jagdgehilfe"* zutage und spülte den ganzen Ärger hinunter.
„Gebt mir mal bitte Eure Com-Kullerchen, bevor ich mir hier noch die Kugel gebe", motzte DAX. „Ich denke, ich kläre das vor Ort."
„Das würde ich zu gern miterleben", bemerkte Fräulein Claricorn wimpernklimpernd.
„Nichts da. Ihr bleibt hübsch hier!" zeterte DAX. Dann schnappte er sich die Kugeln, stopfte sie in sein Köfferchen, blickte leidend gen Himmel, verdrehte die Augen und schüttelte den Kopf. „Ich kläre das. Alleine. Basta!"

Und dann machte es wieder...

„*Bampf!*"

„Das war ja mal ein echt interessanter Auftritt", kommentierte grinsend die schwarzgekleidete Junghexe und Kaninchenzüchterin. „Noch mehr davon und ich bekomme Muskelkater im Sixpack!"

„Noch jemand Kuchen?" erkundigte sich Emmi.

„Neee...lass mal. Mir ist jetzt nach herzhaft. Steaks oder Würstchen, die Damen?"

„Na...alles. Was dachtest Du denn?"

„Salat", orderte Emmi. „Und Tofu!"

„Vergiss den Tofu", kommentierten die anderen. „Echte Hexen essen keinen Tofu".

Also machten drei Junghexen sowie eine Ex-Zuckerhexe und Fee in Spe den Grill klar und ließen es sich gutgehen. Und endlich war auf der kleinen Lichtung alles wieder so, wie es sein sollte.

Ein kleiner Hund war ungehalten. Erst hatte man ihn entführt und dann waren die Leckerlis zur Neige gegangen. Er hockte in der Ecke eines nasskalten Raumes tief unter den Stadtmauern Ogersheims auf einer Raufe Heu und wartete auf Abwechslung und Fressi. Seine Bewegungsfreiheit war stark eingeschränkt. An seinem Halsband war eine Kette befestigt, die an einem Metallring an der Wand arretiert worden war. Flucht also ausgeschlossen. Aber sein Herrchen würde ihn finden und retten. Und dann Gnade der Götter seinen Entführern, die er kräftig in

die Knöchel oder in höhere Stellen beißen würde. Plötzlich klapperte ein Schlüsselbund, die alte Eichentür, die den Kerker versperrte knarrte laut und öffnete sich. Zwei Besucher, von denen sich einer mit einem parfümierten Taschentuch Luft zufächelte, betraten den Kerker.
Der kleine Hund knurrte vorsichtshalber.
„Mon Dieu…was für ein Gestank", keuchte eine Stimme.
„Ja Herr", antwortete es.
„Das ist also die Misttöle unseres großen Zauberers?" erkundigte sich eine Stimme.
„Ja Herr!"
„Sicher?"
„Ganz sicher, Herr. Irrtum ausgeschlossen."
„Na…ich will es mal glauben. Du wirst bei Deinem Leben auf die Kreatur aufpassen. Er darf nicht entwischen. Klar?"
„Ja Herr. Darf ich fragen, warum das Biest so wichtig ist?"
„Nein. Darfst Du nicht. Und füttert ihn, damit er nicht krank wird. Oder schlimmeres. Ein toter Hund hat keinen Wert."
„Ja Herr."
Sir Wauzelot stimmte ein lautes Kläffen, Wehklagen und Gejaule an. Er war mit der Gesamtsituation sehr unzufrieden und appellierte an die Gefühle seiner Besucher. Erfolglos.
„Das ist ja unerträglich", zeterte der Parfümtuchträger. „Erst der Gestank und nun auch noch der Lärm. Hoffentlich kann den da draußen niemand hören. Das Letzte, was wir wollen, ist eine Auseinandersetzung mit unserem Hofzauberer."
„Ja Herr."
„Na dann…nichts wie fort. Ich will hier nicht sein."
Die beiden Männer verließen den Raum und die Tür schloss sich wieder knarrend. Zurück blieb ein kleiner, verwirrter Hund, der sich plötzlich sehr unwohl und keinesfalls wie der Herrscher der Ogersheimer Gassen fühlte.

Und dann begann er wieder, sein Klagegeheul anzustimmen. Irgendwann würde Herrchen kommen. Er musste einfach nur laut genug jaulen und bellen.
Die Tür ging knarrend auf und jemand betrat die Zelle.
„Verfluchtes Mistvieh!" brüllte er. Dann stellte er dem Gefangenen eine Schale dubioser Substanzen vor die Nase.
„Na los. Friss schon, Blöd-Töle!"
Sir Wauzelot pflegte seinen Stolz und ignorierte das Angebot. Er war sich sicher, dass sein Herrchen bald kommen würde.

„Verflucht!" brüllte der Zauberer. „Wo zur Hölle ist mein Hund? Der kann doch nicht weg sein!"
Der Zauberer drehte Kreise um seinen Studiertisch und raufte sich Haupthaar und Bart.
„Ruhig Blut, Meister", versuchte Bernward auf ihn einzuwirken. „Der taucht schon wieder auf."
„Aber…wenn ihm nun was passiert ist?" sorgte sich der Magier. „Er ist doch so klein und hilflos!"
„Aber Meister. Das ist der Herrscher der Ogersheimer Gassen. Der ist bestimmt hinter irgendeiner Hundedame her und hat den Spaß seines Lebens."
„Und was ist damit?" Meister Aegidius deutete auf den mittlerweile überquellenden Fressnapf. „Sir Wauzelot hat noch niemals eine Mahlzeit ausgelassen. So viel Weiber kann der gar nicht beglücken, ohne sich zu stärken."
„Aber vielleicht hat er die Tonnen beim Metzger geleert. Ihr wisst doch, wie einfallsreich der kleine Kerl ist."

Der Zauberer beruhigte sich wieder ein wenig.

„Dein Wort in die Gehörgänge aller bekannten und unbekannten Götter, Lehrling. Aber ich habe kein gutes Gefühl bei der ganzen Sache. So kenne ich meinen kleinen Liebling nicht!"

„Na ja, Meister. Mehr als Geduld haben können wir nicht. Vielleicht solltet Ihr künftig mal in eine magische Ohrmarke investieren. Dann würdet Ihr immer wissen, wo sich Hundi gerade herumtreibt", riet der Jungzauberer.

„Ohrmarke? Ich soll meinem kleinen Putzi ein Loch ins Ohr machen lassen?" Der Magier erbleichte. „Nie und nimmer!"

„Lasst uns später darüber reden, Meister. Derzeit hilft nur Geduld. Habt Ihr ihn denn nirgends an Hand seiner Aura finden können?"

„Nein…eben nicht. Also ob er ganz weit weg wäre. Außerhalb meiner Möglichkeiten. Oder abgeschirmt."

„Ward Ihr denn schon im städtischen Tierasyl?"

Ein Hoffnungsschimmer glomm in des Magiers Augen auf.

„Nein…war ich nicht. Aber das wäre doch eine schöne Aufgabe für Dich, Herr Bernward. Rette meinen kleinen Liebling. Finde ihn. Es soll Dein Schaden nicht sein!"

Bernward verfluchte innerlich sein loses Mundwerk. Da hatte er sich ja wieder selbst ein Bein gestellt.

„Also gut, Meister. Ich kann Euch nicht leiden sehen. Ich mache mich gleich auf den Weg."

„Sofort!"

„Kann ich nicht erst noch einen kleinen Happen…?"

„Willst Du mich weiter im Ungewissen lassen, Du Folterknecht? Und hol Deinen Dämonen herbei. Zu irgendetwas muss der doch gut sein!"

Der Lehrling verdrehte die Augen. Er wusste, wann das Spiel verloren war. Also war es an der Zeit für die Hundejagd. Er beschloss unterwegs einen Happen einzunehmen, bevor er sich beim Meister in Ungnade stürzen würde. Und so machte er sich auf den Weg zum städtischen Tierasyl.

Die Kutsche rumpelte über die schlaglochreiche Straße in Richtung „*Old-Temple-Inn*". Das Reisen in den Ostlanden war noch nie eine Freude gewesen. Doch so sehr der alten Frau in der Kutsche Hintern und Hüften schmerzten, so sehr wusste sie doch, dass es den Preis wert sein würde. Es graute ihr allerdings vor den Wächtern des Kessels. Die waren gnadenlos. Eric der Rote hatte Petrovic damals veranlasst, stärksten magischen Schutz aus den tiefsten Tiefen der Hölle herbeizuzitieren. Und dann war da noch eine Prüfung. Doch ohne Fleiß kein Preis. Geschenke gab es nicht in der Welt der Zauberei. Ebenso wenig wie einen zweiten Platz auf dem Siegertreppchen. Die rote Margot wusste den relativen Luxus der Kutsche insbesondere im Vergleich zu ihrem Ziegenkarren natürlich zu schätzen. Erst hatte sie aus nostalgischen Gründen überlegt, einen kleinen Abstecher in den Süden zu machen. Dort, in der Liegenschaft „*Radautz*", lag die Zwingburg „*Bautz*", in der in den glorreichen, guten alten Zeiten so mancher Gegner der Herrschenden einen längeren Aufenthalt bei freier Kost, Logis und interessanten Bildungsprogrammen hatte genießen dürfen. Für manche war es ein Programm ohne Rückkehr geworden.
Die alte Frau vergoss eine Träne der Rührung. Eine übersichtliche Welt mit eindeutigen Strukturen war es gewesen. Doch seit dem Untergang der Ostlande hatten sich die Ostler der alten Schule entweder in den Ogersheimer Staatsdienst bege-

ben, oder waren schlechthin abgetaucht. Egon, der Wirt vom *„Krug zum grünen Krenz"*, der ihr die Kutsche verehrt hatte, war ein gutes Beispiel dafür.

Als Großinquisitorin der Jasoisten hatte sie in Ogersheim viele alte Bekannte wiedergesehen. Doch da sie stets Ordenskleidung und Schleier getragen hatte, war sie von niemandem erkannt worden. Advocatus Gregorius zum Beispiel war ein Wendehals vor dem Herrn. Oder der Gauckler. Und viele andere Wendehälse mehr. Doch sie würde den Herrschaften die Hölle auf Erden bereiten, sollte sie erst das alte, magische Artefakt der Ostlande, den bunten Kessel, in den Händen halten. Dann, so sagte sie sich, wäre Schluss mit lustig. Sie hatte sich bereits einige exquisite Qualen für die hohen Damen und Herren in der Kurpfalz ausgedacht, wie sie schlimmer nicht hätten seien können. Rache war ein zu schönes Gefühl, um sie nicht auszukosten. Und so rumpelte die Kutsche dem Ziel der Reise entgegen...der ultimativen Revanche.

Im Gesellschaftszimmer 4 der *„Dunggrube"* fand eine konspirative Zusammenkunft der künftigen Elite des Reiches statt. Die ehemals „kleine M" hatte nach dem Gespräch mit dem Führer der wirtschaftlichen Elite, dem Baron Grünschildt, nur noch Oberwasser.

Sie hatte ihre Vasallen zum „Rendezvous" gebeten und alle waren gefolgt. Der Gauckler, Blödinger, zu Butterfahrt, Fönwelle, Fritzchen Schmerz, der fromme Wölfi, Köchlein, Stäubling, Demenzbär...alle waren gekommen und harrten der Neuigkeiten aus der Welt der **wirklich** Mächtigen. Im Anschluss würde „M" gleich in das Gesellschaftszimmer 5 durchstarten, wo sich die ehrenwerten Anführer der GEVOSI bereits auf ihre Dienstherrin freuten. „M" war sich sicher: Sie war auf dem richtigen Wege und würde demnächst die Lorbeeren ihrer harten Arbeit ernten können.

„Wo habt Ihr denn den Rädle gelassen?" erkundigte sich Fritze Schmerz mit Leichenbittermine. „Der rollert doch sonst immer hinter Euch her!"

„Schnickschnack", erwiderte die Angesprochene. „Der muss ja nun nicht immer dabei sein. Sonst verhagelt der uns allen noch die gute Laune!"

Die kleine, eingeschworene Gemeinschaft grinste. Fürwahr…für die Verbreitung guter Laune war Rädle nicht berühmt. Nur extrem leidensfreudige Mitarbeiter hielten es länger als ein paar Tage mit dem Griesgram auf Rädern aus.

„Wie auch immer", sprach „M". „Ich bringe frohe Kunde."
Die Gesellschaft warf ihr erwartungsvolle Blicke zu.

„Die Herrschaften vom *„WilderWürger"* stehen geschlossen hinter mir. Irgendwann demnächst bin ich die Reichskanzlerin von ganz Ogersheim. Und dann", sprach sie und legte eine bedeutungsvolle Pause ein, „der ganzen Welt!"

„Öhm…Chefin?" fragte zu Butterfahrt leise nach. „Hatten wir das nicht schon mal? Damals unter dem bräunlichen Adolar?"

„Juckt mich nicht!" giftete die Chefin des OND und hoffte, dass niemals die verwandtschaftlichen Verhältnisse zum bräunlichen Adolar offenbar werden würden. Aber zumindest hatte sie nun eine Ahnung, wie sie zu ihren Ambitionen gekommen war. Es musste wohl eine Familiensache sein.

„Wie auch immer", begann die potenzielle Neukanzlerin. „Ich will Euch loyal in meinem Team haben, Ihr wackeren Mitstreiter. Und daher will ich auch das eine oder andere Amt anbieten!"

„Die Haut des Wildschweins verteilt man besser erst, wenn man es erlegt hat", nuschelte Blödinger.
„M" warf ihm einen tödlichen Blick zu.
„Da hat er recht", stimmten Köchlein und Stäubling zu, während es Fritzchen Schmerz bei einem Grinsen beließ.
„Und wenn Euch jemand beim Ölkopf verpetzt?" hachte Fönwelle und zupfte an seiner ondulierten Lockenpracht. „Der kann ja so schrecklich brutal sein."
„M" war erschüttert. Sie musste anscheinend ihr Traum-Team völlig neu gestalten. Das hier war eindeutig ein Albtraum-Team. Einer war schlimmer als der nächste.
„Also: Ich wäre gern Anführer der Armee. Oder Admiral!" ließ sich zu Butterfahrt hinreißen. „Außerdem habe ich studiert. Und bin belesen. Und Bücher geschrieben habe ich auch."
„Nichts da, Cherie!" tönte es aus Fönwelles Ecke. „Die strammen Jungs von der Armee? Da kümmere ich mich drum. Ich habe da das allerbeste Einfühlungsvermögen. Mit Kerlen kenne ich mich besser aus als jeder andere hier am Tisch!"
Das Gekeife begann und niemand achtete mehr auf die künftige Kanzlerin, die ihren Kopf wieder und wieder gegen die Tischplatte schlug. Irgendetwas lief hier gerade völlig aus dem Ruder. Anscheinend hatte sie ihre Gefolgschaft nicht so sehr im Griff wie ihre GEVOSI-Schergen, mit denen sie gleich im Anschluss eine Besprechung haben würde.
Die Tür zum Gesellschaftszimmer 4 öffnet sich langsam knarrend und quietschend kam ein Stuhl mit einem sauertöpfischen alten Mann hereingerollt.
Die Anwesenden starrten auf den Neuankömmling und entwickelten spontan Gänsehaut und Schweißtropfen auf der Stirn.
„So, Ihr kleinen Drecksäcke!" geiferte der Neuankömmling. „Wenn ich das hier richtig höre und sehe, findet hier ein Aufruhr statt, wie?"

Die Anwesenden einschließlich der „M" starrten peinlich betreten wahlweise an die Decke oder auf die Tischplatte. Man lehnte sich unauffällig zurück, um nicht in das Gesichtsfeld des alten Griesgrams zu geraten.
„Das es gleich mal klar ist, Ihr Milchbubis", herrschte der alte Mann sie an. „Hier wird gemacht, was wir wollen. Klaro?"
Die Anwesenden nickten schweigend und mit gesenktem Blick. Augenkontakt wäre nur missverstanden worden.
„Und wir, meine Teuerste", sprach er mit einem ungnädigen Seitenblick, „wir unterhalten uns gleich mal unter vier Augen."
Dann musterte er innerlich erheitert die bis zum Erbrechen devoten Vasallen der künftigen Kanzlerin.
„Na? Worauf wartet Ihr noch, Ihr Luschen? Na hopp. Macht die Fliege!" Er fächelte sie mit den Fingern wie ein lästiges Insekt fort. Als die Herren die Flucht ergriffen hatten, hielt er „M" eine Standpauke über heimliche Besprechungen und Taktik. Dann rollte er ohne weitere Worte aus den Gesellschaftszimmer 4 und ließ eine verdatterte „M" wie einen begossenen Pudel zurück. Es sollte noch Stunden dauern, bis die Verlegenheitsröte von ihren Wangen wieder verschwunden sein sollte.

Sir Wauzelot klagte den Mond an. Das Geheul des kleinen Hundes hallte von den Kerkermauern wieder und ging den Wärtern mittlerweile durch Mark und Pfennig. Man war inzwischen von Watte zu Ohrenpropfen aus Wachs übergegangen.

Die Kerkertür öffnete sich laut knarrend und ein fluchender Wärter schleuderte einen Neuzugang, der eine Laute fest umklammert hielt, in den Raum.

„So!" brüllte er. „Jetzt könnt Ihr gemeinsam jodeln, Ihr musikalischen Müllkutscher!"

Dann schlug er die Tür lautstark zu und entfernte sich höhnisch lachend.

Der Neuankömmling blickte sich um, schüttelte angewidert den Kopf, entdeckte den kleinen Hund und legte die Stirn in Falten. Dann kam er vorsichtig näher.

„Nanu? Wer bist denn Du, kleiner Hundekumpel?"

Sir Wauzelot spendierte einen Blick der Sorte „kleiner unschuldiger, hungriger, niedlicher Welpe", legte den Kopf auf die Pfoten und stimmte ein leises Fiepen an.

„Na...Du bist ja ein lieeeber kleiner Kerl. Und so nieeedlich."

Aller Erfahrung nach, das wusste der Herr der Ogersheimer Gassen, kam jetzt der Moment für Leckerlis. Der neue Gast des Ogersheimer Kerkerparadieses tätschelte ihm den Kopf und zupfte an den Ohren.

„Leider habe ich nichts für kleine Hundis."

Der kleine Hund sah ihn fragend an.

„Die haben mir alles weggenommen. Mistkerle. Nur meine Laute habe ich noch. Aber die ist auch das Wichtigste."

Er setzte sich neben den Hund auf die Strohschütte, stimmte das Instrument und schlug ein paar Akkorde an.

„Kannst Du singen, Herr Hund?"

Sir Wauzelot war überfordert. Er SOLLTE tatsächlich die Stimme erheben? Normalerweise bedeutete das alte Stiefel, die aus Fenstern flogen und neuerdings übellauniges Wachpersonal, das ihn anbrüllte.

„So vernimm den das Liedlein vom Grafen Ölkopf!" kündigte der offensichtliche Barde an, der sich noch schnell die lange

Künstlermähne schwarzer Haare aus dem Gesicht schüttelte.
„Wenn Du magst, dann mach einfach mit!"
Er hieb in die Saiten.
„„Graf Ölkopf…!" stimmte er an. „Vernimm die Kunde vom Grafen Öööölkopf, Herr Hund! Schließlich verdanken wir es ihm, so angenehm untergebracht zu sein!"
Die Laute gab Geräusche, die wie ein gezupfter Eierschneider klangen, von sich.
„Und nun lausche dem Liedlein, Hundi! Gedichtet von mir in Persona, dem Barden Andreas Palomas!"

„Es gibt hier im Land einen Grafen
Das Volk hält ihn für einen Braven
Erst tut er ganz lieb
Dann kommt Hieb auf Hieb
Er wütet wie'n Wolf unter Schafen!"

Auf dem Gang ließ sich ein leichtes Kichern vernehmen. Anscheinend war Abwechslung hier in den Gedärmen der Stadt selten und willkommen.

„Der Graf ist am Kopfe stets ölig
Sein Weib dafür hässlich und nölig
Will er mal was sagen
Muss um Erlaubnis er fragen
Vielleicht ist er deshalb nie fröhlich?"

Das Kichern auf dem Gang nahm zu. Sir Wauzelot nahm es als Aufforderung, mit einzustimmen und spendierte ein dezentes Jaulen. Die Wächter auf dem Gang lachten laut auf.
„Hört nur Jungs. Als ob die zwei nie etwas anderes getan hätten? Vielleicht sind sie miteinander verwandt, wie?"
Der Sänger intonierte die dritte Strophe:

„Der Kanzler, der liebt alle Frauen
Von manchen lässt er sich verhauen
Dafür zahlt er Geld
Was den Damen gefällt
Welche würde ihn sonst schon anschauen?"

Brüllendes Gelächter auf dem Gang. Kurz darauf öffnete sich die Tür und der Wachhabende kam herein. Er stellte den beiden Gefangenen ein Korb mit Essen und einen Krug Bier hin.
„Das habt Ihr Euch redlich verdient, Jungs", feixte er. „Wir sind hier ja keine Unmenschen. Und zu lachen haben wir hier unten auch nicht viel."
Hund und Barde starrten gierig auf den Korb.
„Also, Ihr beiden Sangeskünstler. Eine Hand wäscht die andere. Klaro? Ihr singt, macht Faxen und unterhaltet uns. Und wir sorgen dafür, dass Ihr es hier ein wenig erträglich habt. Und ach ja…eins noch…keine Soloauftritte von der Töle. Sonst raucht es! Aber gewaltig!"
Das neu entstandene Duo nickte dienstfeifrig. Und dann stürzten sie sich auf das Essen und schlangen, als ob sie wochenlang hatten darben müssen. Aber Künstler lebten in einer Dauerkrise. Man wusste nie, wann die Tafel wieder gedeckt sein würde. Und nachdem alles vertilgt worden war, rülpste der Barde kraftvoll.
„Zeit für eine Zugabe. Nicht wahr, Herr Hund?"
Der kleine Hund war satt, verfügte über Gesellschaft, hatte lautstark jaulen können und sehnte sich nur noch nach seinem Körbchen. Da es nicht verfügbar war, drehte er sich dreimal um die eigene Achse auf dem Heu, verkroch sich in der Kuhle und beschloss, die Welt vorerst zu ignorieren.
Der Sänger blickte auf das bereits schnarchende kleine Fellbünde, zuckte die Achseln und meinte: „Na dann eben nicht. Dann wird es ein Solo."

Er überlegte einen Moment und wandte sich dann der verschlossenen Kerkertür zu, wohl wissend, dass er gehört werden würde.

„Und nun, liebe Freunde gepflegter Sangeskunst, ein neues Liedlein aus meiner Feder. Es heißt: *„Der Teufel kommt von Osten"* und ich bin mir sicher, dass es Euch gefallen wird."
Er hieb wieder in die Saiten.

„Der Teufel kommt von Osten
Aus der Arme-Schlucker-Mark
Sein Anblick ist abscheulich
Wie ich das nur ertrag…"

Der Sänger war sich sicher, damit punkten zu können. Schade nur, dass er seiner Transparente verlustig geworden war. Besonders das Bild der „M" war ihm einfach zu gut gelungen. Nun ja…den Wärtern mit ihren schlichten Gemütern hätte es gefallen. Aber was sollte es. Er beschloss, es als sportliche Herausforderung an die Intelligenz des Publikums zu betrachten. Und so schlug er wieder in die Saiten.

Bernward hatte es sich nicht einfach gemacht. Er war zum Ogersheimer Tierasyl geeilt und hatte jeden Käfig genau inspiziert. Die Hunde gingen ihm auf die Nerven. Seit DAX und er damals im großen Forst das Gorgonenhaar verspeist hatte, verstanden sie die Sprache der Tiere. Aber die einzigen sinnvollen Worte, die aus den Hunden kamen, waren wahlweise „Fressi",

„Rauslassen" und „Stöckchen". So kam er nicht weiter. Weit und breit keine Spur von Sir Wauzelot. Der Meister würde ihm wahrscheinlich mit dem nackten Gesäß ins Gesicht springen. Aber wo kein Hund zu finden war, war nun einmal kein Erfolg zu verzeichnen. Wahrscheinlich, so mutmaßte er, hatte sich der Herr der Ogersheimer Gassen wie schon früher beim Bespaßen der holden Weiblichkeit verausgabt und musste sich ausruhen. Oder er hatte sich in der Metzgergasse an den Schlachtabfällen, die nicht einmal mehr für Wurst gut gewesen waren, überfressen. Wauzelot war bisher immer wieder aufgetaucht und würde es auch in Zukunft so halten. Bernward grübelte und hatte dann eine Eingebung. Er verließ das Tierasyl und ging strammen Schrittes zur Metzgergasse. Dort waren immer Hunde...die übelsten Straßenköter der Stadt. Die Tonnen lockten sie nahezu magisch an. Und richtig. Ein Rudel Straßenhunde balgte sich gerade kläffend und geifernd um die besten Stücke. Doch als sie seiner gewahr wurden, drehten sie sie augenblicklich um, zeigten alle Zähne und stimmten einen knurrenden Chorus an. „Hau ab, Mensch!" kam aus der Kehle eines riesigen Rottweilers. „Das ist unser Revier!"
Sein Rudel stimmte kläffend zu.
„Schon gut...ich will nichts von Eurem Fressi!" beschwichtigte sie der Jungzauberer. „Ganz im Gegenteil! Ich möchte Euch sogar wirklich leckeres Futter anbieten!" Er überlegte einen Moment. „Ganz viel Futter. Und frisch!"
Der Rottweiler war verwirrt. Er kannte es zwar, dass man mit alten Schuhen, Steinen oder andere harten Dingen nach ihm warf. Auch war seine Bekanntschaft mit Stöcken niemals spielerischer Natur gewesen. Aber freiwillig gefüttert hatte ihn noch niemand. Er legte seine Pfoten verteidigend auf einen dicken Schinkenknochen und knurrte misstrauisch.
„Hau ab, Mensch. Ich traue keinen Menschen. Stöcke. Steine. Aber kein Futter. Nie Futter!"

Eine Bulldogge kam langsam näher und zeigte ihre beeindruckenden Zähne.

„Einen Moment!" kam es hastig über Bernwards Lippen. Er hätte die Hunde mit einem Zauber schnell vertreiben können, aber das hätte ihn keinen Zentimeter näher ans Ziel gebracht.

„Ihr glaubt mir also nicht?"

Das Rudel knurrte zustimmend. Es gab für sie keinen Grund, ausgerechnet Menschen zu vertrauen.

„Und wenn ich Euch das Gegenteil beweise?"

„Wie willst Du es beweisen, Zweibeiner?" bellte ein Terrier.

Die anderen stimmten mit ein.

In diesem Moment stürmte ein brüllender, wutentbrannter Metzger aus der Hinterpforte seiner Schlachterei und fuhrwerkte bedrohlich mit einem Ochsenziemer, den er in der einen Hand hielt, und einem riesigen Messer in der anderen, herum.

„Ihr verfluchten Mistviehcher!" krakelte er. „Euch werde ich heimleuchten. Ihr vertreibt mir die Kunden."

„Eine Falle!" bellte der Rottweiler. Das Rudel bildete eine kompakte Masse Hund und trat langsam den Rückzug an.

„Aber nein! Keine Falle!" beschwichtigte Bernward.

„Was meinst Du?" fragte der wütende Metzger.

„Du doch nicht! Mit Dir rede ich doch überhaupt nicht!"

„Aber hier ist doch sonst niemand!" wunderte sich der Schlachtereibesitzer und blickte um sich. „Oder doch?"

Er sah sich erneut unsicher um. Doch dort war keine Menschenseele zu entdecken.

„Ihr wartet!" herrschte Bernward die Hunde an.

Dann wandte er sich dem Metzger zu. „Sagt einmal, Herr…na wie auch immer Ihr heißen mögt. Würdet Ihr mir bitte schnell eine sagen wir mal größere Menge Fleisch und Wurst verkaufen? Und was Ihr noch so am Lager habt?"

Der Metzger war verwirrt. Erst die Hunde. Dann der komische Jungspund, der anscheinend völlig irrsinnig war. Und doch drohte ein Auftrag? Es war sein Grundprinzip, niemals einen Kunden zu verprellen. Allerdings sah der Bengel nicht wirklich nach einem ernstzunehmenden Kunden aus. Zwei Seelen rangen in seiner Brust einen harten Kampf. Die geschäftstüchtige von beiden siegte.

„Boyau ist der Name. An welche Menge dachtet Ihr denn dabei? Und...könnt Ihr das auch bezahlen?"

„Ich bin der Partner Eures Hofzauberers, Herr Metzgermeister Boyau. Und ich kann bestimmt bezahlen, was ich kaufe", antwortete Bernward empört. „Geld spielt keine Rolle. Wobei ich Euch vorsichtshalber informieren möchte, dass ihr besser nicht zu gierig werdet."

Der Metzger erinnerte sich. Natürlich. Das war der Gehilfe des Magiers, der vor Jahren die *„Tote Armee"* besiegt hatte. Zauberer waren sowieso irrsinnig. Bei denen war das völlig normal. Und Geld, das wusste er, hatten die, teuer wie sie waren. Die Hunde, die in eine Ecke zurückgewichen waren, schickten sich an, diskret und unauffällig die unheimliche Szene zu verlassen. Der Metzger war neben dem Hundefänger ihr größter Angstgegner und schien vor dem anderen Zweibeiner zu kuschen.

„Nichts da! Sitzt!" ertönte es aus des Jungzauberers Mund. Kaum ein Hund konnte sich diesem Befehl wiedersetzen. Es war, als ob plötzlich die Beine unter ihren Körpern eingeknickt worden wären. Das unterschied wohl die domestizierten Vierbeiner von ihren Vorfahren aus den Wäldern.

„Also, Herr „Wieauchimmer". Was bekommt Ihr für sagen wir mal 50 Kilo Fleisch und Wurst für meine Freunde?" fragte Bernward und deutete dabei auf die Hundemeute.

Der Metzger überschlug kurz die Menge, rechnete sich einen für ihn guten Preis aus und schlug sicherheitshalber noch 50 % auf. Dann überlegte er kurz und verdoppelte den Preis. Als er den Betrag nannte, zuckte der Jungzauberer nicht einmal zu-

sammen, sondern nickte die Forderung ab. Dann zückte er seinen Geldbeutel und zahlte den Herrn der Wurstwaren aus.
„Dann mal her damit. Dort ist Eure Kundschaft!"
Er deutete wieder auf die Hunde, die von der Situation ähnlich wie der Metzger völlig überfordert waren.
„Äh…soll ich es einpacken?" erkundigte sich der Metzger.
„Das dürfte nicht nötig sein", antwortete Bernward.
Kurz darauf ertönte ein gieriges Schlabbern und Schlingen, als der große Berg Frischfleisch und Wurst seinen Weg in die hungrigen Mägen der Meute antrat.
Kurze Zeit später wedelten die bis zum Platzen vollgefressene Hunde matt mit den Schwänzen und waren zum ersten Mal in ihrem Leben glücklich. Der Metzger verfolgte das Geschehen ungläubig, steckte aber seine Gedanken zum gerade verdienten Geld und behielt sie besser für sich.
„Ihr dürft gehen, mein Herr", bedeutete ihm der Jungspund.
„Meine Freude und ich haben nun eine kleine Unterredung!"
„Was?" fragte der völlig überforderte Mann.
„Hinfort mit Euch. Wir wären jetzt gern unter uns!"
„Wie? Oh…äh…ja. Natürlich." Der Kunde hatte immer Recht, und wenn er auch noch so sonderbar war. Boyau verschwand wieder in seinen Räumen. Er war um einiges Geld und eine interessante Geschichte, die ihm später niemand wirklich glauben sollte, reicher.
„Also, Herrschaften!" begann Bernward. „Ich brauche Eure Hilfe. Ich suche da nämlich jemanden!"
Und so erzählte er den Hunden von seiner Suche nach Sir Wauzelot und stellte ihnen bei Erfolg die nächste große Mahlzeit in Aussicht. Nach kurzem Beratschlagen war sich das Rudel einig und stimmte zu. Bernward war sich sicher, dass den feinen Hundenasen nichts und niemand entgehen würde und verließ, begleitet von einem freundlichen Abschiedsbellen, die Gasse, nachdem er dem Terrier, den er niedlich fand, noch kurz

den Kopf getätschelt hatte. Und nun musste er zurück zum Meister und grübelte, wie er ihn beruhigen konnte, ohne seine Absprache mit den Tieren zu verraten. Der Meister wusste nichts von seiner Fähigkeit, mit Tieren reden zu können, und das sollte sicherheitshalber auch so bleiben.

Als er des Meisters Kemenate betrat, war dieser dank des Einsatzes von zwei Flaschen Jagdgehilfen, einer Depression näher gekommen als je zuvor.
„Da bissu ja wieder, Lehrling", nuschelte er und stierte ihn aus blutunterlaufenen Augen an. „Wo isch mein Hunnnd?"
„Der spielt irgendwo in den Gassen. Wahrscheinlich behüpft er wieder jede verfügbare Hündin Ogersheims und geht danach die Tonnen plündern", kommentierte Bernward.
Der Meister nahm einen tiefen Zug aus der Flasche. Und dann…heulte er wie ein Schlosshund.
„Meheihein aaaarmesch Hundileiheihein!" schluchzte er. „Esch ischt beschtihihimmt tohohooot."
„Aber Meister!" versuchte Bernward den Zauberer zu trösten. „Der ist so zäh…der würde auch eine Herde Stiere in die Flucht schlagen. Den finden wir schon wieder."
„Meinscht Du?" fragte der Meister und richtete seine blutunterlaufenen, hoffnungsvollen Blicke auf seinen Lehrling.
„Aber ja, Meister. Der kleine Kerl ist eben ein Freigeist. Und natürlich ein Kämpfer mit einem heldenhaften Gemüt!"
„Dasch schtimmt!"
„Dem passiert nichts. Höchstens ein überfressener Bauch!"

„Dasch schtimmt auch!"
„Alles wird gut!"
Und genau in diesem Moment kam ein Stein durch das offene Fenster geflogen, kollerte über die Holzdielen und landete genau vor den Füßen der verdutzten magischen Elite.
„Was scholl dasch?"
„Der ist in irgendwas eingewickelt, Meister."
Bernward schnappte sich den anscheinend in Papier eingewickelten und mit reichlich Schnur umwundenen Gesteinsbrocken und begann, ihn auszuwickeln.
„Das ist anscheinend eine Botschaft, Meister."
Er glättete das Papier, las…und erbleichte.

„Wir haben Euren Hund, Herr Zauberer. Wenn Ihr brav macht, was wir Euch sagen, dann wird ihm nichts geschehen und Ihr seht ihn lebend wieder. Wenn nicht, dann machen wir Wurst aus ihm. Keine Polizei. Sonst passiert Schreckliches. Ihr erhaltet unsere Anweisungen in Kürze. Ein Freund. Anonym."

Der Zauberer schien von einem Moment zum nächsten wieder völlig nüchtern zu sein.
„Die bring ich um. Wenn ich die in die Finger kriege…bring ich die um. Wer auch immer das gewesen sein mag. Von denen lasse ich keinen Krümel übrig. Nur Brei. Eine Pfütze Blut. Knochenmus. Aber erst werde ich sie quälen, wie noch nie zuvor jemand gequält worden ist", zischelte er voller Hass.
„Vielleicht sollten wir erst herausbekommen, wem wir das verdanken, Meister", schlug Bernward vor. „Die Ogersheimer hängen niemanden…es sei denn, sie hätten ihn."
Der Meister nickte.
„Aber dann bringe ich die um. Langsam. Ein Kettenhemd und eine Käsereibe. Säure. Feuer. Glühende Ketten. Dämonen.

Alles, was mies, fies und gemein ist. Und dann belebe ich sie wieder. Und dann...bringe ich sie wieder um!"

Tief im Süden des Reiches lag das Land der Kohlenhügel. Die Zwerge hatten sich lange Zeit hartnäckig gegen Ogersheim behauptet und ihre Autonomie gepflegt. Doch irgendwann war es dann doch zum Anschluss an das Reich gekommen. Das Oberhaupt der Zwerge war meist in Ogersheim mit Regierungsgeschäften beschäftigt und so war es auch beim Grafen Oskar der Fall gewesen. Nur ein gelegentlicher Brieftauben-Postverkehr hatte ihn über die wichtigen Dinge in seiner Grafschaft informiert.

Nach einigen spektakulären Stürzen vom Reittier, die nur wegen des harten Zwergenschädels ohne Folgen geblieben waren, hatten Mara Kutscherstocher und Graf Oskar endlich dessen Heimatland erreicht.

„Und DAS, meine Liebe", stellte der Graf stolz mit ausladender Armbewegung vor, „ist das Land der Kohlenhügel, ehemaliges Königreich und jetzige Grafschaft der freien Zwerge und Pioniere der Minenarbeit."

Sie blickten auf ein bergiges, grünes und reichbewaldetes Land, wie es schöner nicht hätte sein können.

„Ach ja...pass besser auf, wohin Du Dein Pferd lenkst, Teuerste. Es kommt gelegentlich zu Verwerfungen und Einbrüchen. Und ich kann mir nicht vorstellen, dass Du einen so spontanen Besuch unter Tage gut finden würdest."

Die Begleiterin staunte. Es war wirklich ein ansprechendes Land, das sich vor ihren Augen erstreckte.

„Sagt, Herr Graf. War das schon immer Zwergenland?"

„Soweit die Erinnerung zurückreicht. Allerdings hatten wir früher den einen oder anderen Krieg mit Gaullia. Die Froschfresser wollten schon immer gern unsere Bodenschätze haben. Aber wir haben ihnen jedes Mal kräftig heimgeleuchtet."

Der Zwergenherrscher tätschelte, versonnen lächelnd, seine Streitaxt und nostalgierte Erinnerungen an längst geschlagene Schlachten.

„Unser Vorteil liegt unter anderem darin begründet, dass wir unter Tage arbeiten. Feldschlachten liegen uns nicht. Da unten kann uns niemand auch nur annähernd das Wasser reichen. Und schon gar nicht diese Frosch- und Schneckenfresser. Widerliches Pack. Glaube mir. Aber wir sind nicht nur Krieger, sondern haben auch einen Sinn für die feinen Künste!"

Er sinnierte einen Moment und dann wurde er poetisch.

„Wer einmal das Zwergenbräu getrunken,
Wem einmal die Blicke der Mädchen so klar
In die glühende Seele gesunken,
Der ziehet nicht mehr weiter..."

Fräulein Kutscherstochter entdeckte täglich neue Seiten an dem sonst so mürrisch und griesgrämig wirkenden Krieger, den sie sich ohne Kettenhemd, Helm und Streitaxt kaum vorstellen konnte. Anscheinend steckte unter der rauen Schale mehr Seele, als man sich vorstellen konnte.

„Wohin müssen wir denn, mein Herr?" erkundigte sie sich.

„Wir müssen den Waldweg entlang bis zum Bierschaumberg-Turm. Von dort haben wir nicht nur den besten Blick nach allen Seiten über das gesamte Land. Dort gibt es auch, wie der

Name es schon verrät, das beste Bier des Landes. Und für gutes Bier schlägt eine Zwergenseele so laut wie eine Bronzeglocke."
Und so schickten sie sich an, die letzte Etappe ihrer langen Reise zu beenden.

Morgenstund' hat Gold im Mund. Daran konnte kein Zweifel bestehen. Auf der kleinen Lichtung im großen Forst herrschte Idylle pur. Die Luft duftete nach Morgentau auf Wiesen und Bäumen, die ersten Kaninchen hoppelten auf der Suche nach kleinen Leckereien über das Grün und Schmetterlinge entfalteten ihre Flügel, um sich geschäftig auf die Suche nach Nektar zu machen. Bienen surrten um die Blütenpracht und Libellen zogen ihre Bahnen.
Im kleinen Häuschen am Rande der Wiese erwachten zwei junge Damen nach einer langen, entspannenden Nachtruhe.
„Teechen, Feechen?" erkundigte sich die Gastgeberin.
„Gleich", antwortete die ehemalige Zuckerhexe Emmi. „Aber erst mal möchte ich dahin, wo selbst der Reichskanzler zu Fuß hingeht. Und so ein wenig Zeit hätte ich schon gern dafür. Ich mag es nicht hektisch, wenn ich bei der Sache bin."
„Lass Dir Zeit. Niemand drängelt. Möchtest Du vielleicht etwas Lektüre mitnehmen?"
„Lesestoff? Immer. Was gibt es denn?"
„Ich habe da noch einen Almanach. Da stehen bestimmt wieder tolle Tipps drin. Ich bin selbst noch nicht dazu gekommen, das Ding zu lesen."

„Au fein…dann bin ich mal die Erste", freute sich Emmi. „Mal immer her damit!"
Sie schnappte sich die Postille und verschwand, ein fröhliches Liedlein trällernd, in Herzhausen.
„Na…was haben wir denn da?" murmelte sie. Wenn das mal nicht interessant ist." Und so begann sie mit der Lektüre.

Stiftung Zaubertest mit der Beilage: „Der gute Rat"
„Nur die Liebe zählt"

Ein Thema, so alt wie Hexerei und Zauberhandwerk selbst, ist und bleibt der Liebeszauber. Generationen von Hexen lebten gut von der meist weiblichen Kundschaft, die sich um Herz, Schmerz, Liebe Leidenschaft und Verhütung sorgt. Daher haben wir uns in der Redaktion spontan zu einem Test der gängigen Liebeszauber entschieden.

Das Problem bestand primär in der Auswahl der passenden Probandinnen und Probanden. Da die Haftungskriterien gerade bei missratenen Zaubern dieser Kategorie extrem sind, mussten wir uns leider extremen Sicherheitsmaßnahmen unterziehen, um unseren Versicherungsschutz gegen magische Unfälle nicht zu gefährden. Gerade Prinzessinnen neigen zu exorbitanten Regressansprüchen bei unbedeutenden, kleinen, sonst allerdings ziemlich erheiternden Patzern.
Anlässlich einer Familienfeier des Hausmeisters unseres Unternehmens mit Grillgelage und Schwarzbier war unser Team so frei, sich unter die Gäste und zugleich den Liebeszaubertrank „Puck" von der „Oberon GmbH" ins Bier sowie in den vom Weibsvolke bevorzugten „Hugo" (eine Art Limonade, wie uns versichert wurde) zu mischen. Wir hielten uns dabei an die vorgeschriebene Mengenangabe, mussten jedoch feststellen, dass sich aus unerfindlichen Gründen der Alkoholgehalt des Gerstensaftes als auch der Prickel-

brause dramatisch erhöhte. Anfängliche Beschwerden bezüglich einer negativen geschmacklichen Veränderung des Bieres (aufdringliches Lakritz-Aroma) wichen schnell einer umfassenden Begeisterung hinsichtlich eines unerhört preiswerten Besäufnisses...zumindest bei den Herren der Gesellschaft. Diese zogen sich spontan zurück, um „Männerdinge" wie Fußball, Axtwerfen oder Ringkampf zu praktizieren, während die Damen der Schöpfung eher albern und kichernd Maiskölbchen, Auberginen, Gurken, Möhren und anderes eher interessant geformtes Gemüse auf den Grill zu werfen begannen und dabei gackernd Frauengeschichten zum Besten gaben. Als die Herren der Schöpfung zurückkehrten und ausgerechnet Tofu auf dem Grill vorfanden, kam es zum Eklat. Echte Männer essen keinen Tofu. Niemals. Nach allerlei zum Teil ausfallender Beleidigungen des jeweils anderen Geschlechtes zogen es beide Fraktionen vor, ab sofort getrennt grillen und trinken zu wollen. Von Liebe also keine Spur.

Anscheinend gibt es beim Zauber einen retardierenden magischen Effekt. Nachdem unsere Probanden schlafbedingt dem komatösen Zustand des alkoholischem Exzesses wieder entronnen waren, entsponnen sich nach ihrem Erwachen durchaus amouröse Ambitionen der heftigeren Art. Diese bezogen sich allerdings ausschließlich auf Kandidaten des eigenen Geschlechtes. Wir empfahlen daher der „Oberon GmbH" dringend, die Rezeptur zu überprüfen. Als Antwort erhielten wir den freundlichen Hinweis, den Beipackzettel besser zu konsultieren, da es sich bei dem Begriff „Puck" um eine auf Mallorbiza stattfindende Gay-Parade handelt, und der erzielte Effekt ausdrücklich erwünscht sei. Es wäre eindeutig unser Verschulden, dass wir unter „Puck" den spaßigen Diener Oberons aus der Legende mutmaßten. Das mitgelieferte Anti-Puck-Spray führte unsere Probanden wieder in die gewohnten Muster zurück, was uns immerhin vor finanziellen Schäden bewahrte. Auch die kompromittierenden Bilder, die bei den zum Teil höchst interessanten Ausschweifungen entstanden waren, unterstützten den ausdrücklichen Wunsch nach Diskretion auf hilfreiche Art und Weise. Wir können den Zauber, vorausgesetzt, dass es sich bei den Kunden um „spezielles" Klientel handelt, durchaus empfehlen, mahnen aber zur angemessenen Vorsicht und empfehlen ein diskretes Terrain oder aber die gewisse Parade auf Mallorbiza als wohlgewählten Ort und Anlass zur Umsetzung.

Zu guter Letzt testeten wir den Zaubertrank „Amour fou pour vous" von „Romeo&Juliette", einem Unternehmen das anscheinend neu auf dem Markt ist.
„Amour fou pour vous" hat uns in seiner teils heftigen Wirkung überrascht. Wie so viele Zauberstöffchen, muss dieses Mittel fein zerstäubt werden. Ein Zerstäuber wird mitgeliefert. Anscheinend handelt es sich um einen Liebeszauber, der nahezu alles und fast jeden in seinen Bann zieht. Nur eben leider unspezifisch. Und genau da haben wir das Problem. Es war eher lästig, dass sich beispielsweise unsere Sekretärin, Frau Klecksel, ausgerechnet in den Esel unseres Gärtners verliebte, der wiederum Gefallen am Hund des Haustechnikers fand. Ganz zu schweigen von der sich anbahnenden Amour fou zwischen unserem Hausmeister und den Filzpantoffeln von Frau Reinlich, die unsere Böden pflegt. Unser Portier trägt noch immer die Spuren von „Frankenkatz" auf seinem Körper, die sich erstaunlicher Weise als immun gegen den Zauber erwies und ihren Missfallen an seinem Interesse sowohl eindeutig als auch heftig zum Ausdruck brachte.
Der Effekt verflog glücklicherweise nach einigen Stunden. Allerdings haben wir den Eindruck gewonnen, dass sich mit diesem Zauber jeglicher Tumult oder Aufruhr besettigen lassen könnte. Der Einsatz bei inneren Unruhen führt mutmaßlich frei von Blessuren sofort zum Erfolg einer Befriedung. Wir haben ein Regierungsmandat zur weiteren Erforschung des Produktes angeboten bekommen und werden uns diesem Ansinnen kaum verschließen können. Wie uns aus zuverlässiger Quelle mitgeteilt wurde,

stammt „Romeo&Juliette" ursprünglich aus der Scherzartikel-Branche und neigt zu Schabernack. Also Obacht mit Artikeln dieses Unternehmens. Man weiß nie, was einen erwarten wird.
Fazit: Leider konnten wir keinen Zauber oder auch Trank finden, der sich eignete, um völlig frei von Störfällen eine spezifisch ausgewählte Person auf eine andere zu prägen. Anscheinend gibt es eine gewisse Unsicherheitskomponente, die in den jeweiligen Probanden begründet liegt. Allerdings war der Unterhaltungswert der jeweiligen Zauber so hoch, dass wir nie und nimmer auf die Erfahrungen damit verzichten wollen würden.

„Muss ich haben", hauchte sie und verließ mit wehenden Gewändern Herzhausen. „Claaaaariiiii!"
Die Gerufene blickte sich verunsichert um.
„Was haste denn? Waren Wespen in Herzhausen?"
„Nein nein nein…lies doch nur. Liebeszauber. Das will ich. Unbedingt. Und dann schnappe ich mir einen Prinzen. Und dann werde ich Fee. Und…"
„Nun mal langsam mit den jungen Einhörnern, Verehrteste", versuchte Fräulein Claricorn ihren Übernachtungsgast zu beruhigen. „Liebeszauber sind gefährlich. Und Prinzen…die bringen doch nichts als Ärger!"
„Alles Quatsch! Prinzen sind süß. Niedlich. Und reich sind sie auch noch. So was will ich."
„Aber dann wirst Du zur Prinzessin. Und mit denen ist immer was. 100 Jahre Schlaf und so ein Quatsch. Emmi…Du bist hoffnungslos romantisch. Oder auch…Du spinnst."
„Gar nicht!"
„Doch!"
„Nihihiccht!"
„Wohohohl!"
„Kein Stück!"
„Aber so was von!"

„Ich bin eine Fee. Und Feen haben es voll drauf. So!" motzte die Fee in spe und stampfte mit dem Fuß auf.
„Warte mal, Zuckerschnute", meinte die Junghexe in Schwarz. „Ich bin mir sicher, dass ich irgendwo noch was über Prinzen habe. Ich muss nur mal buddeln!"
Sie eilte in ihr Hexenhaus, stürzte sich auf die Büchertruhe und förderte alles zutage, bis sie ein lautes, triumphierendes „HA!" ausstieß. „Gefunden! Lies **das**, Frollein!"
Emmi schnappte sich die neue Lektüre und warf sich auf den bequemen Sessel der Gastgeberin, die mit verschränkten Armen und breitem Grinsen auf der Büchertruhe platzgenommen hatte.

Stiftung Zaubertest mit der Beilage: „Der gute Rat"
„Wie man eine Prinzessin weckt"

Liebe Leserschaft. Endlich ist es einem Prinzen gelungen, seine Prinzessin zu finden…und er muss zu seinem Entsetzen feststellen, dass sich Gnädigste auf ein einhundertjähriges Entspannungsschläfchen zurückgezogen hat. Nun ist es auch dem dynamischsten und jugendlichsten aller Helden kaum zuzumuten, sich solange in Keuschheit zu üben und gleichzeitig nicht an Format zu verlieren. Auch Prinzen werden mit der Zeit unansehnlich und fangen an zu müffeln. Das ist eine schlechte Basis für eine Beziehung gemäß dem Codex „Forerver after". Der Legende nach hilft bei Prinzessinnen nur der Kuss eines Königssohnes. Soweit so gut. Doch auch hier, wie in vielen anderen Fällen auch, landen wir wie beim Beginn eines jeden Märchens, dem guten, alten „Es war einmal". Der Kuss durch einen echten Prinzen hilft ausschließlich beim Klassiker der Prinzessinnenverwünschungen: Dem „Dornenroeselyn-Schlaf-Zauber". Dieser sorgt exakt einhundert Jahre für Ruhe und Frieden im Turm. Kein Gemecker, kein Gezicke, kein Genöle. Die meisten unserer männlichen Leser verfügen über ausreichend

Erfahrungen mit dem schönen Geschlecht in Sachen Kommunikation und wissen daher absolutes Schweigen bei Prinzessinnen zu schätzen. Und nun ein gravierender Nachteil. Hat jemand Erfahrungen mit dem kusstechnischen Wiedererwecken einer seit vielen Jahren schlafenden Schönen? Auch, wenn sich Gnädigste optisch vielleicht nicht verändert, so entwickelt sie doch einen Atem, der ein Bouquet von altem Harzer Käse, Knoblauch, Zwiebeln und Schwefel erinnert und Fliegen tot von der Turmdecke stürzen lässt. Kaum ein Prinz würde sich zu einem Kuss herablassen. Einen konnten wir allerdings zumindest monetär dazu bewegen, den Versuch zu wagen. Prinz Impaire-Passe vom Königreich Monte-Casino, der am Abend zuvor gegen unseren Redakteur beim Hütchenspiel reichlich Kleingeld verloren hatte, zeigte sich kooperativ. Immerhin gelang es ihm, unsere Prinzessin zu erwecken. Allerdings verfügt er seitdem über eine giftgrüne Gesichtsfarbe und einen wirklich üblen Mundgeruch. Anscheinend sind keinerlei romantische Ambitionen über den ersten Kuss hinaus jemals von ihm zu erwarten. Fazit: Der Prinzenkuss funktioniert durchaus, ist aber nur bei echter Prinzessinnen-Frischware als real umsetzbar zu betrachten. Also nichts für ältere Lagerware, falls nicht der Geldbeutel ungemein drücken sollte.

Als effektiv erwies sich der „Bouquet de Chaussures"-Trank von „Magicalando", einem relativen Newcomer im Magie-Bereich. Der Trank, im Raum fein zerstäubt, entwickelt einen ungemein starken Duft frischen Schuhleders und erweckt somit aus sicherer Distanz und völlig frei von Körperkontakt. Der Prinz muss nur begleitend den Zauberspruch: „Schuhe Schuhe Schuhe" rufen und Gnädigste stürzt förmlich aus dem Tiefschlaf zurück ins Leben. Der Nachteil: Es wäre wirklich von Vorteil, dann auch einige passende Trittchen, Stiefelchen, Stiefeletten, Pumps, Highheels oder sonstiges Schuhwerk mit sich zu führen. Unsere frisch erweckte Probandin zeigte sich extrem verärgert, als sie kein Schuhwerk vorfand. Unser jetzt

nicht mehr schöner Prinz wird voraussichtlich in zwei Wochen wieder aus dem Klinikum entlassen werden können.
Und nun das Highlight der von uns getesteten Zauber: „Dr. Muntermanns Coffeinisto". Dieser Trank hat es in sich. Einfach ein kleines Feuerchen entfacht, Wasser geköchelt (93 Grad Wassertemperatur sind empfohlen) und ein paar Löffel von „Dr. Muntermanns Coffeinisto"-Instant-Pulver hineingegeben, die Hälfte des Trankes der Prinzessin eingeflößt...und fertig. Doch wie alles auf der Welt gibt es auch hier einen kleinen Nachteil. Prinzessin Liebreiz ist seitdem eine hektische Qasselstrippe, die jeden Prinzen in die Flucht schnattert. Allerdings lässt sich dieser Nachteil wieder ausgleichen, indem der Prinz die andere Hälfte vom Sud verkostet. „Coffeinisto" gibt es in den Geschmacksrichtungen Noisette, Mokka und Latte. Das Stöffchen wird bei uns freudig dauererprobt. Und wenn sie nicht gestorben sind...dann quasseln sie noch heute.

„Coffeinisto? Mokka? Noisette? Klingt doch voll lecker!" stellte Emmi fest.
„Hallo?" Das Zeug scheint echt gefährlich zu sein. So was kommt mir nicht in die Hütte!" beharrte die Hexe.
„Aber das mit dem Liebeszauber und dem Zerstäuber...das klingt doch voll gut. Stell Dir nur mal vor: Du gehst allein durch den Wald und dann kommt so ein Drache, der Dich fressen will. Dann bestäubst Du den...und er verliebt sich in Dich. Also **mir** gefällt der Gedanke!"
„Schnickschnack. Das kann doch nur schiefgehen!"
„Du musst mal was ausprobieren. Feigling!"
„Das sagt die Richtige. Die mit einem Pferd mit einer Rübe auf der Stirn und einem abgefackelten Zuckerhaus!"
Streit lag in der Luft.
„*Bampf*" machte es.

„Was ist denn hier schon wieder los?" fragte DAX kopfschüttelnd. „Kann man Euch nicht mal ein paar Stunden alleine lassen, ohne dass es zu irgendwelchem Ärger kommt?"
„Nö!" ertönte es unisono aus zwei beleidigten Leberwürsten.
„Grundgütiger!" motzte DAX.
„Die ist schuld!"
„Nein…die wars!"
„Gar nicht!"
„Dohoch!"
Und wieder ging es seinen gewohnten Gang, bis sich DAX einen beeindruckenden Brüllanfall leistete.
Und dann machte es einfach nur *„Bampf"* und der Dämon war wieder verschwunden.
„Was war das denn jetzt?" fragte Emmi?
„Keine Ahnung", antwortete Claricorn.
„Was für eine launische Zicke der sein kann", stellte Emmi fest. „Ob die bei DAX zuhause wohl alle so launisch sind?"
„Da kannste voll von ausgehen."
„Männer!"
Und da waren sie die beiden besten Freundinnen der Welt wieder einmal völlig einig.

„Herr Kanzler! Herr Kanzler!" tönte es vom Korridor.
„Was hat sie denn jetzt schon wieder?" brüllte der Kanzler.
„Schon wieder eine Kalesche mit Besuch. So ein dicker Mann mit Hängebacken. Ein echter Wandermops!"
„Kenne ich nicht! Wer soll das sein? Was will er denn?"

„Er will zu Euch. Kommt wohl aus Eurer Grafschaft!"
„Jaso im Himmel! Das wird doch nicht etwa…?" Graf Gerhard befürchtete Schlimmstes. Und dann hört er auch schon schwere Schritte den Gang entlang stampfen.
Die Tür flog auf.
„Mein Kanzler. Endlich", keuchte und jappste das Schwergewicht. „Die Reise von der Kaiserpfalz hierher war fürchterlich und anstrengend. Wann gibt es Essen?"
„Herrje, der Sigismund! Puttchen! Junge! Du hier? Du solltest doch die Grafschaft in meinem Sinne leiten. Du bist der Letzte, den ich hier befürch…äh…erwartet habe!"
Der Mann mit der imponierenden Leibesfülle ließ sich in des Kanzlers Lieblingssessel fallen. Er füllte das Möbelstück mehr als komplett aus und quoll an einigen Stellen noch darüber.
„Wir sind aufgeflogen, Herr Kanzler!"
„Wie? Aufgeflogen? Womit?" Der Kanzler erbleichte.
„Alles. Die Geschäfte mit der Wagenfabrik vom Ferdi von der Wolfsburg. Dann die Waffenmanufakturen. Und auch noch die Müllentsorgung in die Bergwerke der Zwerge. Irgendwo musste das ganze Gift aus den Manufakturen doch hin. Und noch so ein paar Dinge, mit denen wir Geld gescheffelt haben. Anscheinend hat uns jemand verpetzt!"
Der Reichskanzler beruhigte sich wieder. Er hatte schon befürchtet, das Volk habe von Grünschildt, Rocketfellow, der anstehenden Staatspleite oder Büschels Kriegsabsichten erfahren.
„Kinkerlitzchen", grinste der Kanzler. „Nichts im Vergleich zu dem wirklich großen Rad, das hier gerade gedreht wird. Halte Dich an mich, mein Junge, und ich mache Dich zu meinem Nachfolger. Aber halte mir den Pöbel aus meiner Grafschaft vom Leibe. Ich habe hier ganz andere Eisen im Feuer."
Der Kanzler schellte nach seiner Bediensteten und orderte reichlich Nahrung und Getränke. Sein Stellvertreter „Putt-

chen", wie er ihn gönnerisch nannte, hatte einen Appetit, der dem eines Ogers glich. Nur seine Geldgier war noch größer. Das Essen wurde gebracht und der Dicke stürzte sich darauf.

„Also, mein Bester. Ich erkläre Dir mal ein paar grundlegende Dinge. Fangen wir mit folgenden Begriffen an: *„Kohlblatt"*, *„Aktien"* und *„Privatisierung"*! Hörst Du überhaupt zu?"

Der Koloss im Sessel schlang und schmatzte. Ansonsten schaute er nur verständnislos drein.

„Na komm schon, Puttchen. Du musst auch mitarbeiten. Sonst wird das nichts mit Dir als Kanzler der Zukunft." Graf Gerhard schüttelte missbilligend den Kopf und hoffte auf Einsicht.

Sein Besucher konnte zwar nicht folgen, hatte aber noch genug Platz im Magen, um dort ein paar Hühnerbeine unterzubringen und kräftig nachzuspülen.

„Also das mit der Kanzlernachfolge…da musst Du noch an Dir arbeiten, Puttchen. Dazu gehört mehr, als nur eine ordentliche Menge futtern und trinken zu können."

„Wasch?" nuschelte der dicke Mann verunsichert und versprühte reichlich Essenskrümel in der Luft.

„Ich muss meine Mannschaft dringend mal optimieren", murmelte der Kanzler.

„Öhm…wie bitte, mein Kanzler?"

„Nichts nichts", antwortete der Kanzler. „Wir besprechen das morgen nach dem Aufstehen in Ruhe. Große Dinge stehen an. Und da Du nun schon mal hier bist, kannst Du mir ein wenig zur Hand gehen. Ich werde Dich mal den Jungs aus dem Rat vorstellen. Aber nicht mehr heute. Ich muss nachdenken!"

Sein Besucher hatte den Wink mit dem Zaunpfahl verstanden, schnappte sich schnell die verbliebenen Speisen und empfahl sich. Morgen war auch noch ein Tag und er wollte sich noch ein wenig stärken. Politik war ein anstrengendes Geschäft und er wollte für die kommenden Herausforderungen in Form bleiben. Mahlzeit.

Die Landschaft war nebelverhangen und unwirklich. Der Weg war nicht mehr holperig, sondern schlammig. Die Kutsche holperte nicht mehr, sondern glitt so sanft über die Straße wie ein heißes Messer durch Butter. Es wäre ein bequemes Reisen gewesen, hätte es nicht die Sorge gegeben, vom Weg abzukommen und die Kutsche irgendwo im Sumpf festzufahren. Der Kutscher fluchte und konzentrierte sich mit dem letzten Funken Wachheit, den er noch aufbringen konnte, auf die Straße. Die ganze Sache wurde ihm unheimlich. Irrlichter huschten über den Weg und verunsicherten die Pferde.
„Herrin?" fragte er in die Kutsche.
„Ja?" antwortete die Reisende.
„Herrin! Man sieht die Hand nicht mehr vor den Augen. Ich fürchte, dass wir vom Weg abkommen könnten. Und der Gedanke behagt mir nicht!"
„Dann halte er mal an. Ich denke, dass ich es richten kann!" rief die rote Margot aus der Kutsche.
Sie stieg aus und atmete tief ein. Der Geruch von Sumpfgas …die Irrlichter…der Nebel…sie mussten kurz vor dem Ziel sein. Die alte Hexe sah sich um und entdeckte ein Irrlicht, das sich neugierig an die Kutsche herangewagt hatte. Sie schnippste nur einmal kurz mit den Fingern und sprach:
„Kleines feines Irrlicht…sei in meiner Pflicht…und zeige mir den rechten Weg…bis an des Tempels Steg!"
Das Irrlicht flackerte heftig und huschte an der Kutsche vorbei und erhellte den Weg. Die alte Frau stieg wieder in die Kutsche und kreischte dem Fahrer zu: „Nun mach schon, Du Tölpel, sonst verlierst Du es noch. Hinterher. Na hopp!"

Der Kutscher wusste, wen er da in der Kutsche als Fahrgast hatte und erschauerte. Er ließ die Peitsche knallen und die Pferde liefen schnell wie der Wind durch die unheimliche Landschaft. Doch es sollte noch eine halbe Stunde dauern, bis sie das Irrlicht eingeholt hatten. Es verharrte direkt auf dem Weg unmittelbar vor einer baufälligen, schummrig beleuchteten Kaschemme, die direkt an einem See zu liegen schien.

Das Schild der Herberge schwang quietschend im Wind leicht hin und her und verriet, wo sie angelangt waren. Sie kam langsam näher. Das schlechte Licht und die im Alter nachlassenden Augen machten ihr zu schaffen. Sie beugte sich vor und las langsam, aber laut:

Endstation
Willkommen im Old-Temple-In
Lasset alle Hoffnung fahren
Heiße Bäder und Getränke

Der Ogersheimer Marktplatz war überfüllt. Der Herold hatte das Volk schon ein paar Tage vorher auf eine Pflichtveranstaltung eingestimmt. Der Umtausch von Gold in die neue Währung „Kohlblatt" stand an.

Bello Sagnix, des Reichskanzlers Herold, stand auf einer improvisierten Bühne, neben der die Ogerbank eine große, stahlbeschlagene Truhe aufgestellt hatte, die von einem Dutzend Soldaten bewacht wurde.

Der den Herold begleitende Trompeter plärrte auf seiner Tröte und diejenigen, die der Bühne am nächsten waren, stopften sich mit Leidensmiene die Finger in die Ohren.

„Volk an der Stätten! Merket auf!" brüllte der Herold. „Ab heute gilt in unserem schönen Ogersheim die neue Währung, das Kohlblatt. Das Kohlblatt ist nur echt, wenn es das Konterfei unseres geliebten Altkanzlers, Helmut des Stattlichen, trägt. Wer Kohlblätter nachmacht, fälscht, oder auch nachgemachte oder gefälschte Kohlblätter in Umlauf bringt wird mit Kerkerhaft bestraft. Und wer es wagt, sein Gold zu verbergen, anstatt es hier zu tauschen, dem droht ebenfalls die Haft."

Das Volk begann zu murren. Unmut machte sich breit.

„Des Weiteren hat das Volk künftig und auf alle Zeiten je Tag eine Stunde mehr zu arbeiten. Unentgeltlich. Das dient dem Gemeinwohl. Hurra auf unseren glorreichen Kanzler!"

Kanzler und Pfalzrat verfolgten das Geschehen vom Rathausturm aus – alles schien nach Plan zu verlaufen.

Und plötzlich kam wie aus dem Nichts heraus, ganz wie vor wenigen Tagen, eine einsame Tomate geflogen und landete zerplatzend in des Herolds aufgerissenem Mund. Und noch eine. Dann folgte ein regelrechter Gemüse- und Obsthagel und begrub Herold, Trompeter und Wachen unter sich.

„Vielleicht sollten wir unsere Strategie überarbeiten? Das Volk scheint ein wenig ungehalten!" stellte Puttchen fest.

Der Kanzler verfolgte das Geschehen erschüttert.

„Das kann doch nicht sein, dass der Pöbel aufbegehrt?" stotterte er. „Das dürfen die doch nicht!"

„Denen geht es anscheinend noch entschieden zu gut!" kommentierte Müffelhering. „Solange die noch Obst und Gemüse zum Werden haben, haben die viel zu viel. Und zu wenig Ar-

beit. Die müssen mehr arbeiten. Dann vergehen denen schon die dummen Gedanken!"
Es ertönte beifälliges Gemurmel der anderen Ratsmitglieder.
„Und außerdem: Wer nicht arbeitet, der soll auch nicht essen, spricht Jaso!" Müffelhering redete sich in Rage.
„Die essen nicht…die schmeißen", merkte der Reichskanzler an. „Anscheinend mögen die unsere Idee nicht, hä?"
Ein gut geworfener, überreifer Apfel zermatschte direkt vor des Kanzlers Antlitz am Sims und besudelte sein Prunkgewand.
„Wache!" brüllte Puttchen empört. „Sie haben den Kanzler geschmäht! Schnappt Euch das Pack. Und dann sperrt sie ins tiefste Loch!" Der Geifer lief ihm die Mundwinkel hinab.
Auf dem Rathausplatz ertönten schrille Töne von Trillerpfeifen. Die Stadtwachen bekamen Verstärkung durch die Ogersheimer Polizeikräfte. Doch es war ein nahezu aussichtsloses Unterfangen, die Sicherheit wieder herzustellen, da die wackeren Ordnungshüter auf dem Gemüsematsch ausglitten und einen höchst unrühmlichen Anblick boten. An Rande des Platzes standen vereinzelt kleine dicke Männer im Lodenmantel und machten eifrig Notizen in kleine rote Büchlein. Die GEVOSI der „M" war stets unauffällig bemüht, Daten zu sammeln und Verdächtige auszumachen. „M" würde zufrieden sein.
Die Mitglieder des Pfalzrates zogen sich vornehm in die Räumlichkeiten des Palastes zurück und beschlossen, künftig mehr Wächter einzustellen. Anscheinend ging dem Volk die Untertänigkeit aus und dieser Zustand war für die hohe Obrigkeit nicht vertretbar.
„Man müsste die alle einsperren! Das ganze Pack!" tobte Sigismund. "Und dann den Schlüssel wegwerfen!"
„Nun beherrsch Dich mal, Puttchen!" bremste ihn der Reichskanzler. „Wenn wir die alle einsperren, dann arbeitet niemand für uns. Wovon sollen wir dann leben?"

Die Ratsmitglieder wussten nur zu genau, dass einzig und allein produktive Arbeit den Wohlstand erwirtschaftete. Politik hingegen beschäftigte sich vornehmlich damit, den vom Volke erworbenen Wohlstand wieder auszugeben. Die Kunst bestand darin, dem Pöbel genug zu lassen, dass er nicht auf dumme Gedanken kam, aber keinesfalls zu viel, auf das niemand dem Hamsterrad entrinnen konnte. Aus Sicht der hohen Obrigkeit bestand das Volk aus Lohnsklaven, denen einfach nicht gewahr wurde, welchen Status sie wirklich hatten. Niemand war unfreier als derjenige, der sich wegen kleiner Vergünstigungen im Sklavenleben selbst für frei hielt.

„Ich habe eine Idee", sprach der Kanzler. „Schenken wir denen was. Dann haben wir sie wieder genau da, wo wir sie hinwollen. Wir verdoppeln einfach den Kurs Gold zu Kohlblatt für die ersten 100 Wechsler. Dann haben sie Geld in der Tasche, kaufen sich irgendwelchen Firlefanz und die Händler freuen sich. Und wenn wir sie dann am Haken haben, dann ziehen wir die Daumenschrauben kräftig an." Er grinste ob seines Einfalls.

„Und wer soll das alles bezahlen?" fragte Müffelhering.

„Ist doch nur Papier. Das druckt uns der Grünschildt wie Heu. Und die Zinsen lassen wir vom Pöbel zahlen. Das bemerken die doch gar nicht", grinste der Kanzler.

„Und wenn wir erst mal das ganze Gold haben...dann hoch die Tassen", feixte Leichenhans. „Die nehmen wir aus wie Weihnachtsgänse. Und dann kommt die Privatisierung. Die Staatsbetriebe kommen weg. Und der Bürger wird das Opfer gern bringen, um die Staatsverschuldung loszuwerden."

Ein breites Grinsen stellte sich bei den Ratsmitgliedern ein.

„Meine Herren...wenn wir es richtig anstellen, dann werden wir noch reich wie Könige!" lachte der Kanzler.

„Und wenn die das doch noch merken?" fragte Raffrupf.

„Aber das ist das Volk. Die sind nicht auf der Welt, um etwas zu verstehen. Lassen wir die hübsch dumm bleiben. Sonst kommen die uns irgendwann einmal aufs Haupt. Die sind mehr als wir", sprach Leichenhans.

„Dann mal zurück zur Tagesordnung, meine Herren!" Die Laune des Kanzlers, dem noch Apfelmus am Kragen klebte, hatte sich wieder deutlich verbessert. „Wir brauchen mehr Polizei und Wachen. Und wer darf seine eigene Unterdrückung bezahlen?"

„Der Pöbel!" ertönte es aus dem Rat im Chor. Und alle lachten laut schallend. Es tat gut, unter sich zu sein, weit entfernt vom niederen Plebs der Gassen und schlimmer noch dem tumben Landvolk. Doch solange das Volk an seinem Platz bleib und nichts von den wahren Spielen und Ränken in der Politik ahnte, war alles so, wie es sein wollte und der Selbstbedienungsladen des Geldes hielt seine Pforten sperrangelweit geöffnet.

Im Land der Kohlenhügel schien alles ruhiger als im Rest des Reiches zuzugehen. Die Vögel zwitscherten, gelegentlich kreuzte ein Reh den Weg, die Luft war frisch und rein und der Ärger der großen Stadt Ogersheim war fern.

Graf Oskar bewies mittlerweile Talent im Sattel. Seit geraumer Zeit war er nicht mehr im Galopp verloren gegangen und Mara Kutscherstochter zollte ihm Respekt. Der Zwerg hatte echte Nehmerqualitäten bewiesen und gezeigt, dass er es nicht ohne Grund bis nach ganz oben geschafft hatte.

„Nun, meine Weggefährtin, wirst Du gleich die weithin berühmte Gastfreundschaft des Zwergenvolkes erleben dürfen.

Leckeres Starkbier in Strömen, gut abgehangenes Fleisch, Wettkampf im Axtwerfen…wir bieten einiges!"
„Mit Verlaub…eine Frage habe ich, Herr Oskar. Aber es ist mir irgendwie peinlich."
„Nur heraus damit, schönes Kind!"
„Ich weiß nicht, ob ich das wirklich fragen sollte!"
„Ach was. Mach nur keine Mördergrube aus Deinem Herzen. Wir sind hier unter uns. Und uns Zwergen ist nahezu nichts peinlich. Bis auf vielleicht drei Ausnahmen. Den verbotenen Dingen, über die niemals gesprochen wird."
„Ich hörte dereinst von einem sehr seltsamen Sport. Dem Zwergenwerfen! Was hat es damit auf sich?"
Der Zwerg erbleichte.
„Darüber reden wir nicht. Auf keinen Fall. Niemals."
„Oh…verzeiht. Dann war das als eins der drei Dinge?"
„Mit Verlaub…ja. Sogar das Schlimmste."
„Das ist mir nun aber wirklich peinlich. Aber…damit ich nicht wieder ins Schmalzfass gerate…was sind die anderen verbotenen Themen?"
Der Zwerg schluckte. Anscheinend fiel ihm die Antwort wirklich schwer.
„Nun gut. Aber Du musst versprechen, niemals darüber zu reden. Sonst kommst Du hier im Zwergenreich in Toifels Küche! Und wir Zwerge können da sehr unangenehm sein!"
„Es sei. Ich gelobe es feierlich", stimmte sie zu und klimperte kokett mit den Augen, was den Grafen wieder dahinschmelzen ließ. Er konnte ihr einfach nichts abschlagen.
„Schneewittchen. Wir reden nie darüber!"
„Nie gehört. Kenne ich nicht. Eine Frau, wie mir scheint?"
„Pssst! Welchen Teil von „Wir reden nie darüber" hast Du nicht verstanden? Das „Wir reden nicht" oder das „nicht darüber?" Sein Gesicht und die Stirn waren hochrot angelaufen.
„Huch. Das wollte ich nicht. Weibliche Neugier. Verzeiht."

Seine Gesprächspartnerin war ebenfalls spontan errötet.
„Und das letzte Thema?"
„Zwergenfrauen!"
„Oh!"
„Und damit lassen wir es mal bewenden. Doch siehe: Dort, nur noch wenige hundert Fuß entfernt ist unser Ziel erreicht. Der Bierschaumberg-Turm! Der wichtigste Ort unseres Landes!"
Die beiden gaben den Pferden die Sporen und erreichten ein imponierendes Bauwerk. Ein riesiger, weißer, rechteckiger Turm mit vielen Stockwerken, der nur über eine Zugbrücke, die von einer Wachmannschaft mehrerer Dutzend grimmiger Zwerge in Kettenhemden und dicken Lederrüstungen bewacht wurde. Sie hielten aus bestem Zwergenstahl geschmiedete Äxte in den Fäusten und machten den Eindruck, dass man sich im Streitfall besser weit entfernt von ihnen aufgehalten hätte.
Das riesige Eingangstor war aus dicken Mooreichenbohlen gefertigt und das ganze gigantische Bollwerk machte einen trutzigen und uneinnehmbaren Eindruck.
Der Graf und seine Begleiterin stiegen von ihren Pferden.
„Das nenne ich mal eine Festung", stellt die Kutscherstochter beeindruckt fest. „Niemals zuvor erblickte ich solch ein Bauwerk von so großer Wehrhaftigkeit!"
„Nicht wahr? Wir Zwerge sind Meister im Umgang mit Stein und Werkzeug. Da kann uns niemand etwas vormachen."
„Der Turm sieht um vieles wehrhafter aus als die Festung Ogersheim. Wenn auch nicht so weiträumig. Wie stark sind die Mauern?"
„Unser Bollwerk ist uneinnehmbar. Und es geht weit in die Tiefe. Wie gesagt…wir Zwerge sind die geborenen Architekten und Baumeister!"
Eine kleine, in das riesige Tor eingebaute Pforte öffnete sich und ein in eine fast massiv wirkende Rüstung gehüllter Zwerg kam hinausgehetzt. Sein Schuppenpanzer klirrte.

„Graf Oskar! Seid Ihr es wirklich, Herr?"
„Aber ja, Farli Hartstein! Ich bin es. Wer sonst sollte ich sein?"
„Es ist gut, dass Ihr wieder bei uns seid, Herr!" Er deutete eine Verbeugung an.
„Du bist ja ganz außer Atem, alter Freund. Was in aller Welt ist den passiert?"
„Schlimme Dinge, Herr. Schlimmer, als Ihr es Euch auch nur annähernd vorstellen könnt. Doch überzeugt Euch selbst."
„Was für ein Benehmen, Farli. Willst Du nicht meine Begleiterin empfangen heißen?"
„Ach herrje. Ja. Natürlich. Verzeiht meine schroffe Art, Mylady. Eigentlich sind wir Zwerge für unsere Höflichkeit bekannt. Na ja…und für unsere Kriegslust natürlich. Aber es sind Dinge in Eurer Abwesenheit vorgefallen, Herr, die wirklich schlimm sind. Folgt mir, bitte!"
Die Neuankömmlinge folgten Farli Hartstein. Die kleine Pforte im großen Tor verschluckte sie und schloss sich erstaunlich laut krachend hinter ihnen.

Das *„Old Temple Inn"* erinnerte die alte Frau stark an den *„Krug zum grünen Krenz"*. Sie hatte den Kutscher angewiesen, den Heimweg einzuschlagen. Ab hier hatte sie keinen Bedarf mehr an Fahrgelegenheiten. Sie stand mit ihren wenigen Habseligkeiten vor der Tür der Schenke und atmete noch einmal tief durch. Die Sumpfluft war angenehm feucht, ein wenig modrig und weckte alte Erinnerungen.

Die rote Margot klopfte an. Erst einmal…dann wieder und wieder. Irgendwo in der Tiefe des Gebäudes ließ sich ein Brummeln, Murmeln und Grummeln vernehmen, das langsam näher kam. Durch die Butzenglasscheiben war Kerzenschein zu sehen. Und dann wurde die Tür einen Spaltbreit geöffnet.
Die alte Frau versuchte, hineinzuspähen, sah aber nur in das flackernde Licht einer Kerze.
„Es wäre nur höflich, einer alten Frau die Tür zu öffnen und ihr ein Nachtlager anzubieten!" schimpfte sie ungehalten.
„Iss ja jut…iss ja jut!" brummelte eine Stimme. „Immer langsam mit den jungen Pferdchen."
Die Tür ging auf und dann sah sie im Lichtschimmer einen kleinen, pummeligen alten Mann mit krauser Lockenpracht und einem mageren Bärtchen, das seine Oberlippe mehr oder weniger zierte. Sie musterte den Kaschemmenwirt, der ihr bekannt vorkam. Aber so sehr sie auch in ihren Erinnerungen kramte, so gelang es ihr doch nicht, die richtige Schublade zu finden.
„Nun komm schon rein, Mütterchen. Bei dem Mistwetter musst Dir doch nicht die Beine in den Bauch stehen."
Sie schnappte sich ihr Bündel und folgte in die Gaststube.
„Nicht sehr gut besucht hier, wie?" stellte sie fest.
„Ne ne…hier ist schon lange nüscht mehr los. Seit der rote Eric wech ist, passiert hier nüscht mehr. Nur noch Irrlichter und ab und zu ein verirrter Ostalgiker, der den Tempel von der Ferne aus betrachten will."
„Seid doch mal so nett und nennt mir Euren Namen, Herr Wirt. Irgendwoher kommt Ihr mir bekannt vor."
Der Wirt musterte sie. „Ich kenne Dich och irgendwoher, Mütterchen. Nun setzt Dich mal hübsch hin und ich bringe Dir was Leckeres. Magste vielleicht ein Stückchen Sahnetorte?"
„Sahnetorte". Irgendwo tief in ihr machte es „Klick".
„Sahnetorte? So wie in „Meine Lieblingsworte…"
„…heißen Sahnetorte!" beendete der Wirt den Satz.

„Achim?"
„Und Du bist…?"
„Margot natürlich!"
Beide grinsten sich breit an und fielen sie sich in die Arme.
„Da waren wir früher aber förmlicher, Verehrteste", meinte der Gastwirt. „Da hatteste mich voll auf dem Kieker!"
„Früher ist früher. Wir sind nur noch wenige. Und Du hast Dich also vom Barden zum Gastwirt gewandelt?"
„Na ja. Seit Eric fort ist, haben sich viele Dinge verändert. Und nicht viele davon zum Guten. Aber wem erzähle ich das?"
„Stimmt. Früher war alles besser", stimmte sie zu.
„Wo habe ich nur meine Manieren? Einen Tee? Oder doch lieber ein Likörchen? Ich habe irgendwo noch Schlehenfeuer. Und Kaffee auch. Echten. Aus Ogersheim."
„Ogersheim!" Die alte Frau verzog ihr Gesicht. „Ogersheim! Die sollen mich noch kennenlernen. Aber gründlich!"
„Donnerwetter. Da ist aber jemand mächtig angesäuert", stellte der Wirt fest. „Dann hole ich besser mal ein Likörchen. Das ist gut für die Seele."
Er verschwand in den hinteren Bereichen der Schenke und kehrte kurz darauf mit einem Arm voller zum Teil stark verstaubter Flaschen zurück.
„Da sind ein paar ganz besondere Leckerchen bei. Beste Ware von damals, als die Welt noch in Ordnung war."
Er korkte die erste Flasche auf. „Leckeres Schlehenfeuer. Das macht warm und vertreibt die schlechte Laune!"
Er füllte die klebrige Flüssigkeit in zwei kleine Gläser und schob seinem Gast eines davon zu.
„Prösterchen, Herrin!"
Sie stießen an und leerten auf Ex.
Ein „Aaaah" kam über die Lippen der Zauberin.
„Noch einen?"

„Her damit. Das tut gut. Hast Du vielleicht noch was zu essen im Haus, Achim?"
„Nur schlichte Hausmannskost. Wie damals. Fette Mettwurst, Schinken, Brot…und natürlich Gurken. Viele Gurken. Und natürlich Sahnetorte." Der Gedanke an die Torte zauberte ein breites Lächeln in sein Gesicht. Er war einfach ein „Süßer".
Dann entkorkte er die nächste Flasche.
„Und nun was ganz Tolles. Gibt es heute nicht mehr. Original *„Blauer Würger"*. Oder lieber einen *„Goldbrand"*? *„Nordhäuser"*? Oder mehr was für die Damen? Ich hätte da noch *„Rotschöpfchen-Sekt"* und *„Goldvados"*."
Die alte Frau fühlte sich wieder in ihre jungen Jahre versetzt und nahm eine gründliche Inspektion aller Destillate vor. Irgendwann zwischendurch stärkte sie sich mit Metzger Halkos fetter Leberwurst auf derben Bauernbrot und sauren Gurken. Dann verschwand der Wirt in seiner Küche, klapperte einige Zeit mit den Töpfen und kam nach einigen Minuten mit einem dampfenden Teller Irgendwas zurück.
Die Alte schnupperte.
„Nein!" rief sie. „Ist das etwas…?"
„Doch. Was ganz Besonderes. Einmal die Späcialitä della Mähsong: *„Tote Oma"* mit Kartoffeln."
Anscheinend war sie in einen ganz besonderen Himmel nur für Ostländler geraten, machte sich über den Teller her und genoss jeden einzelnen Löffel bester Hausmannskost.
Danach ging es wieder an die Destillate und irgendwann trällerten beide gemeinsam ein nostalgisches „Auferstanden aus Ruinen", vom Schankwirt auf einer alten Laute, der eine Saite fehlte, enthusiastisch begleitet.
Und dann, erheblich später…war die letzte Kerze hinuntergebrannt und die kleine Privatfeier endete. Nur der Osten vermochte es, so gründlich zu feiern. Schwankend erhob sich der Wirt und geleitete seinen Gast bedrohlich schlingernd zu einem

Gästezimmer und verschwand dann selbst in Richtung Nachtlager. „Auferschtanden ausch Ruinen", lallte er noch einmal grinsend, verhedderte sich in seiner Laute, stolperte, fiel auf sein Bett und versank in tiefem Schlaf.

Der nächste Morgen der roten Margot begann mit einem veritablen Katzenjammer und einiger Verwirrung. Sie wusste nicht mehr, wie sie in ihr Zimmer geschweige denn in das Bett gelangt war. Nach und nach tauchten Fragmente der Erinnerung auf, in denen Gurken, *„Tote Oma"* sowie Unmengen von Likören in Verbindung mit gelegentlichen Ergänzungen durch Bier und Sekt eine gewisse Rolle spielten. Sie war sich zwar nicht sicher, vermutete jedoch, sogar voller Begeisterung von dem Gurkenwasser getrunken zu haben.
„Auferstanden aus Ruinen", stöhnte sie und dann die weisen Worte, die jeder Betroffene ähnlicher Umstände nur zu gut kennt: „Nieeee wieder!" Und dann stöhnte sie erneut.
Es klopfte an der Tür.
„Jaaa?" ertönte die leidende Stimme der alten Frau.
Da kam der Wirt hereingestürmt, ein großes Tablett mit kräftiger Nahrung, bestehend aus Brot, Wurst, Butter, Käse, Eiern und dampfendem Kaffee vor seinem Bauch balancierend.
„Morgähn Chefin!" ertönte es.
Die „Chefin" stöhnte und umklammerte die Schläfen mit den Händen, während sie gegen eine furchtbare Übelkeit ankämpfte. Auch die finsterste Magie half nicht gegen die Höllenqua-

len, die der Alkohol am „Tag danach" als kleine Morgengabe mit sich brachte.

„Ich sterbe", röchelte sie.

„Ach was. Davon ist noch niemand gestorben. Ich habe auch noch Schmerzpulver mitgebracht. Das hilft immer", grinste der in diesen Dingen erfahrene Fachmann. „Vielleicht noch ein Likörchen gefällig?"

Die alte Frau steckte eine Hand aus den Tiefen ihrer Bettdecke und wedelte heftig, wenn auch nicht wirklich zielgerichtet mit den Fingern herum. Ein Blitzstrahl aus ihren Zeigefinger schlug direkt neben ihm in einen Holzbalken ein. Und dann ließ sich wieder ein lautes Stöhnen und leises Jammern vernehmen.

„Raus mit Dir. Jetzt nicht. Geh weg. Ich sterbe gerade."

„Aber Chefin. Soll ich nicht vielleicht…?"

„Raus!"

Der Schankwirt flüchtete sicherheitshalber aus dem Gefahrenbereich und widmete sich den notwendigen Aufräumarbeiten. Die Spuren vom Vorabend verschwanden nach und nach. Ebenso verflogen die Kopfschmerzen der Hexe, die nach der Einnahme des Pulvers und einigen weiteren Stunden Schlaf wieder halbwegs hergestellt zu sein schien.

Schankwirt Achim hatte frischen Kaffee bereitet und aus dem Kühlkeller etwas Eis für einen Beutel besorgt. Die Zauberin hatte sich an den Tisch gesetzt, hielt den Kopf mit der einen Hand und presste mit der anderen die kalte Kompresse an die Schläfe. Nach und nach stellte sich eine Wirkung ein und sie konnte wieder etwas klarer denken.

„Kann ich was für Euch tun, Chefin?"

„Ja. Kannst Du. Nenn mich nicht mehr Chefin, sonst vergesse ich mich", brummelt sie.

„Ihr müsst was essen, Che…äh…Herrin."

„Aber nur was ganz Leichtes. Sonst muss ich…ohhhh!"

„Ach was. Da muss was Kräftiges her. Salzhering. Gurken!"
Er wurde aus blutunterlaufenen Augen angestiert.
„Mörder", röchelte sie und hob die Hand.
„Nicht die Hand. Nicht die Hand. Nicht schon wieder. Nicht fuchteln, Herrin!" beschwichtigte der ahnungsvolle Wirt und verschwand fluchtartig in der Küche während die Hand matt auf den Tisch sank. Jedes scheppernde Geräusch aus der Küche ließ sie erzittern, doch sie war zu strapaziert, um etwas dagegen zu unternehmen, was dem Wirt wohl das Leben rettete.
„So, Chef…äh Herrin. Ich habe Euch eine Stärkung bereitet. Einmal *„Soljanka"*. Das hilft bestimmt gegen Übelkeit. Ach ja…und einmal *„bunte Katze"*!"
Ein Schauer der Übelkeit raste ihren Körper rauf und runter. Doch sie zwang sich zum ersten Bissen und nach und nach kehrten die Lebensgeister zurück.
„Ihr ward mal besser im Training", stellte der Wirt fest. „Aber das wird schon wieder."
„Das muss es auch", brummelte die alte Frau.
„Wieso Herrin?"
„Ich bringe unsere glorreichen Tage zurück. Wie damals."
„Ach herrje. Wie wollt Ihr das denn anstellen?"
„Ich muss zum Tempel auf dem See."
Der Wirt erbleichte.
„Das hatte ich schon befürchtet, Herrin. Aber niemand gelangt dort hin. Der ist verflucht. Und da kommt niemand rein. Wirklich niemand."
„Quatsch. Ich bin nicht niemand. Ich bin die mächtigste Zauberin im ganzen Land. Na ja…wenn nicht gerade so ein Unfall wie gestern passiert!"
„Aber Herrin. Es ist unmöglich. Niemand ist es bisher gelungen, über das Wasser zu kommen. Da ist eine Barriere, die einen nicht durchlässt. Und ein Seeungeheuer. Auch über den

Steg gelangt niemand bis zur Tempelpforte. Die wird bewacht!"

„Na...so schlimm kann es doch nicht sein. Was sollte schon über so viel Macht verfügen?"

„Kobolde! Ich sage nur Kobolde. Ganz heimtückische sogar. Die haben bisher jeden in die Flucht geschlagen."

„Kobolde? Das sind doch nur so winzige Dinger. Was sollen die schon anstellen?"

„Macht Euch lieber selbst ein Bild davon, Herrin. Aber sagt nicht, ich hätte Euch nicht gewarnt."

Die Alte nahm einen Schluck Kaffee und sinnierte.

„Gibt es denn niemanden hier, der sich damit auskennt?" fragte sie. Irgendjemand aus alten Tagen?"

„Hier sind fast alle fortgezogen. Nur eine ist noch da. Aber die ist mit den Jahren ziemlich irrsinnig geworden."

„Wen zum Toifel meinst Du, Achim?"

„Unsere Kräuterhexe. Die lebt da hinten im Wald. Und die ist wirklich sonderbar, Herrin."

„Eine Hexe? Hier? Und ich weiß nichts davon? Kenne ich die? Wie heißt die denn?"

„Das ist die alte „*Pille*". Die schon früher immer hinter den Kindern her war. Schräge Person."

„Doch nicht etwa „*Kräuter-Pille*"? Die von damals? Die immer voll auf Pilzen und Kräutern war? Die, die immer die Kinder mit Puppen angelockt hat und mit dem „*Nadelstich*" und dem durchgeknallten Maler herumhing?"

„Der olle „*Tüpfel*". Der plauderte immer mit seinem Püschelhund. Aber den gibt es nicht mehr. Und „*Nadelstich*" auch nicht. Der hat sich totgesoffen. Aber die spuken angeblich noch immer irgendwo beim Tempel herum."

„Spuk? Friedhof? Mumpitz. Glaube ich nicht. Aber wie finde ich nun die olle „*Pille*"?"

„Hinter der Schenke führt ein Pfad in den Wald, Herrin. Aber mit Verlaub...ICH würde da nicht hingehen!"
„Na los...bring mich dahin."
Die beiden verließen die Schenke, die auch in den Morgenstunden nicht vertrauenserweckender als in der Nacht aussah.
„Seht Ihr...da ist er schon."
Der Wirt zeigte auf einen engen Pfad unter den tiefhängenden Ästen uralter, spinnenwebverhangener Bäume.
„Vielleicht sehe ich mir doch erst den Steg an!" murmelte die Hexe. „So schlimm kann es schon nicht kommen."
„Wie Ihr meint, Herrin...wie Ihr meint." Sie drehten um.

„Das also sind die Hallen der Zwerge? Wirklich beeindruckend", stellte Fräulein Kutscherstochter fest. „Diese Säulengänge und Gewölbe...wer hätte solche architektonischen Wunderwerke erwartet? Das ist höchste Baukunst!"
Sie schritten einen Kreuzgang entlang, der sie langsam nach unten in die Tiefe des Kohlenhügellandes führte. In den Wänden glimmerte es. Lichtreflexe der Fackeln ließen Edelsteine und Metalle vermuten."
„Hier ist Quarz, meine Liebe. Und Quarz ist ein guter Freund des Goldes. Wenn wir noch weiter gelaufen sind, werden wir allerdings auf den Stoff stoßen, dem unser schönes Land seinen Namen verdankt."
„Wenn es mal so wäre", brummelte Farli, ihr Führer.
„Was willst Du andeuten, alter Freund?" hakte Graf Oskar nach. „Da ist doch irgendwas im Argen, wie mir scheint!"

„Seht selbst, Herr. Es sind nur noch wenige hundert Schritt!"
Und nachdem sie einen weiteren Gang entlanggelaufen waren, standen sie vor einem Abgrund.

„Das ist mir neu, dass es hier so tief hinabgeht", sinnierte der Herrscher des Zwergenreiches. „Gib mir mal eine Fackel, Farli." Dann beugte er sich nach vorn und spähte in die Tiefe.

„Nichts zu sehen."

Er schnappte sich die brennende Fackel und wollte sie in den Abgrund werfen. Doch Ihr Führer fiel ihm in den Arm.

„Bloß nicht, Herr. Das würden wir kaum überleben."

Er hob einen Gesteinsbrocken vom Boden und schleuderte ihn in die Tiefe. Nach geraumer Zeit ertönte ein Platschen und einige Sekunden später wehten Schwaden üblen Gestanks aus dem Abgrund in die Nasen der kleinen Gruppe.

„Was in aller Welt ist es nur, was da so erbärmlich stinkt?" fluchte der Zwergengraf, während seine Gesichtsfarbe von weiß zu grün und wieder zurückwechselte.

Seine Begleiterin war zurückgewichen und hielt sich die Nase zu. „Dagegen ist jeder Pferdemist Parfüm", würgte sie.

„Farli...was ist das? Und...gibt es weitere Gruben, die betroffen sind?" fragte der Zwerg und kämpfte ebenfalls gegen den Würgereiz an. „Leider ja, Herr. Die ganzen Stollen sind damit vollgelaufen. Wir haben bisher nicht die geringste Ahnung, wie wir das in den Griff bekommen sollen."

„Aber was ist das für ein Zeug?"

„Müll, oh Herr!"

„Wieso Müll? Wir sind Zwerge. Wir machen keinen Müll."

„Nein. Wir nicht. Niemand von uns scheißt da, wo er isst!"

„Nun lass Dir nicht jedes Wort aus der Nase ziehen!"

„Wir haben einige Zeit benötigt, um es herauszubekommen, Herr. Das ist Müll aus Ogersheim. Ganz garstiges, giftiges Zeug. Abfälle aus den Waffen- und Wagenmanufakturen. Und aus den richtig großen Dreckschleudern. Diese Mistkerle haben uns das Zeug einfach untergejubelt."

„Wie konnte das geschehen?"

„Die Ursache liegt weit entfernt. Eine ehemalige Zwergenzeche am Rande von Ogersheim. „Schacht Unrat", so hieß er früher. Aber wir nennen ihn jetzt nur noch „Die Gülle-Grube". Irgendein Frevler hat anscheinend den Schacht mit dieser Giftbrühe geflutet. Ungeheure Mengen. So große Mengen, dass es sich unterirdisch seinen Weg über das Tiefenwasser bis zu uns gebahnt hat. Und nun haben wir den Salat. Mit Verlaub...uns steht die Soße fast bis zu den Kronjuwelen."

„Was für ein Verbrechen! Frevelei! Wer auch immer das gewesen ist...wenn ich seiner habhaft werde, dann hacke ich ihm die Knie persönlich ab! Und danach den Rest!" Der Zwergenherrscher spuckte Gift und Galle vor Wut.

„Ich habe eine Vermutung", meldete sich die Kutscherstocher zu Worte. „Die Transportunternehmen zu Ogersheim haben in den letzten Monaten immer wieder „Sonderaufgaben" durch die hohen Herren aus der Politik erhalten. Nacht- und Nebeltransporte, über die niemand öffentlich zu reden wagte."

„Welchem Lumpenhund verdanken wir das Übel?"

„Wie gesagt...es ist nur eine Vermutung. Aber man munkelt, dass ein Günstling des Kanzlers dafür verantwortlich ist. Er ist ein gemeiner Kerl. Waffenschieber, Umweltzerstörer und Pfeffersack, der den Reichen bei jeder Sauerei ergeben die Füße leckt. Sie nennen ihn den „Wandermops" aus dem Baumblutgebirge. Und der Kanzler nennt ihn „Puttchen"."

Der Graf wechselte die Gesichtsfarbe durch alle Nuancen.

„Den kenne ich", spuckte er aus. „Ölkopfs Kronprinz. Der feiste Sigismund. Kanzlers Stellvertreter in dessen Grafschaft. Der Kerl ist wirklich mit allen Wassern gewaschen und sieht sich selbst schon als Kanzler! Aber warte nur, Moppelchen. Dir werde ich die Suppe versalzen. Nicht mit mir, Bürschlein!"

Wutentbrannt zückte er seine Streitaxt, reckte sie in die Höhe und brüllte einen zwergischen Racheschwur, der so heftig klang, dass auch Fräulein Kutscherstochter, die nicht wirklich zart besaitet war, erbeichte.
„Bring uns hier weg, Farli. Ich brauche jetzt ein paar Krüge Bier. Und wahrscheinlich noch viel mehr davon. Ich muss den Gestank aus der Nase bekommen, bevor ich hier alles vollkotze. Und dann lassen wir uns etwas einfallen, wie wir dem Ogersheimer Lumpenpack die Hölle heißmachen."

Die Hexe und der Schankwirt standen am Steg, der über den morastigen See zum Tempel auf der Insel zu führen schien. Die Bohlen des Stegs waren schmierig und glitschig, der See voller Entengrütze und seltsamer Seerosen, deren Blüten in einem merkwürdigen Purpur zu glosen schienen.
„Passt bloß auf, dass Ihr nicht ausgleitet und dort hineinfallt", riet der Schankwirt. „Diese Blumen sind bösartig. Die umschlingen Euch und ziehen Euch nach unten. Und das war es dann. Keiner, der dort hineingefallen ist, ist bisher wieder aufgetaucht. Eine verfluchte Gegend, glaubt mir, Herrin."
„Und was ist mit einem Boot? Kannst Du mich da nicht einfach hin rudern?"
„Ich hänge am Leben, Herrin. Und wie gesagt…die Blumen sind gefährlich. Kein Lebender weiß, was da noch lauert. Unter Wasser hört niemand die lautesten Schreie. Nehmt lieber den Weg über die Bohlen."

Die alte Frau inspizierte den Steg mit einem kritischen Blick.
„Sieht irgendwie wacklig aus", meinte sie.
„Ach…der ist schon recht stabil. Aber wie ich schon sagte…ein Ausrutscher wäre wirklich nicht gut. Und wenn Ihr nicht ausrutschen solltet, dann ist irgendwo kurz vor der Mitte des Steges Schluss mit der Überquerung. Irgendein Hindernis."
„Hast Du eine Ahnung, was es sein könnte, Achim?"
„Nein, Herrin. Ich war bisher nicht so irrsinnig…oh Verzeihung…wagemutig, mir das anzutun. Aber es muss etwas wirklich gemeines sein. Diejenigen, die es bisher probiert haben, sind jedenfalls nicht zurückgekehrt. Irgendein Monster oder Zauber. Wer weiß schon, was da lauert?"
„Und das in meinem Alter", murmelte die Hexe. „Ich hätte besser in meinem eigenen Sumpf bleiben sollen." Sie wandte sich an den Wirt. „Hast Du rein zufällig eine etwas größere Menge Salz in Deiner Küche?"
„Ja…sicher. Aber was in aller Welt habt Ihr vor? Die größte Hexensuppe der Welt kochen? Naht der Winter? Streusalz?"
„Nein. Winter ist es nicht. Aber das Streuen…das könnte Sinn machen. Geister kommen nicht über Salz. Es hält sie auf. Und wenn es dort Geister geben sollte, dann wird es nützlich sein."
„Wollt Ihr es ins Wasser streuen? Das soll helfen?"
Sie verdrehte die Augen und stöhnte leise.
„Nein, sicherlich nicht, Du…Du…Schankwirt. Auf den Steg natürlich. Und dann mal sehen, wie weit ich komme. Du hast doch sicher einen Schürhaken oder so? Aus Eisen? Und ein Stock aus Holz wäre gut."
„Ach herrje. Wollt Ihr ein Feuer machen, Che…äh Herrin?"
Achim wirkte hilflos und überfordert. Er konnte sich keinen Reim aus der ganzen Sache machen.
Sie ersparte sich unnötige Dialoge, verdrehte erneut die Augen litt stumm. „Bring es mir einfach. Nun mach schon."

Wenige Minuten später kehrte der Wirt mit dem Verlangten zurück und händigte es ihr aus.

„Dann mal viel Glück, Herrin."

Die alte Frau griff sich den Stock. Eine Stütze wäre auf dem glitschigen Holz nur von Vorteil. Der Schürhaken hängte sie sich an den Gürtel. Geister und Spukgestalten mochten kein Eisen. Daneben baumelte bereits ein kleines Säckchen Salz. Mehr Vorbereitungen sollten nicht nötig sein. Petrovic, dem sie wahrscheinlich das Übel zu verdanken hatte, war auf seine alten Tage nicht mehr wirklich mächtig gewesen. Hätte sie doch damals nur das Buch in die Hände bekommen. Bei ihr wäre es wahrlich besser aufgehoben gewesen.

Und so machte sie sich langsam, Schritt für Schritt, auf den Weg, sich am Stock festklammernd. Die Bohlen knarrten unter ihren Füßen und immer wieder schwappte schlammiges Wasser mit Entengrütze über den Steg. Nach einigen hundert Schritten war sie dem Tempel bereits bedeutend näher gekommen. Sie ging vorsichtig weiter. Es wurde immer nebliger und die Sicht wurde immer schlimmer. Der Steg war mittlerweile von den merkwürdigen Seerosen bewachsen und wurde mit jedem Schritt rutschiger.

„Immer mit der Ruhe und vorsichtig", murmelte sie. „Auf ein paar Minuten kommt es uns nicht mehr an."

Sie war dem Tempel wieder ein Stück näher gekommen. Nur noch ein kurzes Stück und…plötzlich riss ihr etwas die Füße unter dem Körper weg, umklammerte ihre Fußgelenke und zerrte sie langsam, aber unaufhaltsam vom Steg in den See. Die alte Frau kreischte laut auf, griff panisch nach ihrem Stock und stieß ihn in einen Spalt zwischen den Holzbohlen. Das Holz verkeilte sich ineinander und bot ihr einen vorübergehenden Halt. Doch der Zug an ihren Fußgelenken wurde immer stärker. Sie umklammerte ihren letzten Halt mit der einen Hand, während sie mit der anderen den Schürhaken vom Gürtel zu

lösen versuchte. Die Gelenke schmerzten und es fühlte sich an, als ob ihr die Füße gleich von den Knöcheln gerissen werden würden. Doch mit nahezu letzter Kraft gelang es ihr, den Schürhaken zu lösen und prügelte damit laut kreischend auf den tentakelartigen Schlingen der Rosen herum. Doch es geschah nichts, außer dass die Bemühungen der Schlingpflanzen, sie ins Wasser zu ziehen immer hartnäckiger wurden. Der Schürhaken rutsche ihr aus den nassen Händen und kollerte über den Steg. Sie brüllte vor Wut und Enttäuschung laut auf. Und genau in diesem Moment kam auf dem See ein dichter Teppich aus Wasserrosenblüten auf sie zugetrieben. Trotz ihres Kampfes betrachtete sie die schillernden Blumen fasziniert. Die Blüten öffneten sich und verströmten einen betäubenden Duft, der in ihr den Wusch erweckte, sich einfach ein wenig auf diesem wunderschönen Gewässer inmitten der Blütenpracht treiben zu lassen. Doch dann verspürte sie plötzlich wieder den quälenden Schmerz an den Fußgelenken. Eine der Blüten hatte sich weit geöffnet. Die Alte sah plötzlich Reihen violetter, nadelspitzer Zähne, die sich in ihren linken Fuß bohrten. Durch den heftigen Schmerz kam sie wieder zu sich. Sie war eine Hexe und das hier sollte nicht ihr Grab werden. Ohne noch lange nachzudenken, gestikulierte sie mit den Fingern und schoss einen gleißenden Blitz mitten in die Blütenpracht. Und wieder und wieder. Es stank nach brennendem Moder und verwesendem Fleisch. Diese Blumen waren ganz und gar nicht das, wonach sie aussahen. Die Hexe legte alle Energie in einen letzten, mächtigen Blitzschlag, der den Blütenteppich ganzflächig versenkte. Sie spürte, wie sich die Schlingen von ihren Gelenken lösten und ein floraler Schrei über den See strich, als diese monströse Blütenabscheulichkeit an allen Stellen schwelend die Flucht ergriff.
Die alte Frau lag auf dem Steg und rang nach Atem. Früher, auf dem Höhepunkt ihrer Macht, wäre ihr das nicht passiert.

Das Alter machte es nicht einfacher…ganz im Gegenteil. Die späten Jahre waren eben nichts für Weichlinge. Trotzdem beschloss sie, zumindest vorerst den Rückzug anzutreten, um wieder zu Kräften zu kommen. Sie richtete sich mühsam auf, befreite ihren Stock aus dem Spalt und barg den Schürhaken, der beinahe in den See gerollt wäre. Vielleicht sollte sie sich doch bei der alten *„Pille"* umhören. Wer wusste schon, was das Gewässer noch für Gefahren zu bieten hatte. Sie vermutete, dass das Erlebnis mit den Seerosen noch lange nicht alles gewesen war, was sich hier an Gefahren bot. Und so kehrte sie langsam schlurfend, Schritt für Schritt, sich an den Stock klammernd zurück zum *„Old-Temple-Inn"*.

Es klopfte energisch an die Tür des Hofzauberers. Meister Aegidius fluchte und rappelte sich mühsam aus seinem Sessel empor.
„Wer stört?"
„Euer Kanzler"
„Oh"
Der Zauberer öffnete die Tür und gab sich Mühe, annähernd dienstfertig zu wirken. Doch der Kanzler war ungehalten und bedachte ihn mit einem ungnädigen Blick.
„Wolltet Ihr mich nicht hereinbitten, Herr Zauberer?"
„Oh...äh...ja, mein Kanzler!"
Der Kanzler betrat die Gemächer und drückte ein Bündel der neuen Währung und legte einen großen Packen *„Kohlblätter"* auf den Tisch.

Der Zauberer blickte kritisch auf das Mitbringsel.
„Und das ist...?" fragte er skeptisch.
„Geld" strahlte ihn der Kanzler an.
„Geld?"
„Aber ja!"
Der Magier ergriff das Papierbündel, betastete es und musterte es intensiv.
„Ist kein Geld!"
„Aber ja, mein Bester."
„Gold ist Geld. Das hier ist Papier!"
„Papiergeld!"
„Hä? Ahhh. Hahaha! Ihr treibt wieder Scherz mit mir, Herr Kanzler. Diesmal habt Ihr mich drangekriegt. Hahaha!" Er lachte schallend.
Der Kanzler blickte ihn durchdringend an.
„Das ist unsere neue Währung. Gold wurde abgeschafft."
„Wie...abgeschafft?"
„Verboten. Wer Gold hortet, kommt ins Loch!"
„Wie...ins Loch?"
„In den Bau. Wie die anderen Verbrecher auch!"
„Goldbesitz ist ein Verbrechen?"
„Ab jetzt ja!"
„Ihr seid doch nicht ganz helle im Oberstübchen, Ihr Ogersheimer."
Der Kanzler reagierte etwas pikiert.
„Habt Ihr getrunken, Herr Zauberer?"
„Nein. Wie kommt Ihr darauf? Obwohl ich das als gute Anregung empfinde."
„Dann sollte Ihr besser das neue Geld nehmen. Sonst könnt Ihr Eure Zeche nicht zahlen. In Ogersheim gibt es nur noch Kohlblätter."
Der Zauberer war schockiert.

„Ihr wollt mit diesem wertlosen Mist Eure Schulden bei mir und der magischen Gilde bezahlen? Unser Vertrag mit Herzog Roman lautete auf Gold, Herr Kanzler. Nicht auf bunte Bildchen."

„Das sind keine bunten Bildchen. Das ist unser neues Geld. Und alte Absprachen mit Herzog Roman sind hinfällig."

„Euer Geld ist kein Geld, Herr Kanzler. Und das Staatsoberhaupt ist für mich Herzog Roman. Vertrag ist Vertrag. Und damit basta."

Es entbrannte ein heftiger Dialog über den Sinn und Unsinn der Währungsreform sowie den Wert von Geld und Gold.

„Ich will mein Gold!" brüllte der Zauberer wutentbrannt und stand kurz davor, dem Kanzler irgendeinen garstigen Fluch anzuhexen.

„Gold ist alle!" brüllte der Kanzler zurück. „Gold gehört ab jetzt dem Staat und Grünschildt!"

„Ihr seid doch alle nicht mehr klar im Kopf" brüllte der Magier. „Sucht Euch mal einen Arzt. Aber einen für Irre."

„Euch fehlt jeglicher Überblick für die hohe Kunst des Regierens, alter Mann. Ich rette hier gerade ein Land!"

„Aber nicht auf meine Kosten."

„Auf wessen Kosten denn sonst, he?"

Die beiden starrten sich wütend an.

„Macht nur so weiter, Herr Kanzler, und ich schmeiße den ganzen Bettel hin"

„Das könnt Ihr nicht machen. Wir brauchen Euch. Und Eure *„Tote Armee"*! Also seid gefälligst kooperativ!"

„Und ich brauche mein Gold, Herr Kanzler."

„Ist mir egal. Ich bin Politiker, also muss ich mein Wort nicht halten. Und Gesetze sind mir auch egal. Die mache ich selber, ganz so, wie es mir gefällt!" Er hieb das Geldbündel auf den Tisch. „Nehmt es oder lasst es. Ist mir gleich. Gold gibt es

nicht. Und bis nächsten Sonntag steht die „*Tote Armee*" bereit. Sonst raucht es!"
Der Kanzler stürmte wütend aus des Zauberers Gemach und ließ einen perplexen, vor Wut rauchenden Magier zurück.

FrouFrou, der kleine rosa Pudel des Ratsherrn Fönwelle, hatte ihren Patrouillengang um den Palast beendet. Es hatte sie einige Bestechungsrationen ihres besten Futters gekostet, bis das Rudel sie großzügig aufgenommen hatte. Obwohl das Rudel durchaus Weibchen und deren Gunst zu schätzen wusste, empfand es sie im Kampf ums Überleben in den Gassen eher als Hindernis. Der Rottweiler und der Dobermann waren am schwersten ins Boot zu bekommen gewesen. Diese Riesenbiester von einem Hund konnten wirklich ungeheure Mengen vertilgen. Die beiden satt zu bekommen, war schier unmöglich gewesen. Fönwelle selbst hatte sich nur noch gewundert, wie sich das Hundefutter seines kleinen Lieblings förmlich in Luft aufgelöst haben musste und hatte entsprechend immer wieder nachgelegt. Die kleine Hündin begann Hunger zu entwickeln und überlegte, entweder Fönwelle um den Bart zu gehen, oder in die Metzgersgasse zu eilen. Dort hoffte sie auf ein paar leckere, fettige Happen aus den Schlachtabfällen der Abfalltonnen. Doch plötzlich schien es ihr, als ob sie nicht allzu weit entfernt ein leises Jaulen und Winseln, gepaart mit Gesang zu hören. Sie stellte die Ohren auf und lauschte. Dann folgte sie den Geräuschen, bis sie an einem vergitterten Kerkerfenster anlangte, das in die Tiefen des ogersheimer Kerkers, dem

„*Loch*", wie es die einfachen Bürger zu nennen pflegten, neben dem Palast zu führen schien. Kein Hund mochte die ogersheimer Verließe. Es ging das Gerücht um, dass die Wachleute ihre spärlichen Rationen angeblich mit Hundefleisch aufbesserten. Ebenso schrecklich war das Tierasyl, das Hunde nur wieder verließen, um als Seife zu reinkarnieren. Wie auch immer: Ihre Ohren hatten sie nicht getrogen. Das Jaulen kam ihr bekannt vor. Der Schwarm ihrer letzten Nächte schien da unten zu sein und außerdem sang dort jemand...nicht sehr schön, aber dafür umso lauter. Anscheinend hatte sie einen Volltreffer gelandet und das Ziel der allgemeinen Suche gefunden. Sie freute sich schon auf die Anerkennung des Rudels und zweisame Stunden mit ihrem derzeitigen Favoriten, der nur noch aus dem Gefängnis befreit werden musste.

„Ich habe Euch doch gesagt, dass es kein Ponyschlecken werden würde, Herrin", klugschwätzte der Schankwirt.
„Klappe...oder ich grille Dich", fluchte die Alte.
Sie troff vor übel reichendem Seewasser und bot ein Bild irgendwo zwischen Katzenjammer und wilder Wut. Der Wirt hängte Ihr eine Decke um und brachte sie in den Gasthof, wo sie sich vor das wärmende Feuer des Kamins setzte und langsam wieder zu Kräften kam.
„Lust auf etwas Feuerwasser, Herrin?"
„Nein. Bloß nicht. Das letzte Erlebnis hat mich vorerst kuriert. Ich muss meine Kräfte schonen. Das wird bestimmt nicht einfacher werden. Ich fürchte, dass war erst der Auftakt."

Sie starrte auf die lodernden Flammen. Feuer war gut. Feuer hatte sie gerettet. Sie würde weiterhin auf Feuer setzen.
„Ich brauche neues Salz. Viel Salz. Ich fürchte, dass der Vorrat das Bad im See nicht überstanden hat."
„Hat Euch denn wenigstens der Schürhaken gute Dienste geleistet, Che…Herrin?"
„Nein. Aber wer weiß, ob ich ihn nicht noch benötigen werde? Anscheinend hat das Schicksal noch einiges an Überraschungen für mich auf Lager. Aber jetzt brauche ich Schlaf. Sonst stehe ich das nicht durch." Sie stand mühsam auf, stützte sich auf den Wirt und ließ sich zu ihrer Schlafstatt geleiten. Dann fiel sie in einen langen, tiefen, aber keinesfalls traumlosen Schlaf, in dem sie mit Kraken, merkwürdigen Blumen und Sumpfmonstern kämpfen musste. Und irgendwo in weiter Ferne hörte sie das laute Quaken von Enten und eine schrille Stimme, die immer wieder „Platsch-quatsch" zu rufen schien.

„Da draußen unter dem Fenster ist ein Höllenradau. Lauter Hunde. Nur meiner nicht", fluchte der Zauberer. „Geh hin, Bernward und unterbinde das gefälligst."
Bernward traute seine Ohren nicht. Anscheinend hatten die Hunde eine Nachricht für ihn. Doch durch das wilde Durcheinander war kein klares Wort zu erkennen. Der Jungzauberer stürmte nach unten und versuchte, sich ein Bild zu machen.
„Ruhig, Jungs!" rief er nach unten.
Das Rudel beruhigte sich und wedelte kollektiv mit allen vorhandenen Ruten.

„Wir habe ihn, Mensch! Und wir wollen unser Futter."
„Diese Tölen sind ja unausstehlich. Na hopp, Herr Lehrling!"
Der Jungzauberer zog es vor, diese Anrede nicht wahrzunehmen und stürmte aus den meisterlichen Räumlichkeiten. Der Meister verfolgte Bernwards Aktivitäten vom Fenster aus und wunderte sich, weil in ihm der Eindruck entstand, dass Bernward tatsächlich mit den Hunden eine Unterhaltung zu führen schien, ganz so, als ob er diese verstehen würde. Dann stürmte das Rudel los und ein hektischer, schlanker junger Mann galoppierte hinter ihnen her, während ein alter, dicker Zauberer nur noch den Kopf schüttelte.
Bernward war völlig außer Atem, als er um eine ihm bekannte Ecke bog und vor dem Hintereingang der Metzgerei Boyau stand.
„Fressen!" bellte der Dobermann.
„Erst die Lieferung, meine lieben Freunde. So ist es Brauch"
„Fressen!" bellte das ganze Rudel mit gelegentlichen Unterbrechungen durch lautes Knurren.
„Auf Ehre und Gewissen", wandte sich Bernward an die Meute. „Ihr habt ihn wirklich gefunden?"
Ein kleiner Pudel, der offenbar rosa gefärbt worden war, bellte zustimmend. Bernward konnte es kaum fassen. Ein rosa Pudel wie aus dem Boudoir einer Badehäuslerin inmitten dieser wilden Meute von Straßenkötern?
„Futter!" betonte der Rottweiler. „Wir trauen Menschen nicht. Sie werfen Steine, schlagen mit Stöcken und machen noch schlimmere Dinge mit uns. Menschenworte haben für uns keinen Wert."
„Dann will ich mich mal nicht so anstellen. Vielleicht bekommt ihr dann eine bessere Meinung von zumindest einem Menschen."
Einige Minuten später in der Metzgersgasse. Bernward klopfte an die Hintertür des Metzgers. Die Tür schwang auf und der

Fleischermeister starrte ihn ungläubig aus großen Augen an.
„Mon Dieu. Der Irr...äh...sinnig sympathische junge Mann von neulich. Hat es Euren Freuden beim letzten Mal gemundet?"
Der Jungzauberer hatte den Eindruck, dass ihn da jemand anscheinend nicht für voll nahm. Aber wen interessierte schon der Stellenwert, den man beim Metzger hatte?
Er schwenkte beiläufig seinen Geldbeutel und beim Herrn der Steaks und Wurstwaren stellte sich ein breites Grinsen ein.
„Macht Ihr wieder ein Fest für Eure Freunde, mein Herr? So wie letztes Mal?"
„Genauso." Bernward nahm etwas Gold aus dem Beutel, doch der Metzger schreckte zurück.
„Gold? Das darf ich nicht mehr annehmen, mein Herr. Hier in Ogersheim gilt inzwischen nur noch unsere neue Währung, das Kohlblatt!"
„Kohl...?"
„Blatt!"
„Was ist denn das jetzt wieder für ein Mist? Spinnt Ihr denn hier alle?"
Der Metzger erklärte in knappen Worten die Vorzüge der neuen Währung und wies auf die drakonischen Strafen des privaten Goldbesitzes hin. Bernward schüttelte nur noch den Kopf.
Dann verständigte man sich darauf, dass die Hunde sofort ihr Futter bekommen sollten und Berward sich kurz entfernen würde, um „*Kohlblätter*" zu besorgen. Noch während sich Bernward auf den Weg machte, vernahm er hinter sich ein begeistertes Bellen und dann ein gieriges Schlingen und Schlabbern.
Zumindest diesbezüglich brauchte er sich wohl kein Sorgen machen müssen.

Der Morgen war angebrochen. Die alte Frau quälte sich aus dem Bett. Jeder Knochen im Körper schmerzte. Ein Blick auf die Fußgelenke ließ sie ringförmige schwarze Flecken sehen, die von den Schlingen der Seerose stammten. Sie stöhnte leise auf und nahm sich ihr Bündel mit den wenigen Habseligkeiten, die ihr noch geblieben waren. Doch sie konnte keine Heilsalbe finden. Nur Schmerzpulver war noch vorhanden. Besser als nichts, so sagte sie sich. Dann kleidete sie sich wieder an. Ihr Gewand war wieder getrocknet, roch aber intensiv nach dem schlickigen Wasser des Sees. Sie war froh, noch am Leben zu sein und würde nach einem Frühstück in den merkwürdigen Wald gehen, in dem die alte „Pille" ihr Wesen trieb.
Als sie die Gaststube betrat, hatte der Wirt bereits ein reichhaltiges Frühstück vorbereitet und vorsichtshalber einen neuen Sack mit Salz bereit gelegt. Sie nickte anerkennend und würde sich später, wenn sie ihr Ziel erreicht haben sollte, nach Kräften bei ihm bedanken. Für ihre wahren Freunde hatte sie stets Loyalität empfunden und das würde sich auch nicht ändern. Allerdings hatte sie auch nie viele echte Freunde gehabt. Und auch das würde sich wohl nicht mehr ändern.
Der Schankwirt Achim lag mit dem Oberkörper halb auf seiner Theke und schnarchte. Sie weckte ihn nicht. Wozu auch? Den Weg zur „Pille" kannte sie und würde sich schon durchschlagen. Nach ihrem gestrigen Erlebnis fragte sie sich allerdings, was sie wohl unter den Bäumen für Überraschungen erwarten würden. Sie nahm sich ihren Stock, Schürhaken, Salz und packte sich, von einer spontanen Eingebung getrieben, eine Flasche „Blauer Würger" in ihr Bündel. Und dann ging sie los, um die Schenke herum und stand wieder vor dem Weg, der von

den spinnwebverhangenen Bäumen schon nach wenigen Schritten verschluckt wurde.

„Na was solls. Wird schon werden", brummelte sie und war schon nach wenigen Schritten vom unheimlichen Grün verschluckt.

Diesmal, das hatte sie sich vorgenommen, würde sie vorsichtiger ans Werk gehen als bei ihrem See-Abenteuer. In der einen Hand hielt sie ihren Stock, der ihr ja schon gestern Glück gebracht hatte. Die andere blieb frei, denn auch Blitze hatten sich bewährt. Und so ging sie immer tiefer in den Wald, der mit jedem Schritt finsterer wurde. Die niedrig hängenden Zweige der Nadelbäume strichen ihr übers Gesicht. Spinnenweben waren ihr schon immer ein Graus gewesen, auch wenn sie die Achtbeiner an sich durchaus mochte. Spinnen waren unentbehrliche Utensilien und gelegentlich auch Begleiter für Hexen. Aber das Gespinst im Gesicht war eine unschöne Angelegenheit. Und so wischte sie sich, immer wieder leise vor sich hin fluchend, die Hinterlassenschaften der Arachniden aus dem Gesicht. Es wurde immer mehr und sie fragte sich, wo sich die Biester verborgen haben mochten, denn weit und breit war keins der Krabbelviecher zu sehen.

Nachdem sie sich noch weiter dem Pfad folgend in den Urwald hineingekämpft hatte, stutzte sie. Irgendetwas war vor ihr am Wegesrand. Sie näherte sich vorsichtig, den Stock zum Schlag erhoben. Eine zwergenhafte Gestalt schien sie zu erwarten. Ein paar Schritte weiter machte sie eine überraschende Entdeckung. Der Zwerg war anscheinend eine Zwergin. Jemand hatte sie auf brutale Weise gepfählt und den Pfahl in den Waldboden gerammt. Die Hexe näherte sich interessiert. Es war inspirierend, Anderer Arbeit zu inspizieren. Und die Idee an gepfähltes Zwergenpack erheiterte sie. Kichernd näherte sie sich und fragte: „Na? Dumm gelaufen, wie?"

Doch dann musste sie feststellen, dass es sich nur um eine ramponiert aussehende Puppe handelte, mit der jemand Schabernack getrieben zu haben schien. Kindertheater. So etwas machte kein professioneller Mörder oder Schwarzkünstler. Es erschien ihr einfach nur albern. Ein paar Schritte später wiederholte sich das Erlebnis in Form der nächsten gepfählten Puppe. Und mit jedem Schritt wurden es mehr. Plüschbären, Puppen, Kuscheltiere…sie alle waren entweder gepfählt, gekreuzigt oder an Bäume genagelt. Aller waren alt und schäbig, hatten Moderflecken, Schimmel, Moose, Flechten, Efeu und manche sogar Pilze angesetzt. Für schlichte Gemüter wäre es ein höchst unheimlicher Ort gewesen. Doch die erfahrene Hexe schüttelte nur den Kopf und sagte zu sich: „Kinderkram!"
Sie wusste, dass allein die Furcht vor Magie die mächtigste Waffe der Hexerei war. Ein wenig Hokus Pokus und gutgemachte Illusionen konnten mehr bewirken als die Beschwörung der übelsten Dämonen.
Eine ganze Armee übel zugerichteter Puppen säumte den Weg. Sie war sich sicher, dass sich Kinder niemals hierher verirren würden. Und wenn, dann würden sie nicht lange bei geistiger Gesundheit bleiben. Dem Ort hing eindeutig Wahnsinn an. Anscheinend hatte sich der Irrwitz in diesem Wald ein ganz besonderes Domizil erschaffen. Nach wenigen weiteren Metern durch Mengen malträtierter Puppen bekam sie die Bestätigung ihrer Vermutung. Sie stand vor einer kleinen schiefen Lehmhütte mit eingesunkenem, löchrigem Reetdach, aus der sich eine kleine Rauchfahne einen Weg durchs Dach und dann durch die Baumwipfel suchte. Die aus Ästen gewerkelte Tür bestand aus mehr Löchern als Holz und stand sperrangelweit offen.
Die Alte spähte vorsichtig hinein. Nicht, dass sie ernsthaft eine Falle erwartet hätte. Aber sicher war sicher.

An einem flackernden Herdfeuer saß, den Rücken zu ihr, eine in Lumpen gehüllte alte Frau mit langen, grauen Zöpfen. Sie murmelte, kicherte gelegentlich und rührte in einem kleinen Kessel, der in allen Farben schillerte. Dann streute sie etwas hinein und lachte schrill vor sich hin. Es verschlug der Zauberin förmlich den Atem. Der bunte Kessel…anscheinend hatte sie ihr Ziel doch schneller als erwartet, erreicht. Aber sie war überrascht, dass die dem Kessel zugeschriebenen Kräfte nicht zum Zuge zu kommen schienen. Der Anblick war bizarr, unwirklich und passte nicht zu den Vorstellungen, die sie sich gemacht hatte. Sie tat einen Schritt nach vorn. Unter ihrem Fuß zersplitterte etwas, ein kleiner Zweig oder Knochen. Und plötzlich drehte sich die Gestalt am Feuer um, grinste sie aus riesigen Augen an und zischelte:
„Hallo mein Kind…komm her geschwind. Dies ist der Wille von Frau Pille…schau mal tief in meine große große Brille."
Die rote Margot fluchte und tat alles, außer der Aufforderung zu folgen. Sie hielt sich den Ärmel über die Augen. Der Blickkontakt wäre ähnlich fatal geworden wie der Duft der Seerosen auf dem Tempel-See. Sie tastet sich rückwärts aus der Hütte und wagte wieder einen vorsichtigen Blick.
Dann richtete sie einen Finger auf das zerlöcherte Reetdach und gönnte sich einen Blitzschlag. Das Dach begann zu schwelen und aus der Hütte ertönte ein schriller Schrei.
„Lass das, Du verfluchtes Gör. Sonst hetze ich meine Puppen auf Dich. Und dann wirst Du schon sehen, was Du davon hast."
Doch die Zauberin ließ sich davon nicht beeindrucken und antwortete: „Pille, Du durchgeknalltes Sumpfhuhn. Hast Du wieder zu viele Kräuter geraucht und Pilze eingeworfen? Ich habe Dir doch damals schon gesagt, dass es mit Dir ein böses Ende nehmen wird. Also komm raus aus Deinem Haus…sonst huste…quatsch…setze ich Dir den roten Hahn aufs Dach!"

Aus der Hütte ertönte ein leises Gemurmel und Gezischel. Und hinter der roten Margot knackste es bedrohlich. Die erste Puppe war vom Pfahl gesprungen. Und dann die nächste. Plötzlich rauschte ein Knacken und Knistern durch den ganzen Wald. Es herrschte ein Moment der Stille, doch dann setzte das Trippeln vieler, vieler kleiner Füße ein.

Die Alte fluchte und sprang beherzt in das Hexenhaus der „*Kräuter-Pille*". Dann ergriff sie den Salzbeutel und zog einen Bannstreifen über die Türschwelle. Damit schien zumindest die Puppengefahr vorerst gebannt.

„Nun schau mir doch schon in die Augen", ertönte es direkt hinter ihr und dann erklang wieder das irrsinnige Kichern.

„*Bampf!*"

„Nicht auch das noch" wehklagte der Zauberer. „Nun auch der Dämon meines Mitarbeiters"

„Hört bloß auf, Herr Zauberer. Mein Leben ist auch kein Ponyschlecken. Erklärt IHR mal einer Horde renitenter Junghexen den Umgang mit einer Comkugel. Und schlimmer noch...macht mal eine Reklamation über den Support der PAGAN."

Die Tür sprang auf und ein schweißüberströmter Bernward kam hereingestürmt.

„Meister. Ich brauche Eure Hilfe."

„Kann es noch schlimmer kommen?" stöhnte der Magier. „Was in aller Welt ist denn passiert?"

„Geld. Zaster. Ich brauche dringend „*Kohlblätter*". Die spinnen, die Ogersheimer"

„Was in aller Welt willst Du denn mit diesem Altpapier? Der Kanzler war da...und hat einen ganzen Packen von diesem Müll hiergelassen. Anscheinend wollte er damit seine Schulden bei der magischen Gilde bezahlen"
„Watt? Papiergeld?" grinste DAX.
„Wieso seid Ihr so erheitert, Herr Dämon?"
„Papiergeld ist ein alter Hut. Betrug am Volk. Man nimmt ihnen das Gold weg und dreht ihnen stattdessen diesen Firlefanz an. Nur Gold, Silber...na ja...und noch ein paar andere Dinge sind richtiges Geld."
„Es scheint, als ob ihr Euch damit auskennen würdet, Herr DAX", stellte der Meister fest.
„Könnte vielleicht jemand mal MIR zuhören?" beschwerte sich Bernward. „Ich kann den Hund des Meisters zurückbeschaffen und brauche ein wenig Bestechungsgeld."
„Mein Hundilein?" fragte der Zauberer. „Wirklich? Aber wie...wann...wo...wie viel?"
Dann drückte er kurzentschlossen Bernward das Geldbündel in die Hand.
„Mach einfach. Rette meinen Hundi! Egal wie. Und nimm Deinen Kumpel dort mit. Vielleicht brauchst Du Hilfe. Man weiß ja nie!"

Der Reichskanzler hatte eine Privataudienz bei den beiden wirklich mächtigen Männern der Welt, die sich Menschen wie ihn eher als eine Art Haustierchen hielten. Man saß in gemütlichen Sesseln um einen kleinen runden Tisch herum, trank Tee, aß Gebäck, rauchte Zigarren und tauschte gepflegte, unverbindliche Höflichkeiten aus.

Plötzlich klopfte es an der Tür und auf das „Herein" betrat ein hagerer, grauhaariger Herr das Gemach. Man begrüßte sich freundlich mit Handschlag.

„Das ist Herr Meiler", stellte Grünschildt den Neuzugang der diskreten Runde vor. „Herr Meiler hat viele Jahre lang erfolgreich für unsere Bankhäuser gearbeitet. Mit Verlaub...er hat eine Menge Kohle für uns gemacht!"

Alle lachten beifällig zu dem Wortspiel. Und dann zog Grünschildt ein Pergament aus den Tiefen seines Gewandes und legte es auf den Tisch. Der Kanzler beäugte es neugierig.

„Worum handelt es sich dabei, Herr Grünschildt?"

„Das, mein Freund, ist die offizielle Abdankung vom derzeitigen Landesherrn, dem Herzog Roman, aus gesundheitlichen Gründen. Er hat Herrn Meiler zu seinem offiziellen Nachfolger bestimmt."

Der Kanzler nahm, studierte und prüfte das Dokument.

„Die ist ja noch ganz frisch, die Tinte."

„Ist das so?" grinste der Bankier. „Da seht Ihr mal, wie schnell wir sein können, wenn uns etwas am Herzen liegt."

„Und was ist mit dem Pfalzrat? Wir können doch nicht einfach so den Landesherrn festlegen?"

„Aber natürlich können wir das. Das haben wir schon immer so getan. Gewöhnt Euch einfach an den Gedanken, nicht der Herr im eigenen Haus zu sein."

Der Kanzler wechselte mehrfach die Gesichtsfarbe von Kalkweiß zu Rot und wieder zurück.

„Aber ich bin doch immerhin der Reichskanzler!" begehrte er auf. „Zählt das denn überhaupt nicht?"

„Nur für das Volk, junger Mann. Aber nicht für uns. Und auch nicht für Büschel", beantwortete Rocketfellow die Frage.

„Lasst es mich mal so ausdrücken: Euer hochwohlgeborener Hintern gehört uns."
„Aber es gibt doch Gesetzte", protestierte der Kanzler.
„Aber sicher gibt es die", stimmte Grünschildt lächelnd zu und fuhr fort: „Aber nicht für uns. Gib mir die Macht über das Geld und mir ist es schnurzegal, wer die Gesetze macht. Oder was auch immer da drin stehen mag."
Der Kanzler schluckte.
„Und nun seid ein braver Junge und stellt Herrn Meiler bei der nächsten Ratsversammlung vor. Na hopp…entfernt Euch!"
Der Kanzler nahm den Rausschmiss nur beiläufig zur Kenntnis. Es war insgesamt einfach zu viel für ihn gewesen. So stürmte er innerlich von Wut zerrissen aus dem Raum und beschloss, in der Taverne zur Stabilisierung des Gemüts dem *„kleinen Jagdgehilfen"* zuzusprechen.

Die Hundemeute wartete schon auf den Jungzauberer und seinen Begleiter. Der sah sich grinsend um und entdeckte nicht einmal irgendwelche Knochenreste.
„Anscheinend habt Ihr ja ganze Arbeit geleistet."
Bernward klopfte dem fassungslosen Metzger, der sich das Geschehen angesehen hatte, anerkennend auf die Schulter und drückte ihm ein paar *„Kohlblätter"* in die Hand.
„Reicht das?"
„Ja. Danke. Aber es wäre mir lieb, wenn Ihr es niemandem verraten würdet. Ich möchte nicht, dass meine Kunden mich für irrsinnig halten. Oder dass sie glauben könnten, dass ich

Hundefutter verkaufen würde. Ihr wisst ja...ist der Ruf erst ruiniert...ist der Unternehmer pleite."
Bernward nickte ihm zu.
„Dauert die Unterhaltung länger?" fragte DAX ungnädig.
„Oh...ja. Natürlich. Wir sollten uns beeilen. Ihr braucht nicht auf uns warten, Herr Metzger."
Doch dieser war bereits verschwunden.
„Also, meine neuen Freunde", sprach Bernward zu den Hunden. „Können wir los?"
„Nicht mit DEM da", knurrte der Dobermann in Richtung DAX. „Der riecht ganz merkwürdig."
„Nun hör mal gut zu", herrschte DAX den Hund an. „Wir haben vor, einen von EUCH zu retten. Da ist keine Zeit für Befindlichkeiten. Klar?"
Der Dobermann knurrte ihn an.
„Vertrag ist Vertrag, Herr Hund."
Nach einer kurzen Beratschlagung ging die wilde Jagd durch die Ogersheimer Gassen bis zur Rückfront des Palastes, an den der bedrohlich wirkende Turm, in dem sich das Ogersheimer Gefängnis, *„Das Loch"*, grenzte.
„Dort unten, Mensch!"
Unten aus den Tiefen des Kellergewölbes ertönte eine Mischung aus Geheule und Gesang.
„DAS ist er. Das Gewinsel erkenne ich immer.
„Und nun, Herr Bernward?"
„Keine Ahnung. Irgendwie müssen wir da rein."
„Da hilft nur der direkte Weg", stellte DAX fest.
„Teleportion?" mutmaßte der Jungzauberer.
„Nein! Tarnung, Lug und Trug. Teleportation geht nur bei Orten, die man genau kennt. Stell Dir vor, ich lande in einer Mauer, Säule oder weiß der Teufel was. Da ist ein wenig Schauspiel doch viel einfacher."
„Dann lass uns was unternehmen, DAX."

„Den Teufel werden wir tun. Wir warten bis zum Abend. Ansonsten fallen wir zu sehr auf. Oder möchtest Du unvorbereitet mit dem Hundevieh quer durch die Stadt am hellichten Tage in aller Öffentlichkeit?"
„Das sehe ich ein. Und wie kann ich mitmachen?"
„Das überlass mal mir. Wir brauchen ein paar Dinge. Eine Sänfte wäre nicht verkehrt. Kümmere Dich darum. Ich erzähle Dir das später in aller Ruhe."

„Was?" Der Reichskanzler war empört „Das sollen meine Gegner beim Wettkampf um die Krone sein? Ausgerechnet der Rädle und die „M"?
„Ja, mein Kanzler!" bestätigte „Puttchen".
„Der Rädle allein ist schon eine Beleidigung. Der kocht bestimmt wieder seinen berüchtigten Sauertopf mit extra viel Essig. Da haben schon des Öfteren die Ratsmitglieder das große Erbrechen bekommen. Der kocht so wie er aussieht. Der Mann ist absolut kein Gegner gegen meine gepuderte Wurst mit Kartoffelstäbchen Aber die „M"...wie kann die hammelärschige Kuh es nur wagen? Was glaubt die eigentlich wer sie ist?"
„Wir wissen es nicht, mein Kanzler! Aber immerhin ist sie die Chefin der GEVOSI. Und das allein schon macht sie gefährlich. Die trickst bestimmt."
„Dann mal flugs ans Werk Wir müssen herausbekommen, was die küchentechnisch so kann. Sicher ist sicher. Haben wir noch jemanden, der uns da was stecken könnte?"

„Vielleicht könnte uns ja der Hofzauberer helfen? Das wäre unauffälliger als irgendwelche Hofschranzen."
„Lass Dir was einfallen, Puttchen. Ich will keine Überraschungen erleben müssen."
Der dicke Mann trabte ab, um den Anordnungen seines Herrn Folge zu leisten. Auch wenn er stets die größtmögliche Loyalität an den Tag legte, so wartete er selbst schon ungeduldig darauf, selbst Kanzler anstelle des Kanzlers zu werden. Seine Zeit würde kommen, da war er sich sicher. Mit dem Essen kannte er sich aus. Mit dem Kochen allerdings nicht. Aber er würde rechtzeitig trainieren. Bis das selbstgekochte Essen seinem eigenen Geschmack Genüge tun würde, könnte es allerdings ein hartes Stück Arbeit werden. Er bevorzugte es, bekocht und bedient zu werden.

Die rote Margot war zu lange im Geschäft, um darauf hereinzufallen. Stattdessen hob sie den einen Arm als Schutz vor Blickkontakten in die Höhe und schütze Ihre Augen vor der hypnotischen Brille der *„Pille"*. Plötzlich schlug sie ihr mit Nachdruck den Stock um die Ohren. *„Klock!"* Es klang, als ob ein nasser Sack alter Lumpen auf den Boden geklatscht wäre. Sie blinzelte vorsichtig…doch ihre Gegnerin lag bewusstlos im Lehm. Offensichtlich hatte sie gut getroffen.
Ein Geräusch ließ sie herumfahren. Sie sah, dass die Puppen versuchten, dass Innere der Hütte durch das Fenster zu erreichen. Sie stieß die unheimlichen, durch Magie belebten „Din-

ger" zurück und zog eine breite Spur Salz über die Fensterbank. Sicher. Endlich. Das würde die kleinen Biester abhalten.
Sie schleifte „Pille" zu einem Eisenring, der an der Wand hing, und band sie mit einem modrigen Strick fest. Anschließend nahm sie die Brille an sich und verband ihrer Gegnerin die Augen. Dann stürzte sie sich auf das eigentliche Objekt ihrer Begierde, ignorierte die Schmerzen in den Händen, als sie den heißen Kessel vom Feuer hob, ihn nach oben reckte und rief „Meins. Endlich meins!" Plötzlich wurde der Schmerz übermächtig und sie ließ den Kessel fallen. Der Sud verbrühte Ihr die Füße, doch es war nicht wichtig. Sie war am Ziel. Nach so langer Zeit am Ziel. Der bunte Kessel würde ihr hoffentlich alle Wünsche erfüllen.
Hinter ihr ertönte ein leises Stöhnen. Anscheinend kam die „Pille" ohne Brille wieder zu Bewusstsein.

„Aua!" klagte das Lumpenbündel. „Das war doch nun wirklich nicht nötig, oder?"
„Was?" brüllte die rote Margot. „Erst versuchst Du ausgerechnet bei mir den Brillen-Unfug und dann hetzt Du auch noch Deine Puppenarmee auf mich? Du hast doch nicht alle Blumen im Sträußchen, Du dumme Kuh!"
„Woher kenne ich nur diese Stimme?" grübelte das Altkleidergemisch. „Würdest Du mich bitte wieder losbinden? Außerdem weiß nicht überhaupt nicht, was Du von mir willst. Und das mit den Puppen war ich bestimmt nicht. Oder doch? Ohhh…mein Kopf. Ich weiß nicht, was war. Eben noch habe ich mit der

Kleinen gespielt…und dann…war alles schwarz. Und nun habe ich diese gemeinen Kopfschmerzen." Sie jammerte. „Hast Du irgendwo die Kleine gesehen? Sie muss doch hier irgendwo herumlaufen!"

„Kleine? Was für eine Kleine? Bin ich eigentlich nur von Verrückten umgeben?" murmelte die rote Margot. „Spinnt Ihr hier alle, oder wie?"

„Pille" stöhnte erneut. „Das machen der verdammte See und der unheilige Tempel. Der Fluch. Oder etwas anderes. Irgendwas ist da. Aber ich weiß nicht was. Na gut…und sicherlich auch die Pilze und Kräuter."

Plötzlich ertönte ein merkwürdiges Geräusch. Etwas fiel durch den Schornstein ins Feuer. Es begann zu knistern, schwelen und dann zu brennen. Dann erhob es sich und kam auf die Hexe zu getrippelt.

„Da haben wir den Salat. Ruf endlich Deine blöden Puppen zurück, bevor ich Toast aus Dir mache!"

„Geht nicht!" kam die Antwort.

„Wieso nicht, hä?"

„Weil mir irgendwer die Augen verbunden hat. Und meine Brille ist weg. Ohne die kann ich das nicht."

Die brennende Puppe kam näher. Die alte Hexe drosch mit dem Schürhaken darauf ein, bis sie in Scherben lag. Doch da fielen bereits die nächsten durch den Schornstein und es wurden immer mehr. Eine ganze Armee brennender Puppen.

Schnell zog die Hexe einen Bannstreifen aus Salz um den Kamin. Doch immer mehr Puppen purzelten von oben durch den Kamin und nun auch durch das löcherige Dach.

„Nun mach schon. Ich tue Dir nichts!" kreischte die zerlumpte Frau an der Wand. Die alte Hexe sprang zu ihr, riss ihr die Binde von den Augen und setzte ihr die Brille auf die Nase.

„Puppen…steht!" ertönte es.

Und die Puppen standen.

„Puha. Das war knapp", keuchte *„Pille"*. „Danke für Dein Vertrauen. Sonst hätten wir ein wirkliches Problem gehabt."
„Du machst ja wieder einen ganz patenten Eindruck, Pille. Vorhin schienst Du völlig durchgeknallt zu sein."
„Ich kann mich wirklich an nichts erinnern. Dieser verfluchte See macht einen mit der Zeit völlig dumm im Kopf. Und dann diese Pilze. Ich glaube, ich muss mich bei Dir bedanken. Anscheinend bewirken kleine Schläge auf den Kopf doch große Dinge."
Im Kamin knistern und brannten die wieder völlig leblosen Puppen. Ein Gefühl der Erleichterung machte sich in den beiden alten Frauen breit. Die rote Margot beschloss, der Puppenbesitzerin die Fesseln zu lösen. Dann holte sie die Flache *„Blauer Würger"* aus ihrer Tasche und sprach: „Jetzt haben wir uns aber einen verdient."
Nach erheblich mehr als nur „einem" war die Flasche leer und die beiden alten Frauen tauschten Ostgeschichten aus. *„Pille"* hatte gemeinsam mit ihren Freunden *„Tüpfel"* und *„Nadelstich"* im Wald einen sicheren Ort für verloren gegangene Kinder schaffen wollen. Doch *„Nadelstich"* hatte angefangen, sich dem Suff zu ergeben. Als das nicht mehr wirkte, kamen Kräuter dazu. Und dann auch noch Pilze. *„Tüpfel"* und *„Pille"* machten auch ihre Erfahrungen damit. Und irgendwann kam der Untergang. Den Rest bewirkte dann der Fluch des Tempels. Seit geraumer Zeit waren ihre beiden Freunde verschollen. Sie wusste nicht, wohin es sie verschlagen haben konnte. Aber wie auch? Sie selbst hatte die Welt nur noch durch einen verschwommenen, wirren Nebel aus dubiosen Kräutern und Pilzen sehen können. Allerdings war ihr, als ob die beiden den Versuch hatten wagen wollen, zum Tempel vorzustoßen. Oder wollten sie nach Ogersheim „rübermachen"? Aber das Sortieren von Gedanken nach all der Zeit unter dem Einfluss von Pilzen und Kräutern war kein leichtes Unterfangen.

„Sag mal, Chefin", begann „*Pille*".
„Nenn mich nicht „Chefin", fauchte die Angesprochene sie an.
„Genossin?"
„Für Dich immer noch „Herrin", Du Provinzhexe."
„Wie auch immer…äh…Herrin. Was ist denn mit Deinen Füßen passiert?"
Die Füße der alten Frau sahen in der Tat erbärmlich aus. Die blauen Ringe um die Gelenke wurden noch durch die Blasen, die der heiße Sud des bunten Kessels verursacht hatte, verschlimmert. Auch ihre Finger waren kesselbedingt in einem schlimmen Zustand.
„Sieht übel aus. Aber ich habe da was für Dich". Sie erhob sich stöhnend und holte einen kleinen Keramiktiegel vom Tisch. Dann drückte sie ihn der „Herrin" in die Hand.
„Reichlich auftragen. *„Dr. Kräuter-Pilles Miraculum"*! Eine ganz wunderbare Heilsalbe. Hilft immer und sofort!"
Die Rote Margot griff dankbar nach der Salbe und machte reichlich Gebrauch davon. Und wirklich zeigte sich schon nach wenigen Augenblicken eine leichte Besserung, die von Minute zu Minute mehr Linderung verschaffte, bis schon nach kurzer Zeit nahezu nichts mehr von den erlittenen Blessuren zu sehen war. Sie steckte den Tiegel sicherheitshalber ein.
„Die hat mir früher schon gute Dienste geleistet, als ich mich noch um die Kleine gekümmert habe."
„Von welcher „Kleinen" redest Du nur immer?" hakte die alte Frau nach. „Nachwuchs?"
„Aber nein. Pflegekind. Ist mir zugelaufen. Angeblich ein Klerus-Produkt. Aber was solls…ich habe immer Kinder und Puppen gemocht und geholfen, wo ich nur konnte. Aber anscheinend ist sie weg. Wenn ich nur wüsste, wohin?"
Die rote Margot zweifelte nach wie vor am Verstand der alten „*Pille*", auch, wenn der Schlag auf den Kopf Wunder gewirkt zu haben schien.

„Wie heißt denn das Balg?" fragte sie mehr beiläufig.
„Ich weiß nicht. Ich nannte sie immer nur Murkelchen, weil sie eben einfach so…murkelig…war. Na ja…die hatte schon einen ganz eigenen Kopf. Wenn auch mit gruseligen Haaren. Aber die macht bestimmt ihren Weg!"
Die rote Margot schüttelte den Kopf. Kinder waren ihr erspart geblieben. Und das war auch gut so. Außerdem wollte sie sich jetzt nicht von ihrem Ziel abbringen lassen.
„Sag mal, Pille. Was ist denn nun mit dem Kessel da drüben?" Sie deutete auf das Kochgerät, an dem sie sich so kräftig verbrüht hatte.
„Nichts. Das ist mein ganz einfacher Kochtopf aus den guten alten Tagen. Ein echter *„FORON"* mit bunter Emaille. Da drin brennt nüscht an. Nicht mal Milch. Das kannste glauben!"
Die alte Hexe fühlte, wie in ihr leise klagend eine Illusion verstarb. Das erklärte auch, warum es während des Kochens keinerlei spektakuläre Vorfälle gegeben hatte. Anscheinend war der echte bunte Kessel nicht hier.
„Du suchst wohl den bunten Kessel, wie?" fragte *„Pille"*. „Da wärst Du nicht die erste. Nadelchen und Tüpfel haben immer nur davon geredet. Aber bisher haben wohl alle Pech gehabt. Zumindest soweit im mich erinnern kann!"
„Wenn Du den Kessel suchen würdest…wo würdest Du mit der Suche anfangen?" erkundigte sich die Alte diplomatisch.
„Na…im Tempel natürlich. Darum ist der auch so gründlich verflucht worden. Und die Wächter sind angeblich auch nicht ohne. Aber nichts Genaues weiß man nicht darüber."
„Einen davon habe ich kennenlernen dürfen", fluchte die Magierin und erinnerte sich an den heimtückischen Seerosen-Teppich, der den See vorerst nicht mehr unsicher machen würde. Sie inspizierte wieder ihre Fußgelenke. Aber da waren keine Spuren mehr zurückgeblieben. Wirklich ein tolles Zeug,

diese Heilsalbe. Sie merkte sich ein Gespräch über die genauen Bestandteile vor.

„Ich vermute mal, dass es noch mehr Wächter gibt?" fragte sie unschuldig nach.

„Bestimmt. Aber ich kann mich einfach nicht mehr erinnern. Früher, als der Tüpfel und Nadelchen noch da waren, da ging es in meinem Oberstübchen geordneter zu. Muss wohl am Alter liegen."

Die rote Margot stöhnte innerlich auf. Früher war definitiv alles besser gewesen. Aber es half nicht, sein Herz an vergangene Dinge zu hängen.

„Hast Du nicht irgendwo etwas, was mir ein paar Anhaltspunkte bescheren könnte?"

„Doch...natürlich. Kaffeesatz. Oder Teeblätter. Das geht immer!" nuschelte „*Pille*".

„Nicht doch. Das ist doch Zigeunerquatsch um alten Bäuerinnen das Geld aus der Tasche zu ziehen:"

„Also ICH glaube daran. Aber...Kaffee habe ich keinen mehr."

Die Kräuterhexe zeigte um sich. „Anscheinend sollte ich mal wieder aufräumen. Ist ja kein Anblick!"

Die rote Margot war kurz vor dem Verzweifeln. Sie hatte keine Lust auf ein weiteres Erlebnis wie das mit den Seerosen. Also biss sie innerlich in einen äußerst sauren Apfel.

„Verrat bloß niemandem, dass ich dabei mitmache", giftete sie. „Also gut...mach uns Tee."

Die Kräuterhexe schnappte sich den „*FORON*", füllte ihn mit Wasser und einigen Blättern vom Tisch und stellte ihn auf die Glut. Nach ein paar Minuten des Rührens und einiger kritischer Blicke ertönte ein „Fertig!"

„Und das solls gewesen sein?" erkundigte sich die Rote Margot mit einem mehr als kritischen Blick auf das Gebräu.

„Wie würdest Du denn Tee kochen, Chefin?"

Die Magierin ersparte sich jeglichen Kommentar auf Tee und die Bezeichnung ihrer Person.

„Na gut, Pille. Dann lass mal hören. Oder zeig mal."

Die Kräuterhexe rührte, inspizierte, goss ab, schaute und grübelte lange. „Ist schon etwas länger her", murmelte sie.

Dann konzentrierte sie sich wieder. „Ich sehe…ich sehe…ja, was sehe ich denn da?"

Frau Margot stand Sekundenbruchteile vor einer Explosion.

„Salz!"

„Wieso Salz? Du siehst da Salz? Im Pott?"

„Aber nein. Ist mir nur so eingefallen. Salz hilft immer."

„Wenn Du nicht willst, dass ich Dich in den Ofen stopfe und brate, Pille…dann schau wieder nach. Und diesmal besser!"

„Ich sehe…komisch…eine Flasche. Sieht ganz aus wie *„Blauer Würger"!*"

„Mir wird in diesem Sumpf entschieden zu viel gesoffen. Das muss endlich ein Ende haben. Das macht dumm!"

„Ich sehe…Buchstaben. Lies doch mal, Chefin!"

„Nenn mich nicht Chefin"

„Sofix! V-a-n-i-l…und da verschwimmt es."

„Du willst mir allen Ernstes sagen, da steht was von Vanillepudding?"

„Die Blätter lügen niemals, Che…Herrin. Besser darauf hören, als hinter zu jammern und klagen."

„Nun mach hin. Weitere Erkenntnisse?"

„Pille" schwenkte den Kessel und verfolgte gebannt das Ergebnis der im Sud treibenden Teeblätter.

„Also…wenn ich es nicht besser wüsste, dann würde ich sagen, dass ich einen großen Knochen sehe. Und viele merkwürdige Krumen oder Brocken. Sehr seltsam!"

„Knochen? Der ganze Sumpf ist bestimmt voll davon. Was soll der Unfug?" Die rote Margot begann überzukochen.

„Teeblätter lügen nicht. Nie!" rechtfertigte sich *„Pille"*.

„Aber das ergibt doch alles keinen Sinn!" zeterte die rothaarige, alte Hexe. „Knochen...dass ich nicht kichere!"
„Vielleicht ergibt sich der Sinn später. Aber ich kann Dir nur raten, das zu berücksichtigen. Was kann denn schon passieren, wenn Du das Zeug dabei hast?"
„So gesehen...aber was mache ich denn dann nur mit dem ganzen Mist?"
„Mitnehmen. Wie damals beim freien deutschen Hexenbund. Dabei sein ist alles."
Die alten Frauen nostalgierten die hübschen Blauschürzen von damals, als die Welt noch in Ordnung gewesen war. Dazu die Halstücher. Und ein Fahnenumzug nach dem anderen.
„Also gut. Ich höre auf Dich, Pille. Aber wenn Du Dich getäuscht hast, dann verfüttere ich Dich an die Wölfe."
„Machste ja doch nicht", kommentierte *„Pille"*.
„Wahrscheinlich nicht. Aber nur, weil wir nur noch so wenige sind, die aus den glorreichen Ostland-Zeiten stammen. Das verbindet. So wie unser Junghexen-Pionier-Schwur von damals. Der hat Bestand für immer und ewig."
Die rote Margot stützte sich auf ihren Stock und erhob sich. Ihr betagter Rücken knackste dabei beträchtlich. Sie stöhnte ein leises „Autsch" und verdrehte die Augen.
„Rücken?"
„Rücken und Alter. Garstige Mischung."
„Ich kenne da ein Rezept, Chefin. Aber das dauert seine Zeit. Wahrscheinlich muss ich erst mal in den Wald und die ganzen Zutaten sammeln. Ich war da bestimmt schon lange nicht mehr. Wer weiß, wie es da inzwischen aussehen mag."
„Knochen, Fusel und Pudding. Was für eine Mischung. Knochen, Fusel, Pudding. Knochen, Fusel, Pudding. Hoffentlich kann ich mir das merken."

Sie sah sich um. „Wenn alles gut wird, dann zaubere ich Dir mit dem bunten Kessel alles so zu recht, dass Du hier wieder Deine Kindereien machen kannst!"
„Kindereien? Von wegen. Es war ein anerkanntes Hilfsprojekt, vom roten Eric persönlich gefördert. Früher war einfach alles besser. Und berechenbar."
„Das stimmt wohl. Und doch ist alles anders gekommen, als wir uns das mal gedacht haben. Ich frage mich gelegentlich, ob uns das mit der Macht wirklich so gut getan hat. Eric ist am Anfang ganz anders gewesen. Bodenständiger. Vielleicht wäre weniger mehr gewesen. Aber dann hätte uns wahrscheinlich Ogersheim überrollt und im Sturm eingenommen. Wie man's macht…man macht`s verkehrt. Und nun ist er ja fort, der Eric."
Die *„Pille"* grübelte einen Moment bevor sie zustimmend nickte. Alles hatte sich nicht entwickelt, wie es einmal angedacht gewesen war. Die Zeiten änderten sich.
„Eine Hexe muss tun, was eine Hexe tun muss. Finde Du mal Deinen bunten Kessel, Chefin. Ich gehe inzwischen Kräuter finden. Das ist ungefährlicher und hilfreich."
Die beiden alten Frauen wankten aus der Hütte, noch immer ein wenig betüddelt vom blauen Würger. Als sie ins spärliche Sonnenlicht traten, dem es gelungen war, sich durch das Astgewirr zu kämpfen, standen sie einer Legion regungsloser Puppen gegenüber, die noch immer einen höchst beklemmenden Anblick lieferten.
„Räum das bloß weg. Der Anblick geht einem wirklich durch Mark und Pfennig. Wenn das Kinder sehen, dann rennen die laut brüllend in einem Stück bis Ogersheim."
„Pille" sinnierte einen Moment und stimmte dann nickend zu.
„Ich bin dann mal im Wald. Vielleicht komme ich später zum See und schaue, wie es Dir ergangen ist. Ich drücke die Hexendaumen. Toi toi toi…und Hexenfreundschaft!"
„Hexenfreundschaft".

Die beiden alten Frauen verabschiedeten und trennten sich voneinander. *„Pille"* verschwand irgendwo im Wald und die rote Margot kämpfte sich den Weg durch die Puppenberge frei, bis sie irgendwann wieder bei Schankwirt Achims Fusel-Paradies angekommen war. Morgen würde sie den nächsten Versuch wagen. Doch nur war es an der Zeit für einige Stärkungen.

Der Abend war hereingebrochen. Bernward hatte eine Sänfte für zwei Personen bestellt, die bereits vor der magischen Gilde auf ihn und DAX wartete.
„Nun denn. Wollen wir?"
„Nur ein kleiner Moment, Herr Bernward"
„Bampf!"
Vor Bernward stand plötzlich der Reichskanzler Graf Ölkopf höchstpersönlich und blickte dünkelhaft auf seinen Begleiter.
„Donnerwetter", stellte Bernward anerkennend fest. „Sehr überzeugend. Und ich?"
„Du bleibst das, was Du bist. Und vor allen bleibst Du hier. Ich mache das lieber alleine. Warte einfach am Rande des Marktplatzes irgendwo im Schatten auf die Sänfte. Oder besser noch...in der Metzgergasse. Sowie ich wieder zurück bin, bringst Du die Töle zum Meister."
DAX verließ die Hallen der magischen Gilde, bestieg die Sänfte als Reichkanzler und gab Order, ihn zum *„Loch"* zu bringen. Dort angekommen verließ er die Sänfte und flanierte gemäß seiner neuen Erscheinung würdevoll und gemächlichen

Schrittes auf den Eingang des Turmes zu. Er war sich sicher, dass der Kanzler über einen geheimen Eingang von Palast auch verfügte. Aber es erschien ihm strategisch unklug, danach zu suchen, allein schon weil im Palast der echte Kanzler weilte.

„Aaaachtung!" brüllte der wachhabende Offizier und die Wachen schlugen die Hacken zusammen.

Der „Kanzler" stolzierte zielgerichtet auf sie zu, wedelte mit einem parfümierten Tüchlein in der Luft herum und stand vor dem am meisten gehasstem Ort der Stadt.

„Na los!" polterte der Kanzler. „Lasst mich ein."

Die Wachen salutierten und machten den Weg frei.

„Was will DER denn hier?" fragte eine der Wachen zaghaft nach. „Und dann noch zu nachtschlafender Zeit?

„Der Kanzler kommt und geht, wie es ihm gefällt. Sei ein braver Wachsoldat und hör mit dem Denken auf."

„Ja...aber...?"

„Du denkst ja schon wieder. Lass das"

„Und wenn...?"

„Hier wird nicht gedacht. Sonst kommt hier noch wer auf dumme Gedanken."

Der Soldat verbuchte die neue Erkenntnis als Wert, der besser zu befolgen war.

„Zu Befehl! Nicht denken, Herr Leutnant!"

„Na...geht doch. Weitermachen!"

Inzwischen war der als Reichskanzler getarnte DAX bei ihnen angelangt. Die beiden Wachen salutierten und ließen den vermeintlichen Reichskanzler passieren.

Das Tor schloss sich hinter DAX und er gelangte in einen Wachraum, indem einige Wächter am Tisch saßen und Würfel spielten.

„Heda! Ihr Burschen dort!"

Die Wachsoldaten zuckten zusammen, als sie die Stimme vernahmen und sprangen von ihren Stühlen auf. Direkte Ansprache durch die hohe Obrigkeit war ihnen unheimlich. Der Kanzler gab sich zwar gern volksnah, war aber für seine Arroganz und rüden Umgangsformen berüchtigt. Für einfache Soldaten war es immer gut, unbemerkt zu bleiben.

„Na los. Führe mich mal einer von Euch nach unten zu den Gefangenen! Mir ist danach, ein paar Aufrührer zu verhören."
Der Kanzler schnippste mit den Fingern.
„Jawohl Herr!"
Der Soldat stellte seine Pike beiseite und salutierte erneut.
„Bitte folgt mir, hoher Herr"
Der Soldat ergriff eine Fackel, entzündete sie an einem martialisch wirkenden, heißglühenden Kohlebecken, in dem einige Zangen und Zwingen auf den baldigen Einsatz an Gefangenen warteten.
Eine feuchte Wendeltreppe führte nach unten. Modrige Luft schlug ihnen entgegen.
„Bringe er mich zu dem Hund"
„Jawohl Herr. Mit Verlaub, Herr. Warum nehmt Ihr nicht den Gang vom Palast aus?"
„Das geht ihn überhaupt nichts an. Und nun fix!"
Der Wachsoldat führte ihn zu einer dicken Eichentür durch die lauter Gesang und ein noch lauteres Gejaule nach aussen drangen, schloss sie auf und schob sie unter Aufwendung seiner Kräfte mühsam auf.

„Der Kanzler ist ein armer Wicht,
 die Politik versteht er nicht!"
„Jauhauhauuuul!"
„Was singt der da? Spottliedchen, wie?"
Der Soldat schwieg. Sir Wauzelot hatte, kaum dass er Geräusche an der Tür vernommen hatte, sein Jaulen eingestellt. Auch der Barde hatte seinen Gesang beendet.
Als beim Schein der blakenden Fackel des Kanzlers Konterfei zu erkennen war, stöhnte der Sänger leise auf. Auch das noch.

Wenn der Besucher das letzte Lied vernommen haben sollte, dann würde er wohl demnächst unter dem Galgen sein Abschiedskonzert geben müssen.

„Soll ich ihn auspeitschen lassen, Herr?" erkundigte sich der Soldat dienstbeflissen."

„Nein. Verfüge er sich. Ich will allein mit dem Gefangenen sein."

Der Soldat dienerte sich aus der Tür und verschwand.

„Na Herr Hund? Lust auf Veränderung?" spöttelte DAX, dem die Kanzlerkostümierung immer mehr zu gefallen schien.

„Ich will zurück zu meinem Herrchen. Und Futter. Und Frou Frou", klagte der Vierbeiner.

„Da lässt sich drüber reden. Aber nur, wenn Du ein braver Hund bist und bei Fuß bleibst!"

Der Barde verfolgte das Geschehen interessiert und verstand absolut nichts vom Geschehen, wobei ihn die Realität wahrscheinlich endgültig überfordert hätte.

„Und den da nehmen wir mit!" bellte der Hund.

„Bist Du irre? Machen wir nicht!" protestierte der Dämon.

„Doch. Sonst komme ich nicht mit!"

„Dummer Hund!" fluchte DAX.

„Doofer Mensch!" bellte es zurück.

„Hä?" kommentierte der Sänger.

DAX verdrehte die Augen.

„Na gut!" giftete er. „Dann eben auch das."

Dann holte er ein kleines, scharfes Messer aus den unergründlichen Tiefen seines Gewandes und durchtrennte das Halsband des Hundes.

„Du kommst auch mit, Herr Sängerling!" kommandierte er.

Dann klopfte er laut an der Zellentür und brüllte nach der Wache. Der Barde verstand die Welt nicht mehr, beschloss aber lieber zu schweigen, denn anscheinend bot sich zu ihm eine Möglichkeit, dem „*Loch*" wieder zu entkommen. Er schnappte seine Laute und harrte der Dinge, die da kommen mochten. Die Zellentür öffnete sich knarrend und der Soldat blickte vorsichtig hinein.

„Ich gehe wieder", polterte der Reichskanzler. „Und die beiden da nehme ich mit!"

„Aber Herr. Ich darf doch nicht...", verzweifelte der Soldat.

„Aber ich. Ich bin hier nämlich der Kanzler. Und ich darf hier so ziemlich alles. Klaro?"

„Ja Herr. Aber wenn ich etwas fragen darf...?"

„Darf er nicht. Wir gehen. Und zwar jetzt!"

Die Stimme des Kanzlers ließ keinerlei Zweifel zu, dass es besser war, den Anweisungen Folge zu leisten. Die eine oder andere Zelle enthielt durchaus Soldaten, die den Anweisungen der hohen Obrigkeit nicht oder nicht schnell genug Folge geleistet hatten.

Der Soldat schluckte kurz und beschloss, ein guter und vor allem nicht denkender Soldat zu sein. Wenige Minuten später saßen „Reichskanzler", Barde und Hund in der Sänfte und ließen sich in Richtung des Marktplatzes tragen.

„Äh...Herr Kanzler?" hub der Barde an.

„Klappe. Von Dir will ich kein einziges Wort hören, verstanden?"

Der Sänger nickte nur und klammerte sich an seine Laute.

„Los...raus mit Euch! Sängerling? Du folgst dem Hund. Und Du, Herr Hund, gehst mit Bernward. Verstanden?"

DAX ließ die Sänfte in der Metzgergasse halten. Spuren verwischen war jetzt wichtig.

„Los...raus! Macht schon!"

Hund und Sänger verließen die Sänfte. Als Sir Wauzelot den Jungzauberer erspähte, sprang er freudig an ihm hoch.

„Und wer ist das da?" wollte Bernward wissen und zeigte auf den Barden.

„Egal. Nimm ihn einfach mit! Der Hund will das so. Und seht zu, dass Ihr nicht entdeckt werdet", befahl DAX.

Bernward verschwand mit seinen Begleitern im Dunklen und schlich nahezu unsichtbar zurück zur Gildenhalle, während DAX sich ein wenig durch Ogersheim tragen ließ, um irgendwo an der Stadtmauer die Sänfte als Reichskanzler zu verlassen und sich dann in einem unbeobachteten Moment in die Gildenhalle zu teleportieren.

„Bampf!"

„Nicht Meister" brüllte Bernward etwas zu spät.

„Gonnnnng!"

Ein lautes Stöhnen erklang und lautes Gezeter erklang. Kaum dass der Hofzauberer die Gestalt erkannt hatte, konnte er nicht anders, als dem vermeintlichen Kanzler seinen Weinhumpen auf den Schädel zu hauen.

„Das geschieht ihm Recht, diesem Lumpen, Hundeentführer und Geldfälscher. Hörst Du, Du Lümmel? Ich weiß ALLES! ALLES!"

„Aber Meister. Könnte der Kanzler denn teleportieren?"

„Oh!" Dem Magier leuchtete es ein. Das hier konnte nicht der Kanzler sein.

„Ohhhh!" stöhnte DAX und rappelte sich langsam auf. Dann blickte er erst wütend auf den Zauberer, um dann den Jungzauberer ins Auge zu fassen. „Und genau DARUM wollte ich nicht in den Kerker teleportieren, Herr Jungzauberer. Genau darum."

Sir Wauzelot sprang erst am Herrchen hoch, dann an DAX und Bernward und wieder zurück zum Zauberer. Nachdem er alle dankbar vollgesabbert hatte, marschierte er zufrieden zu seinem Körbchen, drehte sich ein paarmal um die eigene Achse und bekundete, für die Außenwelt nicht mehr verfügbar zu sein. Der kleine Hund hatte eine anstrengende Zeit hinter sich und beschloss, sich dem Schlaf im eigenen Bett zu widmen. Danach würde er ausgiebig frühstücken und im Anschluss Frou Frou seine dankbare Aufwartung zu machen.

„M" hatte sich nach einer langen Findungsphase inzwischen entschieden, mit welchem Gericht sie zum großen Wettkampf um die ogersheimer Wurstkrone, die der amtierende Reichskanzler frevelhafter Weise verändert hatte, antreten würde. Sie war sich sicher, sowohl den Wettbewerb zu gewinnen, als auch selbst eine neue Krone ins Leben zu rufen. Sie hatte schon eine genaue Vorstellung über deren Gestaltung. Doch zuerst würde sie kochen lernen müssen. „M" war niemals in hausfraulichen Dingen bewandert gewesen. Sie hatte sich, solange sie sich erinnern konnte, der Politik gewidmet. Haus, Herd, Heim und Familie waren ihr stets ein Gräuel gewesen. Sie konnte sich finster an dubiose, nebelhafte Bilder irgendwo aus der *„Arme- Schlucker-Marck"* erinnern. Aber das alles war verschwommen und sehr lange her. Grünschildt hatte ihr versprochen, dass ausreichend Ratsherren bestochen worden wären und hinter ihr stünden. Doch um den Verdacht einer Wahlfälschung nicht aufkommen zu lassen, solle sie gefälligst ein Essen mit Niveau auf die Beine stellen. Sie hatte sich für einen ostländischen Klassiker, den Goldbroiler mit Letscho, entschieden. Hühnchen ging immer...zumindest hatte man ihr das empfohlen.

Sie hatte unter dem Vorwand der GEVOSI-Überprüfung die Palast-Küche zur Nacht beschlagnehmt und kochte und würzte, was das Zeug nur so hergab. Am Tisch neben dem Herd saßen ihre Vasallen Blödinger und Herr zu Butterfahrt als Vorkoster und Kritiker. Die beiden hatten mittlerweile etliche Proben Letscho vorgesetzt bekommen und inzwischen diverse gelbe und grüne Nuancen durch ihre Gesichter wandern lassen. „M" konnte einiges...aber ihre Kochkünste grenzten an Körperverletzung.

So stand sie wieder fluchend am Schneidbrett und hackte verbiestert unschuldige Zwiebeln in völlig unterschiedlich große Brocken. Dann fluchte sie, als sie sich zum vierten Mal in die Finger gehackt hatte. Blut floss...und irgendjemand würde dafür büßen müssen. Aber darüber würde sie später nachdenken. „Mist!" kreischte sie laut auf und ihre beiden Vorkoster nickten zustimmend, wenn auch aus anderen Gründen. Für „M"s Essen wäre auch diese Bezeichnung zu schmeichelhaft gewesen.

„Euer Huhn verkokelt", bemerkte zu Butterfahrt. „Vielleicht solltet ihr mal nachsehen und es von Spieß nehmen?"

Und wieder fluchte „M" wie ein Droschkenkutscher. „Und wenn ich es schmore?"

„Dann ist es kein Goldbroiler, Chefin. Bei Euch wird das höchstens Frikassee."

Da die Herrin des neuen Geheimdienstes bereits Goldbroiler als offizielles Gericht für den Wettkampf gemeldet hatte, gab es kein Zurück mehr. Sie sprang an den Bratspieß und verbrannte sich beim Versuch, das Schlimmste zu verhindern, kräftig die Pfoten.

Sie erlöste das stellenweise hochgradig verkohlte Geflügel von den Flammen, pflückte es vom Spieß und zerhackte es mehr oder weniger wie Brennholz in unterschiedlich große Teile.
„Das mit dem Zerlegen solltet Ihr auch noch üben, Chefin", kommentierte Blödinger, der nie wusste, wann es besser war, den Schnabel zu halten.
„Psssst", zischelte zu Butterfahrt. „Sonst schickt sie Dich noch in die Verbannung."
Blödinger zuckte zusammen.
Die Wettkampf-Köchin schob den beiden Herren jeweils einen Teller mit Hühnerklein in roter Soße hin.
„Los. Essen. Und wehe, es schmeckt Euch nicht!"
Dann musste sie zusehen, wie ihre Vertrauten mit lahmen Kiefern auf dem verbrannten und ledrigen Huhn herumkauten und dabei zu lächeln versuchten. Beim ersten Löffel Letscho schoss den Probanden ein extrem aufdringlicher Geschmack von Essig durch die Nasen. Auch Salz war im Übermaß vorhanden.
„Die muss verliebt sein", flüsterte Blödinger.
„Und wie", stimmte zu Butterfahrt leise zu. „Die kocht ganz so, wie sie aussieht!"
„Habe ich da was gehört?" fauchte „M".
„Nein nein, Chefin. Alles gut."
„Und? Lecker?"
Ein einstimmiges „JA", dem allerdings die Begeisterung fehlte, erklang. Und anscheinend war es tatsächlich so, denn die Teller hatten sich merklich geleert. „M" wurde misstrauisch und hob die Tischdecke, um sich einen kritischen Blick in den tieferen Bereich zu gönnen. Und dort sah sie die Bescherung.
„Ihr verdammten Mistkerle! RAUS!!!"
Beide Vorkoster, die den größten Teil des kulinarischen Wunderwerks unter der Tafel hatten verschwinden lassen, sahen sich ertappt und ergriffen eine heillose Flucht.

„M" sank auf der Tischplatte zusammen und ließ ein lautes Schluchzen ertönen. Anscheinend stand die „Aktion Reichskanzlerin" unter einem schlechten Omen.

„Was ist das eigentlich für ein merkwürdiger Kerl, den Ihr mir da in die Hütte geschleppt habt?"
„Der Sängerling? Euer Hund hatte einen totalen Narren an ihm gefressen. Da haben wir ihn mitgebracht. Es wäre auch nicht gut gewesen, wenn wir einen Zeugen zurückgelassen hätten. Apropos: Wo ist er denn abgeblieben?"
„Er hat eines der Gästezimmer bekommen. Seit die Jasoisten verschwunden sind, haben wir ja genug freien Raum. Ich habe ihm Hausarrest gegeben. Nicht, dass der noch plappernd oder schlimmer noch singend durch die Gegend hüppt und uns den Kanzler auf den Pelz schickt!"
„Der Ölkopf wird den Braten noch früh genug riechen. Spätestens wenn er hört, dass er selbst den Hund abgeholt haben soll, merkt er, dass irgendwas nicht stimmt."
„Mal was anderes", mischte sich DAX ins Gespräch ein. „Habt Ihr mal ein paar *„Kohlblätter"* für mich übrig?"
„Was in aller Welt wollt Ihr denn damit, Herr Dämon? Euch den schuppigen Hintern abwischen?"
„Nein. Sicher nicht damit. Außerdem mag ich es dreilagig. Also: Habt Ihr mal welche für mich?"
„Wendet Euch mal an meinen Assistenten. Der hat die eingesackt. Und er hat gute Dienste damit geleistet. Schließlich hat er Hundi gefunden."

„Vielleicht könntet Ihr auch einen gelegentlichen Gedanken an denjenigen verschwenden, der Euren kleinen Liebling aus dem Kerker befreit hat?" nörgelte der Dämon.

„Oh...stimmt ja. Ich schätze, ich bin auch Euch zu Dank verpflichtet. Bernward! Gib dem Dämo...äh Herrn mal einige von den *„Kohlblättern"*. Was habt Ihr denn damit vor, Herr DAX?"

„Habt Ihr schon mal was von moderner Reprotechnik gehört, Herr Zauberer?"

„Was soll das sein?"

„Solange die Dinger einen Wert haben, kann ich mächtig viele davon nachmachen lassen. Schlagen wir doch einfach den Kanzler mit seinen eigenen Waffen."

„Und dann?"

„Dann kaufen wir alles, was uns unter die Nägel gerät. Einfach alles. Land. Leute. Häuser. Alles eben. Das ist doch ganz einfach zu verstehen."

„Herr Dax...das sollte einen Versuch wert sein. Was kaufen wir zuerst?"

„Gold" rief Bernward. „Wir bieten einfach den doppelten Kurs. Da kann dann niemand widerstehen. Und da privater Goldbesitz verboten ist, werden uns alle, die noch Gold haben und es loswerden wollen, förmlich zu rennen!"

„Dann müssen wir nur zusehen, dass wir den ganzen Segen aus Ogersheim herausbekommen. Aber das Problem kann gelöst werden. Meine Herren: Wir sind ganz dick im Geschäft", grinste der Zauberer.

„Mein Kanzler!"

Der korpulente Mann kam unaufgefordert in die Kemenate des Reichskanzlers gestürmt.

„Puttchen! Was ficht Dich an? RAUS!"

Der Kanzler, der sich soeben noch die Zeit mit seiner persönlichen Magd auf der Bettstatt vertrieben hatte, bedeckte nur notdürftig seine Blöße und brüllte seinen Untergebenen aus dem Raum. Dieser errötete und flüchtete.

„Na los, Dorschen. Der Mann will was von mir. Entferne Sie sich. Aber hurtig!"

„Männer! Pöh!" zickte sie, zog sich betont langsam an und verschwand durch eine Nebentür, um dem dicken Mann nicht mehr unter die Augen kommen zu müssen.

„Los Puttchen! Rein mit Dir!" brüllte der Kanzler, dessen Zornesader heftigst pochte. Sein Untergebener erschien wieder mit hochrotem Gesicht und wirkte peinlich berührt.

„Verzeiht, mein Kanzler. Oh Jaso hilf. DAS ist mir jetzt aber peinlich. Das wird bestimmt nicht wieder vorkommen."

„Wenn das jemals wieder vorkommt, dann landest Du im Loch! Aber da, wo es am tiefsten ist. Und das ohne Rückfahrt, Du Tölpel!"

„Ja Herr", nuschelte der strebsame Vasall.

„Und? Gibt es wenigstens einen werthaltigen Grund, der Dich dazu trieb, mich heimzusuchen?"

„Heimsuchen? Wie meint Ihr das? Äh...?" stotterte
der Gescholtene.

„Der Grund Deiner Störung, Du Mopsgesicht!"

„Ach ja. Der Wettbewerb, Herr. Ich weiß was."

„Grundgütiger. Lass Dir doch nicht jedes Wort aus der Nase ziehen", kollerte der Kanzler. „Womit in aller Welt habe ich nur solche Mitarbeiter verdient? Oh Jaso! Du hast so viele Männer aus Stahl gemacht! Aber warum nur meine aus Mist?"

Puttchens Gesicht hatte mittlerweile Rotlauf und seine Ohren rotglühende Hitze entwickelt.

„Hühnchen", nuschelte er.

„Wie? Hühnchen? Was für Hühnchen?" motzte der Kanzler. „Werde deutlicher, Kerl!"

„Ich habe eine Köchin bestochen. Für ein paar Kohlblätter hat die geplaudert wie ein Wasserfall."

„Was genau hat sie gesagt?" hakte der Kanzler nach.

„Die „M" hat sich mit der Begründung dringender GEVOSI-Überprüfung zur Nacht in der Küche verschanzt. Unter dem Tisch lagen lauter Hühnerknochen und schwarzverkohltes Fleisch. Alles schwamm in roter Essigsoße."

„Klingt wie nach einem Unfall", sinnierte Graf Gerhard. „Also besteht anscheinend keine dramatische Gefahr, oder wie siehst Du das?"

„Die kann nicht das geringste bisschen kochen. Völlig talentlos in Küchendingen!"

„Die kann nichts? Muhahharrr!" brüllte der Graf vor Lachen laut auf und klopfte sich vor Freude auf die Schenkel. „Nichts!"

Puttchens Ohren verloren langsam wieder an Rot. „Ja. Die ist völlig aufgeschmissen."

„Nicht, wenn der Rat trotzdem für sie abstimmt", sinnierte der Kanzler. „Puttchen: Du musst Dich sofort auf den Weg machen und die Ratsmitglieder aufsuchen. Dort hinten ist eine Kiste voller Kohlblätter. Bestich die Ratsleute. Und zwar alle. Lass Dich nicht abwimmeln. Ich kenne niemand im Rat, der nicht korrupt wäre. Bis auf den Rädle natürlich. Der kocht immer selbst und dann auch noch so schrecklich wie sonst niemand!"

„Jawohl, mein Kanzler! Ich eile", sprach er, schnappte sich die Kiste und wollte gerade zur Tür hinaus, als ihn des Grafen Stimme noch einmal kurz zurückpfiff.

„Und egal, was es kostet. Wir können Geld wie Heu bekommen. Also sei nicht geizig. Die Zeche zahlt der Bürger. So wie immer!"
Puttchen grinste in sich hinein und verschwand. Er hatte beschlossen, einen ordentlichen Teil des Kisteninhalts in die eigene Tasche abzuzweigen. An Kohlblättern gab es also unbegrenzten Nachschub und seine Taschen waren groß. Riesengroß. Die Politik konnte ja so schön sein.

„*Bampf!*"
DAX stand wieder auf der kleinen Lichtung im großen Forst. Fräulein Claricorn saß beim „Guten-Morgen-Tee" und las beiläufig im Hexen-Almanach die aktuellen Sonderangebote der P.A.G.A.N.-Gruppe. Als sie das merkwürdige Geräusch gehört hatte, stellte sich bei ihr ein süffisantes Lächeln ein. Den kommenden Satz würde sie genießen.
„Ah. Da ist ja unser großer Technik-Experte der Superlative. Wie geht es denn unseren Kugeln, Herr DAX? Alles geregelt?"
DAX war innerlich schon wieder kurz vor einer echten Sinnkrise, hatte jedoch beschlossen, sich nicht aus der Ruhe bringen zu lassen.
„Alles fein, meine Dame", sprach er und drückte ihr eine kleine Kiste in die Hand. „Alles ganz so wie es sein soll."
„Wie kam es denn zu dem spontanen Aufbruch vom letzten Mal? Hattest Du noch was auf dem Herd? Die Milch oder so?"
Aber DAX war nicht willens, sich provozieren zu lassen und setzte sein charmantestes Lächeln auf.

„Lass uns lieber noch einen Testlauf machen. Und dann sollte diese Baustelle geschlossen sein."

Die Junghexe öffnete die Kiste und sah alle vier Com-Kugeln vor sich.

„Die sind alle bereits ordnungsgemäß eingestellt. Ihr müsst nur noch persönliche Passwörter eingeben, damit die Kugeln nur von der jeweiligen Besitzerin verwendet werden kann. Sicher ist sicher."

„Dann stopf Dir mal die Finger in die Ohren, Herr DAX. Und nicht schmulen!"

DAX grinste und sagte: „Ich bin gleich wieder hier."

„Bampf!"

Die Hexe, die wie jedes Mal in modisches schwarz gehüllt war, schnappte sich eine der Kugeln und konzentrierte sich. Diesmal war anscheinend alles ganz einfach. Die freundliche Stimme leitete sie durch ein kurzes Menü und forderte sie dann auf, ihr persönliches Passwort einzusprechen. Und dann...war sie im Netz!

„Bampf!"

„Na? Alles hübsch?" erkundigte sich der Dämon.

„War alles ganz einfach. Danke schön" freute sich die Hexe.

„Ich werde sofort die anderen Mädels verständigen. Die werden sich aber freuen"

„Na hoffentlich. Ich möchte nicht so schnell wieder den Technik-Fuzzi spielen müssen. Das liegt mir nicht so. Dann grüß mal hübsch die anderen und bis die Tage!"

„Bampf!"

Und Bernwards Beraterdämon war wieder fort.

Fräulein Claricorn überlegte einen Moment. Dann erteilte sie einigen ihrer Kaninchen den Auftrag, ihre Freundinnen zu informieren, dass die Kugeln endlich eingetroffen waren und freute sich schon im Voraus auf die gemeinsamen Abenteuer mit der neuen Technik. Sie sah den dahin hoppelnden kleinen

Pelztierchen nach, schenkte sich noch einen Kaffee ein und schnappte sich ihre Kugel.

„Na...da wollen wir doch mal sehen, was es alles zu entdecken gibt", murmelte sie und konzentrierte sich auf das neue Spielzeug.

„M" hatte sich wieder eine Nacht eine Küche gesichert. Diesmal hatte sie im Namen der GEVOSI die Räumlichkeiten der *„Dunggrube"* okkupiert. Wirt Fingerhut war drauf und dran, einen riesigen Radau zu schlagen. Doch sie hatte ihn mit einem größeren Bündel an Kohlblättern gnädig gestimmt und zur Verschwiegenheit verpflichtet. Geld half meist mehr, als es Druck und Furcht vermochten.

„Und dass Ihr mir ja alles wieder hübsch sauber macht, Frau „M"! hatte er verlangt, bis ein weiteres Bündel der neuen Währung als „Reinigungspauschale" den Besitzer gewechselt hatte.

„Dafür habe ich dann aber weiteres Nutzungsrecht der Küche!" begehrte „M" auf.

„Es sei", stöhnte der Wirt theatralisch auf. „Ich bitte Euch inständig, den Wettkampf zu gewinnen, damit der Aufwand auch gerechtfertigt gewesen ist."

„Ich hätte nicht gedacht, dass Ihr mich so sehr mögt, dass Ihr mir die Daumen drücken würdet", stellte „M" fest.

„Ihr seid Außenseiterin. Wenn ich auf EUCH wette, dann sind die Quoten garantiert dramatisch hoch."

„Ah. Daher weht also der Wind", stellte die unbegabte Köchin fest. „Wie auch immer...ich erwarte gleich Besuch. Meine Testesserin. Und Ihr, Herr Wirt, seid auch eingeladen."
Fingerhut öffnete den Mund und wollte sich gerade noch aus der Affäre ziehen, doch „M" ließ ihn gar nicht erst zu Wort kommen.
„Wobei es keine Einladung ist, sondern ein Befehl. Aber Ihr würdet der kommenden Reichskanzlerin doch sicherlich diesen Wunsch nicht ausschlagen, nicht wahr?" Sie plinkerte kokett mit den Augen, ließ aber mit einem verkniffenen Mund keinen Zweifel an der Aussage hinter der Frage.
„Es wäre mir eine große Ehre als auch Freude, meine Dame", stimmte er schnellstens zu und verfluchte den Moment. Aber da musste er jetzt wohl durch, frei von jeder Chance auf Flucht. In diesem Moment klopfte es an der Tür. Der Wirt öffnete einen kleinen Spalt und blickte vorsichtig hinaus. Diskretion hatte jetzt höchste Priorität.
„Ich glaube, Eure Vorkosterin ist da", stellte er fest und hoffte, alles bald überstanden zu haben.
„Blond, hohe Frisur, dünkelhaft und spitze Nase?" fragte die talentlose Köchin sicherheitshalber nach.
Der Wirt nickte.
„Dann mal nichts wie herein damit!" befahl sie. „Muschilein!" begrüßte sie die Neuangekommene. „Schön, dass Du Zeit gefunden hast!"
„Hätte ich eine Wahl gehabt?" erkundigte die sich mit zweifelndem Blick auf das Küchenfiasko.
„Nö. Betrachte es einfach als Investition in Deine Karriere, meine Liebe!" kam die Antwort.
„Euer Huhn wird schwarz", bemerkte der Wirt und sie hastete fluchend an den Bratspieß.
„Die Soße brennt an!" stellte Muschi fest und die beiden Testesser verfolgten nicht ohne eine gewisse Genugtuung, wie die

größte Feldherrin aller Zeit lamentierend vom Spieß zum Topf und wieder zurück eilte. Gleichzeitig hofften die beiden, kein allzu großes Desaster vorgesetzt zu bekommen.

Die rote Margot hatte eine weitere Nacht am Tempel-See im Gasthof des sangesfreudigen Achims verlebt. Am Abend hatte sie eher enthaltsam gelebt. Tee war eine bessere Basis für einen anstrengend Tag als ausgerechnet die Landesspezialität *„Blauer Würger"*. Sie hatte dem Wirt ihre Wünsche gemäß der Erkenntnis durch die Teeblätter kundgetan und entsprechend ein paar Flaschen verschiedener Destillate, einen großen Schinkenknochen und eine Tüte Puddingpulver bekommen.
„Was wollt Ihr nur mit dem *„Sofix"*, Chefin?" fragte der Wirt.
Sie verdrehte nur die Augen und steckte die Bezeichnung zu den vielen anderen. Dann war sie eben eine Chefin. Egal.
„Ich habe keine Ahnung. Aber Pille war sich sicher, dass es helfen könnte!"
„Aber muss der dann nicht zubereitet werden? Oder muss man das Pulver verstreuen? Oder…vielleicht…äh?" Doch dem Wirt waren die Ideen ausgegangen.
„Was weiß ich?" fauchte die Frau. „Pille hatte auch keine Ahnung. Muss ich denn immer alles wissen?"
„Na ja…dann geht besser vorsichtig damit um. Das war, glaube ich, die letzte Tüte. Eine echte Ost-Rarität eben."
Die ehemals mächtigste Hexe der Ostlande stöhnte leise. Dann schnappte sie sich die Ostwaren, stopfte alles in ihre große

Umhängetasche, ergriff den Stock, verließ den Gasthof und ging langsam auf den Steg zu.

„Es muss wohl sein", murmelte sie und setzte den Fuß auf die schleimig-grünlichen Bohlen. Diesmal ging sie vorsichtiger, da ihr das Erlebnis mit den gemeingefährlichen Seerosen noch in den Knochen steckte. Doch es passiert absolut…nichts. Gelegentlich kreuzten riesige Libellen ihren Weg. Frösche quakten und das Wasser des Sees stieß immer wieder Blasen voll von stinkenden Sumpfgasen aus. Fische gab es in dem Gewässer seit Ewigkeiten nicht mehr. Der See glich einem Friedhof. Nach einigen hundert Metern näherte sie sich einer runden, mit Rohrkolben umwucherten Plattform, auf der einige alte, mit Schimmel, Moss und Flechten überzogene Bänke standen. Anscheinend hatte man hier früher die ehemals gute Aussicht und frische Seeluft genossen.

Die alte Frau hatte keine Zeit für lange Betrachtungen. Sie verstreute eine Handvoll Salz auf dem Steg vor der Aussichtsfläche. Sicher war sicher. Dann setzte sie den ersten, vorsichtigen Schritt auf die Planken. Plötzlich ertönte direkt neben ihr ein merkwürdiges Geräusch.

„Bampf!"

„Platschquatsch!" quäkste eine Stimme. „Wer bist denn Du, Du kleine Sumpfkiekerin? Haste Dich verlaufen, oder wie?"

Nicht auch noch ein Kobold. Sie hasste Kobolde aus tiefster Seele. Unnütze, nervtötende, schabernacktreibende Kreaturen. Dauerquassler. Dummschwätzer. Aber tückisch.

„Was willste denn hier?" fragte die kleine, dunkle Gestalt mit den großen Kulleraugen, einem Kugelkopf und noch größerem Kugelbauch. „Du gehörst hier nicht her!"

„Mach keinen Ärger, Herr Kobold", sprach sie energisch. „Lass mich einfach durch und alles ist gut."

„Du kommst hier nicht durch, Oma", feixte die kleine Gestalt. „Ich bin auch kein „Herr". Ich bin nur ein Kobold. Ein ganz

lieber Kobold sogar. Und wennde nicht gleich wieder verschwindest, dann ändert sich das. Kannste glauben!"
Die erfahrene alte Hexe ging sicherheitshalber einen Schritt über das Salz zurück auf die Planken des Steges. Es war ihr doch lieber, einen kleinen Sicherheitsabstand einzuhalten, auch, wenn es sich „nur" um diesen sonderbaren Kobold handelte. So ließ es sich besser verhandeln.
„Verschwinde, Mütterchen!" forderte sie der kleine Kerl auf. „Hier ist gesperrt."
Die rote Margot fühlte sich auf der anderen Seite der Salzspur sicher und beschloss, etwas nassforscher aufzutreten.
„Weißt Du, was aus frechen kleinen Lümmeln wird, wenn sie sich mir in den Weg stellen?" fauchte sie.
„Du kannst mir gar nichts, Allerwerteste", spottete der kleine Kerl. „Und nun verschwinde, bevor Du Funken schlägst! Das tut richtig weh. Böses Aua. Kannste glauben."
Der Kobold hob die rechte Hand und plötzlich regnete und sprühte es silberhelle Funken. Die alte Frau schreckte einen Moment zurück, entspannte sich jedoch sofort, als sie feststellen musste, dass die Salzspur ihre Dienste leistete. Der Funkenregen perlte wie an einer unsichtbaren Barriere ab.
„So eine biste also. Eine Hexe, wie?" kreischte der kleine Kobold und versuchte sich zu nähern. Doch auch für ihn war die Barriere unüberwindbar. So sehr er sich bemühte, gelang es ihm doch nicht, das Hindernis zu überwinden.
Auf der anderen Seite des Salzes stand eine gut gelaunte Zauberin, die sich freute, dass endlich einmal alles nach Plan verlief. Wozu in aller Welt sie einen Knochen benötigte…oder Pudding…hatte sich ihr allerdings noch nicht erschlossen.
„Schließen wir doch einfach Frieden, Herr Kobold", schlug sie vor. „Du lässt mich einfach durch…und gut."

„Kannste vergessen. Ich bin hier als Wächter und nehme meinen Auftrag ernst. Niemand verleitet einen jungen Kobold-Pionier zur Pflichtverletzung."

Die alte Frau verdrehte die Augen. Ausgerechnet das. Ein Fanatiker der alten Schule, die sie selbst ins Leben gerufen hatte, machte ihr hier das Leben schwer. Und das so kurz vor dem Erreichen ihres Ziels.

„Nun hör doch mal, mein fleißiger, junger Kobold-Pionier. Ich habe von Anbeginn die Ostlande in der Jugendarbeit betreut. Ich habe wirklich ein Recht darauf, zum Tempel auf dem See zu gehen. Glaube mir…Eric hätte es so gewollt."

„Dann ist ja gut. Dann lasse ich Dich natürlich durch. Aber nur, wennde mir meine Belohnung gibst, die mir der olle Zauberer damals versprochen hat." Er hielt auffordernd eine Hand nach vorn und blickte sie erwartungsvoll an.

„Eine Belohnung? Was zum Teufel denn für eine Belohnung?"
Sie war kurz davor, die Beherrschung zu verlieren und überlegte ernsthaft, eine Attacke mit dem Schürhaken auf den kugeligen Widersacher zu beginnen.

„Na…meine Belohnung. Versprochen ist versprochen. Sonst bin ich traurig. Und das willste nicht erleben. Kannste glauben, Du olle Faltenoma."

„Ja…aber…was denn für eine Belohnung?"

„Wennde das nicht weißt, dann biste auch nicht vom Eric und seinem Zauberer. Die wussten das nämlich ganz genau."

Der kleine Kerl wirkte auf einmal sehr ungehalten.

„Also…Belohnung her oder Ärger. Großen Ärger."

„Dann sag mir einfach, was Du willst. Gold? Schmuck? *Blauer Würger*"? *Letscho*? *Tote Oma*?"

Der kugelige Widersacher verdrehte die Augen.

„Du bist eine ganz olle alte Tante. Dich mag ich nicht. So!"

Der Kobold stieß einen schrillen Pfiff aus. Und plötzlich manifestierte direkt hinter ihm auf dem See eine kleine gelbe Ente mit großem orangefarbenen Schnabel!"
„Naaat naaat?" fragte sie.
„Die olle Runzel-Oma da muss weg. Aber ich komme an die nicht ran. Mach mal was, Schnatterente."
„Aber die sieht doch ganz nett aus, Pitti", meinte das Federtier. „Vielleicht ist die ja ganz harmlos!"
„Schnickschnack, Schnattchen!" giftete der Kobold. „Her mit dem Schnatterenten-Geschwader. Und dann wird pioniermäßig vertrieben."
„Na gut…wie Du meinst, naaat naaat!"
Die Ente schnatterte einmal laut und plötzlich war der ganze See voller kleiner, gemein aussehender Enten, die immer näher kamen und dann einen spontanen Formationsflug gegen die Hexe starteten. Diese raffte Ihr Gewand und trat schleunigst die Flucht über den Steg zurück zum Gasthof an, während ihr der junge Koboldpionier etliche Schmähungen hinterherwarf. Die alte Frau mühte sich über die Bohlen, während Flügelschläge und Entendreck wie Hagelschlag auf ihren Rücken prasselten. Hier half kein Salz und auch kein Stock…hier half nur höchste Geschwindigkeit beim Rückzug. Als sie das Ende des Steges erreicht hatte, schleppte sie sich mit letzter Kraft zum Gasthof und Wirt Achim schlug die massive Tür hinter ihr zu, während draußen noch längere Zeit lautes Geschnatter und das Schlagen vieler Flügel zu hören war.
„Soweit dazu", keuchte die alte Frau und wischte sich Entenflaum von Gesicht und Kleidung. „Enten…fiese, kleine, gefährliche Enten. Davon haste nichts erwähnt, Pille, Du dumme Kuh!" Sie schnappte nach Luft.
„Achim?"
„Ja, Chefin?"

„Einmal neue Kleidung. Und das hier…", sie deutete auf ihre über und über verdreckte Gewänder, „das hier in die Wäsche. Aber fix. Sonst schreie ich den Gasthof in kleine Stücke!"
Der Wirt nickte dienstbeflissen, brachte saubere Kleider und trabte nach dem Wechsel in Richtung Keller zum Wäschekessel. Frau Margot schleppte sich auf ihr Zimmer und reinigte sich gründlich in der Schüssel. Immerhin war es nur Vogeldreck gewesen, der zweifellos harmloser als die Seerosen gewesen war. Aber der Kobold hatte eindeutig Tricks auf Lager, die sie nicht erwartet hatte.
Nach allen Anstrengungen fiel sie wie tot zu Bett und verbrachte eine lange Nacht voller unruhiger Träume, in denen immer wieder Knochen, Pudding, *„Blauer Würger"* und merkwürdige Krümel eine Rolle spielten. Und plötzlich schreckte sie mit einer Erkenntnis aus dem Schlaf auf. Natürlich. *„Pille"* und ihre Teeblätter. Der Kessel. Die Wahrsagung. Die merkwürdigen Krümel waren Brotkrumen gewesen. Enten liebten das. Und der Pudding…Ost-Kobolde waren völlig verrückt nach dem Zeug. Dann stellte sich bei ihr ein breites Grinsen ein. „Euch werde ich heimleuchten, ihr kleinen Mistviehcher!"

Nach einer ruhigen Restnacht erwachte die alte Frau so gut gelaunt wie schon seit langem nicht mehr. Brotbrocken und Pudding. Alles ganz einfach. Und das mit dem Knochen und dem Fusel würde sicherlich auch einen Sinn ergeben. Diesmal würde sie gut vorbereitet in die Schlacht ziehen. Sie kleidete

sich an und hastete in den Gastraum, wo sie dem Wirt alle notwendigen Anweisungen und die Tüte „*SOFIX*" gab.
Kurze Zeit später hatte der Wirt alles vorbereitet.
„So, Chefin…einmal Brotbrocken und einmal Pudding. Da werdet Ihr unterwegs keinen Hunger leiden müssen. Vielleicht noch ein Stück Sahnetorte gefällig? Oder Wurst?"
Die rote Margot lehnte ab und packte ihre gereinigte Umhängetasche.
„Meine Kleidung ist auch wieder trocken?" fragte sie.
„Ja Chefin!"
„Dann her damit. Ich ziehe mich nochmal um. In meinen eigenen Sachen fühle ich mich einfach wohler."
Achim eilte. Inzwischen hatte die Hexe eine Idee. Als der Wirt wieder mit Ihrer Kleidung zurück war Sprach sie: „Achim…leg mir mal die Brotstücke in Korn ein, während ich mich umziehe. Das macht sie aromatischer! Und rühr mal kräftig Korn unter den Pudding! Danach kräftig Sahne oben drauf!" Sie kicherte unheilig. „Und dann pack das Brot in einen Tontopf."
Kurz darauf zog eine optimistische Alt-Hexe wieder den Steg entlang in Richtung See-Mitte und näherte sich vorsichtig der Plattform.

„*Bampf!*"
„Da biste ja schon wieder", motzte es quietschend. „Schnatterenten! Zum Angriff!"
Und schon war wieder alles voller gelber Enten, die in Angriffsformation auf die alte Frau zusteuerten. Doch die war

vorbereitet, nahm den Tontopf und streute aus vollen Händen die in Korn eingeweichten Bröckchen auf den Steg und ins Wasser. Es war, als ob der Entenschwarm förmlich aus der Luft gezupft worden wäre.

„Naaat Naaat", ertönte es von Schnattchen, die sich allen voran auf die Beute stürzte, „Echtes Brot naaat naaat. Das hatte ich ja seit Jahrzehnten nicht mehr!"

Die Enten schlangen sich voll. Je mehr sie sich die Entenbäuche vollstopften, desto torkeliger wurden sie, bis eine nach der anderen hochgradig bezecht auf dem See dümpelte.

„Schnattchen?" quietsche der Kobold fragend. „Schnatterentchen? Geht es Dir gut?"

Doch die Ente rülpste nur leise und ließ sich treiben.

„Was hast Du mit meinem Entchen angestellt, Du olle Tante?"

„Nichts. Der geht es gut. Und den anderen auch."

Der Kobold war verzweifelt.

„Schnattchen! Nun sag doch was!"

„Die ist bald wieder auf dem Posten, Kleiner!" kicherte die alte Frau. „Sieh es einfach als ihre Belohnung für so viele Jahre Wachdienst auf dem See an!"

Der Kobold blickte sie fragend an. „Belohnung?"

„Aber ja. Und für Dich habe ich auch was Feines mitgebracht."

„Was Feines? Bekomme ich jetzt etwa auch endlich meine Belohnung?"

„Oh ja, mein tapferer Kobold-Pionier. Sie nur…ich habe hier einen ganzen Topf voll mit feinstem Vanillepudding. Mit echtem „SOFIX"."

Der kleinen Kerl fielen fast die großen Kulleraugen aus dem Kugelkopf. „SOFIX"? hauchte er. „Echter Pudding von „SOFIX"?" Er schmolz fast dahin vor Begierde.

„Genieß es. Das ist was ganz Besonderes. Mit viel Sahne!"

Und dann schob sie den Tontopf über die Salzlinie von Vortag.

Der Kobold stürzte sich auf den Pudding wie der Ogersheimer

Straßenhund auf die Wurst. Er schmatzte, schlabberte und schlang wie ein Schwein am Trog.
„Oh Ihr Mächte vom Tempel. Ist das lecker!" keuchte er voller Hingabe. „Schmeckt etwas kräftig. Aber gut! Kannste glauben! Haste da noch mehr von, olle Tante?"
„Heute nicht. Aber nächstes Mal denke ich an Schokoladensoße. Oder Himbeere. Magst Du Himbeere?"
Doch der Kobold schwieg, schlang sich weiter voll…und dann kippte er einfach um. Der kleine Kerl hielt den Puddingtopf selig umschlungen und stimmte ein leises Koboldlied an.

Wer isst die meisten Pfefferkuchen auf der weiten Welt?
Wer hat die ganze Schneiderstube auf den Kopf gestellt?
Quatsch und platsch und quatsch - das ist doch der…

Und dann ging dann das Lied in ein kräftiges Schnarchen über.
„Puha!" sprach die Hexe. „Das war einfacher, als ich dachte. Aber nach den Anläufen war das auch mehr als gerecht."
Dann dachte sie daran, was die Enten und der Kobold demnächst für ein hundsgemeines Schädelweh erleben würden. Das stimmte sie fröhlich. Eine echte Hexe musste ihre Missgunst pflegen. Sonst war sie eben keine echte Hexe.
„Na dann", meinte sie in Richtung Kobold. „Gehabe Dich wohl. Ich habe noch was zu tun. Denn jetzt gleich hole ich mir mein Kesselchen. Und morgen die ganze Welt."
Sie setzte Ihren Weg über den Steg, dessen Planken immer maroder wurden fort. Und nur wenige Minuten später setzte sie den ersten Fuß auf die Insel des Tempels. Die alte Hexe ging einen Moment in sich und streute sicherheitshalber wieder eine Spur Salz über das Ende des Stegs. Sollte sie doch noch einmal spontan flüchten müssen, dann könnte das ihr Lebensretter werden. Allerdings wurden die Salzvorräte dadurch stark de-

zimiert. Doch sie wollte nicht schon wieder zum Gasthaus zurückkehren müssen.

Eigentlich hatte der Bäckermeister Bullerjan nichts Böses erwartet. Doch plötzlich stand dieser merkwürdige Mann in schwarzer Gewandung mit einem bunten Strick um den Hals in seiner Backstube. Schwarz mochte der Bäcker nicht. Er bevorzugte reinliches Weiß und die herrlich goldenen Farbtöne seiner knusprigen Brötchen.

„Gestatten…Ehrlich!" stellte sich der merkwürdige Herr vor. „Wenn Ihr mir einen Moment Eurer kostbaren Zeit schenken würdet, werter Bäckermeister?"

„Was hättet Ihr denn gern? Brot? Brötchen? Naschwerk?" erkundigte sich Bullerjan und hoffte auf einen kleinen Zusatzverdienst außerhalb des Ladengeschäfts.

„Ich bin sozusagen im Staatsauftrag bei Euch, mein Bester", sprach der Mann und setzte sein breitestes Lächeln auf.

„Ach herrje!" jammerte der Bäcker. „Ich habe immer meine Steuern gezahlt. Immer. Und jedes Mal pünktlich!"

„Aber nein. Ich komme nicht wegen Eurer Steuern. Ganz im Gegenteil, mein Freund!" Der Mann in Schwarz mit dem bunten Strick um den Hals legte ihm jovial die Hand auf die Schulter und lächelte noch breiter als zuvor.

„Sagt mal, Herr…wie saget Ihr doch gleich? Äh…Ehrlich?"

„Das ist der Name", lächelte der Mann in Schwarz.

„Wollte Euch jemand ans Leben?" Bullerjan deutete auf den bunten Strick, den der Mann um den Hals trug.

„Oh nein. Das nennt man Krawatte. Und in meiner Zunft ist das nicht nur üblich, sondern kleidsam zugleich."
Der Bäcker war überfordert und wünschte sich plötzlich weit fort vom Ort des Geschehens.
„Sagt mal, Herr Konditor…habt Ihr Euch schon einmal mit Eurer finanziellen Situation im hohen Alter beschäftigt?"
Im Hals des Bäckers begann sich ein Gefühl der Beklemmung einzustellen. Er empfand die Situation als verwirrend und unangenehm.
„Äh…ich habe da noch was im Ofen. Vielleicht könnten wir ja später? Oder morgen? Demnächst?" In seiner Stimme schwang ein kleiner Funken Hoffnung mit.
„Was Du heute kannst besorgen…", erwiderte der dauerlächelnde Besucher, der dem Bäcker nicht geheuer vorkam. „Und nun genug Zeit vertändelt, Herr Bullerjan. Schließlich geht es um Eure Zukunft. Und Ihr wisst doch sicherlich, wie wichtig eine gute Planung ist, nicht wahr?"
Herr Ehrlich wartete keine Antwort ab und fuhr fort: „Stellt Euch einfach mal vor, Euch würde plötzlich das Mehl ausgehen. Was würde dann passieren?"
„Äh…ich könnte nicht mehr backen?" versuchte es der Bäcker mit einer einfachen Antwort.
„Richtig. Genau das würde eintreten. Ihr seid ein kluger Kopf! Und wenn Ihr mangels Mehl nicht mehr backen könntet, was wäre dann?"
„Ich wäre dann wohl pleite", stellt der Bäcker fest.
„Da habt Ihr völlig Recht. Sehr gut!"
„Und was hat das jetzt mit Euch zu tun, Herr…äh…Ehrlich?"
„Oh…lasst mich Euch eine weitere Frage stellen, Meister des Naschwerks und der Brötchen. Stellt Euch vor, Ihr könntet nicht mehr backen. Nicht, weil Ihr kein Mehl mehr habt. Aus Altersgründen. Oder vielleicht auch aus Gründen der Gesundheit. Wovon würdet Ihr dann leben?"

Der Bäcker legte die Stirn in Falten und begann zu grübeln.
„Äh…ich weiß nicht. Vielleicht könnte ja die Familie einspringen? Oder ich könnte die Bäckerei verkaufen?"
„Mumpitz, mein lieber Freund. Dann wäre alles, was Ihr jemals erarbeitet habt, nur noch Geschichte. Futsch. Oder schlimmer noch…Ihr wäret auf die Gnade und Unterstützung anderer angewiesen. Und Ihr wisst doch, wie unzuverlässig die Menschen immer dann sind, wenn man sie mal braucht."
Die böse Saat war gesät und der Herr der Brötchen kam ins Grübeln. Es ließ sich nicht ganz von der Hand weisen, dass es ein Problem geben könnte.
„Und nun hat mich, den Herrn Ehrlich, Euren guten Freund vom Ogersheimer Wirtschaftsdienst, der Magistrat der Stadt geschickt. Gemeinsam sorgen wir dafür, dass Ihr im hohen Alter nicht nur keine Sorgen habt, sondern förmlich im Geld schwimmen werdet. Wie gefällt Euch das, mein Herr?"
Die Worte des Herrn in Schwarz verfehlten keinesfalls die gewünschte Wirkung. Der Bäcker überlegte einen Moment und nickte zustimmend. Das Verhängnis nahm seinen Lauf. Eine Stunde später war er der Inhaber diverser merkwürdiger Dinge, von denen er niemals zuvor gehört und die er auch nicht im Geringsten verstanden hatte. Verstanden hatte er nur, dass er die nächsten Tage mit Post zu rechnen habe und Duplikate und Policen erhalten sollte, die ihn zum dereinst reichen Manne machen sollen würden. Da war eine Erwerbsunfähigkeits-…wie hatte Herr Ehrlich doch gesagt…Versicherung? Und eine Gierig-Rente mit hohen Geldgeschenken der Stadt Ogersheim. Eine Raffrupf-Rente, die Steuern sparen helfen sollte. Und nicht zuletzt Aktien. Volksaktien hatte der Mann sie genannt. Die gesamten Ogersheimer Staatsbetriebe würden nun zu einem Teil ihm gehören. Er solle sich für später schon einmal mit der Planung eines eigenen Gutshofes oder besser noch eines Schlösschens beschäftigen. Am besten eins mit einer

großen Schatzkammer. Denn im Alter würde er unverschämt reich sein und niemals mit Geldsorgen zu kämpfen haben. Nun gut…er müsse künftig ein paar Brote mehr verkaufen müssen, um sich all die schönen Dinge leisten zu können. Doch das solle er einfach nur als Herausforderung betrachten. Alles würde gut werden. Doch als Herr Ehrlich freundlich lächelnd sein Köfferchen wieder geschlossen hatte und verschwunden war, blieb ein nagender Wurm des Zweifels beim Bäcker Bullerjan zurück, ob das alles so rechtens gewesen sei. Doch schließlich hatte die Stadt Ogersheim seinen neuen Freund und Berater geschickt. Also konnte doch nichts schiefgehen. Als der Bäcker dann irgendwann nach einem langen Tag voller harter Arbeit ins Bett fiel, erwartete ihn eine unruhige Nacht mit vielen Grübeleien, die ihn nicht zur Ruhe kommen lassen sollten. Herr Ehrlich hingegen hatte eine sehr angenehme Nacht. Ebenso wie seine Kollegen, Herr Redlich, Frau Anständig, Fräulein Untadlig und die vielen anderen vom OWD, die sich durch Ogersheim und das Umland in bester Goldgräberlaune arbeiteten und eine weitere Umverteilung hart erarbeiten Geldes von unten nach oben vornahmen.

Endlich war es der alten Frau gelungen. Sie stand auf der Insel des Tempels inmitten des Sees der Tränen. Es war nur noch ein kurzer Weg über den Friedhof und dann würde sie den bunten Kessel in ihren Händen halten.
Sie öffnete das rostige, mit Skeletten verzierte schmiedeeiserne Tor. Das quietschende Geräusch, welches die rostigen Angeln

kreischten, ging ihr durch Mark und Bein. Friedhöfe hatte sie schon immer gemocht. Eine gewisse morbide Grundeinstellung erleichterte das Zaubereiwesen, speziell die schwarze Magie, ungeheuer. Als Zuckerhexe oder Gartenzauberin wäre sie chancenlos gewesen. Wahre Macht lag nicht in Niedlichkeiten oder Nettigkeiten begründet.

Der Weg bestand aus grünlich schimmernden Steinplatten, die Sargdeckeln nachempfunden zu sein schienen. Das Ambiente gefiel ihr. Auf beiden Seiten des Weges waren kleine und große Grabmäler verteilt. Manche davon waren wie kleine Tempel gestaltet, andere waren nur schlichte Steinkisten mit altertümlichen Inschriften. Alles war mit Moosen und Flechten bewachsen und es roch ein wenig modrig. Anscheinend war lange niemand mehr hiergewesen um sich der Grabpflege zu widmen. Die alte Hexe war beruhigt. So hatte sich inzwischen niemand des magischen Artefaktes bedienen können.

Erstaunlich war, dass auf einigen Grabmälern verrottende, gerahmte Bilder aus morscher Leinwand hingen, die einen großen, flauschigen Hund zeigten. Was für eine seltsame Grabbeigabe, so wunderte sie sich. Sie schüttelte den Kopf, ging den Weg weiter entlang und wähnte sich schon kurz vor des Tempels Portal. Die Hexe musste nur noch zwischen zwei beeindruckend großen Krypten, die den Weg säumten, hindurchschreiten. Vor beiden befand sich jeweils eine beunruhigend realistische Statue des Todesengels mit Stundenglas, Sense und Flügeln. Die eine war aus schwarzem und die andere aus weißem Stein gehauen. Wer auch immer der Künstler gewesen sein mochte: Er hatte großes Geschick bewiesen. Sie musterte die Steinplatten vor den Krypten. Die eine Grabstelle trug ein verspieltes Motiv mit einer Nadel und einer Schere. Die andere zeigte einen Pinsel und einen Farbtopf. Wie ungewöhnlich. Wer in aller Welt ließ sich solche Motive bei der Grabgestaltung einfallen?

Sie blickte genauer hin, stutzte und schüttelte den Kopf. Aber nein. Sie musste sich getäuscht haben. Der schwarze Todesengel war aus Stein und konnte sich nicht bewegt haben. Oder doch? Steine bewegten sich nicht. Niemals.

Mit lautem Krachen zersprang die Statue in tausend Splitter. In einer flirrenden Wolke aus schwarzem Gesteinsmehl stand plötzlich ein dürres Geisterwesen im karierten Anzug. Ein mageres Bärtchen flatterte im Wind und rotglühende Augen fixierten sie.

„Na…wen haben wir denn da?" hauchte die Erscheinung. „Endlich mal Besuch…nach so langer Zeit", kicherte der Spuk und kam langsam auf sie zugeschwebt.

Doch die alte Frau hatte schon ganz andere Erfahrungen mit gefährlicheren Gegnern wie echten Dämonen gemacht und zeigte sich unbeeindruckt.

„Verschwinde, Unhold", sprach sie und schüttelte die Hand, als ob sie ein lästiges Insekt fortwedeln wollte. Doch die Erscheinung kam näher und näher. „Schusch schusch!"

„Nicht doch, liebe Besucherin. Herzlich willkommen auf der Insel der Ewigkeit. Du wirst eine willkommene Bereicherung des Tempels werden. Ab jetzt gehörst Du hierher. Für alle Zeiten." Ein leises Kichern wie altes Laub ertönte. „Du wirst bestimmt eine würdige Nachfolgerin abgeben!"

Sie wich zurück und hörte plötzlich direkt hinter sich wieder das Geräusch von berstendem Stein. Und dort, wo soeben noch der weiße Todesengel gestanden hatte, stand in einer Wolke aus weißem Staub eine weitere Erscheinung. Sie trug einen merkwürdigen Kittel, ein sonderbares Barett und einen riesigen Pinsel in den Händen.

„Hallo, ihr Kleinen und auch ihr Großen, ihr Jungen und Alten hier vor dem Tempel. Ich bin der Maler Tadeus Tüpfel und will euch heute eine Geschichte erzählen. Eigentlich will ich sie

malen. Oder doch besser gesagt: Ich will den Moment Deines Todes für die Ewigkeit festhalten."
Der merkwürdige Malermeister blickte sie aus verworrenen, milchigen Augen an und leistete sich ein nicht minder irrsinniges Grinsen wie der spukhafte Schneider.
Zwei Gegner. Das war der alten Frau nicht geheuer. Inzwischen hatte sich die erste Erscheinung angeschlichen, bewaffnet mit einer riesigen Nadel und einer nicht minder großen Schneiderschere. Sie sang fröhlich vor sich hin, während sie anscheinend Akkorde auf der Nadel zupfte.

„Ich bin der Meister Nadelstich
Sticheldi stacheldi Stich,
Schleich mich so gern von hinten an
Weil ich dann besser meucheln kann.
Ich steche gern und schlitze fein
In Dich die schönsten Muster rein
schnibbel-di-schnabbel-di Scher,
Ich mag das Schnippeln sehr."

Und dann stieß die riesige Nadel vor und hätte die Hexe um Haaresbreite durchbohrt. Sie entkam nur, weil sie beim Ausweichen stolperte und zur Seite taumelte. Weniger Glück hatte Ihr Kleid, das ein großes Loch davongetragen hatte. Dieser Gegner war anscheinend nicht zu unterschätzen. Ein Seitenblick zeigte, dass vom irren Maler anscheinend keine Bedrohung ausging. Er hatte eine Staffelei aus der Luft gezaubert und malte mit seinem riesigen Pinsel hektisch weißliche Silhouetten auf eine geisterhafte Leinwand.
Der irrsinnige Schneider kicherte unheimlich und begann den nächsten Vorstoß.
Die alte Frau kramte hektisch in ihrem Gedächtnis. Pilles alter Freund Nadelstich. Der Name war ihr nur zu geläufig. Man

hatte ihn vom Hofe Eric des Roten verstoßen, weil er sich nur noch dem Suff hingegeben hatte, statt den Hof mit schöner Kleidung zu versorgen. Ein unerträglicher Zeitgenosse…damals wie heute. Und nun machte er ihr wieder das Leben schwer. Und dann auch noch Tüpfel. Es machte den Eindruck, als ob Pilles ehemalige Gefährten hier ihr Ende gefunden hatten. Die Hexe versuchte es mit einem Blitz, der erfolglos durch das Phantom fuhr und Rußspuren auf einer Krypta hinterließ. Sie fluchte laut. Anscheinend war dem Spuk so nicht beizukommen. Der teuflische Schneider kam grinsend näher und näher, während der Maler noch immer hektisch pinselte und kicherte. Die alte Frau wich zurück und überlegte hektisch. Anscheinend war dem Gespenst nicht mit Energie beizukommen. Sie griff unter ihren Umhang und zückte Ihr Hexenmesser. Und als der Spuk wieder mit der Nadel zustieß, konnte sie den Stahl zumindest abwehren.

„Nun wartet doch auf den alten Taddel", ertönte es. „Wie soll man denn ein grandioses Kunstwerk von einem epischen Todesfall erschaffen, wenn das Motiv flüchtet? Das ist ungehörig! So kann ich nicht arbeiten!"

Der Schneider stieß erneut zu. Eine Attacke nach der anderen wurde von der alten Hexe mit dem Messer abgewehrt. Doch sie spürte, wie ihre Kräfte weniger wurde. Würde sie nicht bald eine Idee haben, dann würde Sie wohl ein neuer Bewohner des Friedhofs vor dem Tempel werden.

Der Schneider kam immer näher und drängte sie an die steinerne Pforte einer Krypta. Und dann griff er zur Schere.

„Das Spiel ist aus, es war nicht schwer,
schnibbel-di-schnabbel-di Scher,
Sag Dir ein Nimmerwiedersehen,
Du wirst gleich in die Grube gehn
Dein Schicksal hält für alle Zeit

Ein Kistchen tief im Grab bereit
Sticheldi stacheldi Stich
Das freut mich königlich."

„Und nun sage mir noch schnell...welches Muster soll ich in Dich hineinschnippeln, nachdem ich Dich zerlöchert habe?"
Der wahnsinnige Schneider kicherte und schickte sich erneut an, sie zu durchbohren. Die Alte keuchte und in einer letzten Verzweiflungstat hieb sie dem Gespenst Ihre Tasche um die geisterhaften Ohren. Doch die Tasche konnte dem Schemen nichts anhaben. So traf sie nur mit aller Kraft die Steinplatte und hörte ein lautes Klirren, als die Flasche *„Blauer Würger"* in viele Teile zerschlug. Das Gespenst hielt inne und schnupperte. Es sog gierig das Aroma des Fusels in sich auf.
„Würger" hauchte es. „Mehr davon. Gib mir Würger, Weib!"
Sie öffnete die Tasche, griff hinein und schnitt sich die Finger an den Scherben blutig. Doch da war noch die andere Flasche. Die mit dem Doppelkorn.
„Nordhäuser, Du Ekelpaket. Wenn Du nicht willst, dass ich die Flasche auch zerschlage, dann sei gefälligst pflegeleicht", keuchte sie noch völlig außer Atem vom Duell."
„Gib mir die Flasche. Dann töte ich Dich vielleicht erst etwas später", wisperte der Spuk.
Die Zauberin ließ sich nicht beeindrucken. Sie zog den Korken aus der Flasche und nahm selbst einen tiefen Zug von dem Destillat.
„Niiicht!" kreischte das Gespenst.
„Na komm doch...hol es Dir, Du Modepüppchen", lockte sie. „Sonst ist es alle!"
Nadelstich glotzte sie aus milchigen Augen an und ektoplasmatischer Sabber lief in langen Fäden an seinem Kinn entlang.
Die alte Frau nahm den nächsten Schluck.

„Beeil Dich lieber, Nadelstich. Sonst ist das Zeug ausgetrunken. Oder vielleicht verkippe ich es sogar?"
Sie dreht die Flaschenöffnung in Richtung Boden. Das Gespenst brüllte vor Wut laut auf, löste sich in Nebel auf und verschwand, von Gier getrieben, in der Flasche. Die Alte stopfte schnell den Korken in die Flasche und holte tief Luft. Danach leistete sie sich einen Stoßseufzer.
„Geht ja tatsächlich. Mein erster Flaschengeist. Ist ja wie im Märchen", kicherte die Alte und stopfte die Flasche in ihre Tasche. Sie ignorierte die Geräusche des jammernden und klagenden Malers und ging zielstrebig auf das Tor des Tempels zu. Nun konnte nichts mehr schief gehen. Das Tor der einstmals heiligen Stätte schwang schrill quietschend auf und vor ihr im Dunkeln stand knurrend ein mehr als zwei Meter großer, flauschiger Geisterhund mit rot glosenden Augen. Bäche von Geifer, tropften seine Lefzen hinab und zogen glibberige Fäden. Säbelgroße Zähne schnappten nach ihr.
„Haste Dir gedacht, altes Mädchen", spöttelte der seltsame Maler. „So einfach kommste hier nicht durch. Das ist Struppi! Und der ist nicht so harmlos und versoffen wie der olle Nadelstich."
Ein Gegner wie der Schneider war ihr eigentlich für den Tag genug gewesen. Sie ergriff die Flucht. Sie eilte mit wehendem Gewand den Weg zurück zum Steg, während ihr der tobende Geisterhund laut bellend und von den Anfeuerungsrufen des irren Malers angefeuert auf den Fersen folgte. Am Bootssteg angekommen trat sie über die Salzspur. Der riesige Hund nahm Anlauf, sprang…und wurde in der Luft direkt über der Salzbarriere abrupt gestoppt. Der geisterhafte Struppi konnte ihr nicht folgen und blieb heulend, winselnd und bellend auf der Insel zurück. Die Hexe stand keuchend auf dem Steg und lobte ihre Voraussicht, die sie wieder zum Salzstreuen bewegt hatte.

„Blöder Hund", fluchte sie. „Na, Du dumme Töle? Damit hast Du nicht gerechnet, wie?"
Struppi heulte und bellte, dass die Bohlen nur so bebten.
„Halt doch bloß mal die Klappe!" giftete die alte Frau. „Wie soll man da in Ruhe nachdenken, hä?"
Struppi schaute sie aus großen Geisterhundeaugen an.
Da kam ihr die Eingebung. Die Teeblätter. Der Knochen. Natürlich. *„Pille"* hatte etwas gut bei ihr. Sie würde sich daran erinnern und die Kräuterhexe fürstlich belohnen.
Die rote Margot griff in ihre Umhängetasche und förderte den Schinkenknochen zutage. Struppi wurde immer aufgeregter, als er die Witterung aufgenommen hatte. Er wuffte auffordernd, wendete den Kopf und wartete auf etwas.
„Na, Du kleines Wauzihundi?"
Der gigantische Geisterhund bellte und wedelte mit der Rute.
„Willst das feine Knöchlein haben, wie?"
Erneutes Bellen und Wedeln.
„Na…dann komm und hol es Dir." Sie warf den Knochen, dass er einige Meter von Ihr entfernt auf dem Steg zum Liegen kam. Dann leistete sie sich allen Mut, der ihr zur Verfügung stand und wischte mit dem Fuß die Salzspur beiseite.
Der Geisterhund beachtete sie nicht mehr, stürmte an ihr vorbei und stürzte sich auf den Knochen. Die Hexe nutzte die Gelegenheit, verließ den Steg und versiegelte ihn hinter sich mit einer breiten Spur aus dem letzten Salz, dass ihr noch geblieben war. Struppi war auf dem Steg gefangen, beachtete sie jedoch nicht mehr. Er hatte seinen Knochen und würde damit viele Jahre Geisterhundespaß haben können.
„Struppi?" ertönte es aus der Ferne.
Anscheinend war Tüpfel misstrauisch geworden. Aber die Hexe war nicht beeindruckt. Wenn ihr der Leinwandschmierer hätte gefährlich werden können, dann wäre er längst zur Tat geschritten.

„Struppilein?" rief die Stimme und kam näher.
Die rote Margot ließ ihn auf sich zukommen. Der Geist kam, mit Palette, Leinwand und Pinsel bewaffnet, näher und näher.
„Was hast Du mit Struppilein gemacht, Du olle Schabracke?" zeterte er und sah sich suchend um.
Die alte Frau zeigte auf den Bootssteg und gönnte sich ein breites Grinsen. Es war einfach schön, Sieger zu sein.
„Der ist da hinten und hat seinen Spaß", kicherte sie.
„Aber…ich war noch nie ohne Struppilein. Lass ihn frei, Du garstige Person." Der Maler litt offensichtlich an Hundeentzug.
„Den Toifel werde ich!" antwortete die Hexe. Dann überlegte sie einen Moment. „Aber vielleicht könnte ich Dir einen Schritt entgegenkommen, Tüpfel. Ich habe nämlich keine Lust auf diese dauernden Reibereien mit irgendwelchen Geistern."
Der Maler im vermoderten Kittel musterte sie durchdringend.
„Wie meinst Du das, hä?"
„Gibt es da drüben noch mehr Fallen oder Wächter?"
„Nur die Fallgrube. Aber die ist längst eingestürzt."
„Und wie seid Ihr damals ums Leben gekommen?"
„Du hast doch die Grabstellen mit den Todesengeln gesehen. Unsere Vorgänger hatten die Stelle inne, bis wir kamen. Und als sie uns umgebracht hatten, mussten eben WIR die Arbeit übernehmen. Nur Pech. Dumm gelaufen!"
„Was in aller Welt für Vorgänger?"
„Ach…das ist schon infam ausgedacht. Jeder, der sich den Kessel schnappen will, wird zum Geist. Natürlich nur, wenn es ihm nicht gelingt. So hat es uns auch erwischt. Nur, wenn jemand den Kessel erobert, sind die vorherigen Wachen wieder frei. Oder wenn sie einen Blöden als Ersatz gefunden haben."
„Und die Blöde wäre also ich gewesen? Pech gehabt, Tüpfel. Aber wäre es dann nicht sinnvoll gewesen, wenn ihr mir geholfen hättet? Denn dann hätte ich den Kessel schon längst in meinen Händen und ihr wärt frei!"

„Fluch ist Fluch. Wir können nicht. Der Petrovic war schon ein ganz schön gemeiner Zeitgenosse. Der wusste, was er tat."
„Wie haben Euch denn Eure Vorgänger erledigt?"
„Du wirst es kaum glauben. Aber die haben uns zu Tode gequatscht. Der Fluch schlechter Unterhaltung. Du stehst wie angewurzelt auf der Stelle. Ein schlechter Witz jagt den anderen. Und irgendwann war es dann eben. Gelähmt und verhungert. Diese Geister waren echt gemein.
„Die haben Euch mit Witzen erledigt? Wie geht denn so was?"
„Frag mich nicht, Gnädigste. Aber nur ein Beispiel schlechten Humors: Kennste die „sieben Wunder der Ostlande"?"
Sie schüttelte den Kopf.
„Was? Tatsächlich nicht? Das muss geändert werden."
Der Geist war sich in Positur und trug vor:

„Die 7 Wunder der Ostlande!

In den Ostlanden gab es keine Arbeitslosigkeit!
Obwohl keiner arbeitslos war, hat nur die Hälfte gearbeitet.
Obwohl kaum malocht wurde, war das Plan-Soll erfüllt.
Obwohl das Plan-Soll erfüllt wurde, gab es nichts zu kaufen.
Obwohl es nichts zu kaufen gab, waren alle glücklich.
Obwohl alle glücklich waren, gab es nur Gemecker.
Obwohl nur gemeckert wurde, liebten alle Eric den Roten.

Der Geist blickte sie erwartungsvoll an.
„Naaa?" fragt er.
Eisiges Schweigen.
Die rote Margot beäugte ihn durchdringend.
„Siehste, Muttchen. Und das hatten wir damals tagelang. Irgendwann haben wir uns den Tod gewünscht! Ich habe da noch einen…pass mal auf!"

„Auch in diesem Jahr findet wieder das Festival des politischen Witzes statt. Erster Preis: Zehn Jahre Winterurlaub in Borscht!"

„Und wo ist jetzt der Witz?"
Die alte Frau wirkte sichtlich genervt.
„Du warst wohl keine Werktätige, wie?"
Der geisterhafte Maler spürte Schwingungen, die ihm nicht behagten. Die alte Frau starrte ihm direkt ins neblige Antlitz.
„Schau mich mal ganz genau an, Tüpfel!"
Er starrte zurück, überlegte einen Moment und dann traf ihn die Erkenntnis mit der Kraft eines Dampfhammers.
„Oh Gott…die Chefin!" Und dann lachte er schallend. „Und nun was wirklich Witziges. Mein Leben lang habe ich mir den Kittel eingenässt vor Angst, was Du mir alles antun könntest, Werteste. Und nun bin ich tot…und Du kannst es nicht mehr!"
Die rote Margot gönnte sich ein grimmiges Lächeln.
„Kann ich doch", zischelte sie. „Entweder hilfst Du mir…oder es könnte ziemlich lange dauern, bis Du wieder zu Deinem Struppilein kommst."
„Aber das habe ich bereits. Mehr weiß ich nicht. Ich habe Dir alles erzählt. Großes Künstlerehrenwort!"
„Künstler! Ehrenwort!" Die alte Frau spuckte die Worte aus. „Als ob ich darauf auch nur eine Brotkrume geben würde. Du kommst gefälligst mit. Als Wegweiser und Gefahrensucher. Und wenn ich den Kessel in den Händen halte, dann bist Du ja sowieso frei. Und wenn nicht, dann gewöhn Dich an den Gedanken, dass es lange dauern kann, bis Dein Hund wieder bei Dir ist."
„Struppi? Der ist mein Ein und Alles. Mein Lieblingsmotiv. Wage es nicht. Das macht man nicht. Kleine Hündchen entführen ist unfein", empörte sich der Maler.

„Klein? Ob Geisterhund oder nicht…das ist der mit Abstand monströseste Kläffer, den ich je gesehen habe!"

Wie alle Hundebesitzer betrachtete Tüpfel seinen Struppi aus anderen, in diesem Fall zwar toten, aber trotz allem verklärten Augen. Struppi war für ihn nach wie vor ein süßer, kleiner Welpe mit großen Kulleraugen und permanentem Schweifwedeln. Struppi war niedlich. Basta.

„Wie auch immer. Du kommst mit und machst mir den Weg frei."

Der geisterhafte Maler brummelte leise vor sich hin.

„Als Ihr damals vom Petrovic-Fluch getroffen wurdet…was genau ist passiert?" fragte die alte Frau.

„Nichts, was ich erklären könnte", antwortete der Maler. „Struppilein und ich waren auf einmal tot…und dann plötzlich wieder da."

„Was genau ist denn Deine Aufgabe?"

„Ich kümmere mich um Struppilein und male Bilder. Sieht man doch. Solange, bis uns Struppi einen Nachfolger besorgt hat."

„Aber Ihr wärt doch auch frei, wenn jemand den Kessel an sich genommen haben würde, oder?"

„Ja. Aber ich darf nicht helfen. Mir käme kein Wort über die Lippen, selbst wenn ich wollte. Der Fluch lässt es nicht zu."

„Du sollst auch nicht reden…es reicht mir vollkommen, wenn Du vor mir herschwebst und um eventuelle Fallen einen Bogen machst. Mehr will ich nicht von Dir!"

Der Geist überlegte einen Moment.

„Ich weiß nicht, ob das geht. Aber was soll schon passieren. Probieren wir es einfach. Aber: Wenn es nicht geht, dann war es kein böser Wille vom armen, alten Tüpfel."

„Dann los mit Dir, Herr Kunstmaler."

Der Geist machte eine Kehrtwende und schwebte auf den Tempel zu, bis sie wieder an den beiden Grabstellen angekommen waren. Die rote Margot folgte ihm.

Tüpfel schwebte vorwärts und um ein Loch im Boden herum. Das war wohl die erwähnte Fallgrube gewesen. Die alte Frau spähte hinein, sah die spitzen Pflöcke, die aus dem Boden des tiefen Loches ragten und dachte sich ihren Teil über östliche Wertarbeit. Anscheinend hatte die Abdeckung der Grube nicht lange gehalten, denn auf ihrem Grund waren keine Knochen zu sehen. Die rote Margot schüttelte den Kopf und setzte den Weg um das Loch im Boden herum fort.
Und dann stand sie vor dem Eingangstor ins Innere der Ruine.
Der Maler schwebte zielstrebig vorwärts und durch das Tor des Tempels hindurch. Die Hexe sah einen pompösen Säulengang mit erloschenen Fackeln und Kandelabern. Aus dem Tempel wehte ihr muffige und modrige Luft entgegen. Im düsteren Licht der großen Halle erspähte die alte Frau am Ende des alten Gemäuers einen eher schlichten Altar.
„Weiter kann ich nicht", stellt Tüpfel fest. „Ab hier ist mir der Weg versperrt."
„Das war doch bis hierher das reinste Vergnügen", stellt die alte Frau fest. „Kinderkrams."
„Abwarten, Gnädigste. Bis hierher vielleicht. Aber ich spüre die Anwesenheit eines alten Ostlande-Grauens."
Die rote Margot setzte den ersten Fuß über die Schwelle. Und dann flackerten entlang der Säulen Fackeln auf und hüllten die Halle in flackerndes Licht.
„War ja klar. Ich habe es ja gleich gesagt", hauchte der Geist des Malers und löste sich in Luft auf.
Ein lauter, volltönender Glockenschlag erklang.
„Willkommen in Erics Lichterparadies!" ertönte eine Stimme. „Hier im Tempel des bunten Kessels ist ewige Freude Programm. Und nun einen herzlichen Applaus für unsere engagierten Künstler, die uns diesen schönen Moment bescheren."
„Nicht schon wieder", stöhnte die Hexe laut auf.
„Ab hier herrscht der Frohsinn des Kessels!" erklang es.

Aus allen Ecken des Tempels ertönte Gelächter und rhythmischer Applaus hallte von den Säulen und Wänden wider.
Drei unterschiedlich große geisterhafte Gestalten materialisierten aus dem Nichts. Der Applaus des unsichtbaren Publikums brandete in großen Wellen durch die Tempelhalle und perlte von den Säulen hinab. Die alte Frau riss es von den Beinen.
„Die Menschen werden schöner, wenn sie lachen!" sprach die eine eher lange Geistergestalt mit leicht gewellten grauen Haaren, die ein wenig verwirrt dreinzublicken schien.
„Dann hat die aber lange nichts mehr zu lachen gehabt!" kommentierte das mittlere, eher muffig wirkende Geisterwesen. Brüllendes Gelächter des unsichtbaren Publikums drückte die alte Hexe fast an den Boden und nahm ihr die Luft zum Atmen.
„Nur vertrauen…alles wird gut!" witzelte der Kurze mit den Glubschaugen, der Fliege und dem merkwürdigen runden Hut auf dem Kopf.
Der roten Margot wurde übel.
„Meine Herren…ein Lied!" schlug der Lange vor.
Die beiden anderen Geister stimmten zu.
„Wenn ich vorschlagen dürfte: Davor noch schnell ein Witz", feixte der Kurze. Dann begann er die humoristische Attacke.

„Wurde een Bauer in Borscht gefragt, was für ihn Glück sei. Der Bauer: „Dass wir in Borscht leben." Wurde der Bauer gefragt, was für ihn Pech sei. Der Bauer: „Dass wir so viel Glück haben."

Das brüllende Gelächter zwang die alte Frau auf den Boden. Sie rollte sich vor Schmerz zusammen.
„Und nun der allseits beliebte Evergreen: Meine Güte…bin ich müde!" stimmte der Lange an und dezente, einschmeichelnde Musik ertönte plötzlich aus dem Nichts.

„Am Montag seh ich es noch ein,
da nimmt man es noch hin.
Kann jeder mal verschlafen sein,
das ist nicht weiter schlimm,
denn schließlich ist das Wochenend
nicht da, dass man nur pennt.
Doch jedem andren Tag
ich selber zu mir sag:

Der Geist gähnte laut und die Hexe verspürte plötzlich auch einen unbändigen Drang nach Schlaf in sich aufkommen.

„Meine Güte, bin ich müde,
ach, was ist bloß mit mir los?
Bin ich wach, dann gähn' ich bloß.
Meine Güte, bin ich müde,
das ist doch nicht mehr normal.
Diesen Kampf mit meinen Augen,
wann gewinn' ich den bloß mal?
Diesen Kampf mit meinen Augen,
wann gewinn' ich den bloß mal?"

Die alte Frau kämpfte mit aller Kraft gegen die Müdigkeit an. Ostlande-Humor und Liedgut waren schon immer eine mächtige Waffe gewesen. Beides zusammen war eine garstige Kombination, die ihr schwer zu schaffen machte.

„Ich dachte schon, ein Lebensstil
hat sich bezahlt gemacht.
Doch plötzlich schlafe ich zu viel,
und das nicht nur bei Nacht.
Da haut doch irgendwas nicht hin,
wenn ich am Überlegen bin:

Was kann denn das nur sein?
dann schlaf' ich drüber ein."

Der Geist gähnte noch kräftiger und das unsichtbare Publikum stimmte mit ein. Die Müdigkeit kroch wie ein giftgrüner Nebel durch die Halle des Tempels und hüllte alles ein.

„Meine Güte, bin ich müde,
ach, was ist bloß mit mir los?
Bin ich wach, dann gähn' ich bloß.
Meine Güte, bin ich müde,
das ist doch nicht mehr normal.
Diesen Kampf mit meinen Augen,
wann gewinn' ich den bloß mal?
Diesen Kampf mit meinen Augen,
wann gewinn' ich den bloß mal?"

Die rote Margot erinnerte sich. Damals hatte der bunte Kessel alle fest im Griff gehabt. Und das sollte ihr jetzt nicht geschehen. Sie kam mühsam wieder auf die Knie

„Meine Güte, bin ich müde,
das ist doch nicht mehr normal.
Diesen Kampf mit meinen Augen,
wann gewinn' ich den bloß mal?
Diesen Kampf mit meinen Augen,
wann gewinn' ich den bloß mal?"

Die drei Geister gähnten gemeinsam im Chor, während die Hexe immer langsamer wie durch Watte kroch und spürte, wie sie der letzte Rest ihrer Kraft verließ.

*„Ein Bett, ein Bett, ich brauche ein Bett,
ein Königreich für ein Bett."*

Die alte Frau lag auf dem Boden des Tempels und schlief laut schnarchend. Das Lied war endgültig zu viel für sie gewesen. „Nu isse hin", witzelte der Kurze. „Die steht nüscht mehr uff. Schnell noch een Witz:

Fragt der Patient den Arzt: „Meinen Sie, dass die Fangopackung helfen wird?" Sagt der Arzt: „Nein, das nicht, aber so gewöhnen Sie sich schon mal an die feuchte Erde."

Ein lauter Tusch dröhnte durch die Hallen des Tempels und brüllendes Gelächter brandete wie eine Sturmflut durch das Gemäuer. Die alte Frau wurde davon mitgerissen und förmlich durch den Gang bis kurz vor den Altar gespült. Sie schüttelte stöhnend den Kopf und versuchte, sich von der Müdigkeit loszureißen. Mit allerletzter Kraft kroch sie über den Boden und begann, sich am Altar hochzuziehen. Direkt vor ihr, nur noch wenige Zentimeter von ihren Fingern entfernt, stand ein kleiner, irisierender Kessel, in dem es leise zu blubbern schien. Es ertönten drei markerschütternde Schreie und ein dämonisches, entsetztes Gebrüll des unsichtbaren Publikums rollte wie eine Sturmflut durch den Tempel. Die rote Margot kreischte vor Schmerzen auf. Doch eben dieser Schmerz gab ihr die letzte Kraft. Es gelang ihr, mit dem ausgestreckten Zeigefinger den Kessel zu berühren. Es ertönte erneut ein lauter Gong und das Gefäß fiel auf sie, während sie zusammenbrach. Im Tempel herrschte plötzlich Grabesstille und Friedhofsruhe.

Im Ratssaal herrschte große Freude. Der Magistrat hatte beim Wirt der Dunggrube, Herrn Fingerhut, ein großzügiges Buffet geordert. Es herrschte buchstäblich kein Mangel an allen nur vorstellbaren Delikatessen. Kaviar aus Borscht, Steaks aus Jollywood, Ale von den Far-Away-Islands, Austern und Champagner aus Gaullia...man hatte weder Mühen noch Steuergelder gescheut, um sich einen dekadent fröhlichen Abend zu gestalten. Bei schlichter Kost hingegen herrschte Notstand. Die war einfach nicht vornehm genug. Der Reichskanzler hatte schweren Herzens auf sein Lieblingsessen, die gelbgepuderte Wurst in roter Soße, verzichtet. Der Ratsvorsitzende Graf Ölkopf, der an seinem Ehrenplatz am Kopf der langen Tafel saß, schlug mit der Gabel an sein Champagnerglas.
„Meine lieben Freunde", hub er an. „Es ist kaum zu glauben...aber wir haben es anscheinend geschafft. Das Geld strömt uns nur so in das Staatssäckel. Die Depp...äh...das Volk liebt unsere „*Volksaktie*" und kaufen den Mist wie Gold. Und dabei kaufen die nur das zurück, was wir ihnen vorher weggenommen haben. Wir nehmen die aus wie Weihnachtsgänse."
Die Ratsmitglieder lachten unison schallend.
„Lang lebe die „*Volksaktie*". Lang leben die Gierig- und Raffrupfrenten. Und ein Hoch auf den Ogersheimer Wirtschaftsdienst, dessen eifrige Mitarbeiter gerade dabei sind, das ganze Pack zu verhaften und sein Geld einzusammeln."
Der Kanzler stand wie ein Fels in der Brandung des tosenden Applauses. Er hob beide Arme in die Höhe und ließ sich feiern.
„Die Krönung: Wir haben den Trotteln eingeredet, dass sie einfach über ihre Verhältnisse gelebt haben. Und nun müssten sie eben den Preis dafür bezahlen. Und was haben sie darauf geantwortet?" Er blickte in die erwartungsvoll schweigende Runde der Ratsmitglieder.
„NICHTS!" brüllte der Kanzler lachend. Und alle lachten mit.

„Ich verkünde hiermit voller Freude eine kräftige Diätenerhöhung für alle. Und ich verspreche Euch goldene Zeiten. Denn wenn wir erst unser neues Projekt, die *„Agenda Bürgerglück"* gestartet haben, dann strömt der ganze Segen noch schneller in unsere Taschen. Mehr Arbeit und weniger Geld fürs Volk!"
„Hurra", brüllte es aus allen Mündern und selbst die „M", Herr Rädle, Advocatus Gregorius und der längere Zeit im diplomatischen Außendienst unterwegs gewesene Graf Josef stimmten frohgemut mit ein. Sie alle waren sich darin einig, dass es eine klare Trennung geben musste…Arbeit und Gesetze für das Volk und Rechtsfreiheit sowie die Gewinne für die hohe Obrigkeit und die Manufakturen. Der Kanzler sonnte sich in seinem Erfolg und war sich sicher, beim nächsten Wettbewerb um die Ogersheimer Wurstkrone vorne zu liegen. Das Leben hätte nicht schöner sein können. Und so feierte man fröhlich bis in die frühen Morgenstunden und verprasste den vom einfachen Pöbel hart erarbeiteten Segen, wohl wissend, dass der einfache Bürger es eh nicht verstehen würde.

Als die alte Frau wieder zu sich kam, schmerzte jede Faser ihres Körpers. Sie stöhnte und versuchte, sich an die letzten wachen Momente vor dem Zusammenbruch zu erinnern. Doch alles war verschwommen und wie durch einen Nebel wahrnehmbar. Aber an den Kessel und ihren letzten Kraftakt erinnerte sie sich nur zu genau. Dann tastete sie nach eher instinktiv dem mächtigen magischen Relikt der Ostlande. Sie ergriff das irisierende, scheinbar pulsierende und doch eiskalte Gefäß.

Endlich. Ihre Suche war also doch von Erfolg gekrönt gewesen. Die rote Margot fühlte sich plötzlich in Versuchung, „mein Schatz" murmeln zu wollen, empfand es dann aber doch als zu seltsam und unterließ es lieber. Dann rappelte sie sich langsam stöhnend wieder auf und fühlte sich so zerschlagen, als ob sie von einer Lawine begraben worden wäre. Sie atmete schwer und keuchte. Ihre Finger wanderten über die glatten Wände des kleinen Kessels, konnten jedoch weder Ornamente noch irgendwelche Zeichen ertasten. Der Kessel war seinerzeit ein privates Projekt des Hofzauberers Petrovic gewesen, bei dem er sich jegliche Einmischung seitens der Staatsmacht verbeten hatte. Der „Rote Eric" hatte zugestimmt und sie selbst war mit anderen Aufgaben viel zu sehr beschäftigt gewesen, um sich diese Bürde auch noch aufladen zu wollen. Allerdings wusste sie nicht genau, wie der Kessel wieder zu beleben war. Als sie vor Jahren versucht hatte, das Zauberbuch des Petrovic, welches ihr hätte helfen können, in die Hände zu bekommen, waren Ihr Bernward und DAX in die Quere gekommen.

Sie stellte den Kessel auf den Altar und hoffte auf eine Eingebung. Vergebens. Doch dann kam ihr eine Idee. Der Tempel war seinerzeit nicht ohne Grund als Erics Lichterparadies bezeichnet worden. Nicht nur, dass all die Künstler der Ostlande stets erpicht gewesen waren, im Namen der hohen Obrigkeit das Volk zu belustigen – er war wie ein gleißender Diamant in der Dunkelheit gewesen und hatte so manches nächtliche Lichtfanal über die Ostlande geworfen.

„Licht", murmelte sie. „Ich brauche Licht."

Feuerzauber waren schon immer ihre Spezialität gewesen. Das Anfeuern der alten Fackeln an den Säulen des Tempels kostete sie nur ein paar kleine Fingerbewegungen. Und mit jeder Fackel, die sich entzündete, erhellte sich der Tempel mehr und mehr. Die Wände des Tempels waren voller Spiegel, die schon ein wenig erblindet waren, doch das Licht noch immer gut reflektierten. Und mit der letzten Fackel, die sich entzündete, ertönte wieder ein lauter Gong.

Direkt neben der alten Frau saß plötzlich ein kleiner, unscheinbarer alter Mann mit dicker, schwarzer Brille, steifen, mittig geknifften Hut und in einen schlichten grauen Mantel gehüllt auf dem Altar und baumelte fröhlich mit den Beinen.

„Na…das hat aber gedauert, Genossin", kicherte er vergnügt.

Die rote Margot schluckte, starrte auf den neu erschienenen Geist und fühlte, wie ihre Augen feucht wurden.

„Eric?" flüsterte sie. „Aber…das kann doch n…"

„Das kann nicht?" kicherte die Erscheinung. „Doch…das kann schon. Aber so langsam hatte ich schon die Hoffnung aufgegeben, hier jemals wieder fortzukommen. Keine Sonderkutsche zum *„Old Temple Inn"* oder so."

„Ja…aber…wie kann das sein? Du bist doch sicherlich nicht verflucht worden? Oder doch? Und wie?"

„Natürlich mit der tatkräftigen Hilfe unseres lieben, ehemaligen Hofzauberers, meine Gute. Petrovic hat damals, als die Ostlande fielen, alles Notwendige unternommen, um mir noch vom Sterbebett herunter zur in einer eher zeitlosen Erscheinung zu verhelfen. Und frag mich nicht, wie er das hinbekommen hat. Aber anscheinend ist ja alles gut verlaufen", gnickerte er zufrieden.

Zwei breite Tränenrinnsale liefen über die alten, zerfurchten Wangen und ein Kloß im Hals verhinderte, dass sie sofort antwortete. Damit hatte sie wahrlich nicht gerechnet.

„Und nun willst Du das Kesselchen, wie?" kicherte der Geist des ostländischen Monarchen.

Sie besann sich plötzlich wieder auf ihr Ziel und die Rührung verschwand wieder.

„Ich will meine Rache", spuckte sie aus. „Diese verfluchten Ogersheimer sollen den Tag verfluchen, an dem sie die Ostlande zugrunde gerichtet haben!"

„Na ja, meine hochgeschätztes ehemaliges Weib. Daran waren wir selbst wahrscheinlich auch nicht ganz unbeteiligt gewesen. Ich erinnere mich noch heute an den ersten Spatenstich für den großen Graben. Ich glaube, wir sind damals etwas übereifrig gewesen. So ein Volk besteht aus furchtbar vielen Leuten. Und wenn die nicht mehr mitspielen wollen, weil ihnen Ogersheimer Luxus und Südfrüchte wichtiger sind, dann können die schnell mal eine Regierung zum Toifel schicken."
„Ach was. Das Volk ist blöd. Die brauchen jemanden, der für sie denkt und handelt, weil sie es alleine nicht hinbekommen, diese Esel!" begehrte sie auf.
„Ja. Das stimmt wohl", stimmte er lächelnd zu. „Und doch ist es eben das Volk. Ich glaube, dass wir irgendwann einfach den Bezug dazu verloren haben. Und dabei hatten wir es doch eigentlich nur gut gemeint. Aber Macht ist ein schlechter Ratgeber und korrumpiert. Wenn ich noch einmal beginnen könnte, dann würde ich alles anders machen."
„Anders? Aber wie denn?" fragte sie.
„Weißt Du, Schnuckiputzi. Irgendwie waren wir zwar ein armes Land…und doch gab es genug Geld, für das wir unsere Ideale verkauft haben. Und natürlich der Zwang aus Borscht. Weißt Du noch, wie stolz wir auf unsere blauen Hemden waren? Und die Kinder, die darin auf den Straßen marschierten? Gut erzogen, hilfsbereit und freundlich?"
Die alte Frau erinnerte sich wehmütig.
„Aber nun bin ich, wie Du ja sehen kannst, ziemlich tot. Und das macht mir zu schaffen. Als toter Mensch hast Du einfach andere Bedürfnisse. Aber man hängt an den alten Gewohnheiten. Das kann einem schon die gute Laune vermiesen!"
„Aber Eric. Willst Du denn nicht auch Rache an den Ogersheimern, für das, was sie uns und unseren Leuten angetan haben? Unsere Errungenschaften…alle zerstört?"

„Ach…Rache. Die wird insgesamt überbewertet. Weißt Du, was ich wirklich haben möchte?"
„Was soll ein Toter schon wollen?" grübelte sie wehmütig.
„Eine große Portion Eisbein. Oder zwei. Und Kasseler. Mit Kraut. Viel Kraut. Und ein Bier. Oder Vodka mit Kirschsaft!"
Der Geist blickte wehmütig auf den Kessel.
„Aber das wird nun nichts mehr. Selbst wenn ich es hätte, dann könnte ich es nicht mehr essen. Wie und womit auch?"
Die alte Frau und der Geist saßen nebeneinander und sinnierten. Die alte Frau hatte sich alles anders vorgestellt.
„Was die Rache betrifft, meine Liebe…das ist alles schon seit vielen Jahren geregelt."
„Wie denn das?"
„Das Projekt *„Erics Rache"* war eine der letzten kleinen Gemeinheiten, die sich unser lieber Hofzauberer ausgedacht hat. Ach ja…was ist eigentlich aus dem geworden?"
Margot dachte an die Begebenheit im großen Forst, wo ihre beiden Meuchlerinnen dem alten Petrovic den Garaus gemacht hatten und beschloss, lieber darüber zu schweigen.
„Der ist wohl schon lange Geschichte. Aber was hat es mit dieser Rache auf sich?"
„Meine Rache? Das Projekt war nicht ohne Charme", grinste er. „Erinnerst Du Dich noch an das Kinderparadies der ollen *„Pille"*? Die mit der großen großen Brille?"
Sie erinnerte sich nur zu gut und nickte.
„Die *„Pille"* hat damals ein ganz besonderes Pflegekind von uns untergejubelt bekommen. Petrovic hat späten Nachwuchs vom ollen Adolar Ösler gefunden und ein wenig gezaubert."
Die alte Frau traute ihren Ohren nicht.
„Er hat was?"
„Er hat die wahrscheinlich größte Strategin aller Zeiten geschaffen und ihr einen Zauber übergeholfen, der dafür sorgen wird, dass dieses Kuckuckskind höchstwahrscheinlich ganz

Ogersheim zerstören wird. Mit Mann und Maus. Bis von dem ganzen Kapitalistenvolk nichts mehr übrig ist!"
„Was in aller Welt ist das denn für eine Kreatur?" hauchte sie?
„Ach…eigentlich ein ganz unscheinbares, kleines Ding. Die sah ziemlich murkelig aus, aber die hat es voll in sich. Dämonische Zerstörungswut. Und das Beste ist, dass sie es selbst nicht einmal versteht. Ein Zauber, der die Selbstwahrnehmung verändert. Und die ist nicht mal korrumpierbar."
Die rote Margot fühlte sich auf einmal überflüssig. Anscheinend waren andere schon lange vor ihren eigenen Racheplänen zur Tat geschritten. Aber sie hatte den bunten Kessel. Und die Mühen durften nicht umsonst gewesen sein. Oder doch?
„Du solltest Dir den ganzen Ärger ersparen, Schnucki. Das Leben ist kurz und Rache ein schlechter Ratgeber. Sieh mich mal an. Nicht mal Eisbein und ein Bier ist mir geblieben." Der Geist blickte wehmütig auf seine baumelnden Beine. „Aber vielleicht besteht ja noch Hoffnung!"
„Hoffnung?"
„Aber ja. Dadurch, dass Du den Kessel hast, bin ich wieder frei. Ich werde gleich dahin gehen, wo alle nicht mehr ganz so junge Pioniere irgendwann mal hinmüssen."
„Aber…aber…ich habe Dich gerade wiedergefunden. Und da musst Du mich schon wieder verlassen?"
„Anscheinend. Nicht vergessen…ich bin tot. Ein Geist. Und das ist ziemlich langweilig. Außerdem wollen wir uns mal nichts vormachen. Du lebst auch nicht ewig. Also sehen wir uns bestimmt irgendwann demnächst wieder."
Das Weltbild der alten Frau war erschüttert worden. Seitdem der große Graben zugeschüttet worden und die Ostlande durch Ogersheim und seine Vasallen übernommen worden war, hatte sie nur die Rache in Kopf gehabt. Der Gedanke, sich davon zu trennen, gefiel ihr überhaupt nicht. Sie mochte es nicht, dass alles umsonst gewesen sein sollte.

„Such Dir lieber ein schönes, ruhiges Plätzchen und genieße die Zeit, meine Liebe. Zeit ist kostbar und endlich."
Sie blickte auf den Mann, mit dem sie so viele Jahre verbracht hatte und der ihr jetzt anscheinend schon wieder genommen werden sollte. Täuschte sie sich, oder begann er zu verblassen? Die Silhouette wurde langsam dünner und durchscheinender.
„Du willst mich schon wieder verlassen?" begehrte sie auf.
„Wollen? Ich muss, altes Mädchen. Aber wie gesagt: Ich bin mir sicher, dass wir uns in einiger Zeit wiedersehen werden. Doch nun ist sie erst einmal herum, meine Zeit, die ich hier hatte! Adieu! Ach ja…falls Du das mit dem Kessel doch willst, dann sag ihm einfach, dass und was er kochen muss. Dafür brauchst Du mindestens einen Moderator. Der Kessel allein versteht Dich nämlich nicht. Aber wenn der erst mal köchelt, passieren die spaßigsten Dinge", lachte er leise.
Der Geist, der immer durchsichtiger wurde, hauchte ihr eine Kusshand zu, wisperte ein leises „Freundschaft", lächelte und verblasste, bis er sich wie ein Morgennebel aufgelöst hatte. Anscheinend war ihr wirklich nicht viel vom früheren Leben geblieben. Nichts außer einem kleinen, pulsierenden Kessel, der leise vor sich hin blubberte, ohne irgendeine Füllung vorweisen zu können. Das war nicht wirklich viel. Aber sie würde das gleich ändern. Sie gönnte sich ein schrilles Hexengekicher und fixierte das Gefäß.

Die alte Frau philosophierte einen Moment über die damals ach so schöne Zeit, die sie in den Ostlanden verlebt hatte. Doch nach dem Moment der Wehmut und Nostalgie überkamen sie wieder der Zorn und die Rachegelüste. Sie packte den Kessel, starrte ihn an und traf eine Entscheidung.

„Kessel…koch!" befahl die rote Margot und dann sagte sie dem Kessel, was ihr als erstes durch den Kopf ging.

Nichts geschah.

Die alte Frau fluchte. Der Moderator. Eric hatte es erwähnt.

„Kessel: Ich will einen Moderator!" befahl sie.

Bunter Nebel stieg aus dem Kessel auf und formte sich zu einer Gestalt.

„Na hallo, meine Schöne! Wer bist denn Du?"

Die frisch materialisierte Gestalt spendierte ihr einen lasziven Blick und zwinkerte ihr zu. Die alte Frau fühlte sich vom Schicksal verspottet. Sie kannte ihn. Den Schrecken der Ostlande-Bühnen.

„Nicht auch noch das", murmelte sie und verdrehte die Augen. „Herr Schlüpfrig? Der Schlüppi? Der olle Schürzenjäger? Der Blender mit dem Ständer? Das habe ich nicht verdient!"

„Du hättest es auch schlechter treffen können, Verheerendste", schnodderte der Geist beleidigt. „Aber nun bin ich hier. Buh!"

Die alte Frau schüttelte angewidert den Kopf.

„Dann muss es eben so sein!" giftete sie. „Du bist als der Geist, der dem Kessel mitteilt, was er zu köcheln hat?"

„In der Tat…ohne mich geht es nicht!"

„Dann mal ran ans Werk! Ich wünsche mir zuerst…!"

Schlüppi beugte sich über den Kessel und flüsterte den Wunsch seiner alten wie neuen Befehlshaberin. Und der Kessel begann zu kochen. Auf dem Altar blubberte und brodelte es. Dem magischen Gefäß entstiegen die ersten Schwaden, die sich wie Nebel verbreiteten und immer mehr verdichteten.

Die rote Margot sah sich um und musterte die ersten Ergebnisse ihres Befehls. Dann stürmte sie aus dem Bauwerk, um sich das Entstehen des Produktes ihres Kessels in aller Ruhe und im vollen Umfang anzusehen.

„Donnerwetter", hauchte sie.

Die rote Margot stand ergriffen vor dem noch immer wachsenden Bauwerk, entstanden aus ihrem ersten Wunsch an den bunten Kessel, der fröhlich vor sich hin blubberte und weitere schwarz-bunte Schwaden produzierte. Der Tempel im See verwandelte sich Stück für Stück in eine gigantische, schwarze Zwingburg mit wehrhaften Türmen, Zinnen, Erkern, Pechnasen und Wasserspeiern, die grimmig hinab auf den Friedhof und den Weg über den See blickten. Der See selbst verwandelte sich gerade in einen Albtraum aus brodelndem Schaum. Gelegentlich tauchten die Rückenflossen undefinierbarer riesiger Kreaturen auf, um dann gleich wieder in den Tiefen des unheimlichen Gewässers zu verschwinden. Dort, wo noch vor kurzem der schmale Weg aus Holzbohlen über den See geführt hatte, führte nun ein breiter Steinweg über beeindruckende Brücken zur Zwingburg, die von einem Graben voller Feuer, der nur durch eine Zugbrücke aus Stahl zu überqueren war, geschützt wurde. Plötzlich tauchte neben ihr der Moderator wie aus dem Nichts auf. Herr Schlüpfrig warf ihr einen schmachtenden Blick zu und sprach dienstbeflissen: „Euer Wunsch wurde erfüllt, Chefin. Was soll der Kessel nun zaubern?"

„Monster. Viele Monster. Die sollen alles bewachen. Ich will Drachen, Vampire, Werwölfe und was es noch so alles gibt. Natürlich müssen die ausnahmslos meine Befehle befolgen. Hast Du alles verstanden, Schlüppi?"

„Selbstverständlich, Frau Chefin. Seid Ihr mit unserer Arbeit bisher zufrieden?"

„Ja. Tatsächlich bin ich das."

„Darf ich Euch dann um einen Gefallen bitten?"

„Was soll es denn sein?"

„Ich hätte gern Gesellschaft. Weibliche, wenn es geht. Könnte ich vielleicht...äh...das Ballett aus dem Lichterparadies bitten?"
„Du spinnst wohl? Du hast wirklich nichts als Röcke im Sinn, Du olles Ferkel"
Die alte Hexe schüttelte missbilligend das Haupt.
„Aber Chefin...bitte. Ich habe so lange schon nicht mehr...na Du weißt schon was." Schlüppi schmachtete leise vor sich hin.
„Nichts da, Du kleiner Sittenstrolch. Dann kommst Du nur auf dumme Gedanken und vernachlässigst Deine Arbeit."
„Kann ich denn nicht wenigstens eine einzige haben?" murrte der Geist.
„Du bist ein Geist. Du kannst doch gar nicht mehr...na Du weißt schon was!" empörte sie sich.
„Nur eine einzige. Bitte Herrin", nölte der Moderator.
Sie stöhnte leise.
„Na gut. Eine. Aber nichts Hübsches."
Sie grübelte einen Moment. „Und ich weiß auch schon wen. Du bekommst eine Co-Moderatorin der Spitzenklasse"
„Welche denn, Chefin? Welche? Nun sag doch schon. Wer soll es sein?"
Sie flüsterte ihm den Namen ins geisterhafte Ohr und diesmal stöhnte der Moderator.
„Muss es wirklich **die** sein?"
„Ja. Und nun gehe zum Kessel und teil meinen Wunsch mit. Hopp hopp...mach schon."
„Aber die ist dick. Und rücksichtslos isse auch noch!"
„Du sollst nicht meckern…gehorchen sollste. Also los!"
Der Geist verschwand und tat wie ihm befohlen.

„Schroderick, alter Schwerenöter!" brüllte ein äußerst gutgelaunter Raffgeyer, als er in des Kanzlers Kemenate gestürmt kam. Er trug einige mächtig große Pakete unterm Arm und schleppte auch noch ein kleines Köfferchen mit sich. „Wir haben sie alle eingewickelt. Und nicht nur das. Die zahlen auch noch die nächsten dreißig bis vierzig Jahre wie die Deppen. Na ja…sind sie ja auch."
Er kicherte.
Der Kanzler war nach durchzechter Nacht etwas überfordert, ahnte jedoch, dass weitere gute Nachrichten auf ihn warteten. Als ob die letzte Nacht nicht bereits genug Quell der Freude für ihn gewesen wäre.
„Was ist das da?" erkundigte er sich neugierig und zeigte auf die Mitbringsel seines Gastes.
„Was vermutest Du, he?" fragte Raffgeyer.
„Sieht irgendwie nach Bildern aus", mutmaßte der Kanzler.
„Der Mann ist einfach unglaublich!" lachte *„Raffi"*. „Richtig!"
„Und was soll ich damit?"
„Nichts, mein Bester. Bis auf eine Kleinigkeit!"
„Hä?" entfuhr es dem Reichskanzler, der nichts verstand. Sein Besucher packte inzwischen die noch von der Farbe feuchten Kunstwerke aus.
„Ach herrje. Sind die aber hässlich", stellte der Kanzler fest, während er die Bilder mit misslungenen Blumenmotiven inspizierte. „Welcher Nichtskönner hat die denn gepinselt?"
„Na DU, Herr Reichskanzler!"
„Wie? Ich? Habe ich nicht. Oder doch? Und wenn ja…warum denn nur? Ich verstehe das nicht!" stammelte der Graf.
„Muss ich denn alles erklären? Hier…fang!" rief *„Raffi"* und warf dem Ratsvorsitzenden das kleine Köfferchen zu. Der Kanzler blickte fragend darauf, öffnete es…und schlug es schnell wieder zu, wobei er sich vorsichtig umsah, als ob er Zeugen befürchten würde.

„Donnerwetter. Das ist ja voller Geld!"
„Ja…sicher ist es das."
„Aber das kann ich doch nicht annehmen. Zumindest…nicht so!" stammelte er.
„Doch. Das kannst Du. Du musst nur eben schnell die Bilder signieren!"
Der Kanzler stand mental wie der Ochs vorm Tor.
„Schau mal, Herr Kanzler. Du bist ab jetzt Künstler und wie wir ja alle wissen, gibt es Menschen wie mich, die die schönen Künste fördern. Klopp einfach Deine Unterschrift drauf und lass mich den Rest machen." Er drückte dem noch immer fassungslosen Ratsvorsitzendem Pinsel und Farbe in die Hand.
Langsam begann der Kanzler zu begreifen.
„Das heißt, ich bin jetzt Künstler? Meine eigenen Kunstwerke? Muss ich noch mehr davon…malen?"
„Das reicht erst einmal. Und wenn wieder etwas Kleingeld auflaufen sollte, dann gibt es eben neue Bilder. Raffi macht das schon. Und nun flugs unterschrieben und schon ist das Köfferchen voller Kohlblätter Deins."
„Äh…ginge das auch in Gold?"
„Willst Du, dass Rocketfellow und Grünschildt Dich umbringen? Natürlich geht das NICHT in Gold. Aber Du kannst es ja später bei Deinem Freund, dem Zaren, umtauschen. Irgendwas wird Dir schon einfallen. Schließlich bist Du kein Dummer, mmm?" feixte Raffgeyer.
Der Reichskanzler grinste zurück und begann, sich mit seiner neuen Rolle als Kunstmaler anzufreunden.
„Und nun erlaube ich mir, der Stadt Ogersheim diese wunderbaren und inzwischen handsignierten Wunderwerke moderner Malerei zu schenken, auf dass sie auf ewig im Ratssaal ihren Ehrenplatz finden mögen."
Die beiden Männer lachten laut und beschlossen, eine Flasche Champagner zur Feier des gelungenen Geschäfts zu köpfen.

Graf Gerhard war endlich wieder obenauf und war sich sicher, dass ihm nun nichts mehr passieren könne. Endlich.

Die alte Frau hatte die Erkundung ihres neuen Domizils begonnen. Die Zwingburg war anscheinend bestens gerüstet. Die Verteidigungsvorrichtungen machten das riesige Gebäude uneinnehmbar. In allen Gängen lauerten monströse Kreaturen. In den Kellergewölben schlummerten Vampire und Mumien in steinernen Sarkophagen und warteten auf das Hereinbrechen der Nacht. Knöcherne Soldaten in löchrigen Lederrüstungen patrouillierten überall innerhalb und vor der Burg. Am Ende des Hauptganges befand sich dort, wo sich bis vor kurzem noch die Tempelanlage befunden hatte, in der sie fast besiegt worden wäre, ihr persönliches Schlafgemach. Nur die vor Alter fast blinden Wandspiegel und der Altar waren als Rest der alten Ausstattung verblieben. Dort stand nach wie vor der bunte Kessel und blubberte fröhlich vor sich hin. Direkt neben dem Kessel schwebten nun zwei Geister, der unglückliche Schlüppi und seine neue weibliche Gesellschaft. Auch sie war eine echte Instanz zu Zeiten von Erics Palast gewesen. Aber Henne Hühnerfrau war absolut nicht nach Schlüppis Geschmack. Sie hatte ihm bereits in der Vergangenheit oft den Rang abgelaufen.
„Was darf es sein, Chefin?" dienerten die beiden Geister um die Wette. Schlüppi versuchte, die Hühnerfrau nach hinten zu drängen, was für Geister ein eher hoffnungsloses Unterfangen war. „Hau ab, Henne", zischelte er, doch sie ließ sich nicht dazu bewegen.

„Nüscht da, Lustmolch", zischelte sie zurück.

„Zuerst will ich, dass der Kessel ein paar Gefälligkeiten für meine Freunde, also meine echten Freunde, leistet. Ich will, dass der Gasthof vom Achim wieder pikobello wird, mit allem Drum und Dran. Und danach werden der Wald und die Hütte von der Pille akkurat wieder hergerichtet."

Die beiden Moderatoren befahlen wettbewerbsmäßig dem Kessel, das Gewünschte zu kochen und dicke, bunte Schwaden verließen ihn wabernd in Richtung Herberge und Wald.

„Und danach wünsche ich mir Albträume. Viele viele furchtbare Albträume für die Ogersheimer. Für jeden von ihnen, ganz nach seinem persönlichen Geschmack! Sie sollen vor Furcht nicht mehr in den Schlaf kommen. Und morgen inspiziere ich alles. Also macht ganze Arbeit! Aber jetzt will ich schlafen. Also raus mit Euch!"

Die Herrscherin der aus dem Nichts entstandenen schwarzen Zitadelle zog sich zurück in das riesige, reichhaltig mit Schnitzereien und einem Baldachin aus violettem Damast verzierten Bett. Endlich hatte sie wieder eine Schlafstatt, die ihrem Status angemessen war. Die beiden Geister des Kessels starrten sich indessen kurz an und lösten sich in Nebel auf.

„Nein!" brüllte Mägerlein der Magier. „Diesen Mist will ich nicht! Keiner will den!" Er schmiss die *„Kohlblätter"* fort. „Das ist wertloser Plunder. Von wegen Geld!"

Meister Aegidius zuckte die Achseln. Die Stimmung im Gildensaal hatte sich emotional erhitzt. Die Zauberer und Hexen gifteten das Gildenoberhaupt an und machten ihn für alles Ungemach persönlich verantwortlich.

„Das macht hier jetzt wirklich den Eindruck einer Meuterei!" motzte Meister Aegidius seine Dozenten an. „Wer hat denn hier die ganze Arbeit und Nerverei mit Kanzler und den Ogersheimer Stadträten? Ihr oder ich?"

„Ist mir doch egal", keifte Morgana und die anderen stimmten ihr lauthals zu. „Ich will endlich mein Geld! Und ich spreche mal im Namen der anderen, denen es ebenso geht. Gold war vereinbart."

„Der Stadtrat und der Kanzler weigern sich. Und immerhin haben wir mit den *„Kohlblättern"* so viel Klimpergeld in den Taschen, dass wir hier bestens über die Runden kommen!" antwortete Meister Aegidius mit erhobener Stimme. „Vielleicht können wir den Kram später gegen Besseres eintauschen. Nehmt alles, was Ihr kriegen könnt. Kauft die Läden leer. Alles hilft weiter."

Die wütenden Blicke belasteten ihn weniger; doch anscheinend braute sich hier gerade eine Palastrevolte zusammen. Und der Gedanke, die magische Gilde zu verlieren, in die er viel Arbeit investiert hatte, behagte dem alten Zauberer nicht.

Und doch fragte er sich immer wieder, ob der ganze Ärger wirklich sinnvoll war. Damals, auf seinem kleinen Einödhof, hatte er es insgesamt besser gehabt.

„Wir müssen Dinge einkaufen. Über den Almanach. Magische Dinge eben. Und die akzeptieren leider nur Gold", brachte Wigald der Wunderbare in sachlichem Ton vor. „Und der Tausch auf dem Schwarzmarkt gegen Gold ist ein mieses Geschäft. Derzeit liegt der Kurs von *„Kohlblatt"* zu Gold etwa bei 1 zu 10. Das ist wirklich ein wenig zu heftig!"

„Das kann ich verstehen. Ich hoffe, wir finden da eine für alle vertretbare Lösung. Aber für Essen und Wein ist schon einmal

gesorgt. Und den Rest bekommen wir auch noch hin", versuchte das Gildenoberhaupt zu beschwichtigen.
Die Gildenmitglieder erhoben sich murrend und die Zusammenkunft war vorerst beendet. Doch Meister Aegidius war sich sicher, dass ein kleiner Funke genügen würde, um aus der allgemeinen Verdrossenheit eine Feuersbrunst zu machen.

Als Achim, der Wirt des Gasthauses *„Old-Temple-In"*, in den frühen Morgenstunden aus dem Schlaf fand, war alles anders. Sein Gasthof hatte eine wunderbare Wandlung erlebt. Alles war größer, geräumiger, nahezu luxuriös und vor allem sauberer geworden. Er traute seinen Augen nicht. Reinlichkeit in allen Ecken, eine extrem akkurate Küche mit neuen Küchengerätschaften, eine überquellende Speisekammer und ein äußerst gut bestückter Weinkeller. Sein Liebling war der gigantische Schrank mit den ausgewähltesten Spirituosen des Landes. Die Zimmer waren zu Suiten geworden und verfügten über paradiesische, riesige Betten, die einen einluden, sich auf sie zu werfen und sie nie mehr zu verlassen. Es klopfte an der Tür. Als der Schankwirt öffnete, stand vor ihm eine äußerst aufgeräumt wirkende und sauber gekleidete *„Pille"*, die offenbar frei von jeglichem Anflug von Wahnsinn war.
„Pille?" fragte er völlig perplex. „Du? Hier?"
„Stell Dir vor, Achim. Mein Wald. Ein Wunder ist geschehen. Komm mal mit und sieh Dir das an. Es ist einfach unglaublich!"

Dann erst realisierte sie, dass sich auch der Gasthof grundlegend verändert hatte.

„Donnerwetter. Das ist hier aber hübsch geworden. Ist ja alles ganz neu und irgendwie größer. Aber wo wir schon mal dabei sind...hast Du Dir den See angeschaut?"

„Der See?" Der Schankwirt galoppierte aus seinem neuen Ferienidyll hinaus und sah auf einen brodelnden, höchst bedrohlich wirkenden See, der auch noch voller Ungeheuer zu sein schien. Und in kurzer Entfernung, auf der Mitte der Insel, reckte sich eine äußerst gruselig aussehende, schwarze Zitadelle in den Morgenhimmel.

„Ach herrje", sprach der Wirt. „Mit DER Umgebung wird es wohl trotz des wunderschönen neuen Gasthofs nichts mit Besuchern. Es sei denn, die stehen auf Angst, Furcht und Schrecken!"

„Oh je...mein schöner Wald. Mein Kinderparadies. Ich fürchte, Du hast Recht, Achim."

„Anscheinend hat es die Chefin geschafft und der Kessel blubbert wieder. Mit der Ruhe ist wahrscheinlich bald aus. Aber sie hat sich wirklich Mühe gegeben, etwas Beeindruckendes auf die Beine zu stellen. Da nässt sich jeder Gegner sofort ein und nimmt schreiend Reißaus."

„Ja...sie war schon immer ein wenig zornmütig, die Chefin", stimmte *„Pille"* zu. „Aber vielleicht kommt sie irgendwann mal runter und entwickelt etwas innere Ruhe."

„Die Sache hat auch was Gutes. Wir sind den Fluch endlich los. Allerdings könnte es sein, dass wir uns da noch eine größere Katastrophe zugelegt habe. Interessante Zeiten! Baut auf!"
Die beiden kamen nicht umhin, zu kichern.

„Lust auf einen Guten-Morgen-Schnaps, Pille?"

„Na ja...EINEN darf ich bestimmt! Ist ja gesund."

„Die Chefin war da auch sehr spendabel. Der ganze Schrank ist voll mit den leckersten Stöffchen. Dieser Kessel kann echt tolle Dinge."
„Ob wir ihr nicht einen Anstandsbesuch leisten sollten?"
„Besser nicht. Der See ist mir schon unheimlich genug. Und wer weiß, was die da an Überraschungen in ihrem neuen Gruselparadies auf Lager hat. Da sind bestimmt bissige Biester oder so. Warten wir lieber, bis sie vielleicht mal bei uns vorbeischaut. Und nachher musst Du mir mal Deinen neuen Wald zeigen. So wie Du gejubelt hast, muss der toll geworden sein."
Sie stimmte zu und hakte sich bei ihm ein.
„Dann zeig mir mal, was da Hübsches in Deinem Fusel-Schrank schlummert, Herr Schankwirt."
Kurz darauf ertönte wieder froher Gesang aus dem Gasthaus. Zwei Seelen hatten sich nach so langer Zeit wiedergefunden und feierten wie in alten Zeiten, wenn auch in einer sehr kleinen Gruppe, und hofften auf Veränderungen und Verbesserungen, die eine neudefinierte Zukunft bringen könnte.

„M" konnte es kaum glauben. In der Vergangenheit hatten sich die Mitglieder der magischen Gilde ihr gegenüber mehr als nur reserviert gezeigt. Auch ihren Schergen der GEVOSI war es nicht gelungen, Einblick in das Gildenwesen und das Treiben der Zauberer zu gewinnen. Doch nun saßen ihr Mägerlein der Magier, Morgana und Mütterchen Wurmwarz gegenüber und machten ihr ein Angebot, dass sie ernsthaft erwog, um nicht zu sagen kaum ablehnen konnte.

„Wir denken, dass Ihr die neue Kanzlerin werdet, Frau „M", stellte Mägerlein fest und die runzligen, alten Frauen stimmten nickend zu. „Und da wollen wir doch lieber auf der richtigen Seite stehen!"

„M" hörte Aussagen dieser Art gern, wollte aber der Ursache lieber auf den Grund gehen.

„Wie kommt Ihr denn zu dieser Erkenntnis, wenn ich fragen dürfte?" Sie musterte kritisch die Gesichter der beiden.

„Kristallkugel", flunkerte Mütterchen Wurmwarz.

„Teeblätter", sprach Mägerlein zeitgleich.

„Runenorakel", gab Morgana bekannt.

„Na was denn nun?" hakte „M" nach.

„Alles", kam es wie aus einer Kehle. „Viel hilft viel."

„Gibt es denn irgendwelche Beweise für Eure Aussage?"

„Wir sind offiziell anerkannte Zauberer im Dienste des Hofes. Das sollte doch wohl reichen, nicht wahr?" meinte Mägerlein.

„Und unseren Gildenmeister Aegidius werdet Ihr kaum unter Vertrag bekommen. Der hat damals dem guten Herzog Roman die Treue geschworen. Da ist er standhaft!"

„Herzog Roman ist Geschichte. Der ist im Ruhestand. Aber egal…ich weiß, wie Ihr mir beweisen könnt, dass Ihr Euer Angebot ernst meint. Sozusagen als kleine Demonstration!"

„Das kommt ganz darauf an. An was dachtet Ihr denn?"

„Kennt Ihr Küchenzauber?"

„Lasst mich raten. Es geht um den Wettkampf um die Krone?" mutmaßte Mütterchen Wurmwarz munter vor sich hin.

„Exakt. Ich will überzeugen. Nicht, dass ich nicht auch noch andere Eisen im Feuer hätte. Aber sicher ist sicher."

„In der Küche hilft wie im Leben nur üben, üben, üben", dozierte Mütterchen Wurmwarz. „Das ist wie beim Zaubern. Von nichts kommt nichts!"

„M" fühlte, wie ihr die Felle wegschwammen. Demnach konnte auch Zauberei keine Meisterköchin aus ihr machen.

„Und doch gibt es vielleicht eine Möglichkeit", merkte Mägerlein an. „Das könnte allerdings teuer werden."
„Teuer? Wie teuer?" sprang „M" sofort auf den Satz an.
„Wir nehmen nur Gold. Keine *„Kohlblätter"*, Verehrteste", sprach der Zauberer. „Es gibt da etwas, von dem ich gelesen habe, was Euer Problem lösen könnte. Aber wie bereits gesagt, das wird nicht billig werden."
„DAS ist es mir wert. Vorbehaltlich, dass es funktioniert. Wenn nicht, dann könnt Ihr meine GEVOSI kennenlernen."
„Teambesprechung!" bellte der Zauberer und die drei zogen sich in eine Ecke des Raumes zurück. Leises Tuscheln und Wispern ertönte. Dann kehrten sie zurück, setzten sich wieder an den Tisch und wirkten optimistisch.
„Es gibt eine magische Kochkiste. Dr. Flötenkerls Küchenwunder. Die könnten wir für Euch beschaffen. Für 5.000 goldene Ogerlein im Voraus!" erläuterte Mägerlein.
„Ich will eine Quittung!" verlangte „M" sofort ohne zu schlucken oder bleich zu werden. „Beschafft mir das Ding. Pronto!"
„Wann bekommen wir das Gold?" wollte Morgana wissen.
„Heute Abend. Ich muss mich nur darum kümmern. Ich bitte mir Stillschweigen aus. Sonst rollen ein paar Köpfe! Eure!"
Die drei Besucher dienerten sich aus dem Gemach. Auf dem Korridor stimmten sie ein leises Kichern an.
„5.000 Goldoger. Der hast Du aber das Fell über die Ohren gezogen, Mägerlein", feixten die beiden Hexen.
„Stimmt. Die liefert der Almanach für keine 500 Oger. Aber das weiß die nicht. Und wir schon."
So freute man sich auf den Abend.
„M" stürmte kurz darauf aus ihren Räumen und begab sich stehenden Fußes zu Grünschildt. Als sie ihm die Botschaft überbrachte, lächelte er nur und sprach: „Geld spielt keine Rolle. Das haben wir wie Mist. Auf diesem Weg kaufst Du Dir nicht nur den Sieg um die Krone sondern auch noch ein paar

geldgierige Zauberer. Du bekommst heute Abend Besuch von jemandem aus der Ogerbank. Der liefert Dir alles, was Du benötigst. Aber lass Dich nicht betuppen!"
Als „M" den Bankier wieder verließ, war sie gut gelaunt. Und anscheinend würde sie selbst niemals wieder kochen müssen.

Die rote Margot war früh aufgestanden. Der Kessel köchelte Wolken in Purpur- und Schwarztönen mit kleinen Tupfen aus Giftgrün und Schwefelgelb. Sie sah, wie sich die Schwaden langsam aus der prunkvollen Halle schlängelten und in Richtung Ogersheim verschwanden. Es würde nicht lange dauern, bis sie dort ankämen und beginnen würden, ihr Werk zu verrichten. Die alte Frau leistete sich ein boshaftes Hexengrinsen und beschloss, ein Frühstück einzunehmen.
„Schlüppi! Hühnchen! Heda...her mit Euch!"
Die beiden Kesselgeister erschienen, nicht ohne sich gegenseitig mit bösen Blicken zu bedenken.
„Chefin...tut was. Die will nicht mit mir!"
Die alte Hexe beließ es bei seiner Andeutung und unterbrach ihn sofort.
„Tsch tsch tsch...Ich will nichts davon hören. Und außerdem wird hier gearbeitet und nicht geschnackselt. Und weiterhin außerdem: Geister machen so etwas nicht. Womit auch?"
„Manchmal zählt auch der gute Wille", brummelte *„Schlüppi"*.
„Ick will aber nich", gab die andere Erscheinung bekannt.
„Und mit DEM da schon überhaupt nich."
„Ach komm, Hühnchen...willste doch auch."

„Ne...will ich nich!"

„Ruhe!" brüllte die Zauberin. „Und nun alle Ohren zu mir. Aber pronto!"

Die Geister nahmen eine Art Habachtstellung ein und wirkten dienstbeflissen.

„Ich habe Hunger. Kann der Kessel auch Essen herbeizaubern?" fragte die rote Margot hoffnungsvoll.

„Sicher kann er das. Aber das würde dann den Kessel zwingen, die Traumproduktion einzustellen. Der kann eben nur eine einzige Sache gleichzeitig köcheln. Sonst tritt er in den Streik."

„Was? Nur eine einzige? Mehr nicht?"

„Aber bedenkt doch, Chefin, von Dingen welcher Ausmaße wir hier reden. Seht doch nur die Zwingburg und den See!"

„Ist mir egal. Ich habe Hunger. Und zwar jetzt!"

Die alte Frau sinnierte einen Moment und dann fiel ihr das Gasthaus ein.

„Ihr bleibt hier und macht Euch nützlich. Ich gehe jetzt frühstücken."

Dann rauschte sie aus dem Prunksaal, den Gang entlang und verließ die Festung. Der Friedhof war wie zuvor geblieben, doch von den Friedhofsgeistern war keine Spur mehr vorhanden. Als sie an den brodelnden See kam, kam sie nicht umhin, ein gewisses Gefühl von Stolz zu entwickeln. Die Brückenwächter, die der Kessel in großer Zahl bereitgestellt hatte, bestanden durchwegs aus gut gerüsteten Skelettkriegern. Sie salutierten, als sie an ihnen vorbeiging. Die steinerne Brücke bot ein erheblich besseres Vorankommen als der Weg aus schmierigen und glitschigen Bohlen, den sie auf den Hinweg vorgefunden hatte. Auf der kleinen Aussichtsplattform, wo ihr der Kobold und das Entengeschwader das Leben schwer gemacht hatten, waren keine Spuren mehr zu finden. Nur die allgegenwärtigen Skelettwachen salutierten militärisch korrekt und ließen sie ansonsten unbehelligt ihres Weges ziehen. Als sie am

Seeufer angekommen war, bot sich ihr ein angenehmerer Anblick, als der ihrer trutzigen Zwingburg. Der Gasthof war eine echte Augenfreude. Und auch der Wald dahinter machte einen einladenden Eindruck. Anscheinend hatte der Kessel auch hier ganze Arbeit geleistet.

Aus Achims neuem Schenkenparadies ertönte lauter, zweistimmiger Gesang. Die Stimmen kamen der alten Frau nur allzu bekannt vor. Sie zögerte nicht lange und trat ein. An der Theke saßen *„Pille"* und der Schankwirt, prosteten sich munter zu und sangen fröhliche Aufbaulieder von damals, als die Welt noch mit roten Bannern verziert gewesen war.

„Wenn dasch mal nisch die Scheffin isch", nuschelte die Kräuterhexe, die sich beim Geräusch der sich öffnenden Tavernentür umgedreht hatte.

Achim grinste zustimmend und trällerte ein fröhliches *„Schallala Schallali"*. Dann schenkte er wieder nach.

„Müsst Ihr Euch eigentlich dauernd besaufen?" fragte die alte Frau, ohne jedoch die Antwort hören zu wollen und verdrehte die Augen.

„Müssen wir nisch…wollen wir aber", lallte das angesäuselte Kräuterweib. „Dasch hier isch jetscht nämlich *„Der blaue Planet"*. Hihihi. Der blaue…hupps!"

Achim konnte sich vor Kichern kaum den Bauch halten. „Der war gut. *„Der blaue Planet"*! DEN merke ich mir! Aber ich kenne da auch einen." Und dann sang er laut *„Blau wie ein Baum"* und lachte sich vor Freude fast unter die Theke. Dann sah er auf die rote Margot und realisierte wieder, wer ihnen da gerade Besuch abstattete.

„Chefin…vielen Dank für den schönen Gasthof. Das ist wirklich generös. Sehr nobel. Aber irgendwie…", kam er ins Stocken. „Ja…also…irgendwie…?"

„Wie irgendwie?" wunderte sich die Herrin der Zwingburg.

„Na ja…" zierte er sich. „Irgendwie ist die Umgebung eher weniger einladend für Gäste. Das ist ein wenig beklemmend da draußen. Und was Pilles Kinderparadies und den Wald betrifft…da wird sich wohl in den nächsten hundert Jahren auch kein junger Pionier hin verirren. Die kommen ja vor Grusel und Grauen nicht in den Schlaf!"

Die Hexe hatte sich positivere Resonanz erhofft. Schließlich war die Zwingburg wirklich von imposanten Ausmaßen und würde jeglichem Angriff standhalten. Der Kessel war eine höchst wirksame Waffe, mit der sich allein durch die Kraft des Geistes jeglicher Gegner unterjocht werden konnte. Es war also nur eine Frage der Zeit, bis sich die Ogersheimer unterwerfen würden müssten. Dann wäre die Zeit gekommen, in aller Ruhe den Triumph auszukosten. Aber was sollte sie auch von Menschen, die ihre Visionen von einer besseren Welt nicht nachvollziehen konnten, erwarten können? Sie seufzte.

„Einmal Frühstück für alte Zauberinnen, Achim", orderte sie mit einem leicht resignativen Unterton. „Und bitte was mit viel Gehalt. Dazu einen Mokka. Den brauche ich jetzt."

Der Pfalzrat tagte wie so oft in diesen aufregenden Zeiten. Der Kanzler hatte bereits Platz genommen und betrachtete den Ameisenhaufen der Ratsherren und Frauen kritisch. Das also war die sogenannte Elite des Reiches. Aus Sicht der Bürger, die durch sie regiert wurden, konnte einem nur schlecht bei dem Anblick werden. Andererseits ließ sich ein Rat dieser geringen Qualität leicht durch Geld und kleine Gefälligkeiten

steuern. Manchmal fragte er sich, wie es nur so weit mit ihm hatte kommen können. Doch letztendlich war er zu lange im Geschäft, um noch so etwas wie ein Gewissen pflegen zu können. Nun ging es um die Wurst. Gleich würde es an der der Tür klopfen Und genau das geschah in diesem Moment.
Der Kanzler erhob sich, als der Neuankömmling den Ratssaal betrat, ging auf ihn zu und schüttelte seine Hand.
„Herrschaften!" begann er seine Rede. „Es ist mir eine große Freude, Euch Herrn Meiler vorzustellen."
Die Ratsmitglieder musterten den Mann kritisch.
„Herr Meiler ist der Nachfolger des von uns allen geschätzten Herzog Romans und wird ab heute seine Amtsgeschäfte übernehmen. Der Herzog hat es so gewollt und bestimmt. Hier ist die Urkunde, in der er es so verfügt hat." Der Kanzler wedelte mit der Pergamentrolle umher. Und dann brach der Tumult aus.
Herr Meiler verfolgte den Radau eher amüsiert.
„Na…das sieht doch schon ganz gut aus", stellte Herr Meiler fest. „Es hätte doch bedeutend turbulenter kommen können!"
„RUHE!" brüllte der Kanzler. Es kehrte eisiges Schweigen ein.
„Herr Meiler wird uns nach Kräften unterstützen. Er kennt sich aus im Geldbereich. Kohle ist sozusagen sein Fachgebiet. Er wird dafür sorgen, dass der Verkauf der staatlichen Liegenschaften so weitergeht wie bisher und sich um das Gold kümmern, dass wir gerade eingesammelt haben. Also: Herr Meiler bedeutet mehr Geld für uns alle. Verstanden?"
Die Ratsmitglieder dachten einen Moment nach. Dann stellte sich ein Gefühl der Zufriedenheit ein, dass in anschließenden Jubel überging.
„Gut gemacht, Herr Kanzler", flüsterte Herr Meiler. „Grünschildt wird mit Euch zufrieden sein. Sehr zufrieden sogar. Ich bin mir sicher, dass er es sehr großzügig honorieren wird."
Dem Kanzler fiel ein Mühlstein von der Seele. Schließlich musste auch er seine finanzielle Zukunft so effektiv wie mög-

lich gestalten und hatte nun neben seinem guten Verhältnis zum Zarenhof noch ein zweites Ass im Ärmel.

„Bampf!"
DAX war in die Kemenate des Zauberers zurückgekehrt. Meister Aegidius und Bernward, die sich gerade der Diskussion über die immer interessanter werdenden Zustände in Ogersheim hingegeben hatten, schreckten kaum noch auf, so selbstverständlich war der Auftritt Bernwards Beraterdämons geworden. Was die beiden allerding verwunderte, waren zwei riesige Pakete, die mit Tuch umwickelt und dick verschnürt miterschienen waren.
„Grundgütiger", meinte der Jungzauberer. „Was in aller Welt hast Du denn da alles mitgebracht? Ein Rauchkrautvorrat für die nächsten einhundert Jahre?"
DAX grinste nur. „Mach es doch mal auf, Herr Bernward!"
Bernward schnappte sich ein scharfes Messer und machte sich ans Werk. Und schon nach wenigen Augenblicken stutzte er, um dann ebenfalls ein breites Grinsen aufzusetzen.
„Ist das etwa alles voll damit? Auch das andere Bündel?" erkundigte er sich. Auch der Meister inspizierte das Mitbringsel und bekam plötzlich sehr gute Laune.
„Randvoll. Bis obenhin und wieder zurück", lachte der Dämon und klopfte mit der flachen Hand auf das Bündel. „Alles voller *„Kohlblätter"*. Frisch aus der Druckerei!"

„Unglaublich", murmelte der Zauberer. „Dein Kumpel ist wirklich unglaublich. Anscheinend sind wir gerade mächtig reich geworden. Wie hat der das bloß gemacht?"
„Ist doch egal, Meister", bemerkte Bernward beiläufig." Ich denke, wir sollten dringend auf Einkaufstour gehen. Was kaufen wir zuerst?"
DAX mischte sich ins Gespräch. „Meine Herren: Wenn ich etwas vorschlagen dürfte? Grund, Boden, Gold, Silber und Diamanten. Alles, was uns unter die Finger kommt. Denn wo DAS herkommt…", er deutete mit dem Finger auf die Bündel, „da kommt noch viel mehr her."
„Gold ist zu teuer", meinte der Zauberer. „Der Umtauschkurs von *„Kohlblatt"* zu Gold liegt bei über eins zu zehn!"
„Ist egal", meinte DAX. „Ich kann jederzeit mehr davon bekommen. Tonnenweise. Aber wir sollten uns nicht erwischen lassen. Der Staat mag keine Konkurrenz!"
Dann lachten die drei schallend.
„Meine Herren", sprach der Zauberer und griff sich ein paar Handvoll *„Kohlblätter"* aus dem Bündel. „Auf ins Badehaus. Ich gebe einen aus. Und nicht zu knapp. Kein Geiz. Aber vorher sollten wir den ganzen Segen besser in den Schrank packen. Und gut verschließen. Am besten mit einem Zauber. Sonst könnte ein zufälliger Besucher noch auf dumme Gedanken kommen."
Nachdem der Segen verpackt und der Schrank mit einem Zauber belegt worden war, verschwanden die drei Herren gut gelaunt ins Badehaus, um endlich mal wieder die Puppen tanzen zu lassen. Es tat gut, plötzlich reich zu sein.

„Briederchän Kaaanzlär!" rief der Zar fröhlich, während er schon ein paar Gläser mit *„Wässärchän"* auf den Tisch stellte. „Du muuusst miiir Gäfallän tun!"
Der Reichskanzler zuckte zusammen. Er konnte so langsam die Bitten um Gefälligkeiten nicht mehr hören. Anscheinend wollte die halbe Welt, dass er ihr irgendeinen Gefallen erweisen sollte. Allerdings wusste er, dass es sich in diesem besonderen Falle nicht um eine Gefälligkeit, sondern um einen höflich verpackten Befehl handelte.
„Was kann ich für Euch tun, mein hochgeschätzter Freund?" erkundigte sich der Kanzler vorsichtig.
„Aaach", entgegnete dieser. „Iiist nur Kleinigkeit. Büschäl wird Dich bittän um Sauärei. Will Krieg mit Bosniakän. Aber wir wollän das niiicht. Iiist schlächt für Gäschäftä, weißt Du?"
„Aber ich weiß nicht, was ich da unternehmen kann. Jollywood ist am längeren Hebel. Und die können ziemlich gemein sein. Außerdem versuche ich gerade, meinen Hofzauberer zu bewegen, die *„Tote Armee"* wieder zu erwecken. Mit der wäre das nämlich ein leichtes Unterfangen."
„Ich weiß, Du hattäst Untärrädung mit bösän Bankän-Männärn. Die wollän den Krieg. Abär: Wir habän Absprachä, wie Du weißt. Wänn Du spätär guttän Vertrag habän willst, mit viel Ölgeschäft und so…dann hältst Du Värtrag bässär ein. Wir wollän doch niiicht, dass Mitarbeitärinnän bei Dir vorbeischauän müssän?"
Der Zar deutete auf die unauffällig neben der Tür stehenden beiden Damen Vitali und Vladimora, die sich gerade dezent mit spitzen Dolchen die Fingernägel reinigten und unbeteiligt sowie unschuldig wirkend an die Decke sahen. Das Letzte, was der Kanzler wollte, war ausgerechnet Ärger mit dem Zaren aus Borscht und seinen kanisterköpfigen Damen, die Hände wie Bratpfannen hatten und anscheinend den Umgang mit Stichwaffen nur all zugut zu beherrschen schienen.

„Alles wird gut, mein Freund", stammelte der Reichskanzler.
„Ich werde das schon irgendwie hinbekommen."
„Sichär wirst Du daaas, Freund. Und nun laaass uns trinkän. Das entspaaannt ungämein!"
Doch als der Kanzler nach einigen „Wässärchän" wieder verschwand, fühlte er sich alles andere als entspannt. Ganz im Gegenteil. Er fühlte sich sogar völlig angespannt und hoffte auf gute Nachrichten, um sich wieder besser fühlen zu können.

Nach einigen ruhigen Stunden der Zufriedenheit war es wieder einmal Zeit für Unruhe im Leben des Reichskanzlers. Es stand eine erneute Besprechung mit Fräulein Immerhell und Büschel Junior an. Graf Ölkopf hasste diese Person mit ihrem kantigen Klotzkopf und den Hängebacken mittlerweile inständig und aus tiefster Seele. Doch es ließ sich nicht vermeiden, ohne sich die Ungunst Büschel Seniors zuzuziehen.
„Ich teile Euch mit, dass wir von Euch erwarten, gegen die Bosniaken in den Krieg zu ziehen. Die sind böse und wir müssen wieder einmal die Welt retten", postulierte Immerhell.
„Wieso sind die denn böse? Was haben die denn getan?"
„Sie wollen unsere Vorgaben aus Jollywood nicht akzeptieren. Und unser Geld wollen die auch nicht. Die wollen ihr eigenes Geld herstellen. Und das ist ein No-Go!"
Büschel Junior saß in einem Sessel und ließ die Beine baumeln. Er hatte nach einer langen Nacht in der Taverne und dem Badehaus reichlich gute Laune, konnte jedoch dem Gespräch nicht so recht folgen. Fräulein Immerhell hatte ihn mit Kaffee

vollgepumpt und ihm ansonsten jegliche Unterbrechung verboten. Leider musste sie diesbezüglich die Contenance bewahren. Gerne hätte sie sich dem permanent angesäuselten Jungspund die Meinung gesagt. Doch da sie wusste, dass es nicht mehr lange dauern würde, bis Büschel Junior seinen Vater um das Amt des Präsidenten beerben würde, war sie lieber vorsichtig.
Der Kanzler rutschte unruhig auf seinem Sessel hin- und her. Er hasste Gespräche dieser Art.
„Fräulein Immerhell. So sehr ich Euren Wunsch erfüllen möchte, so habe ich doch ein Problem. Wenn Ogersheim sich in Bosniakistan einmischt, dann bekommen wir mächtigen Ärger mit Borscht. Und wenn wir uns mit denen anlegen, dann haben wir schlechte Karten. Wir sollten versuchen, einen anderen Weg zu finden."
Und dann begann das Gefeilsche. Die ursprünglichen Ogersheimer Goldreserven parkten zur Sicherheit in Jollywood, wo auch die Goldbestände aus den Zeiten von Adolar Ösler gelandet waren. Auch Sicht Jollywoods gehörte es sich nicht, dass andere Staaten über eigenen Besitz verfügten. Anscheinend, so befürchtete der Kanzler, verfuhr man auch nach der Devise: „Geschenkt ist geschenkt…Wiederholen ist gestohlen". Aber um im Geschäft bleiben zu können, musste er wohl kooperativ sein. Und so sicherte er Jollywood großzügige finanzielle Unterstützungen zu und versicherte Fräulein Immerhell, dass auch die GEVOSI ihre geheimdienstlichen Erfahrungen in den Dienst des Feldzuges stellen würden. Er selbst würde bei seinem Volk gut angesehen sein, da er eine Teilnahme am Krieg abgelehnt haben würde. Gerettet.

„Puttchen!"
Der dicke Mann zuckte zusammen, als er des Kanzlers Kommandoton vernahm. „Puttchen…ich habe eine gute Nachricht: Der Krieg fällt aus. Ist das nicht fantastisch?"
Der Stellvertreter des Reichskanzlers fühlte, wie es ihm abwechselnd heiß und kalt den Rücken herunterlief.
„Frieden? Aber…aber…das geht doch nicht!"
„Wieso nicht? Ich bin der Kanzler des Friedens. Das Volk wird mich lieben!"
„Aber…was wird dann aus den Waffenlieferungen? Am Frieden verdienen wir doch keinen Pfifferling!"
„Wieso? Wer hat denn gesagt, dass wie keine Waffen liefern? Natürlich tun wir das. Mehr als jemals zuvor. Aber wir entsenden keine Truppen. Und das bringt mich auf den Punkt. Du bekommst einen Auftrag von mir: Im Gewölbe des Lochs ist ein Hund eingekerkert. Lauf los und sorge dafür, dass die Töle freigelassen wird. Ach ja…und pass bloß auf, das die Wachmannschaft keinen Braten aus dem Biest macht."
„Ein Hund? Wieso in aller Welt wird denn ein Hund im Loch eingespundet?" fragte der dicke Mann.
„Das ist eine lange Geschichte. Das erzähle ich Dir vielleicht später. Aber nun spute Dich. Es ist höchste Eile angeraten!"
Des Kanzlers Untergebener trabte los. Er wusste, wann er besser nicht mit seinem Herrn zu diskutieren hatte. Doch bereits eine halbe Stunde stand er erfolglos wieder in des Kanzlers Kemenate.
„Seid Ihr da wirklich sicher, Herr? Ich war dort. Aber kein Hund war da. Und die Wachen haben Stein und Bein geschworen, dass Ihr selbst die Töle dort abgeholt haben sollt."
Dem Reichskanzler verschlug es die Sprache.
„Ich selbst?"
„Aber ja."
„Ja…aber wann denn nur?"

„Neulich…man wollte sich nicht festlegen. Aber wie gesagt: Die haben Stein und Bein geschworen!"
Der Kanzler begann an sich selbst zu zweifeln. Er konnte sich an alles Mögliche erinnern. Aber nicht daran, den Hund aus dem Loch geholt zu haben. Sollte er etwa in Rausch alkoholischer Getränke einen Aussetzer gehabt haben? Aber warum in aller Welt hätte er es getan haben sollen?
„Ich glaube, ich will mich einfach nur noch hinlegen. Ich brauche Ruhe. Vielleicht träume ich das alles nur. Verschwinde, Puttchen. Ich brauche jetzt Zeit für mich. Ach ja…schick mir mal Dorschen und ein paar Flaschen Wein. Vielleicht bringt das ja irgendwie Licht ins Dunkel!"
Und „*Puttchen*" verschwand und tat, wie es befohlen war, ohne sich einen Reim auf diese sonderbare Geschichte machen zu können. Aber das Denken war sowieso noch nie seine Stärke gewesen. Allerdings stellte er sich mittlerweile oft die Frage, ob es nicht für Ogersheim, genauer gesagt für sich selbst, erheblich besser wäre, wenn man ihn selbst zum Kanzler küren würde. Doch leider konnte er wie „M" überhaupt nicht kochen.

Ogersheim bereitete sich auf die Nachtruhe vor. Bei der Dunkelheit in den nicht sehr gut beleuchteten Gassen fiel es niemanden auf, dass dezente schwarzviolette Schwaden langsam und unauffällig über den Boden waberten und sich feinstofflich in den Häusern verteilten. Sie krochen in die kleinsten Ritzen, in die Keller, die Schlafräume…überall hin. Die Nacht war ruhig, der Mond schien und doch herrschte im Ort ein allgemeines Gefühl, dass etwas Merkwürdiges vorging. Der Kanzler fühlte sich müde und zerschlagen. Irgendetwas war nicht so, wie es sein sollte. So schwang er sich aus dem Bett, stieg in seine Pantoffeln und begab sich zur Waschschüssel, um die morgendlichen Verrichtungen der Körperpflege anzugehen. Nachdem er sich das Gesicht notdürftig mit Wasser besprenkelt hatte, griff er zur Bürste, um seine schwarzglänzende Tolle und sein volles Haar in Form zu bringen. Als er die Bürste einmal durch das Haar gezogen hatte, stutzte er. Das konnte doch nicht sein, oder etwa doch? Er schluckte, als er das Büschel Haare in der Bürste sah. Er musste sich täuschen. Und so strich er wieder durch die Haarpracht, von der immer mehr in der Bürste hängen blieb. Und als er voller Schrecken in den Spiegel sah und feststellte, dass er auf einmal völlig kahl war, rannte er vor Schreck schreiend zurück zu seinem Bett und verkroch sich unter der Decke, auf dass niemand seiner Schande gewahr werden sollte. Dann erwachte er schweißgetränkt inmitten der durchgeschwitzten Laken. Ein ängstlicher Blick in den Spiegel ließ, wenn auch nur sehr langsam, wieder Ruhe einkehren. Sein volles, schwarz koloriertes Haar schimmerte ihm ölig wie eh und je entgegen. Alles war gut. Jaso sei Dank.

„M" stand in der Küche und fluchte. Mittlerweile war es ihr zwar gelungen, eine Soße anzufertigen, die zumindest annähernd rot war und nicht völlig in Essig ertrank. Doch die Hühner waren anscheinend dazu bestimmt, unter ihren unkundigen Händen zu Frikassee oder Kohle zu werden. Sie putzte, hackte

Gemüse und sich in die Finger, fluchte, kochte, bemühte sich...aber nichts wollte gelingen. So beschloss sie, die Küche einfach mal Küche sein zu lassen. Etwas Entspannung würde ihr jetzt helfen, zur Ruhe zu kommen. Auf diskretem Wege begab sie sich zum Badehaus und gab dort zu verstehen, dass es ihr nach Gesellschaft verlangte. Sie legte großen Wert auf Diskretion, da sie an männlicher Gesellschaft noch nie Vergnügen empfunden hatte. Als Sie dann endlich im Zuber in Gesellschaft zweier Badehäuslerinnen saß, beschlossen die Damen, dass es an der Zeit sei, sich der intensiven gegenseitigen Pflege insbesondere der schwer zugänglichen Körperregionen zu widmen. Schaumwölkchen flogen durch den Raum, Gekicher ertönte und die Dreisamkeit wurde immer privater, als plötzlich die Wand, die das Badehaus vom Ogersheimer Marktplatz trennte, unter lautem Gerumpel zusammenbrach und die schaumgekrönten Damen den Blicken einer lachenden Meute von Marktvolk ausgesetzt waren. „M" wollte sich noch schnell unter dem Schaum verbergen. Doch dann zersprang auch der Zuber unter Lärm in tausend Stücke und die Flut des Wasser spülte sie in all ihrer unbekleideten Schönheit mitten auf den Marktplatz, auf dem aus welchem Grund auch immer ihre gesamte GEVOSI-Mannschaft stand, mit den Fingern auf sie zeigte und laut brüllend lachte. Und dann...erwachte sie.

„Raffi" Raffgeyer hatte sich nach einem Führungskräftetreffen des OWD so gut gefühlt, wie schon lange nicht mehr. Seine Knechte und Mägde vom Kaliber eines Herrn Ehrlich hatten

ihm als Anerkennung für den neuen Markt zugejubelt, den er ihnen eröffnet hatte. Es zahlte sich eben aus, mit den Mächtigen per „Du" zu sein und Allianzen zu schmieden. Nachdem er den Reichskanzler mit angemessen reichlichen Beträgen via Kunst eingekauft hatte, konnte nichts mehr schiefgehen. Auch die Bankiers, die gerade in Ogersheim zu Gast waren, würden zufrieden mit ihm sein, bei all dem Segen, den er gerade in ihre Kassen spülte. Die Geschäfte hätten nicht besser laufen können. Nach ein paar entspannenden Stunden im Badehaus hatte er es sich bei einem Fläschchen Prickelwasser in seinen Räumlichkeiten bequem gemacht und harrte der Dinge, die da kommen mochten. Und richtig...es klopfte bereits an der Tür. Herr Redlich, ebenfalls hochdekorierter Mitarbeiter des OWD, kam mit mehreren großen Säcken schwer bepackt hereingeächzt. „Seht nur, Herr Raffgeyer. Alles voller Kohlblätter!" jubelte er. „Und das ist nur ein kleiner Teil vom ganzen Segen. Wir nehmen die nur so aus, dass es eine Freude ist."

Der Inhaber des OWD war mehr als nur zufrieden. Und schon kam der nächste Vasall mit Säcken voll vom neuen Geld. Und nach einer Stunde war der Raum bis an die Decke mit Geldsäcken gefüllt. Raffgeyer konnte den Reichtum kaum fassen. Das war tatsächlich erheblich mehr, als er erwartet hatte. Er öffnete einen der Säcke nach dem anderen, kippte die Geldbündel aus, warf sie in die Luft, badete darin und kreischte vor Vergnügen. Und wie er so kreischte und strampelte, so versank er immer tiefer in diesem Meer an Reichtum. Die ersten Wogen brandeten bereits an sein Kinn, die Wellen schlugen an die Nase und plötzlich war er so tief eingesunken, dass nicht einmal mehr sein Kopf herausschaute. Die Luft ging ihm aus. Er strampelte, ruderte, schnappte nach Luft und versuchte, dem Unheil zu entkommen, während er erstickte. Doch er versank bar jeglicher Chance immer weiter in einem unergründlich tiefen Meer aus Papier und war kurz darauf erstickt.

Raffgeyer schreckte laut schreiend auf und schlotterte am ganzen Körper. Sein Nachthemd klebte an ihm und der Angstschweiß perlte von seiner Stirn. Was für ein Albtraum. Er beschloss, künftig nicht mehr so schwere Dinge vor dem Schlaf zu essen.

Der altgediente Ratsherr, der schon unter dem Vorgänger des derzeitigen Kanzlers Furore gemacht hatte und nur zu gern selbst Kanzler geworden wäre, schreckte aus dem Schlaf. Stadtwachen hatten soeben seine Tür eingetreten, ihn im Nachthemd aus dem Bett gezerrt und in seinen mit Rädern versehenen Stuhl geworfen. Danach karrte man ihn vor den versammelten Rat, dessen Mitglieder ihn mit tödlichen Blicken durchbohrten.
„Wir wissen alles!" herrschte man ihn an. „Schwarze Kassen, eine magische Schublade voller Geld, dubiose Absprachen, Steuerhinterziehung! Auf Euch wartet das Loch, alter Mann!"
„Lebend bekommt Ihr mich nicht, Ihr kleinen Drecksäcke!" brüllte der betagte Politiker und wendete seinen rollenden Stuhl gen Tür, die plötzlich aufschwang. Er griff in die Räder, gab Schwung, rollte hinaus und den Gang hinab. Wachposten rannten hinter ihm her, doch er wurde schneller und immer schneller, wie er es noch nie zuvor erlebt hatte. Es kam ihm so vor, als ob er fliegen würde. Dann holperte er die Treppen hinab, schneller und immer schneller, dass das Mauerwerk nur so an ihm vorbei raste. Er sah nach vorne und bemerkte, dass er das Ende der Treppe erreicht hatte. Und dort tat sich direkt vor ein

abgrundtiefes Loch, einem Brunnen gleich, auf. Der alte Mann hatte keine Möglichkeit mehr, die rasante Fahrt zu beenden und raste direkt in den bodenlosen Abgrund. Und er fiel und fiel in die tiefsten Tiefen der Welt, bis ihn die Finsternis für immer und ewig verschlungen hatte. Dann schreckte er hoch.

Sir Wauzelot hatte es sich gerade in seinem Körbchen bequem gemacht. Seit der Entführung hatte er unter Hausarrest gestanden. Der Zauberer hatte es vermeiden wollen, dass sein kleiner Liebling wieder zum Opfer einer Entführung würde. Die kleine Hundeklappe in der Kemenatentür war verriegelt und verrammelt worden. Der Herrscher der Ogersheimer Gassen war nicht wirklich erfreut darüber. Er hatte die feste Absicht gehabt, FrouFrou den einen oder anderen hormonell bedingten Höflichkeitsbesuch abzustatten. Doch plötzlich klappte das Hundetürchen auf und die Favoritin seiner Fortpflanzungsgelüste kam hereinstolziert. Sie wedelte kokett mit dem Hinterteil, warf ihm einen schmachten Blick zu und verschwand flugs wieder durch die Tür nach draußen. Sofort sprang der kleine Hund auf und sputete sich, nicht den Anschluss zu verlieren. Doch dieses kleine, rosagefärbte Miststück war wirklich schnell auf den Pfoten. Er hetzte hinterher, stets seiner Nase folgend, die ihm untrüglich den Weg in die Metzgergasse wies. Und wirklich: Dort stand wieder eine riesige, weit geöffnete Holzkiste, die bis zum Rande mit Leckereien gefüllt war. Inmitten all dieser Herrlichkeit saß FrouFrou und leckte sich an schwer zugänglichen Körperstellen. Der kleine Hund war außer sich. So hatte er sich das Paradies immer vorgestellt. Erst fressen oder erst FrouFrou? Er beschloss den Versuch, beides gleichzeitig auszuprobieren. Der kleine Hund stolzierte auf die Kiste zu, sah sich sicherheitshalber noch einmal um und sprang dann nach vorn. Und plötzlich lösten sich Frou Frou und die wohlgefüllte Kiste einfach in Luft auf und er landete in einem Hundefängernetz. Ein garstiges Gelächter ertönte. Der kleine Hund wurde von zwei Wärtern, die er aus dem „*Loch*" kannte, davongeschleppt. Kurz darauf sah er die Gewölbe wieder von innen, viele hungrige Wärter, ein loderndes Feuer, einen riesigen Bratspieß, der sich im näherte, fühlt Hände, die ihn packten und hochhielten...und wusste, dass diese Geschichte KEIN gutes Ende bekommen würde. Und in dem Moment, wo er spürte, wie sich der Spieß einen Weg durch seine Eingeweide bohrte, erwachte er laut jaulend.

„Was in aller Welt hast Du denn, mein kleiner Liebling?" fragte der Zauberer mehr sich selbst als seinen Hund. Er konnte es nicht ertragen, dass sein kleiner Hundefreund leiden musste. Er streichelte und tätschelte den kleinen Kerl und überlegte, wie er „*Hundi*" wieder beruhigen konnte. Seiner eigenen Erfahrung nach half gutes Essen immer. Der Magier erhob sich und stapfte zum Schrank, in dem er die Hunde-Leckerlis verwahrt hielt. Und richtig...da war noch eine ganze Tüte voller „*Barfis*", dem begehrten Snack aus Trockenfleisch, den der kleine Kerl so über alles liebte.

Der Zauberer lockte den kleinen, noch immer verstört wirkenden kleinen Fellklumpen an und freute sich, als er feststellte, dass das Patentrezept mit dem guten Essen auch hier gute Wirkung zeigte. Der Hund stürzte sich wie ein Verhungernder auf seinen Napf und schlang und schlang. Dann rülpste er und gab dem Zauberer zu verstehen, dass er noch lange nicht satt war. Dieser füllte den Napf wieder bis zum Rande auf und freute sich über den guten Appetit seines Schützlings. Anscheinend war die Welt wieder in Ordnung. Und der Hund fraß und fraß. Der Zauberer blickte verwirrt auf die kleine Fressmaschine, tätschelte ihm dabei gedankenverloren die kleine Plauze und hatte den Eindruck, dass da jemand vielleicht doch etwas zu viel fressen würde. Der Bauch seines Hundes schwoll immer mehr und mehr bedrohlich an. Wie ein Ballon. Und es hörte nicht auf. Sir Wauzelot begann zu winseln, dann zu jaulen und klang auf einmal höchst beängstigend gequält. Plötzlich explodierte der Hund mit einem lauten Knallen. Der Zauberer kreischte hysterisch auf und fuhr aus dem Bett, wo er direkt neben sich seinen Hund jaulend und gerade aus einem Albtraum erwachend in dessen Körbchen vorfand. Als das Oberhaupt der magischen Gilde wieder halbwegs zu sich gefunden hatte, begann er zu grübeln, griff zu seiner Büchertruhe und begann, die Zauberbücher eines nach dem anderen durchzuarbeiten, denn hier war etwas ganz und gar nicht in Ordnung.

Als das Volk in den frühen Morgenstunden aus den Betten stieg, gab es nicht einen einzigen Ogersheimer, sei es auf dem platten Land oder in der Stadt, der nicht von schrecklichen Träumen heimgesucht worden war. Der Metzger war von den eigenen Schlachttieren verwurstet worden, den Bäcker hatten Lebkuchenmännchen in den eigenen Backofen geschoben und die Mitglieder des hohen Rates waren allesamt bei Ungereimtheiten, der Vorteilsnahme, Korruption oder merkwürdigen sexuellen Gepflogenheiten ertappt, abgeurteilt und hingerichtet worden. Die Bankgeschäfte des Herrn Meiler waren aufgeflogen und er zur Strafe in ein Säurebecken geworfen worden. Muschilein wurde des versuchten Putsches gegen die Kanzlerin überführt und auf den Scheiterhaufen verbracht. Die Mitglieder der magischen Gilde hatten es mit besonders blutrünstigen Dämonen und anderen höllischen Kreaturen zu tun bekommen. Der Barde, der sein Asyl in der Gilde genoss, hatte im Traum die Stimme verloren und man hatte ihm die Laute genommen und zertrampelt. Für die kleinen Leute hatte es eher konventionelle Träume gegeben, die trotzdem nicht ohne Folgen geblieben waren. Alle…egal ob alt oder jung, groß oder klein, fromm oder ketzerisch, hatten ihr Fett wegbekommen.

Als man sich auf der Straße begegnete, sprach kaum jemand über Einzelheiten, da diese zum großen Teil nur peinlich gewesen wären. Doch in einem waren sich alle einig. Die Nacht war eine Katastrophe gewesen und man hoffte, dass sich Vorfälle dieser Art nicht wiederholen würden. Wie man wusste, starb die Hoffnung zuletzt. Und irgendwo in den Tiefen der Ostlande, auf einem Altar in den Gemächern einer alten Hexe, köchelte ein kleiner, bunter Kessel vor sich hin und produzierte schwarz-bunte Schwaden, die langsam und unaufhaltsam ihren Weg zu ihren Ziel fanden. Die Ogersheimer hatten nicht die geringste Ahnung, was ihnen noch so alles bevorstehen würde.

Als Mägerlein, Mütterchen Wurmwarz und Morgana wieder vor der Tür zur „M" standen, hatten sie eine erbärmliche Nacht hinter sich. In ihren Träumen waren Dinge wie wütende Menschenmassen, die partout Hexen und Zauberer verbrennen wollten, vorgekommen. Auch unbeherrschbare Dämonen und versagende Bannkreise hatten eine nicht unerhebliche Rolle gespielt. Es war einfach grässlich, wenn Schutzzauber versagten. Doch auch die Herrscherin über die GEVOSI machte nicht den Eindruck, als ob ihr die letzte Nacht wohl bekommen wäre. Immerhin hatte sie von Grünschildt eine Lieferung mit den vereinbarten 5.000 Goldogern bekommen. Das Gold wechselte die Besitzer und Mägerlein eilte kurz darauf in die magische Gilde, um von dort aus die Bestellung über den Almanach auszuführen. Es war besser, die Chefin der GEVOSI über die Beschaffungsquellen im Dunklen zu lassen. Die magische Kochkiste war mit 499 Goldstücken ein Schnäppchen und machte im Heft einen sehr professionellen Eindruck. Mägerlein hatte bereits das Gold abgezählt und vor sich auf den Tisch gelegt. Der Zahlungsverkehr funktionierte immer.

„Wupp!"

Wo noch eben 499 Goldstücke gelegen hatten, herrschte nur noch Leere.

„Bampf!"

Und da war das bestellte Gut auch schon eingetroffen. Die Kiste machte in der Tat einen sehr guten Eindruck. Die Metallbeschläge funkelten im Licht der Kerzen. Der Zauberer öffnete die mobile kleine Wunderküche und fand die Bedienungsanleitung. Dort war alles beschrieben, was zu befolgen war. Man musste demnach die zu kochenden Lebensmittel nur in die

Kiste legen, den Deckel schließen und der Kiste mit dem Kommando „*Kistchen koch!*" und einer Anweisung, was sie zu kochen habe, den Befehl zur Umsetzung geben. Mägerlein stürmte in die Gildenküche, schnappte sich für einen Versuch ein paar Zwiebeln, Tomaten, Knoblauch, ein wenig Fleisch und warf alles in einen Topf. Dann verschwand er wieder auf sein Zimmer, wo die kleine Truhe schon auf ihn wartete. Er platzierte den Topf in der Kiste, schloss den ihren Deckel und befahl: „Kistchen…koch Gulasch!"

Eine Minute später ertönte ein helles „*Flöööt!*", der Truhendeckel sprang auf und tatsächlich…die Zaubertruhe hatte ein fertiges, noch brodelndes, aromatisch duftendes Gulasch in dem Topf zubereitet. Mägerlein schnappte sich einen Löffel und verkostete gierig, um dann jedoch feststellen zu müssen, dass es besser gewesen wäre, der Truhe auch die notwendigen Gewürze sowie ausreichend Salz anzuvertrauen. Anscheinend war das Kochen eine Wissenschaft für sich. Doch als Magier wusste er, dass es unvermeidlich war, sich insbesondere bei Zaubertränken an die Inhaltsangaben und Ingredenzien zu halten. Mägerlein verpackte die Truhe diskret in seiner Bettdecke und stürmte los, um „M" und seine beiden Gefährtinnen nicht weiter warten zu lassen.

„Wie funktioniert denn nur dieses Wunderding?" fragte die Dame des Hauses, in der sich Hoffnung eingestellt hatte, nachdem Mägerlein die schmucke, kleine Truhe aus seiner müffelnden Decke befreit hatte.

„Ganz einfach, Chefin", erklärte er. „Lebensmittel in den Topf hinein, dann Gewürze dazu, Topf in die Truhe, Truhendeckel zu und Kommando gegeben. Hier steht alles drin. Ich habe schnell einen Testlauf gemacht. Alles wunderbar."

Die neue Besitzerin des magischen Wunderwerks überflog die Anleitung, schellte, ließ sich von einer Dienerin einen Bräter, ein gerupftes Huhn, diverse Gemüse, Kräuter und Gewürze bringen. Dann warf sie alles in die Kiste, schloss den Deckel und befahl energisch: „Kistchen…koch! Goldbroiler! Und viel Letscho." Diesmal dauerte es zwei Minuten, bis das „*Flöööt!*" ertönte. Der Truhendeckel sprang auf. Ein zweifelsohne goldbraun knuspriges Brathuhn auf roter Soße machte einen mehr als nur untadeligen Eindruck. Sie kostete vorsichtig das dampfend heiße Essen, ließ es sich auf der Zunge zergehen und war sicher, nie zuvor in ihrem Leben ein so köstliches Huhn verspeist zu haben. Zum ersten Mal seit vielen Tagen mit vergeblichen Kochversuchen und der albtraumgeplagten Nacht war sie wieder zufrieden mit sich und der Welt. Das Wettkochen konnte kommen. Sie wusste, dass ihre Chancen auf den Sieg soeben sprunghaft gestiegen waren. Grünschildt würde zufrieden sein. Dann machte sie dem Zauberer und den beiden Hexen im Namen der GEVOSI ein Angebot, für sie als Berater und Informanten tätig zu werden. Die drei wussten, dass es sich um ein Angebot handelte, das sie nicht ablehnen konnten und durften. Aber Jaso sei Dank gab es in der Welt genug Geld, für das man seine Ideale verkaufen konnte. Und so wurden nach einigen Minuten des Feilschens und Verhandelns die Hände geschüttelt und der Anfang vom Ende der magischen Gilde eingeläutet.

Der Intimus des Kanzlers, „*Puttchen*" Sigismund, hatte eine furchtbare Nacht hinter sich. Er hatte tatsächlich geträumt, dass seine gesamte Lobbyarbeit für die Waffenmanufakturen, Staatsbetriebe, Wagenfabriken und andere lukrative Dinge aufgeflogen waren. Es war schlimm genug, dass man ihn enteignet hatte und all die schönen Bestechungsgelder und Zuwendungen fort gewesen waren. Man hatte ihn zudem auf dem Marktplatz an den Pranger gestellt und solange mit faulem Obst und Gemüse beworfen, bis er unter dem ganzen Schmadder erstickt war. Als er seinem persönlichen Albtraum entronnen war, herrschte schlechte Laune. Nichts ging so schnell, wie er es sich gewünscht hatte. Auch war er sich sicher, dass er zweifelsohne einen besseren Reichskanzler abgegeben hätte, als es der derzeitige Amtsinhaber tat. Es war an der Zeit, sich neuen strategischen Betrachtungen hinzugeben. Er beschloss, sich selbst als Kandidaten beim Wettkochen nachzumelden. Sigismund hatte zwar keinerlei Ahnung vom Kochen; er war nur gut im Essen. Aber er war sich sicher, dass eine seiner Leibspeisen, dicke Schmalzbrote mit Harzer Käse, gut beim Rat ankommen würden. Er hatte genug Blankovollmachten mit der Unterschrift vom Grafen Ölkopf, von denen er eine dafür nutzen konnte. Er füllte schnell eines der Pergamente aus und würde es im Laufe des Tages bei der Kochkommission einreichen. Und ansonsten wäre es an der Zeit für ein konspiratives Gespräch mit der „M" für eine taktische Partnerschaft, falls es doch nicht mit der Umsetzung seiner Ambitionen funktionieren sollte. Man würde sehen.

Im Land der Kohlenhügel war die Aufregung über die mit Giftmüll gefluteten und abgesoffenen Gruben groß und der Groll brodelte nach wie vor in den Herzen. Graf Oskar hatte sich keinesfalls wieder beruhigt und auch der willkürliche Rauswurf aus Ogersheim, die Fahrt im Gefängniswagen und die damit verbundene Schmach und Schande brannten Löcher in seine Seele. Selbst die frisch entstandene Beziehung zu Fräulein Kutscherstochter half nur gelegentlich, seine Wut vorübergehend zu besänftigen. Er saß im großen Saal des Bierschaumturmes, schliff zornesmütig seine Axt, die mittlerweile so scharf wie ein Rasiermesser geworden war und fluchte vor sich hin, dass es nur so eine Freude war.

Fräulein Kutscherstochter kam in den Saal und wedelte mit der Ogersheim-Gazette, die mit einem Bier-Transport ins Land des Zwerges geraten war.

„Seht nur, Graf Oskar. Es tut sich was in Ogersheim. Anscheinend ist es wieder an der Zeit für den Wettkampf um die Krone! Vielleicht könnte das ja ein guter Moment für Rache sein?"

Doch der Zwerg schüttelte den Kopf.

„Das will von langer Hand gut vorbereitet sein. Rache wird ja bekanntlich am besten kalt serviert. Ich hatte einen Gedanken, der aber eine gewisse Vorbereitungszeit benötigt. Mal eine Frage, Teuerste: Kannst Du eigentlich gut kochen?"

Mara kicherte wie ein Schulmädchen und antwortete dann: „Nicht im geringsten. Ich kann höchstens einen Bratspieß drehen. Aber das war es dann auch schon."

„Dann haben wir ausreichend Zeit zum Üben. Die übernächste Wahl des Meisterkochs im Streite um die Krone ist in vier Jahren. Wir könnten das von langer Hand her in Ruhe vorbereiten. Und dann schlagen wir richtig zu. Aber die Voraussetzung dafür ist, dass Du vom Rat akzeptiert wirst!"

Der Vorschlag kam für sie höchst überraschend. Und doch begann sie sich schon nach kurzem Nachdenken damit anzufreunden.

„Schuldet Dir noch jemand aus dem Rat einen Gefallen? Der Advocatus Gregorius zum Beispiel?"

„Gefallen würde ich es nicht nennen. Ich schulde höchstens ihm etwas, weil ich Dich durch ihn kennengelernt habe. Allerdings weiß ich einige Dinge über ihn, die ihm sehr peinlich wären, wenn sie ans Tageslicht kämen. Er war damals ziemlich aktiv für die Ost-Stapo, so wie einige andere auch. Und der Wink mit dem Zaunpfahl könnte einiges bewirken, wie zum Beispiel ein Ratsmandat in der Kurpfalz."

Der Zwerg gönnte sich ein immer breiter werdendes Grinsen.

„Ich habe eine gute Nachricht für Dich, meine Liebste. Du wirst beim übernächsten Wettkampf die Gewinnerin. Wir bereiten es von langer Hand vor, mit allem, was so dazu gehört. Also mit guter Küche, Bestechung, Drohung und Erpressung und allem anderen, was so in der Politik wichtig ist. Traust Du Dir zu, über Leichen zu gehen?"

„Kannst Du Dich erinnern, wer Dich und wie aus dem Gefängniskarren befreit hat?" giggelte sie.

„Dann gilt das als beschlossen", rief der Zwerg. „Darauf lass uns trinken. Und irgendwann in ein paar Jahren bist Du die Kanzlerin. Und das wird die größte Schmach, die wir Ölkopf und Puttchen zufügen können. Davon erholen die sich nie und nimmer!" Er tätschelte mit verliebtem Blick seine gut geschärfte Streitaxt. „Danach kümmere ich mich um die Knie des fetten Mistkerls, der unsere Stollen ruiniert hat! Und dann um den Rest von ihm!"

„*Puttchen*" hatte die Zeit genutzt und sich auf ein diskretes Stelldichein mit „M" vorbereitet. Er hatte ein großes Blumenbouquet in den Händen und eine riesige Schachtel feinster Schokopralinen aus dem Alpenland mitgebracht. Er hoffte, sich so ins Herz der potenziellen Verbündeten schmeicheln zu können. Doch „M" wirkte eher reserviert und schien für seine charmanten Plaudereien nicht zugänglich zu sein.

„Das lasst mal schön bleiben mit Euren Höflichkeiten, mein Herr!" merkte sie spöttisch an. „Damit gewinnt Ihr bei mir keinen Pfifferling. Denn mal hübsch runter mit den Hosen!"

Der rundliche Mann blickte sie verwirrt an.

„Ich soll bitte was?" stotterte er.

„Das ist umgangssprachlich. Ich will wissen, was Ihr von mir wollt? Das kann doch nicht so schwer zu verstehen sein, oder? Ich meine…selbst für Euch nicht!" Sie wirkte entnervt.

Nach einigen holprigen Sätzen aus dem Munde ihres Besuchers bekam „M" das bestätigt, was ihr ihre GEVOSI-Spitzel bereits zugetragen hatten. Der Wandermops aus dem Gebirge bat sie um eine strategische Allianz für den Fall, dass Graf Ölkopf oder er selbst beim Wettkochen unterliegen sollten. Es erschien ihm eben sinnvoll, auf Nummer Sicher zu gehen.

„Ich habe von Anfang an gewusst, was Ihr von mir wollen würdet", feixte sie in solchen Dingen durchaus erfahrene Frau. „Und Ihr wollt allen Ernstes ausgerechnet mit Schmalzschnittchen, die mit Harzer belegt sind, in die Schlacht ziehen? Dagegen ist ja sogar die Wurst Eures Chefs die absolute haute cuisine. Und das will schon was heißen!"

„Immerhin hat Ölkopf damals den Kohlsuppenkanzler aus dem Rennen geworfen. Und ich selbst habe noch eine Geheimzutat. Und die wird auch nicht verraten!"

„Lasst mich raten. Liebe?"

„Hä? Nein…Spe…äh…zialität. Jetzt hättet Ihr mich aber fast drangekriegt. Ich verrate nichts. So!"

Er lief abwechselnd rot und weiß an. Das Gespräch war insgesamt noch nicht so verlaufen, wie er es sich vorgestellt hatte.

Doch „M" machte ihm einige Vorschläge, in denen Dinge wie *„Waffenexporte", „internationaler Handel", „Krieg"* und *„Religion"* vorkamen, in denen er Möglichkeiten für großartige Wertschöpfungen erspähte. Auch, wenn er weder sonderlich gebildet noch weise war und von Kochen so viel Ahnung hatte wie ein Karpfen vom Häkeln, so verstand er sich doch auf Handel und Infamie. Und er hatte keinerlei Schwierigkeiten, über Leichen zu gehen. Egal, über wessen auch immer. So verständigte man sich auf die eventuelle Kooperation im Rat für den Fall des Sieges der Frau, die sich inzwischen von der „kleinen M" zur „M" hochgearbeitet hatte. Die Zeichen standen ab jetzt für Ogersheim auf Sturm.

Eine Woche war seit dem Beginn der Albtraumwelle vergangen. Die ausländischen Diplomaten und Staatsgäste hatten spontan beschlossen, der gastlichen Stätte Ogersheim Lebewohl zu sagen, in der Hoffnung, endlich wieder ungefährliche Schlafphasen erleben zu dürfen. Raffgeyer, Grünschildt und Rocketfellow hatten einige nächtliche Lebenskrisen durchleben müssen, als ihnen durch das garstige Traumgespinst der Schrecken ihrer Untaten immer wieder um die Ohren gehauen worden war. Im realen Leben ließ sich alles ignorieren, doch in den Traumwelten gab es keine Gnade. Büschel Junior und Fräulein Immerhell verabschiedeten sich, weil er in Jollywood benötigt wurde. Vater Büschel hatte beschlossen, sich aufs Altenteil zurückzuziehen und beschlossen, seinem Junior die Macht zu übertragen. Fräulein Immerhell würde dann als grausige Eminenz hinter dem dauerbezechten Jungpräsidenten die Strippen ziehen müssen. Büschel Junior hatte kaum unter Träumen leiden müssen, da er sich stets kurz vor einem alkoholbedingten, komatösen Zustand befand. Seine Aufpasserin hingegen war jede Nacht vor Panik kreischend aus ihren Träumen aufgeschreckt. Der Zar von Borscht hatte es im Traumland auch nicht leicht gehabt. Er konnte Revolutionen nicht ausstehen und hatte in jedem Traum einen Aufstand mit nachfolgendem Tribunal und anschließender Hinrichtung erleben müssen. Eigentlich hatten die hohen Herrschaften allesamt das Wettkochen um die Kanzlerkrone miterleben wollen, um den Sieger oder vielleicht auch die Siegerin im Anschluss gleich auf bestimmte Dinge einzuschwören. Doch die Nächte waren zu harte Kost gewesen. Nur der Zar bewies mehr Mut und Sitzfleisch als die anderen hohen Herrschaften zusammen und wollte erst nach dem Wettkampf zurück in sein Heimatland fahren.

Meister Aegidius hatte nach längerer Lektüre zumindest die Lösung mit dem Salzkreis gegen die bösen Träume als probates Mittel entdeckt und praktisch angewandt. So blieben er selbst, Bernward und DAX von der Auswirkung der schwarz-violetten Schwaden, die nach wie vor aus den tiefsten Tiefen der Ostlande zu ihnen gewabert kamen, verschont. Man hatte beschlossen, diese Lösung nicht der hohen Obrigkeit zu verraten, um für den Fall der Fälle ein As im Ärmel zu haben. Das normale Volk zu Ogersheim kroch mehr auf dem Zahnfleisch, als das es ging. Niemand wusste, woher die Plage kam und wie sie aussah. Es war völlig anders als damals, als die Stadt durch die *„Tote Armee"* belagert worden war. Der Reichskanzler mutmaßte insgeheim dass es sich um einen Zauber handeln könnte, traute sich aber seit der Affäre mit der Entführung des Sir Wauzelot und den *„Kohlblättern"* nicht mehr so recht, seinem Hofzauberer unter die Augen zu kommen. Er wusste, dass Magier sehr nachtragend und heimtückisch sein konnten

und hatte beschlossen, eventuelle Gespräche auf die Zeit nach dem Wettkampf um die Krone zu verschieben.
Das diesmalige Küchendrama sollten die aufstrebenden Talente des Ogersheimer Küchenwesens und der Politik im großen Ratssaal der Stadt abhalten. Es war alles vorbereitet worden. Der Gastronom Fingerhut aus der *„Dunggrube"* hatte nach altem Brauch die Aufgabe bekommen, die notwendigen Utensilien wie Herde, Lebensmittel und Gewürze zu beschaffen. Ihm waren die Einkaufslisten der Wettbewerbsteilnehmer überreicht worden und er wunderte sich bereits im Vorfeld sowohl über die Auswahl der Gerichte als auch über einen unerwarteten Überraschungskandidaten. Wissen war Macht. Da er der Betreiber eines diskreten, kleinen Wettbüros war, würde er höchstwahrlich so wie jedes Mal zu den Gewinnern der Veranstaltung gehören. Und so rieb er sich schon einmal die Hände und freute sich auf viele verdutzte Gesichter.

Der Tag des großen Wettkochens war endlich da. In der Nacht zuvor hatten alle Kandidaten üble Träume über ihr Versagen im Kampf um die Kanzlerkrone gehabt. Rädle war in seinem eigenen Sauertopf gelandet und dann von der Säure langsam aufgelöst worden. Es hatte ihn erschüttert, als er miterleben musste, wie sich erst die Haut vom Fleisch gelöst und er selbst sich dann in eine zähe Suppeneinlage verwandelt hatte. „M" hingegen war ihrer magischen Kochkiste zu nahe gekommen und von ihr aufgefressen worden. Graf Ölkopf war an einem Stückchen Wurst erstickt, dass soßenbedingt so ungeheuer

scharf gewesen war, dass er es nicht mehr hinunter, aber auch nicht mehr hinausbekommen hatte. Puttchen hingegen hatte feststellen müssen, dass sein Schmalz aus genau dem Sondermüll verfertigt worden war, den er im Schacht Unrat hatte verklappen lassen und erlag einer Vergiftung. Eines jedoch hatten alle gemeinsam in ihrem Traum gehabt: Das Volk hatte jubelnd dabei zugesehen und dabei äußerst zufrieden gewirkt. Die Hilfskräfte des Schankwirts hatten alle Hände voll mit dem Aufstellen der Herde sowie eines großen Drehgrills zu tun. Die Beschaffung von Töpfen, Pfannen, Messer, Tüchern, einer großen Auswahl an Gewürzen und natürlich den von den Kandidaten georderten Lebensmitteln war aufwendig. Die Ratsmitglieder würden nach der Verkostung der Delikatessen oder kulinarischen Katastrophen entscheiden, wer künftig die Ogersheimer Wurstkrone auf seinem Haupt tragen dürfte. Es herrschte noch immer eine gewisse Verdrossenheit, weil Graf Ölkopf die Krone hatte verändern lassen. Die Wurstkrone, die nun über zusätzliche Kartoffelstäbchen verfügte, wurde als Affront gegen die guten alten Sitten gewertet. Das allein konnte schon einen Punktabzug bedeuten. Allerdings wurde mildernd gewertet, dass sich der Kanzler mit reichlichen Bestechungsgeldern beliebt gemacht hatte. Leider handelte es sich jedoch dabei um die nicht sonderlich hochgeschätzten „Kohlblätter". Auch „M" hatte sich nicht lumpen lassen. Noch nie zuvor waren so viele Gefälligkeiten versprochen und Geldgeschenke vergeben worden wie bei diesem Wettkampf.
Die Mitglieder des Pfalzrates hatten mittlerweile an der großen Tafel Platz genommen und harrten der Dinge, die da kommen mochten. Fanfaren ertönten. Zuerst kam, wie sollte es anders sein, der Reichskanzler in den Saal und richtete sich beifallsheischend mit einer kleinen Willkommensrede an den Rat. Danach kam als nächster Wettbewerber der alte Rädle hereingerollt und bedachte alle Anwesenden mit sauren Blicken,

dicht gefolgt von der „M", die zwei Dienerinnen hinter sich hatte, welche eine merkwürdige, schwarze Kiste schleppten. Und dann stockte dem Kanzler der Atem, als er den vierten Kandidaten sah, dessen Bewerbung ihm völlig entgangen war.
„Puttchen...DU?" fauchte er lautstark.
Der dicke Mann leistete sich eine hochrote Gesichtsfarbe und versuchte, nicht im Boden zu versinken. Ansonsten schwieg er.
„Aber Du kannst doch mal nicht kochen, Du kleiner Emporkömmling. Du Verräter. Und Dich habe ich all die Jahre nach Kräften unterstützt? Dir habe ich vertraut?" Er schüttelte fassungslos den Kopf.
Rädle und „M" verfolgten das kleine Spektakel voller innerer Freude. Alles was dem Grafen Ölkopf schaden konnte, war ihnen nur recht. Doch noch während der Kanzler giftige Blicke verschoss, kam das Startsignal.
„An die Herde...fertig...los!" brüllte der Herold. Fanfaren ertönten und die Kontrahenten machten sich ans Werk. Nun ging es um die Wurstkrone.
Der Kanzler schnippelte eifrig seine Zwiebeln für die Soße, warf Würste auf den Grill, hetzte vom Herd zum Tisch mit den Gewürzen und wieder zurück. Er war sicherlich kein Meisterkoch. Doch sein Leibgericht hatte er schon viele hundert Male zubereitet und kannte jeden Handgriff.
Anders war es beim Rädle, der schon zum dritten Mal versuchte, mit seinem heißgeliebten Sauertopf mit extra viel Essig Eindruck zu schinden. Die Einlage des trüben Sudes bestand vornehmlich aus vielen Zwiebeln und geköchelten Würsten, den sogenannten sauren Zipfeln. Der Rat hasste dieses Essen, das gerne als Schlangenfraß bezeichnet wurde. Das lag wohl an den langen Würsten, die sich wirklich wie Schlangen im Kessel zu winden schienen. Der durchdringende Essiggeruch trug seinen Teil dazu bei, alles noch abstoßender wirken zu lassen.
Einen Tisch weiter hatte der rundliche Sigismund seine Not

damit, Brote in akkurate Scheiben zu schneiden. Die Wüste von Brotbrocken, die er hinterließ, produzierte beim eher wenig geneigten Publikum heftiges Getuschel und gelegentliches Gelächter. Dann schmierte er kräftig Griebenschmalz auf das Schnittchen-Massaker und belegte es mit fettem Bauchspeck. Darauf kam dann gehackter Harzer, eine Schicht Senf, Majonäse, Knoblauch, Röstzwiebeln und eine kleine Essiggurke.
„Tadaaaa!" triumphierte der dicke Mann, dem der Schweiß nur so von der Stirn auf sein Gericht floss. „Erster!"
„Es geht nicht darum, dass man Erster ist, Puttchen!" maßregelte ihn der Reichskanzler. „Aber das wirst Du schon noch verstehen. Oder auch nicht!" Seine Blicke wirkten tödlich.
„Auch fertig. Fresst meinen Staub, Ihr Maden!" ertönte es vom griesgrämigen alten Mann im Rollstuhl. „Ich werde Euch alle vernichten. Alle!"
Mittlerweile war es auch dem Kanzler gelungen, sein Werk auf einer großen Platte anzurichten. Die Kartoffelstäbchen glänzten goldgelb und knusprig. Ein durchaus leckerer Geruch durchzog den Saal und erzeugte ein gewisses Wohlbehagen in den Nasen der Ratsmitglieder. Wer erstaunlich ruhig geblieben war, war die vierte Person im Rennen. In aller Seelenruhe hatte die „M" vier Hühner sowie einen Topf voller Zwiebeln, Tomaten, Paprika und Gewürzen in die merkwürdige Kiste geworfen und den Truhendeckel geschlossen. Der gesamte Rat als auch die Gegner in der Küchenschlacht waren verwirrt. Was in aller Welt sollte das bedeuten? Rohkost mit nicht gegartem Huhn?
„Flöööt!"
Das Geräusch war unbekannt und verwirrte die Anwesenden. Der Truhendeckel schwang auf und plötzlich duftete es angenehm nach knusprigem Geflügel und Würzaromen, wie es niemand zu erwarten gewagt hätte.
„Was ist denn das? Darf die das?" polterte der Kanzler. „Aber das darf die doch nicht. Das ist nicht selbstgekocht. Fremde

Federn. Lug und Trug. Genau…das ist Betrug. Verhaften. Sofort. Ab ins Loch mit Ihr!"

Den Ratsmitgliedern begann das ganze Theater peinlich zu werden. Schlechte Verlierer mochte niemand in Ogersheim. Außerdem verspürten plötzlich alle Anwesenden Lust, das neue Gericht zu verkosten. Aber Graf Ölkopf war drauf und dran, ihnen den Appetit gründlich zu verderben.

„Das ist nicht erlaubt! Niemand darf einem Kandidaten helfen!" protestierte der Kanzler lautstark. „Das steht eindeutig in den Regularien für unseren Wettkampf!" Er hielt das Regelwerk fest umklammert und wedelte damit hysterisch herum. Er warf es den Ratsherren und Damen auf die Tafel, während er mit der freien Hand seine Krone fest auf sein Haupt drückte.

Man murmelte, drückte das Regelwerk dem Advocatus Gregorius in die Hand und ließ es den hochstirnigen Mann mit den dicken Augengläsern in aller Ruhe konsultieren. Dann schüttelte dieser den Kopf und sprach: „Das steht dort nicht. Dort steht nur, dass niemand Hilfestellung leisten darf. Doch hier handelt es sich um ein *„Etwas"*. Damit ist es also keine Person, sondern ein Küchengerät. So wie ein Topf oder eine Reibe oder so." Er zuckte die Achseln, denn eigentlich war der derzeitige Kanzler sein Wunschsieger gewesen. Zumindest um Längen weiter vorne als ausgerechnet der Sauertopf oder der Wandermops. Die „M" konnte er durchaus gut einschätzen. Er hatte sie am Hofe des roten Erics erleben dürfen und legte keinen Wert auf eine Wiederholung. Aber Regeln waren eben Regeln. Und damit basta.

„Ich habe gewonnen. Das war Zauberei. Völlig unfair. Wo kämen wir denn da hin, wenn das jeder machen würde, hä?" protestierte der erste Mann des Rates.

„Gewonnen habt Ihr erst, wenn der Rat alles verkostet und gewertet hat. Und man sich dann entschlossen hat, dass Euer kulinarisches Kunstwerk auf den ersten Platz des Siegertreppchens kommt!" stellte Herr Meiler fest.

Der Kanzler schluckte seine Wut herunter. Nun half nur noch hoffen, dass er der bessere Koch gewesen und die Bestechungsgelder hoch genug gewesen waren. Eile war geboten, da die Kartoffelstäbchen von Minute zu Minute kälter und entsprechend latschiger wurden. Kalte Wurst in kalter Soße war sicherlich kein Garant für den Erfolg. Also musste er sich fügen. Und so wurden die vier Gerichte aufgetragen. Als die Ratsmitglieder die Löffel im Sauertopf des alten Griesgrams versenkten, mussten sie feststellen, dass die Säure den Besteckteilen gutzutun schienen. Die noch eben matt wirkenden Löffel glänzten auf einmal wieder in alter Schönheit. Allerdings schienen sie leicht zu rauchen, was den meisten den Appetit zu verderben schien. Und mehr als ein Höflichkeitslöffelchen, das die Testesser heimlich zurückschütteten, wenn sie sich unbeobachtet fühlten, bekam niemand hinunter.

Danach folgten die faszinierenden Fettschnittchen vom *„Puttchen"*. Man mutmaßte, dass Schnittchen davon eine Ogersheimer Bettlerfamilie wohlgenährt über den ganzen Tag gebracht hätte. Und doch war die Kombination vom Schmalz mit dem fetten Speck, dem Käse, der Gurke und den vielen Gewürzen samt Senf und Majonäse tatsächlich eine Leckerei, die es sich zu verkosten lohnte. Allerdings schlug die gehaltvolle Kost durchaus ein wenig auf den Magen. Doch ein echter Ogersheimer konnte schon etwas vertragen.

Die Wurst mit Ölfritten, die der Kanzler bereitet hatte, war leider schon ein wenig kühl geworden. Die Soße hatte an Temperatur verloren. Sie schmeckte zwar würzig, aber keinesfalls anders als beim letzten Mal. Insgesamt war das Essen gut, doch es fiel allen Beteiligten schwer, sie höher aufs Siegertreppchen zu hieven als die hochkalorische Brotzeit des Vorgängers. Graf Gerhard bemerkte die verhaltene Begeisterung des Rates und

spießte insgeheim schon den Kopf seines ehemaligen Vertrauten genüsslich auf eine Lanze an den Stadttoren. Er nahm sich vor, laut schreiend einen wilden Kriegstanz im Kreis um sie herum aufzuführen.
Und dann folgte als Finale das knusprig gebratene Hähnchen mit einer raffiniert geratenen Soße der letzten Kandidatin. Die schwarze Kiste hatte nicht nur kulinarisch gute Arbeit geleistet. Auch die Temperatur war länger erhalten geblieben und die noch immer heiße Soße umschmeichelte die Zungen mit einem Hauch von Knoblauch, Ingwer, Tomaten, Paprika und Zwiebeln. Dazu eine angenehme, leicht süßliche Schärfe. Und allen war klar, dass die Kanzlerkrone eine neue Besitzerin bekommen würde. Die Ratsleute nickten sich dezent zu und holten den Herold zu sich, um ihm das Ergebnis mitzuteilen. Herr Sagnix schluckte, räusperte sich und verkündete:
„Der hohe Rat zu Ogersheim hat eine Entscheidung getroffen. Gewinner aus diesem Wettkampf um die Ogersheimer Wurstkrone, abgehalten nach alter Sitte und Brauch iiiiiist: Emmmm!"
Es rumpelte, als der Kanzler, von einer Mischung aus Wut und Ohnmacht niedergestreckt, wie ein Sack Kartoffeln zu Boden ging. Die Wurstkrone kollerte über den Boden des Ratssaales, wie vom Schicksal gesteuert, auf die Füße der „M" zu. Sie staunte einen kleinen Moment, griff dann aber gierig zu, hob sie mit beiden Händen in die Höhe und presste sie sich aufs wirr frisierte Haupt.
„Lang lebe die „große M", Herrin der Wurstkrone und Kanzlerin von Ogersheim!"
„Puttchen" warf ihr bedeutungsvolle Blicke zu, die an gewisse Absprachen erinnern sollten, während die Palastwachen den noch immer besinnungslosen Altkanzler in seine Gemächer trugen, die er die nächsten Tage räumen und der neuen Herrin

zur Verfügung stellen müsste. Der Kanzler war fort! Lang lebe die Kanzlerin!

„So, meine Herren!" sprach „die große M" mit fester Stimme. „Ab jetzt weht hier ein anderer Wind. Schluss mit Schlamperei und Schluderei. Ab morgen wird hier echte Politik gemacht. Ich sehe alle pünktlich um acht Uhr im Ratssaal. Und wer nicht pünktlich hier ist, dem bringe ich die Flötentöne bei. Klar?"

Den Ratsmitgliedern wurde plötzlich klar, dass sich einige Dinge wohl nicht zum Besseren verändert hatten und verließen leise murmelnd den Saal, um wieder zu ihren Häusern zurückzukehren und eine weitere Albtraumnacht erleben zu müssen.

„Herr Rädle…zu mir!" befahl „die große M". „Ab morgen werden wir hier mal neue Saiten aufziehen." Dann deutete sie auf „*Puttchen*", der noch geblieben war, sich aber dezent im Hintergrund des Raumes gehalten hatte. „Und Du da, Pummelchen! Du darfst bei uns mitmachen! Aber nur, wenn Du hübsch brav bist und Dich an die Spielregeln hältst. Und ich warne Neugierige. Ärgert mich nicht. Ich kann nämlich auch anders!"

Rädle und Sigismund schluckten und nickten zustimmend.

„Und ab morgen will ich eine angemessene Anrede, wenn ich den Saal betrete. Irgendetwas in der Richtung wie „Heil M" oder „Hoch lebe die große M". Ich bin da noch unschlüssig. Aber das teile ich Euch dann mit!" tat sie kund und verschwand mit Ihren Mägden, welche wieder die Kochkiste schleppen mussten.

„Oi", bemerkte Sigismund betroffen. „Das kann ja heiter werden. Da kommt was auf uns zu."

Und auch dem Mann im Rollstuhl war es nicht leicht ums Herz. Aber nun war es zu spät. Eine Möglichkeit für Veränderungen würde es erst wieder beim nächsten Wettkochen geben.

„Bampf!"

„Teufel auch, wenn das mal nicht der DAX ist", grinste Bernward, als sein Beraterdämon direkt neben seinem Bett im bequemen Sessel des Jungzauberers materialisierte. „Könntest Du mir den Gefallen erweisen, nächstes Mal vielleicht doch VOR der Eingangstür zu erscheinen und dann vornehm anzuklopfen? Man weiß ja nie?" regte Bernward an. „Ein wenig Diskretion und Privatsphäre ist doch nie verkehrt. Und vielleicht habe ich ja auch mal Damenbesuch oder so".

DAX schüttelte den Kopf. „Das glaubst Du doch selbst nicht, Herr Bernward. Bisher hattest Du nur selbst Damen besucht. Im Badehaus. Und das waren keine wirklichen Damen. Also tu mal nicht so vornehm!"

Diskussionen dieser Art brachten niemanden weiter und so widmete man sich wichtigeren Themen.

„Wie ist es denn hier inzwischen gelaufen? Wie war die Kronenklopperei? Neuigkeiten? Verbesserungen? Katastrophen?"

„Herrje", meinte der Jungzauberer. „Wir haben eine neue. Die heißt jetzt „Die große M", ist hässlich wie die Nacht und scheint sehr unangenehm werden zu können. Der Meister hat wohl gerade seinen Antrittsbesuch bei der ollen Schabracke. Wenn das mal gut geht."

„Völlig unwichtig bei dem, was ich inzwischen auf die Beine gestellt habe, oh mein Mandant." DAX sonnte sich in Selbstgefälligkeit. „Ich habe uns was gekauft!"

Der Dämon, der mit einem riesigen Bündel der neuen *„Kohlblätter"* auf Einkaufstour gewesen war, schien sehr gute Laune mitgebracht zu haben.

„Nun mach es nicht so bedeutsam. Was hast Du denn schönes erbeutet?" fragte Bernward neugierig.

„Immobilien. Neben Gold, Silber und Edelsteinen das einzig wahre Zeug. Na gut…abgesehen von Naturalien wie dem *„kleinen Jagdgehilfen"*. Apropos Naturalien", meinte DAX und sah sich suchend um. „Nichts Trinkbares vor Ort?"
Bernward griff unter die Matratze seiner Liegestatt und förderte eine Flasche des berühmt-berüchtigtem Kräuterfusels zutage. Dann reichte er sie seinem Berater, der sein Leben seit dem Vorfall im großen Forst, wo er ihn frei von jeglicher Ahnung beschworen hatte, ungemein verändert, bereichert und ihm das Leben gerettet hatte.
Der Dämon korkte die Flasche mit einem Fingernagel auf. Bernward wusste, dass hinter der unauffälligen Tarnung, die DAX in Ogersheim trug, ein schuppenbedeckter und äußerst wehrhafter Geselle mit langen Fängen und Krallen verborgen war. Der Tarnzauber war eine wahre Gottesgabe.
Nur wenige Sekunden später war die Flasche glucksend geleert und der Neuankömmling noch zufriedener als bei seiner Ankunft.
„Ich habe es nicht nur gefunden…nein, ich habe es auch gekauft. Das gesamte Land, auf dem sich Deines Meisters ehemaliger Landsitz befindet. Mit allem, was drum herum liegt. Richtig spottbillig. Wenn sich also Veränderungen ergeben sollten, dann nichts wie weg von hier!"
„Richtig billig? Noch billiger als gratis geht doch eigentlich nicht", stellte Bernward grinsend fest. „Selbstgemachtes Geld. Hoffentlich bekommt das keiner mit."
„Na ja…die Kopierkosten hatten wir immerhin. Der olle Laserhit-Drucker der P.A.G.A.N kam schon ein wenig ins Stottern bei der Menge. Aber…geschafft ist geschafft. Und da Eure *„Kohlblätter"* auch keine Sicherheitsmerkmale enthielten, war das so leicht, wie einem Baby das Krokodil wegzuschnappen!"
„Krokodil? Bist Du sicher?"
„Öhm…nein. Oder doch? Kuschelig? Brummt? Pelz?"

„Lass gut sein, DAX."

Bernward grübelte. Eigentlich hatte man sich in Ogersheim gut eingelebt. Und dann war da die Taverne, das Badehaus, die Mädels. Na gut, die kosteten als Dienstleisterinnen natürlich ein wenig Taschengeld. Aber insgesamt…und da wurde er aus seinen Gedanken gerissen, weil die Tür aufflog und ein wutschnaubender, dicker, alter Zauberer hereingestürmt kam.

„Diese blöde Mistkuh" fluchte er und raufte sich die Haare. „Die will uns vereimern. Aber das mache ich nicht mit. Nicht mit mir, Frollein!"

„Aber Meister. Was habt Ihr? Lief es nicht so, wie Ihr es Euch vorgestellt hattet?" mutmaßte Bernward.

„Von wegen. Im Gegenteil! Leistungskürzungen, Einschnitte, Lohnreduzierungen, keine Unterstützung für die Gilde…man müsse sparen. Und ein total flutschiger Geselle mit Namen Meiler versuchte, die alten Verträge mit Herzog Roman anzufechten. Ein widerwärtiger Kerl, sage ich Dir. Und alle kuschen vor der Ollen. Der ganze Rat buckelt und kriecht vor dieser hammelärschigen…hässlichen…dämlichen KUH!" brüllte der Magier voller Wut, die dringend ein Ventil gesucht und gefunden hatte. Dann fuhr er fort: „Also…bei aller kritischen Betrachtung kann ich nur noch eines sagen: Ich will hier weg. Ruhe, Frieden, Landluft! Das stinkt mir hier alles."

„Aber Meister? Was wird denn dann aus der Gilde? Der Taverne? Und dem Badehaus?"

„Nichts als Röcke im Sinn, wie? Lümmel!" Dann erst bemerkte er DAX und nickte ihm beifällig zu. „Tag Herr DAX."

Der hatte den Auftritt interessiert verfolgt, sich aber jedes Kommentars enthalten.

„Ich habe da was für Euch, Herr Zauberer", grinste DAX und drückte dem Magier eine dicke Pergamentrolle in die Hand.

„Grundgütiger! Ist es das, was ich erhoffe? Eine Besitzurkunde? Von…Du weißt schon was?"

„Ja. Weiß ich. Und der da auch!" freute sich DAX und wie auf den Assistenten des alten Herrn. „Ich wollte kein Geheimnis daraus machen. Und da uns das alles nahezu nichts gekostet hat, habe ich mit einigen Handwerkern vor Ort Absprachen getroffen. Die richten das Emsemble wunderschön her. Und wenn uns mal das Geld ausgehen sollte, dann machen wir einfach neues!" Alle drei fingen bei der Tragweite des Gedankens an zu lachen. Und so zeigte sich, dass das Debakel mit der neuen Kanzlerin kein wirkliches Drama geworden war. Nur die Ogersheimer würden in Zukunft nichts zu lachen haben.
„Aber was wird denn nur aus der Gilde, Meister?"
„Nichts. Kaputt. Mägerlein, Morgana und Wurmwarz haben mich eiskalt hintergangen. Absprachen mit dem Feind. Zu Dumping-Kursen. Wer weiß, was diese Westentaschenzauberer und Hexen da ausgebrütet haben. Aber es ist mir auch egal. Wir packen."
DAX stimmte sofort zu. „Aber vorher sollten wir noch mal kräftig um die Häuser ziehen und uns alles, was sich an Gold, Silber, Steinen und Land für *„Kohlblätter"* aufkaufen lässt, unter den Nagel reißen. Bevor das andere machen. Ich kenne die Banken. Die haben jetzt hier das Sagen. Es ist nur noch eine Frage, bis aus den ehemals freien Ogersheimer nur noch Lohnsklaven dieser Verbrecher geworden sind. Ich sage nur: Kreditfalle und Papiergeld. Das, was wir hier gerade im Kleinen gemacht haben, das machen die im ganz großen Stil. Dagegen sind wir Waisenkinder. Aber eine Chance wie diese wollte ich schon immer haben. Kurzfristig an der Spitze der Nahrungskette sein."
„Gut…so machen wir das", stimmte der Zauberer zu. „Geht und plündert, wo ihr nur könnt. Ich packe inzwischen. Und dann nichts wie fort von hier."

„Und was machen wir mit der „*Toten Armee*", die immer noch da draußen verbuddelt liegt und meinen Befehlen gehorcht?" wollte Bernward wissen.

„Die bleibt erst mal dort, wo sie ist. Das würde zu viel Aufmerksamkeit erregen. Wir bleiben besser unauffällig!"

Und dann begaben sich die drei wie besprochen und hoch motiviert an die Arbeit, die plötzlich wieder Spaß machte und reichhaltig vorhanden war.

Im großen Forst herrschte Ruhe. Drei dynamische Junghexen und eine ambitionierte Fee in spe hatten von dem ganzen Ungemach, dass in Ogersheim vorherrschte, nichts bemerkt. Der große Forst, der hier nicht mehr zu Ogersheim gehörte, war von der Albtraumwelle nicht betroffen worden und so war alles in schönster Ruhe. Es konnte in der frischen Waldesluft so angenehm entspannend sein, wäre dort nicht ein anderes Unheil eingezogen. Fräulein Claricorn hatte sich auf die Möglichkeiten der Com-Kugel eingelassen und mittlerweile den Bezug zur realen Welt drastisch aus den Augen verloren. Und so war es auch den anderen jungen Damen ergangen. Alle hockten nur noch an dem neumodernen Spielzeug und kommunizierten ausschließlich per KMS, einer schnellen, kleinen Kugel-Schriftnachricht, miteinander. Aus dem ehemals gemeinsamen, geselligen Kuchenvergnügen war reine Kommunikationstechnik geworden. Die Kugeln wurden beäugt, begrabbelt, die Kanäle nach Unterhaltung durchstöbert und die Shopping-Kanäle dauerfrequentiert. Besonders hoher Beliebtheit erfreuten sich lustige Bardengruppen aus aller Herren Länder und Dimensionen. Androgyn war dort, wo vor nicht allzu langer Zeit der Krieger als Inbegriff der Männlichkeit betrachtet worden war, der neue Maßstab. Auch Bildung und Weisheit waren unwichtig geworden. Hoch im Kurs waren nun andere Attribute, die der holden Jung-Weiblichkeit die Augen zum Überquellen und die Herzen zum Dauerpochen brachten. Gelegentliche Quietschgeräusche, laute des Entzückens und Vokabeln wie „Süüüüüß", die wie ein Mantra dauergebrabbelt wurden, rundeten den Gesamteindruck ab. Die Kaninchen, die als frühere Vertraute und Familiare einen hohen Stellenwert genossen hatten, waren mehr oder minder abgemeldet und fühlten sich langsam aber sicher ignoriert. Sie mussten sich schon langmachen, um ein wenig Extrafutter oder Streicheleinheiten ergattern zu können. Schriftnachrichten, Bildnachrichten, Einkaufstipps, Musik, Kosmetik…das Leben hatte sich grundlegend verändert.

„Bampf"

Neben der Junghexe hatte sich ein Umschlag eingefunden, wie sie beiläufig feststellte. Doch das musste warten. Zuerst war eine neue Boygroup aus der Nori-Dimension fällig. Die blondierten, toupierten und ondulierten Jünglinge hüpften wie von der Tarantel gestochen über die Bühne. Sie spendierten hunderte schmachtender Blicke, die den geneigten Betrachterinnen den Eindruck großer Zuneigung vermittelten und ihre optischen Vorzüge musikalisch anhimmelten, bis das Schmalz nur so aus der Kugel tropfte. Die Jungs waren zum Inbegriff weiblichen Begehrens geworden. Aber nach der zehnten Wiederholung der Darbietung entschloss sich die Junghexe letztendlich doch, den Brief zu öffnen. Es war Post von der Kugel-Com, den Herstellern der Com-Kugeln und enthielt neben lustiger Post und Tarifvorschlägen ein giftiges Blatt Papier…die Rechnung für musikalische „online-Dienste" und andere Vergnügungen. Als sie den Betrag sah, stutzte sie einen Moment. Und dann schrie sie, dass sich die Kaninchen in ihren Löchern verkrochen und die Vögel, die eben noch ruhig auf den Ästen gesessen hatten, die Flucht ergriffen. Die Hexe begann zu schluchzen. Anscheinend war ihr da etwas völlig entglitten und sie musste eine Lösung finden. Ein kurzer Alarm-Austausch über die Kugeln ergab, dass es ihren Freundinnen ähnlich ergangen war. Es gab ein Problem. Ein teures Problem. Und das musste dringend gelöst werden. Die jungen Damen wussten, was nun zu tun war. DAX!

„Briedärchän Kaaanzlär!" begrüßte der Zar von Borscht seinen Besucher, der einen mürrischen Eindruck machte. Der Ausgang der Wahlen war ihm auf den Magen geschlagen.
„Ex-Kanzler", muffelt der. „Das wars dann mit der Karriere."
„Muuusst Du sähän lockär. Gäht einä Tür zuuu...gäht einä andärä auf", merkte der gutgelaunte Borschtianer an.
„Na ja. Ich muss schon zugeben, dass ich von den Ogersheimern so langsam die Nase gestrichen voll hatte. Und außerdem habe ich dauernd diese Albträume. Kaum zum Aushalten! Das zermürbt. Und dann noch diese Wahl. Das mir der Rat in den Rücken gefallen ist und diese Betrügerin und Emporkömmlingin gewonnen hat...!" Der Ex-Kanzler schüttelte sein Haupt.
„Du kommst miii nach Borscht, Briederchän. Doort wirst Du Chäf von feinäm Untärnähmän. Gäht ums Öööl. Damit kännst Du Diiich doch aus, niiicht wahr?" meinte der Zar und deutete

auf des Ölkopfs Haarpracht. „Uuund äs wird vieeel bässär bäzahlt aaals dummä Politik!"

Da konnte Graf Gerhard nur zustimmen. Letztendlich hatte der Weg in die hohe Politik den Zweck gehabt, sich gründlichst die Taschen zu füllen. Nun war der ehemalige Ratsvorsitzende endlich dort angelangt, wo es viel zu verdienen gab und er gleichzeitig nicht mehr in der Schusslinie für Anfeindungen war. Nur die Eitelkeit würde die nächsten Tage leiden.

„Vitaaalia", rief der Zar und die kanisterköpfige Frau in schwarz kam hereingestürmt. „Bring Wässärchän. Wir müssän bägießän neuän Maaann an Bord von schwaaarze Sääflottä!"

Die Frau entkorkte mit ihren bratpfannengroßen Händen eine Flasche vom Kartoffeldestillat und schenkte großzügig ein. Und ein paar Schlucke weiter fing der ehemalige Reichskanzler an, sich ganz pragmatisch mit der neuen Situation anzufreunden. Man trank, plauderte und schmiedete Pläne.

„Duuu packst nachhär Saaachän uuund reist miiit nach Borscht. Deine andärän Saaachen lassän wir schickän. Äs gibt viel für Diiich zu tun, Briederchän!"

„Und meine Dienerin?" erkundigte sich der Ex-Kanzler.

„Die holän wir naaach. Haast Du ärstmal alleinä Spaaaß in Borscht. Wird Dir guttun." Und damit war das Thema für den Zaren beendet. Man konnte in Borscht zwar gut und heftig feiern, doch Geschäft war Geschäft. Und da herrschten klare Regeln und Worte; so rein und klar wie „Wässärchän"!

Während Graf Ölkopf diverse Guten-Morgen-Wässerchen beim Zaren in sich geschüttet hatte, war es zur angekündigten Ratszusammenkunft mit Pünktlichkeitsverordnung gekommen. „Die große M", wie sich die vor nicht allzu langer Zeit noch „Kleine M" nun nennen ließ, hatte allen die Leviten gelesen. „M" hatte keine Zweifel daran gelassen, dass sie nicht umsonst die Chefin der GEVOSI war. Doch dieses Amt musste sie nun an einen Vasallen übergeben, da ihr künftig die Zeit für das Bespitzeln der Bürger fehlen würde. Zuerst einmal hievte sie Ihre Günstlinge in die relevanten Ämter. Herr Rädle bekam die Aufgabe, die marode ogersheimer Wirtschaft zu verwalten. Zu Butterfahrt durfte sich zum Entsetzen des Herrn Fönwelle um die strammen Jungs der Armee kümmern. Muschilein bekam das Familienressort anvertraut. Wenn die Kanzlerin an manch anderen dachte, dann wurde ihr flau im Magen. Allein schon der Blödinger war eine Zumutung; dumm wie Brot und rhetorisch auf der Höhe einer Pellkartoffel.
„Oh Herr", so richtete sie innerlich wie schon ihr Vorgänger ein nicht ernstgemeintes Gebet an welche himmlische Macht auch immer. „Du hast so viele Männer aus Eisen gefertigt…warum aber hast Du meine aus Mist gemacht?"
Nach diversen vorsorglichen Einläufen, Drohungen, Beleidigungen und Schmähungen war der Rat offiziell auf Spur gebracht worden. Allen war klar, dass es besser wäre, sich der neuen Obrigkeit zu beugen. Diese Frau war offensichtlich nicht korrupt, sondern eine Überzeugungstäterin und verfügte über einen latent irrsinnigen Blick, der alle Anwesenden üble Dinge für die Zukunft vermuten ließen. Aber die Ogersheimer waren keine Revolutionäre. Da hatten ihnen die Ostländer einiges voraus. Allerdings hatten eben diese Ostländer auch einen Geheimdienst der infamsten Art betrieben und ihre Leute auf eine Art gegängelt, die zumindest fragwürdig gewesen war. Und nun hatten sie anscheinend, wenn auch verspätet und völlig frei

von Militär und Gewalt, die Kurpfalz übernommen. Die Ostlande-Kanzlerin mit einem Ostlande-Geheimdienst schickte sich an, alles wie gewohnt zu machen. Es stand in den Sternen, ob Ogersheim das überstehen würde. Da Sigismund „*Puttchen*" seine Allianz mit der „M" geschmiedet hatte, würde es bis zum nächsten Wettkochen in einigen Jahren weder Opposition noch Proteste geben.

„Ich bin nicht hier, um Euch irgendwelche Gefälligkeiten zu erweisen. Ich habe große Pläne. Heute bin ich die Reichskanzlerin von ganz Ogersheim und den Ostlanden...und morgen der ganzen Welt!" Dann lachte sie schrill.

Die Ratsmitglieder intonierten ein leises, aber nicht wirklich überzeugendes „Hurra!" und schwenkten verhalten winzige ogersheimer Wappen-Fähnchen. Doch die neue Herrin über die Kurpfalz ging wie der Teufel auf die Ratsleute zu, entriss ihnen die kleinen Fahnen und warf sie wutentbrannt in eine Ecke, trampelte kurz darauf herum und spendierte böse Blicke.

„Mit diesem Unfug ist jetzt Schluss! Das muss ein Ende haben. Ab heute weht hier ein anderer Wind! Und nun raus mit Euch!"

Die politische Prominenz der Kurpfalz schlich geprügelten Hunden gleich aus dem Saal und sehnte sich nach alten Zeiten zurück. Aber dafür war es jetzt zu spät. Irgendwo, tief im Inneren der jetzt „großen M", begann sich der Fluch, den Eric der Rote dereinst von Petrovic hatte aussprechen lassen, zu entfalten. Erics Rache hatte begonnen und würde jetzt und ihr gesamtes unheiliges Potenzial zu entwickeln. Ogersheim standen schwere Zeiten bevor.

Drei mental völlig zerknitterte Junghexen und eine Fee hatten sich auf Fräulein Claricorns Lichtung versammelt und bliesen Trübsal. Die Höhe der Com-Kugel-Rechnungen für verschiedene Serviceleistungen hatten sie förmlich aus den Hexenstiefelchen gehauen.

„Die spinnen doch wohl. Das können die doch nicht machen, oder doch? Clari...nun sag doch was. Oder ändere das!"
Doch die Angesprochene konnte nur die Achseln zucken.
„Ich habe schon diese Hotline kontaktiert. Die wollen jemanden schicken."
„Aber wen denn?"
„Ich habe um DAX gebeten. Aber zusagen wollte die das nicht!" gab sie bekannt. „Aber bald wissen wir es sicherlich."
„*Bampf!*"
Das mittlerweile oft vernommene Geräusch und die Gestalt mit dem kleinen Köfferchen waren bereits vertraut geworden.
„Kann man Euch denn keine Minuten mal alleine lassen, ohne dass Ihr irgendwas anrichtet?" nölte DAX.
„Aber...wir sind völlig unschuldig!" beschwerten sich die Damen und wedelten mit den Rechnungen. „Sieh doch nur!"
DAX nahm die Papiere entgegen und konnte sich eines gewissen Grinsens nicht erwehren.
„Hotlines? *„Sing mit Deinem Star"*? *„Kosmetiktipps für reine feine Hexenhaut"*? *„Tausend Kesseltipps"*? *„Abnehmen leicht gemacht"*? *„Das Hexen-Schuh-Forum"*? *„Game-Plattform"*? Ja...seid ihr denn völlig durchgeknallt, Ihr Hühner?"
„Aber...aber...aber", stotterten die vier. „Aber das konnten wir doch nicht ahnen!"
„Doch...konntet Ihr. Das kommt davon, wenn man nicht liest, sondern nur herumdaddelt." DAX verdrehte die Augen. „Und? Wer kann es dann wieder richten? Na? Der blöde Dämon natürlich. Als ob ich nichts anderes zu tun hätte."

„Aber lieber guter DAX", ertönte es unisono, begleitet von intensivem Augenklimpern. „Bitte. Sei doch so nett."
„Ich habe eine gute Nachricht für Euch. Da es Euer erster Monat mit den Kugeln ist, könnt Ihr Euch auf Blödheit rausreden. Jemand hat sozusagen sittenwidrig Eure Dummheit ausgenutzt. Aber das geht nur ein einziges Mal pro Nase und Kugel. Ich kläre das für Euch. Und Ihr versprecht mir dafür, so einen Quatsch nie wieder zu machen. Hände weg von kostenpflichtigem Dreck. Der ist nur dafür da, um Euch Flausen in den Kopf zu setzen und Unrat teuer zu verkaufen. Versprochen?"
„Ja DAX!" ertönte es einhellig. „Und was geschieht jetzt?"
„Ihr wartet hier und tut mal nichts. Auch nicht mit den Kugeln. Sonst raucht es. Verstanden?"
Die vier nickten heftig zustimmend.
„Ich verschwinde wieder. Und danach lass mich einfach mal in Ruhe meine Arbeit tun, ohne gleich wieder zu nerven, quengeln oder Mist zu bauen." Er legte die Rechnungen auf den Tee-Tisch, stellte eine Tasse darauf und verdrehte die Augen.
„Bampf!"
Und der Dämon war wieder verschwunden. Und nach vielleicht drei Minuten fingen die Rechnungen zu qualmen an, gingen in Flammen über und waren ebenfalls fort.
„Nie wieder!" stöhnten die vier Damen erleichtert auf. Und dann machte sich bei ihnen endlich Erleichterung breit.

Während DAX, Bernward und Meister Aegidius durch Ogersheim flanierten und alles an Geschmeide und Edelmetall aufkauften, was nicht niet- und nagelfest war, herrschte in der Zwingburg am See eher eine gewisse Katerstimmung. Die rote Margot hatte feststellen müssen, dass ihre guten Absichten für den Schankwirt Achim und die „*Pille*" doch ihre Ecken und Kanten in der Umsetzung gehabt hatten. Da wollte man einfach nur ein wenig Rache haben, nebenbei ein paar alte Freundschaften pflegen, und schon gab es wieder Probleme. Doch bevor sie weiter ins Grübeln kam, wollte sie sich ein Bild von Ogersheim machen, wo die bösen Träume nun seit über einer Woche schon ihr übles Werk getan hatten.

Sie begab sich in ihr riesiges Schlafgemach, in dem auch der Altar mit dem bunten Kessel stand, der nach wie vor fröhlich vor sich hin blubberte und schwarzbunte Schwaden ausstieß, die nach Ogersheim waberten, um dort Furcht und Schrecken zu verbreiten. Keine Waffe war mächtiger als die der Angst, das wusste die alte Frau nur zu gut.

„Schlüppi! Henne!" kommandierte Sie. „Bei Fuß!"

„Umgangsformen sind das", beschwerte sich der Geist, als er aus dem Nichts erschien. Seine ebenfalls erschienen Mitmoderatorin schwieg dazu, schminkte sich unauffällig mit einem geisterhaften Lippenstift die farblosen Lippen und hatte beschlossen, sich lieber zurückzuhalten.

„Ich will wissen, wie es in Ogersheim läuft!" verlangte die Zauberin. „Also los…zeigt mal was!"

„Können wir nicht, Chefin!" sprach „*Schlüppi*". „Der Kessel macht seine Aufgabe. Aber mehr geht eben nicht!"

„Ist das jetzt eine Palastrevolte?" begehrte die alte Frau auf.

„Aber nein, Chefin. Aber Ihr wisst doch…der Kessel kann nur eins gleichzeitig. Entweder die Albträume…oder eben etwas anders. Sonst geht das nicht."

„Dann muss der Kessel eben mal aussetzen. Ich will jetzt endlich sehen, was wir erreicht haben."

Die *„Henne"* räusperte sich. „Vielleicht weiß ich eine Lösung, Chefin. Es gibt da einen Spiegel. Der Spiegel der Erkenntnis kann helfen. Der zeigt vieles. Aber das Ding hat auch Nachteile und zeigt einem Dinge, die man vielleicht nicht sehen will!"
„Dann stoppt die Albtraumproduktion. Ich will diesen Spiegel!" befahl die alte Frau.
Die Moderatoren befolgten den Befehl und der Kessel kochte in nun völlig anderen Farben ein ganz neues Ding. Derweil räumte der Ex-Kanzler von Ogersheim seine Habseligkeiten in die Kutsche des Zaren, um der Stadt Lebewohl zu sagen. Auch ein Zauberer, sein Assistent und dessen Dämon packten alles ein, was sie erbeutet hatten, um dann schnell eine Ortsveränderung vorzunehmen. Für Ogersheim würde es nun eine kurze Gnadenfrist ohne böse Träume geben. Die schwarzbunten Schwaden hatten sich vorerst in Luft aufgelöst. Und so lag die nun „Große M" in dieser Nacht zufrieden mit sich selbst auf ihrem Bett und träumte von der Weltherrschaft. Es war erstaunlich, was noch so alles in ihren Träumen vorkam.
Sie hatte im Traum eine Zusammenkunft mit einem sehr gut gelaunten Eric dem Roten, Grünschildt, Rocketfellow und dem ehemaligen Herrscher des Landes, Adolar Ösler, die ihr alle gut gelaunt auf die Schultern klopften und zu ihrem Sieg beim Wettkampf um die Krone gratulierten. Sie vergrub sich in ihren Kissen und murmelte im Schlaf: „Und morgen die ganze Welt".

„**Kohlsuppe**" ist ein erzkomischer Fantasyroman und zugleich der erste Band der Ogersheim-Trilogie aus der Schreibfeder von Barthle B. Boss, dem neuen Dark Star am Firmament der humorvollen, phantastischen Literatur und Schöpfer der politischen Satire im völlig neuen Gewand.

Die Reichshauptstadt Ogersheim wird belagert. Regent, Kanzler und Pfalzrat stehen einer alten Hinterlassenschaft der Ostlande hilflos gegenüber. Wo weder Militär, Ritterschaft noch Gebete helfen, vermag vielleicht Magie die Lösung zu bieten. Der berühmte Zauberer Aegidius und sein Lehrling Bernward ziehen aus, um das Reich zu retten. Doch alles nimmt einen anderen Verlauf als geplant.

Wer steckt hinter der Bedrohung?
Welches Spiel treiben die Grafen Gerhard, Oskar und Rudolf?
Was führen „die kleine M" und die Ost-Stapo im Schilde?
Wie gefährlich können Zauberbücher sein?
Was sind die beruflichen Perspektiven für Hexen?
Wer wird den Wettstreit um das Kanzleramt gewinnen?

Es gibt nur einen Weg zu den Antworten: Lies das Buch!

„Gallenextrakt"

Was haben „Der schwedische Albtraum", „Malta sehen und sterben", „Hasenjagd", „Uschis Krabbelgruppe", „Lego Brutal", „Politisch korrektes Weihnachten" und „Sex'n Drugs'n Rock'n Roll" gemeinsam?

Sie sind ein Teil dieses Buches mit 32 miesen, fiesen, kleinen, feinen und gemeinen Kurzgeschichten und einem Lied aus der spitzen Giftfeder von Barthle B. Boss.

Boshafte Unterhaltung vom Feinsten mit einer ordentlichen Spur Zersetzung und garantiertem Spaßfaktor, eingelegt in bestem Gallenextrakt.

Wer das nicht liest...

                              ...ist selbst schuld.

„Echte Männer essen keinen Tofu"

...ist das ultimative Buch für richtige Männer und diejenigen, die es noch werden wollen. Es eignet sich auch als Lektüre für Frauen, die tatsächlich den Wunsch verspüren, endlich das andere Geschlecht verstehen zu können.

Nichts wie raus aus dem politisch korrekten Gender-Wahnsinn und hinein in die Welt männlichen Schaffens, Vergnügens und allgemeiner Heiterkeit.

Es tut gut, ein Mann zu sein.